À PRIMEIRA
LUZ
DA MANHÃ

VIRGINIA BAILY

À PRIMEIRA LUZ DA MANHÃ

Tradução
Paulo Afonso

1ª edição

Rio de Janeiro | 2017

Copyright © Virginia Baily 2015

Publicado originalmente na Grã-Bretanha em 2015 por Virago, um selo de Little, Brown Book Group

Título original: *Early One Morning*

Texto revisado segundo o novo
Acordo Ortográfico da Língua Portuguesa

2017
Impresso no Brasil
Printed in Brazil

CIP-BRASIL. CATALOGAÇÃO NA PUBLICAÇÃO
SINDICATO NACIONAL DOS EDITORES DE LIVROS, RJ

B139p	Baily, Virginia
	À primeira luz da manhã / Virginia Baily; tradução de Paulo Afonso. – 1ª ed. – Rio de Janeiro: Bertrand Brasil, 2017.
	23 cm.

Tradução de: Early one morning
ISBN: 978-85-286-2182-2

1. Ficção inglesa. I. Afonso, Paulo. II. Título.

17-38897

CDD: 823
CDU: 813.111-3

Todos os direitos reservados pela:
EDITORA BERTRAND BRASIL LTDA.
Rua Argentina, 171 – 2º andar – São Cristóvão
20921-380 – Rio de Janeiro – RJ
Tel.: (0xx21) 2585-2000 – Fax: (0xx21) 2585-2084

Não é permitida a reprodução total ou parcial desta obra, por quaisquer meios, sem a prévia autorização por escrito da Editora.

Atendimento e venda direta ao leitor:
mdireto@record.com.br ou (0xx21) 2585-2002

Em memória de meu pai, Peter Baily.

UM

ROMA, OUTUBRO DE 1943

Uma jovem caminha a passos rápidos por uma rua de Roma. Usa um sobretudo cingido ao corpo, um lenço sobre a cabeça e uma grande bolsa de tecido perpassa seu corpo. Pendurada no braço, uma bolsa menor, contendo a carteira com algumas liras e seus papéis: documento de identidade e caderneta de racionamento. "Chiara Ravello, solteira", informa a identidade, onde também consta seu endereço: Via dei Cappellari 147, apartamento 5. Não segura nenhum guarda-chuva para se proteger da água interminável que tomba do céu escuro, uma tempestade inclemente que se prolongará por horas, como que mancomunada com os acontecimentos do dia.

Quinze minutos após receber o telefonema solicitando a sua presença — "Mamãe está passando mal", dissera Gennaro —, ela saiu de casa. É um pequeno milagre o fato de estar decentemente vestida, diante da pressa e da irmã, Cecilia, que a seguia por todo o apartamento, atravancando seu caminho e fazendo perguntas bobas.

— Quem telefonou? — perguntou Cecilia à porta do banheiro, enquanto Chiara lavava o rosto. — Por que está se vestindo? São quinze para as seis ainda — continuou perguntando, enquanto Chiara pegava as meias, ainda úmidas, do arame em frente ao fogão e enfiava nelas, com dificuldade, as pernas geladas.

A chuva se infiltrava dentro do apartamento e uma névoa tênue se instalara na cozinha.

— Você não pode sair sem anágua — comentou Cecilia, enquanto Chiara enfiava o vestido de lã vermelha por sobre a cabeça e apertava o cinto. — Quer que eu lhe faça um café? — acrescentou.

Por fim, enquanto Cecilia lavava a cafeteira na pia, Chiara teve alguns segundos para pensar no que ainda seria necessário: vestir o sobretudo, cobrir a cabeça com um lenço, localizar a bolsa extra — caso recuperasse alguma coisa —, e decidir se deveria ir de bicicleta, hipótese que descartou porque demoraria muito para descer as escadas com ela; seria mais rápido ir a pé. O bar de Gennaro, na Via del Portico d'Ottavia estava a menos de um quilômetro.

À porta da cozinha, quando se virou para dizer que tinha que sair, viu Cecilia imóvel, de boca aberta, com a cafeteira pendente em uma das mãos. Chiara sabia que Cecilia acabara de se lembrar de que não tinha café em casa, que já não tinha café havia mais de dois meses. Sabia também que a lembrança fizera aflorar tudo o que acompanhava a constatação: as bombas, as mortes, a ocupação nazista — tudo o que Chiara chamava mentalmente de "escombros". Em outra ocasião, teria reconfortado a irmã, mas não naquele dia.

— Não vou demorar — disse.

— Não vá embora — pediu Cecilia, com sua voz de menininha.

— Ah, pelo amor de Deus! — gritou Chiara, saindo pela porta e fazendo ressoar as botinas nos degraus de pedra das escadas.

Não alto o suficiente para abafar as lamúrias da irmã.

Na calçada, pensou melhor e subiu às pressas os dois lances de escada.

— Vista-se. Ponha roupas quentes numa sacola.

Uma expressão apalermada e hesitante atravessou os olhos inocentes do belo rosto de Cecilia. Chiara teve vontade de lhe dar um tapa para fazê-la acordar.

— Vamos passear? — perguntou Cecilia.

— Sim, vamos dar um passeio — respondeu Chiara. — Prepare uma sacola para mim também. Volto dentro de duas horas ou menos. — Ela apontou para o relógio. — Vou lhe trazer uma coisa especial.

— É para levar meu material de costura?

— O que você puder enfiar na sacola. Não a máquina.

— Vou pôr um cobertor em cada sacola.

— Desculpa por ter gritado.

— Não vou contar para ninguém.

Para quem Cecilia achava que poderia contar alguma coisa era um mistério.

A rua está escura. Há um toque de recolher em vigência e as luzes não estão acesas. Os pés de Chiara estão úmidos, suas botinas têm furos e ela escorrega nas pedras molhadas. Ao chegar à esquina do Campo dei Fiori, faz uma pausa. Os fracos alvores de um amanhecer cinzento, que ainda não alcançaram a estreita ruela que é a Via dei Cappellari, iluminam uma praça deserta. São seis horas da manhã de sábado, e a feira já deveria estar sendo montada. A estátua de Giordano Bruno é a única forma humana visível. Ela o observa, encapuzado, solene e portentoso, como se pudesse obter algum bem-estar. E estremece.

Ela atravessa a praça pelas laterais, colando-se aos prédios. As ruas estão mais vazias desde que os nazistas assumiram o controle. Como se estivessem diante de um aviso de desastre natural — terremoto, nevasca ou avalanche —, as pessoas de Roma se mantêm dentro de casa e só saem quando estritamente necessário. À noite, sempre se ouve o estrépito de esporádicos tiroteios. Há histórias de pessoas detidas de forma arbitrária, encostadas em paredes e levadas embora para serem interrogadas em prédios recentemente ocupados e adaptados para este propósito, de onde se ouvem gritos. Mais tarde, as famílias são convocadas para recolher os corpos mutilados. Isso não é novidade, acontecia nos anos do fascismo; mas alcançou uma dimensão horripilante agora que Roma foi declarada cidade aberta. Já não se pode estar seguro simplesmente mantendo um comportamento discreto. A situação é confusa no que se refere a facções e lealdades.

Na metade da Via dei Giubbonari, Chiara dobra à direita e entra em uma rua ainda mais estreita, um caminho que a levará para longe da rua principal e para longe do cruzamento principal. Não sabe o que encontrará pela frente, sabe apenas que sua ajuda se faz necessária e que, seja qual for o problema, está ocorrendo no bairro judeu. Se não fosse pela taxação em ouro que o alto-comando nazista impôs alguns dias antes sobre os judeus, ela sequer saberia que a localização do bar de Gennaro, na rua principal do gueto, tem um significado.

Cinquenta quilos de ouro. Ela ajudara a organizar e a recolher as doações — anéis, medalhões, moedas antigas e abotoaduras. Até teria contribuído com o anel de sinete do seu pai, mas não o encontrou na caixa de joias onde o guardava. Mais tarde, depois que os oficiais pesaram o ouro e declararam ser suficiente, ela encontrou o anel em uma fenda entre os azulejos que recobriam seu toucador. Sentiu-se feliz por não ter sido obrigada a entregar o anel que pertencera ao seu amado pai, morto havia cinco anos.

Babbo, pensa ela, seu precioso pai. Ela procura alguma recordação reconfortante dele, mas a imagem que aparece é a de Carlo, seu noivo, morto apenas um mês depois. Sente uma tristeza tão grande que chega a gemer. Uma solidão penetra nos seus ossos como friagem.

Após a coleta do ouro, judeus acreditaram ter evitado problemas maiores e comprado um pouco de paz. *E se algum erro de pesagem foi descoberto?*, pensa ela, caminhando lentamente por causa da chuva. *E se o butim dos nazistas estiver dez gramas mais leve?* O peso de um sinete. Abana a cabeça, sentindo o lenço encharcado na nuca.

Então se apressa. Não deve ser nada tão sério. Ela deve estar se atormentando sem necessidade. E pelo menos poderá tomar um café decente no Gennaro's.

Chiara desemboca em uma pequena interseção na qual uma árvore solitária se ergue num pequeno gramado. Pensa em se abrigar sob a árvore para avaliar a situação, mas não há nada a ser avaliado. Nem ela tem como avaliar seja lá o que for. A rua principal, Via Arenula, está silenciosa e vazia. Ela passa algum tempo sob a árvore, atracando-se à proteção que esta lhe oferece. Ainda está no "seu" lado. Assim que atravessar a rua, entrará em outro mundo. É como se os muros que cercavam o gueto meio século antes tivessem sido reconstruídos. São invisíveis, mas existem.

Ela ainda tem a opção de dar meia-volta.

Pensa então em Cecilia. Visualiza a irmã ouvindo música suave no rádio, enquanto arruma as sacolas; depois desligando o aparelho quando o costumeiro comunicado do governo vai ao ar. Em sua mente, ela a vê ligando o gramofone e embalando as coisas ao ritmo da sua canção favorita no momento, cantada por Gino Bechi, seu novo ídolo das matinês. Elas viram o filme dele três vezes quando foi lançado, em março. "La Strada del Bosco"* é a canção tocada nas rádios de Roma enquanto as pessoas fazem as malas, trancam suas casas e fogem da cidade. Por que ela e Cecilia seriam diferentes? Elas têm mais sorte que a maioria. Sua avó — a *nonna* — ainda vive nas colinas.

Um estrépito distante se torna mais alto. Ela se mantém junto à árvore, esperando um veículo militar. Porém, o que aparece é um ônibus, com as janelas cobertas de vapor. Ao que parece, não está transportando ninguém além do motorista. Um cão surge trotando, parando para farejar refugos enlameados na sarjeta. Os serviços municipais deixaram de funcionar e as ruas não são limpas há semanas. O cão perambula pelo calçamento e levanta uma das patas ao se aproximar da árvore.

Chiara procura sinais nessas ocorrências — a ausência de transeuntes, o fato de o transporte público estar funcionando, a leve luminosidade das manchas claras na casca da árvore à luz do alvorecer, o modo como a água da chuva escorre das folhas amareladas, o cão ter escolhido aquela árvore para urinar — interpretando tudo como uma coisa e, depois, como o oposto. Sua mente oscila entre extremos: a mensagem estava errada, fora mal interpretada ou fora um falso alarme, e o dia estava tão normal quanto era possível naqueles tempos; ou então alguma coisa adversa estava acontecendo em escala apocalíptica.

---

* "A Estrada do Bosque", em português, grande sucesso de Bechi. (*N. T.*)

Nos galhos acima, um pássaro solta um guincho; uma gota de chuva aterrissa no nariz de Chiara. A chuva a deixou encharcada. Penetrou nas suas botinas e, infiltrando-se através do lenço, molhou seus cabelos, os ombros e o delicado e enregelado espaço entre eles. A água da chuva gorgolejava nos esgotos. Ela está tão imóvel quanto o próprio Giordano, congelado em pedra. Sente vontade de ir para casa. Imagina um pássaro azul com a cabeça inclinada para trás e o bico aberto, pousado no parapeito de uma janela. E a vista da Torre de San Lorenzo descortinada da janela, com os pinheiros no cemitério adjacente. A casa da sua infância.

Escombros, pensa.

No outro lado da rua, uma movimentação. Um homem de uniforme sai das sombras vindo de uma das ruas que levam ao gueto. Ao vê-lo — um lembrete do perigo —, é dominada pela dúvida. Sai então de debaixo da árvore e pisa no calçamento.

Mamãe está passando mal, pensa. Foi o que Gennaro disse ao telefone. É o código deles para o caso de a linha estar grampeada, mas ainda não prepararam o resto da história.

Enquanto atravessa a rua, imagina o que dirá se for detida. Não pode dizer que está indo visitar a mãe, morta no bombardeio de San Lorenzo três meses antes e, de qualquer forma, não moraria no gueto. Uma velha senhora que de fato mora no gueto vem à mente de Chiara. Não sabe seu verdadeiro nome, mas a chama de Nonna Torta — que pode significar Vovó Torta ou Vovó Errada; ambos os apelidos servem. Ela costumava fornecer produtos de confeitaria para a padaria da Piazza Giudia. O pão ázimo preparado com farinha integral e usado na Páscoa, o pão de centeio com alcaravia, o *challah** com sementes de papoula, os bolos de nozes com frutas secas, figos e geleia de ameixa. Padres e freiras costumavam fazer fila para comprar a famosa torta de cerejas silvestres, e havia rumores de que o próprio papa já a provara.

Chiara dirá, caso seja detida, que soube que Nonna Torta, uma velha amiga da sua avó, está doente, portanto está se dirigindo à casa dela para

---

* Pão trançado, típico da culinária judaica. (N.T.)

ver se pode ajudar em alguma coisa. Talvez fale isso porque a senhora surgiu em sua mente e pelo fato de saber o endereço de Nonna Torta. Ela costuma frequentar o bar de Gennaro; mora na Via di Sant'Ambrogio, logo atrás. Ou talvez use essa desculpa porque Nonna Torta, na verdade, não está muito bem. Não que seu corpo esteja doente, sua mente é que anda errática.

O soldado se posiciona na lateral de um prédio. Quando Chiara passa à sua frente, ele a ignora. Ela percebe que ele não está lá para impedir que as pessoas entrem no bairro judeu, mas que saiam dele. Em seu quepe está a insígnia da águia com asas abertas.

Quando entra no gueto, ela é acossada por ruídos terríveis. Berros, urros, sons de metal arranhando pedras. Ao adentrar mais, procura se lembrar de tudo o que sabe sobre Nonna Torta. O esforço a impede de gritar, correr ou reagir de qualquer maneira que desperte a atenção dos soldados alemães postados nas esquinas ou que batem nas portas. Gritos agudos partem do alto dos prédios.

Nonna Torta usa avental todos os dias, exceto no sabá. Tem pernas tortas. Seus cabelos são tão brancos quanto as penas de uma pomba. É boa contadora de histórias, embora se repita muito. Chiara acha difícil entendê-la, pois ela mistura palavras e frases do dialeto judaico-romano em tudo o que fala. Morou no gueto a vida inteira. Nasceu antes da unificação italiana. Lembra-se dos muros do gueto sendo derrubados, quando era criança, e do lugar sendo aberto. Pessoas atravessavam o rio para ir ao Trastevere, coisa inédita até então, pois os judeus viviam aglomerados lá, em aconchegante isolamento. No entanto, afinal, nenhuma mudança ocorre sem que se perca alguma coisa.

Ao pensar em Nonna Torta, Chiara sente um *frisson* de esperança. É a ideia da longevidade, de vidas que completam seu trajeto natural.

Quando entra na Via del Portico d'Ottavia, hesita. Soldados de uniforme cinza estão enfileirados ao longo da calçada. Oficiais se posicionaram em intervalos regulares. Um deles está se dirigindo aos soldados, dando instruções. O bar de Gennaro está fechado, trancado, as persianas, abaixadas. Mais adiante, onde vê o Teatro de Marcelo, sólido e antigo, como que intocável, três caminhões com as carrocerias cobertas por lonas escuras estão estacionados. De repente, todos os homens começam a berrar, um rugido terrível que faz seus cabelos se arrepiarem e o delicado ponto entre seus ombros latejar. Tão subitamente quanto começaram, eles param. Depois se dispersam em grupos de dois ou três, desaparecendo nas ruas do gueto. Alguns dos poucos remanescentes assumem posição diante dos caminhões, e outros, nas esquinas das ruas transversais.

Chiara bate na porta do bar.

— Sou eu — sussurra pela fechadura.

A persiana se levanta um pouco e o rosto de Gennaro aparece. Seus olhos negros têm uma expressão alucinada e suas bochechas estão manchadas de fuligem. Ele entreabre a porta e a puxa para dentro; depois a conduz até o depósito atrás do bar, onde um forno arredondado e cheio de papéis vomita fumaça. É um dos lugares onde guardam os panfletos antifascistas que uma equipe de voluntários distribui pela cidade, movendo-se rápida e dissimuladamente, como se estivessem cuidando de assuntos cotidianos. Há depósitos em diversos lugares de Roma e uma impressora em um recinto à prova de som atrás do refrigerador de um açougueiro, na área de Testaccio.

Gennaro está queimando provas incriminadoras.

— Poderia continuar esse trabalho? — pergunta ele, apontando para o forno, para os panfletos ao lado, que formam uma pequena montanha, e para os espalhados no chão. Deve ter acabado de tirá-los das prateleiras.

— Preciso abrir o bar. — Ele emite um som que pode ser interpretado como uma risada. — Negócios, como de costume. Para manter as aparências.

— Eles não estão nos procurando — diz Chiara.

— Não — responde ele. — Mas não queremos que encontrem tudo isso, queremos?

— Estão prendendo judeus — diz ela.

No panfleto do topo da pilha, o título de um artigo lhe atrai a atenção. Um artigo escrito por um proeminente intelectual judeu. Como muitos outros, ele retornara a Roma depois que Mussolini fora deposto, em julho, mas antes que o armistício fosse decretado, em setembro. Neste breve período, quando todos pensavam que, pela primeira vez em vinte anos, poderiam dizer o que queriam, ele produzira uma enorme quantidade de artigos. Ela se pergunta onde ele está agora. Espera que tenha deixado a cidade.

— Você está com fuligem no rosto — diz ela a Gennaro.

Ele limpa a fuligem com a manga da camisa e faz uma careta, como se ela o estivesse criticando. É difícil ser gentil quando se está assustado.

— Vá em frente — diz ela, e sorri.

Seu sorriso, provavelmente, também parece uma careta.

Gennaro encheu demais o forno. Chiara trouxe a bolsa sobressalente com a ideia de recolher alguns panfletos para distribuí-los mais tarde ou para guardá-los para a posteridade, ou por alguma outra razão que parecia atraente em meio à névoa da cozinha, mais cedo. Agora já não sabe em que momento, assim como Gennaro, começou a querer se livrar deles com urgência. Ela pega um longo pedaço de madeira no saco de lenha e empurra a massa de panfletos fumegantes. O pedaço de madeira se quebra.

Procurando uma ferramenta melhor, escancara a porta de um armário e encontra uma pá de lixo metálica, uma garrafa com um líquido rosa que pode tanto ser um produto de limpeza quanto parafina — Será que deve despejá-lo na fogueira? Será que o prédio não pegará fogo? — e mais uma pilha de panfletos. Estes são de quatro meses antes, do início do verão, e trazem uma foto de Mussolini falando para a multidão aglomerada, como formigas, na Piazza Venezia. Há uma legenda que ela já não consegue ler. O armário exala um cheiro forte e desagradável. Ela fecha a porta, retorna ao depósito com a pá de lixo e cutuca furiosamente a massa de papéis que está dentro do forno, tentando desfazê-la. O forno é como um pequeno animal que alguém tentou alimentar à força; e começa a sufocar.

Ela tem uma visão de Cecilia quando criança. Sentada à mesa da cozinha, em frente a Chiara, na antiga casa em San Lorenzo (*escombros,* pensa, automaticamente). Um prato fumegante de tripas permanece intacto na toalha xadrez vermelha e amarela que está diante da sua irmã. Cecilia não gosta de carne, muito menos de vísceras. No caso de carnes servidas em fatias, como presunto e mortadela, ela desenvolveu uma técnica para deixá-las cair no colo às escondidas. Mais tarde seriam jogadas fora ou devoradas por Chiara. Foi a descoberta de pedaços de carne podre atrás do sofá que acarretou uma vigilância maior por parte da mãe delas durante as refeições. Tripas cozidas em molho de tomate é uma comida muito pegajosa para ser jogada no colo. De qualquer forma, a mãe está na cozinha, ou pelo menos entrando e saindo de lá, portanto Chiara não pode ajudar.

— Coma sua comida, Cecilia, senão não vai ficar grande e forte — diz a mãe pela centésima vez.

Cecilia é sempre advertida assim. Deve ter 9 ou 10 anos, pensa Chiara. Foi depois do início da sua doença, mas antes do verão em que uma sucessão de convulsões incontroláveis danificou irremediavelmente seu cérebro. Quando a mãe delas se aproxima da mesa, Cecilia pega um pedaço de pão e o enfia inteiro na boca. Para demonstrar boa vontade, talvez. Seu maxilar emite um estalo. Ela não consegue movê-lo para mastigar nem engolir o enorme naco não mastigado. Seus olhos estão esbugalhados. Seu rosto começa a ficar vermelho. Se ela fosse uma cobra com um coelho nas mandíbulas, inclinaria a cabeça para trás, enquanto os poderosos músculos do seu pescoço assumiriam o trabalho de engolir. Porém, Cecilia não é uma cobra. Seu pequeno pescoço não pode se expandir. Mamma vem acudir e começa a bater nas costas de menina, o que não funciona; então enfia o dedo em sua boca e puxa a massa para fora, o que funciona.

Chiara usa a pá de lixo para arrancar os papéis do forno. Espalha-os pelo chão e desfaz o chumaço. Depois recomeça tudo, rasgando as folhas em pedaços menores e atiçando as chamas. *Mamma* era incomparável quando intervinha fisicamente nas doenças delas: dedos lubrificados no travesseiro para constipação intestinal; massagens vigorosas no peito, com azeite, para resfriados; tintura de iodo espalhada sobre cortes, azul de metileno para gargantas inflamadas. Caso dedadas, massagens, aplicação de unguentos, linimentos e cataplasmas não resolvessem, era porque elas estavam fingindo. Se a doença continuava ou piorava além de qualquer dúvida, ela as levava ao padre. Não acreditava em médicos.

Chiara faz progressos. O forno está funcionando no máximo da capacidade. Ela começa a sentir calor. O vapor se eleva das suas roupas. Entrando no ritmo de rasgar, picar, queimar e avivar o fogo, ela fecha a mente aos intermitentes barulhos externos, ao que pode estar acontecendo no lado de fora. É como o condutor de um trem, alimentando as chamas do forno e estrondeando pela ferrovia chacoalhante. Precisa chegar ao destino. É o seu trabalho.

Acaba com a pilha, varre os pedaços dispersos e os enfia no forno. Observa os últimos fragmentos serem consumidos. Então se lembra da outra pilha, no armário malcheiroso. O fedor a atinge de novo quando abre a porta. Recolhe a maior parte dos panfletos, que se desfazem em suas mãos. Quando os enfia no forno, uma fumaça pesada e nociva se espalha. Tapa o nariz e a boca com o lenço, enquanto parcelas de papel encharcado se colam em seus dedos e ao redor dos seus punhos. Usando o atiçador improvisado, golpeia a massa úmida, até esfarelá-la. Aviva uma chama, depois outra. A coisa pega fogo.

Retorna ao armário para verificar se levou tudo. Quando se inclina para desgrudar um panfleto do chão, vê, por uma fração de segundo, duas pequenas luzes verdes, que imediatamente se apagam. Sempre tapando o nariz com o lenço, ela se abaixa; as luzes reaparecem. São os olhos de uma gata. Uma gata preta com patas brancas, deitada no fundo do armário. Quatro ou cinco diminutos gatinhos se espremem contra seu peito. Ao lado, rígido e sem vida, jaz um gatinho ainda menor, uma criaturinha minúscula. Chiara percebe que acaba de destruir o ninho da gata, seu refúgio, a casa que encontrou para si mesma e seus rebentos. Ela puxa o último panfleto, que estava sob os gatos, destruindo o leito deles. A debilitada gata emite um som e tenta se levantar, mas já não tem forças.

Chiara pega o corpo do gatinho morto e o joga no forno, junto com o último panfleto. Depois retorna e observa a gata, cuja vida se permite imaginar: fugindo de cães, escondendo-se, percorrendo as ruínas da cidade em busca de restos. O momento breve e delirante em que os filhotes foram concebidos. Ela pensa em deixar a bolsa de pano para que a usem como leito. A gata está visivelmente morrendo de fome.

Pessoas estão famintas.

É só uma gata.

Ela limpa o rosto e as mãos com a extremidade do lenço e vai até o bar. Não há clientes. Gennaro levantou as persianas e espalhou algumas mesas e cadeiras pela rua, sob a chuva. Chiara observa as pessoas no lado de fora. Nunca vira seres humanos serem arrebanhados.

— Café? — pergunta Gennaro.

Chiara quer ir embora, mas é dominada por uma náusea. Suas pernas começam a tremer. Ela se apoia no balcão do bar, virando as costas para as cenas que se desenrolam além da janela.

— Por favor — diz.

Ela põe açúcar na xícara, três colheradas, e se dá conta de que Gennaro está falando com ela, contando alguma história. Diz que não reparou que havia algo estranho quando chegou ao bar, às cinco da manhã. Viera de bicicleta, como de costume, da sua casa no outro lado do rio. Durante o caminho não vira nada de estranho, exceto que o nível do rio aumentara muito por causa das chuvas. Na ponte Garibaldi, a chuva se intensificara e ele fizera uma pausa para colocar o capuz e ajustar a luz da bicicleta. Pedalava lentamente, pois os freios não funcionavam muito bem.

Ao parar para comprar carvão, o cara que trabalhava lá, que Gennaro conhecia havia anos — um verdadeiro homem dos sete instrumentos, metido em um monte de negócios —, disse a ele que ouvira uma barulheira danada durante a noite, vinda do gueto. Uma balbúrdia, foi como ele descreveu. Tiros e explosões constantes. Urros e berros como os que Chiara ouvira quando chegou ao gueto. Por volta de quatro da manhã, a barulheira cessara.

O cara, Federico, dissera a Gennaro que não havia mais carvão e que não sabia quando os próximos carregamentos viriam. Então, Gennaro comprara um feixe de lenha. Ela estava um pouco úmida, pois fora amarrada na traseira da bicicleta. Por isso o depósito ficara tão cheio de fumaça quando acendeu o forno. Além disso, aquela madeira não fora posta para secar, mas não se podia escolher muito na atual conjuntura.

— Onde você consegue carvão? — É o que Chiara se vê perguntando, como se fosse mais importante que os barulhos noturnos ou o que está acontecendo na rua. — É naquele lugar perto da Viale Di Trastevere?

Por um momento, imagina que está interessada na resposta, que pretende trocar de fornecedor de carvão.

Um jovem entra no bar. Um soldado o acompanha, mas para no umbral da porta, sem entrar nem recuar. Gennaro cumprimenta o homem pelo nome. Alberto. O homem pousa no chão sua mala de fibra e pede um café expresso. A mala está amarrada com uma faixa de roupão azul. Seu cachecol preto está cuidadosamente amarrado na frente, com as extremidades jogadas para trás do colarinho levantado do seu puído sobretudo. Seus cabelos estão colados no crânio pela exposição à chuva. O rosto largo está pálido, as bochechas estão pendentes e a barba, por fazer. Ele mantém a boca carnuda ligeiramente entreaberta. Nenhuma conversa se estabelece enquanto Gennaro prepara o café. A xícara chacoalha no pires quando o homem tenta levantá-la. Ele é obrigado a usar ambas as mãos. Suas unhas estão sujas de fuligem ou poeira.

Os pensamentos de Chiara se transformam em um monte de rolimãs que se atropelam. Ela reflete sobre o que poderá levar para Cecilia e se pergunta se Gennaro não teria alguma coisa que possa trocar com ela. Biscoitos, talvez. Ou se, caso os ônibus estejam funcionando, ela não poderia ir até a Tor di Nona, onde os negociantes do mercado negro atuam, e ver se encontra queijo, uma lata de atum ou feijão.

Tenta se aferrar a esses pensamentos. São reconfortantes. Porém, as chamas lambendo o pelo ralo do gatinho não saem da sua cabeça, e ela se pergunta se ele estaria realmente morto. Sente-se terrivelmente presente no depósito, naquele momento. É como se a umidade que ainda persiste na concavidade das suas costas, apesar do calor das chamas, não fosse água de chuva, mas algo diferente, um resíduo do poço profundo da dor humana. Está mergulhada neste poço e sua lama a recobriu.

O homem engole ruidosamente, pousa a xícara sobre o balcão e desliza a mão sobre a superfície de madeira. Depois se inclina para a frente e, em voz baixa, faz uma pergunta a Gennaro.

— O que vão fazer conosco?

Gennaro abana a cabeça.

O homem olha ao redor. Observa demoradamente as mesas e cadeiras. Chiara sente seus olhos pousarem nela, mas não o encara. O soldado à porta o chama. Ele pega sua mala e sai.

Chiara o acompanha até a porta e o vê ser escoltado até a fila de pessoas que estão sendo conduzidas pela rua até os caminhões. A população do gueto — velhos, jovens, bebês de colo, pessoas de muletas, mulheres e crianças — se arrasta em direção aos caminhões em uma procissão quase silenciosa. Algumas das crianças menores estão chorando e gritando como bebês; mas os adultos e as crianças maiores, aquelas que já conseguem falar, não dizem uma palavra. Há alguns homens jovens, como o que entrou no bar, mas não muitos.

— Onde estão os homens? — pergunta ela.

Gennaro se posta ao lado dela.

— Hoje é dia da ração de tabaco — diz. — Eles foram pegar seus cigarros.

Ela olha para ele.

— O quê?

Ele está sério. Restos de fuligem realçam as rugas do seu rosto, como se tivesse nascido para parecer melancólico. *Vidas podem depender de tão pouca coisa como um maço de cigarros?*, conjetura Chiara.

— Sim — diz Gennaro, como se ela tivesse falado em voz alta. — É assim que são as coisas.

Algumas pessoas ainda vestem os pijamas sob os sobretudos. A maioria segura sacolas ou carrega embrulhos amarrados nas costas. Todos são cutucados com os canos das armas. No outro lado da fila, encostados a uma parede, dois oficiais conversam e fumam.

— O que vão fazer com eles?

— Provavelmente vão ser levados para um campo de trabalho forçado, no norte — responde Gennaro.

— Bebês e velhas senhoras em um campo de trabalho forçado? — diz Chiara.

Entretanto, Gennaro já está falando sobre outra coisa, algo a respeito da sua mãe ter lhe avisado para não abrir um bar no gueto, que aquilo fora uma casa de penhores, que ninguém viria ao bar agora e que ele ficaria arruinado. De repente, no meio de uma frase, ele se interrompe e permanece imóvel, uma expressão envergonhada no rosto. Depois recomeça a tagarelar, como se não tivesse visto nada estranho, mas logo para de falar novamente.

— Eles voltarão um dia — diz finalmente. — Quando a guerra acabar.

Eles observam a última pessoa da fila passar. É a Nonna Torta, coxeando e resmungando. Veste camisola e chinelos, o avental por cima. Não carrega nenhuma bagagem.

No outro lado da rua, os dois oficiais nazistas ainda estão encostados no muro de pedra, conversando. Seus respectivos pés esquerdos, enfiados em botas que vão até os joelhos, formam uma simetria inquietante, mas tranquilizadora.

Gennaro está chorando.

— Sabia que tem uma gata faminta com alguns filhotes no armário do depósito? — comenta Chiara.

— Uma gata? — diz ele. — Vou levar leite para ela. — Ele vai para trás do balcão, inclina-se e começa a remexer em alguma coisa. — Pode ser que goste de uns biscoitinhos que tenho aqui — acrescenta, e desaparece nos fundos do bar.

Chiara vai para a rua e se junta a um grupo de curiosos. Posta-se ao lado de uma mulher de cabelos grisalhos e desgrenhados cujas mãos estão sobre o rosto, como se resistisse ao impulso de tapar os olhos. Chiara também sabe que precisa observar o espetáculo. Precisa testemunhar. Então, após acompanhar tudo, talvez possa ir embora, retornar à sua vida. Poderá pegar sua irmã, alguns mantimentos e roupas e sair da cidade. Poderá se refugiar na casa da sua avó nas montanhas e aguardar a chegada dos Aliados.

Sua mente vagueia para os carneiros no prado atrás da casa da sua avó. Ao longo de toda a sua vida, aquele campo, a sensação daquele campo — o aroma de grama e orégano selvagem que cresce nas sebes; a pureza do ar, refrescante e cintilante, mais luminoso que o ar dos vales; a visão das demais colinas, que ondulam em todas as direções — sempre representou um alívio para ela. A limpeza e a segurança dos montes: ela almeja reencontrá-las.

Os habitantes do gueto foram confinados em um buraco na rua, em frente ao Teatro de Marcelo. De algum lugar, na direção do rio, vem o ruído de gritos e o estrépito de tiros, mas as pessoas à espera em meio às colunas quebradas das ruínas guardam silêncio.

As lonas laterais dos caminhões foram levantadas. A multidão, agora sem lar, é forçar a subir nas carrocerias. A lacuna entre as testemunhas e os judeus recolhidos aumenta. É como se os observasse do outro lado de um rio caudaloso.

Uma jovem família atrai seu olhar. Seus membros estão na caçamba de um dos caminhões, conseguiram ficar juntos. Elegante em seu terno, gravata e sobretudo, o pai está compenetrado, sério. A umidade fez seus cabelos crespos tombarem sobre a testa alta. É o tipo de homem que fuma cachimbo, pensa Chiara, como seu próprio pai fazia. Enfia o cachimbo na boca e chupa a fumaça, enquanto analisa um problema; depois, o remove para fazer uma declaração. O tipo de homem que não é precipitado nos julgamentos. No momento, tenta encontrar um modo de agir como chefe de família, conservando alguma dignidade. Nos braços, segura uma menina de cabelos crespos e rosto gorducho cujos bracinhos roliços emergem de um largo agasalho abotoado. Seus olhos brilham como se tudo fosse uma aventura. Entre o marido e a esposa, outra criança, maior, um menino de sete anos, talvez oito, segura a manga do sobretudo da mãe.

É a mulher que atrai a atenção de Chiara. No colo, um menino de dois ou três anos e rosto triste, como que em uma paródia dos adultos que o cercam. A mulher está mais bem vestida que a maioria e dá a impressão de ter escolhido as roupas com cuidado, sem enfiar às pressas o que conseguira encontrar nos frenéticos minutos que precederam o momento no qual sua família foi forçada a sair de casa. Usa brincos marchetados de pérolas, um chapéu verde-escuro e sobretudo, também verde-escuro, bem cingido ao corpo. É uma roupa de viagem.

Talvez, enquanto o terrível tumulto se desenrolava às quatro da manhã, ela não tivesse se retirado medrosamente para o recanto mais recôndito do seu apartamento, nem puxado o cobertor sobre a cabeça; mas se atrevera a olhar para fora e vira os soldados nazistas enlouquecidos. Quando interromperam a carnificina, ela acordou sua família e se vestiu, em vez de voltar para a cama. Arrumou as malas de todos, uma para cada um. Aquelas pessoas estavam fugindo, pensou Chiara, mas não com a rapidez necessária.

A mulher relanceia os olhos de um lado para outro, examinando a multidão. Embora a lacuna entre as testemunhas e os judeus já tenha se transformado em um rio caudaloso, aquela mulher ainda procura uma ponte, uma jangada, uma tábua flutuante.

Chiara está observando a mulher, cujo olhar inquieto pousa sobre ela. Sem desviar os olhos, ela desprende os dedos do filho do sobretudo e o empurra. Chiara olha para o menino, depois para a mulher de olhos ainda cravados nela, e mais uma vez para o garoto, que agarrou outra parte do sobretudo. Chiara vê a mãe reabrir a mão do filho e o afastar novamente. Seu olhar se alterna entre mãe e filho, mas a mulher nunca deixa de encarar Chiara. Ela segura o ombro do menino e diz alguma coisa. O menino permanece separado dela, os braços pendentes ao longo do corpo. É o único membro da família com cabelos lisos; está muito bem vestido, com bermuda cinzenta e meias esticadas. Um dos seus joelhos tem um arranhão.

De repente, Chiara começa a gritar e abre caminho até a frente da pequena multidão, livrando-se de alguém que tenta segurar seu braço.

— Meu sobrinho — grita ela. — Esse é o meu sobrinho.

Ela aponta para o garoto.

— O garoto é seu? — pergunta, num italiano com forte sotaque, o soldado que está dirigindo as operações no caminhão.

— Sim — diz ela. — É da minha irmã.

Na beirada do caminhão, o garoto titubeia. Seu rosto está tenso, mas desconcentrado. Como um aluno forçado a ficar de frente para a turma, sabendo que será humilhado.

— Entregue-o para mim. Venha com a titia, querido! — grita Chiara.

Encorajada pelo som da própria voz — esganiçado, maternal, ultrajado —, ela continua a gritar, estendendo os braços para receber o menino. Algumas pessoas se juntam a ela.

— Entregue o garoto — diz uma.

— É a tia dele — acrescenta outra.

Em algum ponto da aglomeração, ouve-se uma voz masculina.

— Esse garoto não é judeu.

Um soldado de escalão superior aparece e pede para ver os papéis de Chiara. Ela o reconhece como um dos que estavam encostados no muro em frente ao bar de Gennaro. Enquanto ele os folheia, o menino é entregue a ela. Está rígido e sério. Ela segura a mão dele e o puxa para seu lado. Depois o aperta contra o corpo. Pode sentir sua tensão.

Chiara não volta a olhar para a mãe. Não pode hesitar. Encara o oficial, magro e recém-barbeado. Observa seu quepe de copa alta, o cabo do revólver e seu colarinho, que traz os emblemas da caveira com as tíbias cruzadas. Repara na dragona dourada, cuja costura se desfez em um ponto e foi cerzida, de forma grosseira, com uma linha de cor diferente. O úmido espaço entre seus ombros começa a latejar, como se esperasse uma bala. Uma bala que com certeza trespassaria seu coração.

— Minha irmã é costureira — comenta ela, olhando para a cerzidura.
— Você nem veria os pontos se ela tivesse remendado isso.

Chiara sabe que ele não entende o que ela fala. São apenas palavras que emite para perfurar a bolha de silêncio que caiu sobre eles como um domo. Um grande vazio preenche sua cabeça, como se estivesse prestes a desmaiar.

— Solteira — diz o oficial, apontando para a palavra com a mão que estava sem luva.

— Ele é filho da minha irmã — responde ela.

Ele olha para ela e para o menino. O fato de as palavras "raça judia" estarem ausentes nos seus documentos seria o bastante? Chiara nunca fez a saudação nazista. Até na escola conseguiu evitá-la e se orgulhava desse pequeno ato de tácita resistência. Agora, no entanto, pergunta-se se a hora chegou, se fazer a saudação resolveria o problema.

Os motores dos caminhões são ligados e o garoto a seu lado dá um berro.

— Mamma! — grita ele.

Chiara o levanta e o aperta no peito. É só o que pode fazer para contê-lo.

Ele começa a chutá-la.

— Mamma! Mamma! — grita sem parar.

Ela sussurra no ouvido dele:

— Cala a boca, se não o soldado vai atirar. — O garoto amolece nos braços dela, transformando-se em um peso morto. — Pode devolver meus documentos, por favor? — diz ela, atrevidamente. — Preciso levar o menino para casa.

O motorista do segundo veículo grita alguma coisa. Está pronto para partir. O oficial da SS olha para o caminhão. Examina os ocupantes. Então se inclina e passa a mão nos cabelos do garoto.

— Obedeça a sua titia — diz ele, jogando os papéis de Chiara na bolsa que ela traz no ombro.

Com o canto do olho, ela vê a pequena mala do menino no caminhão, perto de onde ele estava. As roupas, as posses, talvez um brinquedo ou um livro. Alguma coisa que lhe pertencesse. Ela não poderia pegar nada daquilo. Nem um único item. Nem uma foto. Nem uma roupa.

Os caminhões se afastam.

Chiara permanece de pé, atordoada. Segura o pesado menino, que mantém o rosto enfiado em seu sobretudo.

— Vá embora — diz o oficial, lançando-lhe um olhar que ela não entende. Ele eleva a voz e se dirige à multidão. — Vão embora agora! — brada, batendo as mãos em um gesto teatral. O espetáculo terminou.

Chiara se afasta tão rapidamente quanto pode, carregando no colo o garoto inerte, cujos pés batem em seus joelhos a cada passo que ela dá. Pergunta-se se o terá asfixiado. Segue então na direção do rio e caminha sob os plátanos da Lungotevere. Ao atravessar a ponte Garibaldi, põe o garoto no chão. Ele deixou uma trilha de ranho no sobretudo dela.

— Quero minha *mamma* — diz.

Ela olha para ele. Pequeno, desafiador. Órfão. Seus joelhos se dobram, e ela se apoia no parapeito da ponte. Pela primeira vez naquela manhã, o sol aparece, conferindo às folhas um brilho áureo-alaranjado. Abaixo, um galho caído passa boiando no rio avolumado. Ela endireita o corpo.

— Vou levar você para casa, comigo — Chiara começa a dizer, mas se interrompe para segurar as roupas do garoto, que está começando a correr.

Ela o puxa para junto de si. Depois se abaixa por trás dele e segura seus braços, pedindo que não grite. Há uma etiqueta no colarinho do casaco dele. *Daniele Levi* — lê ela, nas letras de ponta-cabeça. A etiqueta vai ter que sumir. Ela abraça o menino com força e o imobiliza. A determinação dele para fugir é pelo menos tão grande quanto a dela para contê-lo. Porém, é uma questão de força física, e ele não tem qualquer chance.

Quando chegam à Via dei Cappellari, ele está em silêncio.

Duas malas cheias estão no vestíbulo. Sentada à mesa de costura, na sala, Cecilia não levanta os olhos imediatamente. Está fazendo bainha em um pedaço de pano cor de ameixa. As dobras do tecido vão quase até o chão, captando o brilho da luz aquosa que se infiltra pela janela. Ela corta a linha com uma tesoura e se apruma.

— Terminei — diz, e olha para eles por cima dos óculos redondos de leitura.

Fixa o olhar no menino exausto, cujas lágrimas lhe escorrem pelo rosto.

— É essa é a coisa especial que trouxe para mim? — pergunta. E, antes que Chiara possa responder, acrescenta: — Eles não tinham meninas?

DOIS

CARDIFF, MARÇO DE 1973

Isso foi *antes:* antes que Maria encontrasse a carta, ou entendesse o que ela significava. Aconteceu na claridade de um dia de sol, não devidamente apreciado então, mas reverenciado em retrospecto, quando já desaparecera para sempre. Juntamente com seu brilho, resplendor e contornos luzidios bem definidos, que refletiam a luz. Houve o *depois,* quando uma névoa surgiu e tornou o ar pesado, fazendo-a ter a impressão de que, se continuasse a respirar, poderia se afogar aos poucos.

Entre uma coisa e outra, às seis e meia da noite, foi o fundo do poço. Pensar nisso era ter a sensação de cair para trás. Não pensar nisso — não repassar o filme vagarosamente, não só na própria cabeça, mas em seu ser, como se tivesse sido alcançada por um facho luz estroboscópica que projetasse uma dor fria — estava além das suas forças.

À época do *antes* pertencia à sua irmãzinha Nel, sentada no joelho de Maria para que esta lhe fizesse tranças nos cabelos; e ao irmão delas, Patrick, que, metido em um guarda-pó amarelo, percorria a sala de skate, polindo o chão de parquet para ganhar uns trocados. Havia Tabitha, a gata dos vizinhos, que Maria alimentava enquanto eles viajavam de férias, perseguindo uma borboleta sob o arbusto de lilases. Havia uma caminhada pelo calçadão até o outro lado do lago, onde compraria o *The Telegraph* para seu pai e sorvete para ela e as crianças. Flertaria com o garoto do caminhão de sorvetes. Havia Brian. Ele era uma criatura dos tempos do antes. Pobre Brian. Havia toda a família assistindo a *Doctor Who;* Maria de pernas cruzadas no chão, recostada nas canelas do pai. A tranquilidade. Tudo isso desaparecera.

Maria estava à espera de que Brian lhe telefonasse. Pensava em beijá-lo, ou melhor, em ser beijada por ele. Era o primeiro garoto que beijava devidamente — uma experiência repleta de entrechocar de dentes e saliva. Gostaria de saber se beijar era necessariamente assim ou se isso ocorria por causa dos dentes protuberantes de Brian. Havia um local inchado na parte de dentro do seu lábio inferior, onde os dentes dele haviam feito pressão. Ela passava a língua ali a todo instante.

Com a época de provas se aproximando, a vida e a revisão de matérias se fundiam. Portanto, mesmo ali, estirada em um pufe sob a escada, ao lado do telefone em uma tarde de sábado, ela mantinha um livro aberto.

Leva-me contigo a alguma esfera estrelada, leu ela.*

Estava estudando Keats e os poetas românticos para a prova de literatura inglesa. Tentava se imaginar sendo levada por Brian até uma esfera estrelada. Um pensamento lhe ocorreu antes que pudesse vetá-lo: qualquer versão de uma esfera estrelada que Brian pudesse acessar seria um local onde ela não desejaria entrar.

Patrick passou no skate.

— Ah, Brian — disse ele, pousando as mãos sobre o coração.

Tinha oito anos e se achava muito esperto.

— Cale a boca e vá embora — disse Maria.

Ele deslizou pela sala até a porta da frente, onde se livrou do guarda-pó. Depois retornou e subiu a escada estrondeando.

---

* *Lift me with thee to some starry sphere,* no original. Verso de *Endymion,* poema do poeta inglês John Keats. (*N. T.*)

Conhecera Brian em um show na escola ao qual fora com seu amigo Ed no dia em que completava 16 anos. Agora, Ed não estava mais falando com ela. O conjunto que se apresentava era composto por garotos do sexto ano que faziam *covers* do Led Zeppelin e do Deep Purple. O primeiro guitarrista do conjunto tinha um jeito especial de deslizar de joelhos até a frente do palco, e o vocalista sacudia a cabeça como se tivesse longas mechas louras, como Robert Plant. Os garotos da escola não tinham autorização para usar cabelos compridos.

Usando sua nova calça lilás boca de sino e uma blusa curta listrada, Maria viu o garoto pelo canto do olho e ficou o encarando ele até que ele a visse. O conjunto estava tocando "Black Dog". O garoto, de cabelos repicados até os ombros, como Rod Stewart, não conseguiu se manter longe dela. Ela era como a mulher da canção, gotejava mel. Ela o atraiu mantendo o corpo bem aprumado e a cabeça levemente inclinada, olhando para ele por baixo das pestanas e, depois, fitando o chão. Ele caminhou até onde ela estava e aproximou a boca do ouvido, para que ela escutasse apesar do barulho da música. Ela sentiu uma titilação na orelha. Ele teria que ir para trás do palco, disse, pois estava gravando as canções do conjunto. Ela não entendeu para quê.

— Não vá embora — sussurrou ele.

Então desapareceu por uma porta no lado esquerdo do palco. Maria permaneceu onde estava, cheia de expectativas e enigmas, gingando ao ritmo da música, mas sempre com um olho na porta por onde o garoto passara. Quando ele saiu, a carona dela estava à espera e ela teria que ir embora. Porém, ousadamente, enfiou seu número de telefone na mão dele.

Três dias se passaram antes que ele telefonasse.

— Brian — disse ela à mãe, quando ele finalmente telefonou. — Por que ele tem que se chamar Brian? É tão feio quanto Trevor.

— Um bom nome irlandês — observou sua mãe. — Não se esqueça de Brian Boru, o grande rei da Irlanda.

O pai de Maria era irlandês.

Refestelada nas dobras do pufe, com Keats aberto no colo, Maria pensou em como gostara mais de Brian naqueles três dias, quando a espera lhe provocava uma espécie de agonia, uma excitação ansiosa. Quando, trancada em seu quarto, tocava os velhos discos de jazz da sua mãe (ainda não tinha seus próprios discos) no toca-discos estereofônico que o pai lhe dera de aniversário e praticava beijos usando as costas da mão. Isso foi antes de descobrir que ele achava que romances eram um desperdício de papel e que as pessoas que riam do Monty Python estavam fingindo; e que ele estava no primeiro ano da universidade, estudando química, ainda por cima.

Naqueles três dias, o pequeno telefone verde da prateleira embaixo da escada adquiriu uma importância singular. Ela tirava o receptor do gancho com frequência para verificar se havia sinal; e logo o recolocava no lugar, pois o garoto poderia escolher aquele exato momento para lhe telefonar e, ao encontrar a linha ocupada, desistir dela para sempre. Ela oferecera sua paz de espírito e bem-estar a um desconhecido ruivo no auditório da escola. Como qualquer um poderia fazer então, nos tempos do antes.

— Ensaio geral — gritou Nel para o andar de baixo.

As crianças preparavam o Fabuloso Show do Coelhinho da Páscoa da Família Kelly, que seria apresentado no domingo de Páscoa, após a caçada ao tesouro. Maria seria a mestre de cerimônias.

O telefone tocou.

— Pode me telefonar de volta? — disse Brian. — Estou numa cabine telefônica.

— Alguém me traga uma caneta e um pedaço de papel! — berrou Maria.

— Quer ir ao cinema hoje à noite? — propôs Brian.

Ele queria ver *A Conquista do Planeta dos Macacos* novamente.

Nel desceu a escada aos trancos.

— Pat está fazendo cocô — comunicou ela.

Nel tinha seis anos. Gostava de falar de bumbuns e aprendera a produzir um som semelhante a um peido com as mãos. Deu uma gargalhada.

— Caneta e papel, rápido — disse Maria.

— Onde eu pego?

— Na escrivaninha da mamãe.

Maria repetiu o número em sua cabeça enquanto ouvia Brian recitar os horários das sessões. Nel estava demorando séculos.

— Rápido, rápido! — gritou Maria.

A ligação caiu. No quarto dos fundos, ouviu-se um estrondo. Maria se içou das profundezas do pufe e foi investigar o que ocorrera, murmurando o número.

Nel estava de pé ao lado de uma gaveta emborcada no chão, sob a qual despontavam envelopes de papel pardo e papéis.

— Não consegui abrir — disse. — Estava presa.

— Essa é a que fica fechada — explicou Maria. — É para documentos importantes.

— Você falou rápido, rápido.

— Já devia estar meio quebrada — comentou Maria. — Ou mamãe não fechou direito. Ou você tem uma força sobre-humana — acrescentou ela, apertando o pequeno bíceps de Nel.

Nel guinchou e se debateu.

— Esqueça. Deixe-me telefonar para Brian. Depois arrumo isso.

Elas voltaram para a sala. Maria discou o que achava ser o número.

— Não tocou — disse.

Nel se mantinha prestimosamente ao lado dela.

— Você disse um sete no final — informou ela.

Sem se mostrar convencida, Maria alterou o último dígito. Desta vez o telefone tocou, mas ninguém atendeu.

— Também não é isso.

Pensou em Brian na cabine telefônica, esperando que ela ligasse, cobrindo as orelhas com a gola do casaco e virando as costas para as pessoas furiosas da fila no lado de fora, que não parava de aumentar. Imaginou então uma bruxa velha com uma rede nos cabelos batendo no vidro. *A Conquista do Planeta dos Macacos* outra vez, pensou. Que coisa mais exasperantemente sem graça.

— Deixe para lá — disse. — Eu tentei. Ele vai telefonar de novo.

Nel subiu a escada correndo.

Maria desvirou a gaveta e começou a repor as coisas no lugar. Havia muitos envelopes rotulados. *Documentos Legais*, dizia o que estava por cima. Ela folheou os envelopes. *Escrituras, Certificados, Garantias, Seguros.* Pegou a gaveta, recolocou-a na escrivaninha e a fechou. Quando se virou, seu olhar foi atraído por um papel caído no tapete. Recolheu-o e o virou. Era uma carta datilografada, datada de apenas uma semana antes, com um pós-escrito grafado manualmente.

Via dei Cappellari 147,
Int. 5, Roma, Italia

Signora Edna Kelly
41 Buttermere Avenue, Cardiff

17 de março de 1973

Prezada Sra. Kelly,

Estou escrevendo em resposta à sua carta endereçada ao ocupante do endereço acima. Não tenho como repassar sua correspondência a Daniele Levi, como a senhora solicitou, pois não sei sobre seu paradeiro. Ele partiu há muito tempo e não deixou endereço de contato.

Atenciosamente,
Signora Chiara Ravello

Quem estaria escrevendo de Roma para sua mãe? Ela sabia que sua mãe tinha uma espécie de correspondente na Itália desde quando trabalhara como acompanhante lá. Teria isso alguma coisa a ver com a carta? Mas fora uma mulher que escrevera e a carta se referia a um homem. Ela tentou se lembrar do que a mãe lhe dissera. A amiga na Itália se chamava Helen. Casara-se com um italiano e permanecera na Itália, enquanto sua mãe voltara para casa e se casara com seu pai. Seu namoradinho de infância.

Maria analisou o pós-escrito. O texto, em tinta preta, fora escrito com caneta-tinteiro, não esferográfica. As letras angulosas, eretas e separadas foram grafadas em um estilo brusco, como que escritas por alguém que não tivesse aprendido caligrafia. Somente o L e o P de "desculpe" estavam conectados. Ligavam-se ao E com uma espiral, primeiro, depois com uma pequena barra, formando pequenas pontes que mantinham as letras juntas.

Desculpe.

P.S.: Sinto informar que não se sabe se Daniele está vivo ou morto. Desculpe.

Ela colocou a carta por cima dos documentos legais e fechou a gaveta.

Pat e Nel estavam ao lado do pai no sofá. Assim poderiam enfiar o rosto por trás das suas costas, caso ficassem assustados. Maria estava sentada no chão, aos pés dele, e a mãe se acomodara em uma poltrona. Era o ritual adotado na hora do chá, nos dias em que era exibido um episódio de *Doctor Who*. Todos tinham no colo um prato e um guardanapo. No piquenique montado sobre uma toalha estendida no tapete, havia: sanduíches abertos de presunto com mostarda e de ovos cozidos triturados com agrião — feitos com o pão crocante comprado na padaria da Albany Road —, potes de picles, um enorme saco de batatas fritas crocantes, uma maçã e uma laranja para cada um e um bule de chá.

Maria adorava o chá de sábado à tarde e adorava *Doctor Who* desde quando o programa fora lançado, dez anos antes; ela tinha seis anos na época, Pat e Nel nem haviam nascido. A primeira tevê da família era em preto e branco. Agora, era em cores. Os Spiridons, criaturas espigadas escravizadas pelos Daleks, tornavam-se completamente visíveis depois que morriam. Somente então suas capas compridas e peludas podiam ser vistas — capas da mesma cor do seu grande casaco de veludo, observou Maria.

— Do que você gostaria mais, ter o dom da invisibilidade ou poder viajar no tempo? — perguntou ela mais tarde, na cozinha.

Estava lavando os pratos enquanto sua mãe guardava as coisas.

— Viajar no tempo — respondeu imediatamente a mãe.

— Para onde iria? — perguntou Maria, agitando a água da pia para fazer mais espuma.

— Para que época eu iria é a pergunta mais correta — disse sua mãe. — E você, para que época iria?

Ela se postou ao lado de Maria por alguns momentos, com a toalha de mesa nas mãos e um olhar distante no rosto.

— Eu iria para Roma, em 1821 — disse Maria —, para a casa do Keats, e levaria tratamentos modernos para a tuberculose. Assim, ele ficaria bom e escreveria mais poemas.

— Precisaria levar uma enfermeira junto — comentou sua mãe. — *Moi* — acrescentou, batendo no próprio peito e se identificando como a referida enfermeira, para que Maria não tivesse nenhuma dúvida.

Pela janela da cozinha, ela observou sua mãe, que sacudia as migalhas do piquenique no jardim. Usava o macacão de plástico com listras cor de rosa que sempre colocava sobre as roupas quando limpava a casa. Ao voltar para dentro, fechou o saco de batatas fritas com um pregador de roupas, impedindo que as batatas remanescentes murchassem. Depois entrou na despensa.

— Você iria a Roma, mãe? — perguntou Maria. — Para ver Daniele Levi?

O nome acabara de pipocar na sua cabeça, mas, assim que o disse, teve vontade de dizê-lo novamente. Teve que elevar a voz, pois o retinido dos potes e panelas havia se intensificado.

— Quem é Daniele Levi, mãe?

A resposta foi o silêncio. Um silêncio súbito em que Maria conseguia ouvir a televisão ligada no quarto da frente e seu irmão dando risinhos — sua reação sempre que alguém lhe fazia cócegas.

— Mãe? — chamou Maria, virando-se um pouco, as mãos ainda mergulhadas na água ensaboada.

A cortina de retalhos pendurada na entrada da despensa, à guisa de porta, estava imóvel. O silêncio era o de alguém prendendo a respiração.

O que lhe veio à cabeça foi que sua mãe estava reencenando uma cena de *Doctor Who,* fingindo que havia sido transportada para outra dimensão no tempo. Quase chegou a rir. Retirando a mãos da cuba da pia, ela as enxugou na frente do macacão.

— Mãe? — repetiu.

Sua mãe irrompeu pela cortina.

— Onde está seu pai? — disse. — Esqueci de dizer a ele... Eu só precisava... Nós precisamos...

Seu rosto assumiu uma expressão semelhante a um sorriso, mas não o era. Após exibir a careta na direção de Maria, saiu apressadamente da cozinha, fechando a porta.

Maria se afastou um pouco da pia e parou no meio da cozinha, observando os pais na sala através do vidro da porta. O vidro distorcia seus contornos e turvava os movimentos, como se estivessem submersos em água. Sua mãe estava falando, puxando a camisa do seu pai e pousando a cabeça no peito dele. Ele a abraçou e lhe deu umas palmadinhas nas costas. Depois virou a cabeça e olhou na direção de Maria.

Maria pensou no avô. Lembrou-se de como ele, logo depois de morrer, começou a aparecer em seus sonhos. Não de forma dinâmica, não como protagonista, mas como um espectador silencioso, discreto e quase invisível. Ela então acordava, feliz por tê-lo visto outra vez, mas dominada pela triste constatação de que não poderia ressuscitá-lo. Desejar que estivesse vivo novamente era desejar o mesmo tipo de vida póstuma que Keats suportara nos seus últimos dias na Itália. Não havia máquina do tempo e não havia retorno.

Ela abriu a porta da cozinha. Sentiu um mal-estar.

— Vamos até o quarto dos fundos, Maria — disse seu pai, em voz baixa. — Precisamos conversar com você.

— Vá indo, amor — disse ele à mãe dela, encaminhando-a para o quarto. — Vou fazer as crianças nos deixarem em paz por dez minutos.

O que não fora dito ao longo de 16 anos e um mês, de repente não poderia esperar nem mais um minuto. Sua mãe estava ansiosa para falar. Nem mesmo esperou que o pai voltasse; simplesmente desabafou.

Disse a Maria que Daniele Levi era o pai dela, o pai biológico. Assim que disse a palavra "pai", seu marido entrou no quarto.

Alguma coisa deu um solavanco dentro do corpo de Maria, como uma corda se arrebentando ou um golpe de chicote. Achou que ouvira o estalo. Sua espinha se arqueou.

— Não — disse ela, olhando para o pai.

— Desculpe — replicou ele —, deveríamos ter contado antes.

— Não — repetiu Maria.

Estava sentada na beira da cadeira de rodinhas, cuja borda pressionava suas coxas. Sentia-se como se estivesse caindo para trás, com as costas mais arqueadas e as pernas empinadas, num salto de costas involuntário de um trampolim elevado.

Eles lhe diziam coisas; enquanto o faziam, permaneciam de mãos dadas.

Ele a amava tanto quanto amava Pat e Nel, disse ele; sempre a amara, desde a primeira vez que a vira quando ela tinha apenas 3 anos. Ele pretendia contar a ela, sempre pretendera, mas nunca achava o momento certo, e a amavam muito, ela era a garota preciosa, bonita e talentosa deles.

— Não — disse Maria, recurvando-se para trás e mergulhando em queda livre.

O telefone tocou na sala, e deixaram que tocasse. Pat acabou atendendo a ligação e gritou que era Brian.

— Quer que eu atenda? — sugeriu a mãe dela. — Posso dizer a ele que você não está passando bem ou coisa parecida, e que você telefona para ele mais tarde.

— Não — disse Maria.

E foi até a sala.

— Você não me telefonou de volta — disse Brian.

— Não — disse ela.

— Você está bem?

— Não — disse ela.

— O que houve? — perguntou ele. — Não quer assistir ao *Planeta dos Macacos?*

— Não — disse ela.

— Outra coisa, então?

— Não — disse ela.

E pousou o receptor no gancho.

Seus pais estavam esperando que retornasse. Ela subiu para o próprio quarto, fechou a porta e encostou-se a ela, a madeira pintada sob as palmas das mãos e o rosto enfiado nas dobras do vestido pendurado em um gancho. Sentia-se caindo, mas batia com a cabeça na porta. O barulho era abafado pelo vestido. Queria que a deixassem sair. Ou a deixassem entrar. Sair ou entrar, permanecer em qualquer lugar, menos ali. Ali onde? Ali, dentro da própria pele. Deixem-me sair.

O telefone tocou novamente. Sentiu uma dor na garganta, como se fosse ácido queimando, e espasmos no estômago. Subiu na cama, abriu a janela do quarto, enfiou a cabeça para fora e vomitou na entrada da casa. Olhou e ouviu o vômito se esparramar no chão. Não conseguia sentar. Não conseguia ficar de pé. Bateu com a cabeça na porta de novo. Não havia para onde ir.

Os pais vieram e bateram na porta do quarto. Um de cada vez. Porém, ela não queria falar com eles e eles foram embora. Um bilhete foi enfiado por debaixo da porta. Ela pisou nele e o triturou no tapete. Seu pai não biológico gritou para lhe informar que estavam levando as crianças para a casa da avó, e voltariam em dez minutos.

— Eca. — Ela ouviu Pat dizer. — Alguém passou mal aqui na entrada.

Tão logo se afastaram, ela calçou as botas, vestiu o casaco, lavou a boca rapidamente sob a torneira da pia e saiu às pressas de casa. Entrou na casa dos vizinhos com a chave que haviam deixado com ela. O ambiente lá era tranquilo e silencioso.

Ela olhou para o quadro na parede: uma árvore desfolhada diante das nuvens rodopiantes de um crepúsculo invernal. Uma pintura a óleo em preto, laranja e vermelho, executada em grossas pinceladas. Uma cena desagradável, feia, desoladora. Tocou nos enfeites que havia sobre a lareira como se pudessem ser falsos, uma pastora de porcelana segurando um cajado de ponta dourada. Seu tímido parceiro estava ajoelhado, com um ramalhete na mão.

Saiu correndo da casa. Percorreu todo o caminho do lago e entrou no pequeno bosque que havia no final. Ninguém entrava lá depois que escurecia. Ela saiu da trilha principal e penetrou na vegetação, esbarrando nas árvores, arranhando braços e pernas em pequenos galhos, pisando nas flores brancas do chão, que exalavam um odor pungente, e escorregando na lama ao lado do riacho.

De repente, ouviu uma voz.

— Com licença, senhorita.

Maria se afastou correndo pela pista e entrou nas escuras ruas periféricas. Estava ofegante, como que perseguida por um animal selvagem. Entrou na casa dos vizinhos segundos antes que o carro dos seus pais parasse ali em frente.

Gritavam seu nome tão alto que ela conseguia ouvi-los através das paredes.

TRÊS

Reverentemente, Chiara desembrulhou sua nova aquisição sobre mesa da cozinha. O homem no mercado envolvera a tigela de vidro vermelho em camadas de folhas de jornal, garantindo que ela havia adquirido uma pechincha. Era uma peça de *murano sommerso,* uma camada interna de carmesim recoberta por uma externa de um vidro mais claro. A rachadura na base não lhe reduzia a beleza, dissera o homem, apenas o preço.

Chiara sabia que era conversa de vendedor, mas ele não precisava ter se preocupado, pois ela a compraria de qualquer jeito. O objeto parecia ter a cor do acalanto. O gato se aproximou sorrateiramente, pulou sobre a mesa, farejou a tigela e ronronou.

— Você já tem sua própria tigela, Asmaro — disse Chiara, pegando o gato e o pousando no chão. — Essa aqui é só para mim.

A campainha tocou.

— Está pronta? — perguntou Simone pelo interfone.

Elas iriam ao cinema.

— Suba um minuto — disse Chiara. — Quero lhe mostrar uma coisa.

Na rua, Simone deu um suspiro.

— Vamos chegar atrasadas — replicou.

Não era verdade. Elas dispunham de bastante tempo, mas Simone não subiria a escada até o apartamento de Chiara a troco de nada. Teria que haver, pelo menos, a promessa de um jantar.

— Levo até aí — disse Chiara.

Pegou um pedaço de jornal para embrulhar a tigela e estava saindo pela porta, com o chaveiro em uma das mãos e a tigela na outra, quando o telefone tocou. Teria que atender a ligação, pois poderia ser a agência de traduções com mais um trabalho. Ou o editor, para mandar recolher as provas do que acabara de terminar. Hesitou por alguns momentos; o telefone parou de chamar depois de apenas três toques. Não deveria ser nada importante. Continuou a descer.

Simone estava perscrutando a vitrine da loja de antiguidades no outro lado da rua. O proprietário estava ajoelhado lá, posicionando uma lâmpada na direção de uma poltrona com braços ao lado de uma prateleira repleta de objetos de vidro, bijuterias e peças de cerâmica cobertas de mosaicos. Usando um casaco leve de cetim verde e colarinho mandarim, sapatos de salto baixo decorados com pedrarias e cabelos, tingidos de castanho, presos por um grampo também revestido por gemas, Simone não pareceria deslocada se também estivesse na vitrine. Era, como sempre, sua própria obra de arte. Vê-la parada ali, com o glamour que lhe desafiava a idade, despertou em Chiara um sentimento de ternura. Ser amiga daquela mulher extraordinária e generosa, daquela amante da fartura e dos párias, daquela incansável descobridora do lado bom das coisas, era bom para a alma. Assim como fora bom para seu pai no passado. Sentiu vontade de abraçá-la.

Ela atravessou a rua e bateu no ombro de Simone. Quando esta se virou, Chiara a enlaçou com um dos braços, mantendo a tigela afastada. Equilibrada na ponta dos pés, afundou o rosto no ombro da amiga. O perfume de Simone evocava rosas e baunilha. Chiara recebeu um abraço também, além de palmadinhas na cabeça, como se fosse um cachorrinho ou uma criança.

— Olá, querida — disse Simone. — Você está de bom humor. O que houve?

Chiara lhe entregou a tigela e enumerou as razões, contando-as nos dedos da mão.

— Em primeiro lugar: as provas do livro que traduzi chegaram e fiquei muito satisfeita com o resultado. Em segundo: estou fumando cinco cigarros a menos por dia. E, terceiro: essa requintada tigela nova. — Simone olhou para o pedaço de vidro. — Na verdade, estou bem-humorada desde que escrevi aquela carta — continua Chiara. — Agora me sinto mais relaxada. Como se tivesse descoberto um quarto novo, que nem sequer sabia que existia, no meu apartamento.

Ela desenhou um quadrado com o jornal, como se criasse um novo aposento no ar.

— Que carta? — perguntou Simone, sem levantar os olhos. Virou a tigela ao contrário. — Tem uma rachadura na base — acrescentou.

— Sei que tem — disse Chiara. — A carta para aquela mulher na Inglaterra. Quer dizer, País de Gales — corrigiu-se.

Com um sobressalto, Chiara se deu conta de que não contara nada a Simone. Pretendia contar, mas sem mencionar a tormenta em que a carta da mulher de Cardiff a mergulhara. Não que tivesse despertado os fantasmas, Cecilia e Daniele, do sono em que se encontravam, e ambos tivessem saído dos recantos da sua mente em meio a uivos silenciosos. Nada disso, mas o modo como ela reagira à situação. O modo como a usara com uma oportunidade. E sua resposta fora medida. Na verdade, não precisava contar nada a Simone. Aquilo dizia respeito somente a ela, não a Simone.

— Nada — disse. — É a respeito de um trabalho. Pensei que tinha lhe contado.

Ela se sentara à mesa da cozinha e enfiara uma folha de papel na máquina de escrever Olivetti. Atenta à gramática, juntara palavras neutras e formara frases que comunicavam sua ignorância sobre o paradeiro de Daniele. Quando a releu, o tom lhe pareceu excessivamente formal. Não deixava transparecer a tristeza e a angústia que deveria acompanhar a incerteza a respeito da vida de um homem. No fim, acrescentara uma nota manuscrita, que incluía a palavra "desculpe", resistindo ao impulso de escrevê-la centenas de vezes. Bastava uma vez, se a intenção fosse sincera. Evitara até aludir a sua própria ligação com Daniele.

Apenas três lembranças de Daniele restavam no apartamento, e nenhuma seria vista por outras pessoas.

Sua jaqueta de couro, pendurada sob uma pilha de casacos no cabideiro do vestíbulo, ao lado da prateleira de chapéus. Era igual ao que Marlon Brando usara em *O selvagem*.

O descanso — que ele confeccionara em metal — repousava no balcão da cozinha. Ela o usava todos os dias para pousar o bule de café quente.

Sua foto, escondida sob uma foto dos avós dela na mesinha de cabeceira. A disposição da moldura, um objeto antiquado e dourado adquirido em um camelô, permitia que as fotos fossem retiradas pela lateral, sem necessidade de remover o suporte. Bastava virar a moldura e lhe dar uma pancadinha para que o retrato de Daniele surgisse. Gostava de pensar que ele estava junto com a Nonna.

Juntara essas três coisas e as embrulhara em papel pardo. Depois guardara o embrulho no quarto de despejo, fora de vista.

Chiara considerara a carta da mulher desconhecida no País de Gales — a respeito de quem, com um esforço deliberado, evitara especular — como um convite para se despedir de Daniele. O envio daquelas palavras, a consignação delas a um mundo maior e a liberação física que isso acarretava lhe dera a sensação de que o nó que estava alojado por trás do seu esterno começava a se desfazer. Daniele se fora. Não o via havia uma década. Poderia nem saber o que acontecera a ele, mas tudo terminara. Intencionalmente, fechara uma porta que se mantivera aberta por tempo demais.

— Quanto pagou por isso? — perguntou Simone.

— Cinco mil liras.

— Vamos perguntar o que ele acha da sua descoberta? — sugeriu Simone, acenando com a cabeça na direção do homem da loja de antiguidades.

— Não — disse Chiara. — Não vamos

Ela estendeu a mão para pegar de volta a tigela.

— Espere — disse Simone. — Deixe-me olhar melhor.

Enquanto Simone examinava a peça, revirando-a entre as mãos e a erguendo para captar a luz, Chiara leu a folha de jornal amassada em que a embrulhara. O terrorista de extrema-direita que acidentalmente explodira a si mesmo no trem de Turim estava fora de perigo e fora transferido do hospital para a prisão.

"Os que estão conosco aguardam o momento de sair das trincheiras e entrar na luta, para atacar, atacar e atacar", era o slogan da sua organização, a Nova Ordem. Podia parecer uma idiotice, mas não impedia os caras de serem perigosos.

Ela não sabia ao certo quantos grupos neofascistas existiam. O que a deixava amedrontada e desanimada com o que estava acontecendo na sociedade; mas não sufocava a arraigada concepção de espaço e possibilidades. Ela deveria aprender tango, pensou, enfiando o papel sob o braço e arqueando um dos ombros, no que achava ser uma posição de tango.

— Sabe o que isso me lembra? — disse Simone. — A lâmpada vermelha que fica acesa nas igrejas para mostrar que Deus está presente ou que a eucaristia é abençoada, seja lá o que for.

Chiara olhou novamente para sua nova aquisição. Simone a estava equilibrando nas palmas das mãos, como se fosse uma oferenda votiva.

— Bem a filha de sua mãe, apesar de tudo — disse Simone. — Católica até a medula.

— Não sou — replicou Chiara, ofendida. — Na verdade, se parece mais com a luz de um bordel. Você é que está vendo o sagrado no profano. Não eu.

Simone sorriu.

— Muito graciosa — disse. — Vou esperar você aqui. Não precisa ter pressa. Vou xeretar essa loja. Daqui a quinze minutos nos encontraremos com Silvia e Nando.

— Ah, é? — exclamou Chiara.

Havia se esquecido de que eles também iriam. Levou então a tigela para cima. Subiu a escada segurando o corrimão, pois os degraus eram altos e a escada, escura, e lentamente, para não deixá-la cair. Sua independência recém-adquirida lhe dava vontade de respirar profundamente, de encher os pulmões de ar puro. Foi como descobriu que sua capacidade pulmonar estava reduzida.

— Prejudicada — dissera o velho doutor Bruni, dando um riso rouco, como se tivesse dito algo muito engraçado.

Naquele momento, um cigarro pendia de sua boca. Ele parecia achar que o estado dela não era preocupante, mas, de qualquer forma, ela estava tentando parar de fumar. O chiado que saía do fundo dos seus pulmões não desaparecia, e gostaria de conseguir subir as escadas correndo novamente.

Pousou a tigela na prateleira do vestíbulo. Agora que o fato havia sido apontado, percebeu que, de fato, o objeto tinha a mesma cor da luz de um santuário. Religiosamente vermelho. Entretanto, não era por isso que gostara tanto dele. Ele a lembrava de outra coisa. Tentou descobrir o que era e, de repente, a resposta lhe veio à cabeça: o candeeiro que ficava no seu quarto quando era pequena. No quarto dela e de Cecilia, no apartamento de San Lorenzo.

O telefone tocou novamente. Embora Simone estivesse à sua espera na rua, Chiara resolveu atendê-lo desta vez. Estava pensando no candeeiro vermelho pendurado numa parede, e em como sua mãe acendia a vela dentro dele com um círio antes que elas fizessem as preces. Quando era bem pequena, pensava que o círio era uma varinha mágica.

Distraída, não entendeu o que a pessoa no outro lado da linha estava dizendo. Uma voz de mulher, sussurrando.

— Como? — disse ela.

— Você fala inglês? — perguntou a mulher, em inglês.

Tinha uma voz jovem, muito suave.

— Sim — respondeu Chiara, achando que poderia ser uma oferta de trabalho.

Ela normalmente não aceitava trabalhos de interpretação, pois seu inglês falado não chegava nem perto do escrito; mas acabara de terminar uma tradução e não havia nada em vista. No outro lado da linha, ouviu a pessoa respirando.

— Falo inglês, sim — acrescentou, para encorajar a mulher e demonstrar que estava à altura de qualquer trabalho.

A campainha tocou.

— Você é a Signora Chiara Ravello? — disse a mulher.

Pronunciava Chiara como se o "ch" fosse como o de "tchau".

— Chiara Ravello, sim — confirmou ela, com a pronúncia correta.

— Estou telefonando para perguntar...

A voz suave foi quase obliterada pelo som da campainha, que tocou novamente. Simone deveria estar mantendo o dedo sobre o botão.

— Espere um momento, por favor — disse Chiara. — Só um momentinho. Já volto.

Ela pousou o receptor na mesa da sala e se aproximou correndo da janela.

— Telefonema! — gritou ela para baixo.

Simone inclinou a cabeça para trás e, misericordiosamente, retirou o dedo do botão. Depois colocou a mão em concha atrás da orelha.

— Telefone — gritou Chiara de novo, segurando um telefone imaginário.

Simone espalmou os dedos de ambas as mãos.

— Sim, vejo você daqui a dez minutos, na *piazza*.

Simone sinalizou sua concordância e partiu em direção à praça, em seu estilo despreocupado e majestoso. Dois jovens passaram de bicicleta conversando em voz alta.

— É a anarquia — disse um deles.

Cada qual passou por um lado de Simone, conversando por sobre a cabeça dela, tão próximos que ela oscilou um pouco, como um velho barco golpeado pelas ondas de uma rápida embarcação. Na rua estreita, mal havia espaço para três pessoas lado a lado.

Chiara retornou à mesa e encostou o receptor na orelha.

— Alô — disse. — Agora posso ouvir você.

A linha estava muda.

Enquanto arrumava os cabelos e passava batom, decidiu o que diria a Simone. "Você vai ficar feliz em saber que finalmente fechei as portas do passado. Não vou mais ficar esperando que Daniele apareça nem sonhar acordada com meu garoto sumido. Estou entrando numa nova fase. Portanto, podemos conversar a respeito dele, não de forma sentimental, mas lembrando os bons tempos".

Ou algo parecido.

Porém, em vez dos bons tempos, o que lhe veio à mente foi o rosto carrancudo de Simone enquanto olhava Daniele. E ele, magricela aos 14 anos, deitado na cama com um barrete no alto da cabeça e um riso sardônico no rosto.

— O que deu em você? — perguntara Simone.

— Pergunte a *ela* — respondera ele, olhando para Chiara, que estava mais atrás.

O barrete tinha um bordado vermelho e roxo na beirada, que poderia ter sido feito à mão. Na primeira vez que Chiara o viu usando o barrete, pensou que aquilo poderia ter sido achado no baú do tesouro, o grande aparador de carvalho que estava no que eles ainda chamavam de quarto das galinhas. No entanto, era estranho encontrar um barrete lá. Não batia. Quando comentou que aquilo parecia um daqueles bonés que judeus usavam para rezar, ele lhe disse que o trouxera da sinagoga. Foi quando sentiu as primeiras palpitações de medo.

— Esses bonés estão num cesto na entrada da sinagoga, para os homens que esqueceram os seus. *Quipá* — disse ele, tirando o barrete da cabeça. — O nome é quipá.

— Não sabia que você tinha ido à sinagoga — comentou ela, cautelosamente.

— Sabe, sim.

Ele girou o boné redondo no dedo.

Ele sabe, pensou ela. Como sabe? Não seja boba. Ele não pode saber.

O arquivo com os escassos documentos que tinha referentes à família dele estavam escondidos entre o colchão e as molas da sua cama.

— Estou explorando minhas raízes judaicas — disse ele.

Ela balançou a cabeça em silêncio, sem coragem de falar.

— Como que nunca fomos ao gueto? — perguntou ele.

— Por que iríamos? — perguntou ela, tão descontraidamente quanto conseguiu.

Foi verificar se os documentos ainda estavam no lugar. Até ouvir a voz dele à porta, não percebera que estava logo atrás dela.

— O que você tem aí?

Não havia nada que pudesse fazer. Sempre pretendera contar a ele, cedo ou tarde, na hora certa. Por isso guardara os documentos. Não teria escolhido aquele momento, mas parecia que o momento a escolhera. Ele já tinha alguma noção e ela devia isso a ele, pensara — ou pensara alguma coisa parecida, já que não lembrava qual fora o raciocínio e a justificativa. De qualquer forma, chegara a hora. Talvez ela apenas quisesse se livrar do segredo.

Ao se sentar ao seu lado na cama, ele parecia bem. Disse que estava bem. O alívio foi enorme.

Depois saiu para comprar macarrão na loja e só retornou dois dias depois.

Estava deitado no escuro quando ela e Simone entraram no quarto e acenderam a luz, sem saber que ele estava lá. Devia ter voltado para casa enquanto ambas estavam fora, à sua procura.

— Onde você estava? — perguntara Simone. — Por que, pelo menos, não telefonou? Estávamos morrendo de preocupação.

Ele deu de ombros e emitiu um som depreciativo, indicando que não contaria onde estivera; que elas não tinham nada a ver com aquilo.

— Você às vezes é um menininho ingrato, é mesmo — dissera Simone.

— É, esse sou eu. Um menininho ingrato — replicara, levantando uma sobrancelha e olhando para elas, como se não desse a mínima.

Chiara jamais explicara a Simone, na época ou mais tarde, o que provocara o desaparecimento dele. Deixara que ela apenas o achasse indócil, ou qualquer coisa que quisesse achar.

Deveria ter destruído a pasta e mantido a boca fechada.

Abanou a cabeça e procurou mentalmente momentos mais felizes de Simone e Daniele. Uma variedade se apresentou: as freiras, a galinha na sacada, o escudo de gladiador, o jogo de quebra-cabeça, o dia no parque. Esses momentos se iniciaram bem cedo. Lembrou-se do primeiro encontro dos dois. Foi na rua do Trastevere, em 1944, na fila do açougue. Chiara e Daniele estavam de volta a Roma após uma estada nas colinas — eram dois catadores de lixo em uma cidade de catadores de lixo. Haviam comido *risotto bianco* com carne de cavalo ensopada, cozida lentamente.

A lembrança daquele dia, de Daniele sentado no colo de Simone e ela murmurando alguma coisa no seu ouvido, fez Chiara se lembrar novamente da capacidade de aceitação da mulher. Daniele podia ser difícil, diferente, ausente, mas Simone não levava essas coisas para o lado pessoal. Quando ele descobriu as drogas, fazendo Chiara entrar em pânico, Simone apareceu com um presente para ele, um sovado trompete de segunda mão.

— Talvez isso mantenha você longe de encrencas — dissera.

A primeira apresentação pública de Daniele fora em um concerto de Natal, na universidade pontifícia. Chiara estava nervosa. Não achava que ele estivesse pronto. Na maior parte do tempo, seriam tocadas músicas natalinas, mas uma curta sessão de jazz fora incluída no meio. O solo de Daniele seria no final da sessão. Ele deu um passo para a frente. Tinha 15 anos e, na época, usava os cabelos penteados para trás. Mantendo os olhos baixos, levou o trompete aos lábios e soprou. Emitiu um barulho desafinado e desagradável, com notas estridentes. Tocava com delirante descontração, dobrando os joelhos e inflando as bochechas. Chiara sentiu o rosto se transformar em uma máscara de humilhação. Estaria ele, deliberadamente, tocando as notas erradas? Sabotando a apresentação? Quando ele terminou, fez-se silêncio no salão.

Foi quando Simone se levantou, aplaudindo, gritando "Bravo" e batendo os pés.

Após um segundo de hesitação, Chiara a imitou. Enquanto elas aplaudiam e assoviavam, alguns espectadores, talvez achando que tinham presenciado uma apresentação *avant-garde* e não querendo parecer incultos, aplaudiram também. No palco, Daniele olhou para a plateia pela primeira vez e fez uma leve mesura. Seu rosto estava afogueado e seus olhos escuros brilhavam.

— Então, gostaram da minha improvisação? — perguntou ele, mais tarde.

— Foi de tirar o fôlego — disse Simone. — Continue nos arrancando da nossa apatia.

O telefone tocou de novo.

— Signora Ravello? — Era a mesma pessoa que telefonara antes. — Peço desculpas por incomodar você — disse a pessoa de voz suave. — Acho que você conheceu Daniele Levi.

A cabeça de Chiara começou a latejar. Ela se encostou à porta do quarto de despejo, buscando apoio.

Conheceu. Pretérito perfeito. Então ele estava morto? Deveria ter ido para um país de língua inglesa, e agora estava morto. Claro que estava morto. De que adiantava fingir que não suspeitara disso? Se lhe tivesse acontecido alguma coisa ruim, ele teria entrado em contato, caso estivesse vivo. Dez anos e nenhuma palavra. Teria sido overdose? Ou um acidente? Mas ele estava morto e aquilo era...

Quem estaria falando? Uma policial inglesa ou alguma outra funcionária pública que a havia localizado. Como? No documento de identidade de Daniele, ela era citada como parente mais próximo. Claro.

Não, não poderia ser isso. Na identidade, seu nome era Daniele Ravello, mas aquela pessoa dissera Levi. Daniele Levi.

Seu coração tremeu.

— Sim — disse cautelosamente.

A mulher no outro lado da linha deu um forte suspiro.

— Ah — disse.

Permita que não esteja morto, permita que não esteja morto, por favor, permita que não esteja morto, pensou Chiara. Um refrão tão familiar para ela quanto uma canção de ninar. Permita que esteja vivendo uma vida diferente em outro lugar.

— Desculpe — disse a mulher, assoando o nariz. — Estou tentando obter informações sobre ele e gostaria de saber se você poderia me ajudar.

— Por quê? — perguntou Chiara.

A pergunta pareceu brusca. Não era a pergunta certa, mas as palavras da mulher não eram as que Chiara esperava. Ela queria respostas, não perguntas.

— Porque recentemente descobri, acabaram de me dizer...

A voz minguou novamente.

— Como? Você poderia falar mais alto? — disse Chiara.

Sua voz também soou trêmula.

— Desculpe, desculpe — disse a mulher. — Pensei que não conseguiria entrar em contato e não pensei direito no que dizer.

— Daniele Levi — disse Chiara, para ajudar a mulher a se concentrar.

Ela não falava aquele nome em voz alta havia muito tempo. Subitamente, percebeu que sua interlocutora deveria ser a mulher de Cardiff. Teve um choque. Não contara que houvesse consequências. Ao enviar a carta, achara que era coisa particular, uma espécie de ritual, uma reminiscência de quando ela e Daniele subiam a colina do Janículo até o lugar especial que eles tinham, e enviavam bilhetes para a mãe dele. Como as preces de um ateu e como aqueles bilhetes perdidos no tempo, a carta não fora escrita com a expectativa de uma resposta.

— Ele foi seu inquilino, suponho.

Chiara ficou indignada com aquela descrição do relacionamento deles, mas seu velho instinto no que dizia respeito a Daniele — dissimular, negar, não dar nenhuma informação — era forte.

— Sim — disse ela. — Morou aqui por algum tempo. Há muito tempo.

— Ele era meu pai — disse a mulher. — Ao que parece.

Chiara levou a mão ao peito. Estava feliz por estar apoiada na sólida porta do quarto de despejo. Através da tapeçaria pendurada nela, a maçaneta pressionava sua espinha.

— Signora Ravello. Está aí?

— O que você disse? — perguntou Chiara.

A mulher repetiu o que havia dito.

Aquela pessoa não era uma mulher com voz de jovem, mas uma garota, percebeu Chiara. Enquanto lutava para assimilar o que ouvia, deslizou pela porta e sentou-se no chão. O lugar no final do corredor, onde luzes dançavam ao sol da tarde e onde ela pensara em exibir a tigela vermelha, estava agora às escuras.

O que a garota estava dizendo era impossível. Não fazia sentido. Daniele não poderia ter gerado uma filha no País de Gales.

Então pensou, com implacável clareza: mesmo que o tivesse feito, que importância teria isso para ela? Não havia encerrado aquele capítulo? Não fechara aquela porta?

— Desculpe — disse. — Deve haver algum engano.

— Quer dizer que duvida que seja verdade?

A imagem da maleta que costumava levar para o trabalho surgiu na sua mente. Couro. O clique do fecho.

— Não vejo como poderia ser — disse, a voz fria e desdenhosa.

— Mas por que minha mãe mentiria? — perguntou a garota, e começou a chorar.

Chiara não sabia o que responder, ouvindo a desconhecida estrangeira chorar. Após alguns momentos, disse:

— Receio não poder ajudar.

— Desculpe ter incomodado você — disse a garota, em um tom magoado, e desligou.

Chiara permaneceu imóvel. Asmaro emergiu das profundas trevas do final do corredor e subiu delicadamente em seu colo. Chiara o afagou distraidamente, observando a foto dos seus pais pendurada na parede oposta; até que seu olhar ficou embaçado.

Uma conversa com Daniele lhe veio à mente. Haviam saído para procurar mantimentos. Soldados passaram e ela o arrastara para dentro de uma loja de livros usados, na rua atrás da igreja de San Filippino, fora da trajetória deles. Foram até os fundos da loja comprida e estreita, com odor bolorento de revistas velhas. Pegara um livro com fotos de Roma tiradas nas três primeiras décadas do século e começara a folheá-lo, mostrando as imagens a Daniele e identificando os prédios. A certa altura, ele pousara a mão sobre o seu braço, para que ela não virasse uma página, e murmurara alguma coisa.

— O que foi? — perguntara ela.

Porém, ele não repetira o que havia dito, independentemente do que fosse. Recomeçara a falar após três meses de silêncio, mas suas palavras ainda eram esparsas.

Ela achava que ele dissera "Mamma".

A foto na página era da estátua imponente de uma mulher a cavalo. Chiara lera a legenda em voz alta e descobrira que era um monumento a Anita Garibaldi, esposa do herói nacional da Itália. Fora erguida na colina do Janículo em 1932.

— Já foi lá?

Ele assentiu.

— Vamos qualquer dia desses? — propusera ela. — Você e eu?

Ele apenas pestanejara e se recolhera em si mesmo. Rapidamente, ela virara uma página para distraí-lo.

Chegaram então à foto de uma sinagoga, tirada pouco depois do prédio ter sido construído, em 1904. Estava cercado de grandes espaços vazios onde já havia alguns prédios.

— Sabe onde fica isso? — indagara ela.

Ele permanecera em silêncio. Ela supôs que ele não reconhecera a área como o lugar em que havia crescido e vivido toda a sua vida até recentemente; mas ele deslizara um dedo pelo retrato, sobre os espaços vazios.

— Todo mundo foi embora — disse. — Menos eu.

— Não, não — dissera ela.

E começara a explicar que aquela era uma foto de como as coisas foram antes, não uma imagem do presente ou do futuro.

Ele se virou para ela, sem encará-la, pois não o fazia naquela época, e perguntara, sem alterar a voz e olhando para o próprio peito:

— Existem mais pessoas mortas do que vivas?

Era uma coisa sobre a qual ela nunca havia pensado. Efetuara então uma espécie de cálculo, ou fingira fazê-lo, somando civilizações desaparecidas, como a dos assírios e a dos etruscos, tentando fazer uma brincadeira com o assunto. Hesitara ao perceber que estava falando de genocídios, mas se recompusera ao se lembrar de que ele tinha apenas 7 anos e não compreenderia. Durante todo o tempo, ela se mantivera atenta ao som de botinas na rua.

— Sim, eu diria que sim — respondera, finalmente. — Porque, se você somar todas as pessoas que já viveram antes de agora com as que já morreram, verá que o número provavelmente é maior que o das pessoas que ainda estão vivas. Mas isso não vai ser sempre verdade, mesmo que agora seja.

Ele apenas esperava a resposta, não se importava com os cálculos pretensiosos.

— Então é melhor estar morto — dissera ele.

Não havia nada em sua entonação que a pusesse em estado de alerta.

— Como assim?

Ele a encarara momentaneamente e abaixara os olhos de novo.

— Estamos mortos, só estamos vivos um pouquinho. Por enquanto.

— Não deixa de ser um modo de ver as coisas — dissera ela, cautelosamente. — Deus pode ver as coisas assim.

— Posso voltar logo?

— Para onde?

— Para a morte — respondera ele.

— Notícias ruins? — perguntou Simone, enquanto se dirigiam ao cinema Farnese.

Alguma coisa retiniu na cabeça de Chiara, como se Simone estivesse apertando a campainha de novo.

— Mais ou menos — disse. — Achei que poderia ser uma oferta de trabalho, mas infelizmente não era. — Virou-se para Silvia. — Tem alguma coisa na universidade?

Silvia trabalhava na faculdade de economia e comércio, em Sapienza*.

— Não prefere traduções literárias? — perguntou Silvia.

— Posso fazer muitas coisas, contanto que não sejam muito científicas e eu possa entender o conceito. No mês passado traduzi um folheto para a Motorola, a respeito do novo telefone sem fio que desenvolveram.

— Novo o quê? — riu Nando, como se ela estivesse inventando.

Nando trabalhara em alguma coisa importante na ONU, mas agora estava aposentado.

A conversa parecia forçada. Chiara não saberia dizer se a culpa era sua, por ter levado uma tensão reprimida para o grupo, ou se era porque Nando estava presente. Sua presença privava Silvia dos seus primeiros dez minutos reclamando dele.

— Vou perguntar — disse Silvia. — Se pelo menos conseguir entrar lá. Os malditos estudantes estão ocupando o prédio de novo.

Um delicioso aroma de salame e queijo maturado emanava do Ruggeri's quando passaram pela esquina.

— Vamos comer depois? — perguntou Chiara.

Estava morrendo de fome.

— Acho que não poderemos demorar muito. Só vamos ter tempo para um rápido drinque e depois temos que ir — disse Nando.

Silvia sorriu com ar de desculpa e abanou a cabeça, como que dizendo: "Homens, o que se pode fazer com eles?"

Tentava trocar olhares significativos com Chiara ou Simone, um convite para acumpliciá-las contra as supostas más ações de Nando. Chiara não quis entrar no jogo. *Se está com ele, fique com ele*, pensou.

Assim como ela estaria com Carlo, se ele não tivesse partido e sido morto. Mesmo agora, após tantos anos sem ele, ela se lembrava da sensação da sua

---

* Nome popular da Universidade de Roma (*Sapienza — Università di Roma*). (*N. T.*)

mão segurando a dela enquanto ambos caminhavam no parque da Villa Celimontana. Havia uma vibração naquele toque que não existia quando ela segurava a mão do seu pai, embora, em ambos os casos, houvesse a certeza de que ela era a garota especial.

Quem segurará minha mão agora?, pensava logo depois da morte dos dois, ocorrida em rápida sucessão. Como caminharei sozinha?

Ao atravessar o Campo dei Fiori com seus amigos, todos os mortos surgiram inesperadamente. Olhou para o lado como que observando uma vitrine. Viu Cecilia, com o rosto mergulhado em uma poça, ao pé de uma colina. Sentindo uma dor no peito, apertou o osso esterno com a ponta dos dedos, tentando aliviar a pressão.

Simone surgiu ao seu lado.

— Vamos fazer uma boquinha, não? — disse, enlaçando o braço de Chiara. — Só nós duas.

Caminhavam atrás de Nando e Silvia. Sobras da feira da manhã, como folhas externas de alfaces e repolhos, estavam espalhadas em frente às lojas, como um debrum de algas marinhas deixado pelas marés. Um menino pequeno, debruçado no bebedouro, jogava água nos pés dos passantes.

O filme tinha um enredo improvável, envolvendo extremistas que sequestravam um presidente. Se não fosse pelos risos, Chiara não teria percebido que era uma comédia.

A pergunta que a garota fizera pipocava incessantemente na sua cabeça, apesar dos seus esforços para suprimi-la. Por que a mãe dela mentiria? Chiara pensou mais uma vez que não se importava que fosse verdade ou mentira. Não seria forçada a se importar. Tentou se concentrar no filme, mas o chapéu de uma das personagens a fez se lembrar do barrete de Daniele. E lá estava ele, de novo, deitado na cama com aquela expressão que Simone tomou como insolência. A voz dele falhava e, quando ria, soava como um jumento zurrando.

— Não encontrei isso na droga da sinagoga — dissera ele. — Encontrei naquele armário onde você guarda coisas. Por que iria à sinagoga?

Ela nunca descobriu aonde ele ia naquela época, mas foi o início de uma série de ausências. Estava sempre correndo e desaparecendo, às vezes por dias. Mais tarde, depois que partiu definitivamente, ela descobriu que, provavelmente, ele ia até o sítio abandonado da Nonna; algo que não lhe ocorreu na época, quando Daniele era apenas um adolescente.

Depois do filme, foram ao bar na esquina da Piazza Farnese, o que os fez passar pelo habitual refúgio de Chiara, o bar do Gianni. Os outros estavam discutindo por que tantos filmes novos, até as comédias, *especialmente* as comédias, disse Nando, enfocavam a guerra e os anos que a precederam. Chiara ficou para trás. Uma espécie de medo se apossou dela. Eles se sentaram em uma mesa externa, mas ela permaneceu de pé.

— O que você acha? — perguntou Nando, olhando para ela.

Ela não acompanhara o desenrolar da conversa, mas momentos antes ele dissera: "Ainda não eliminamos a guerra do nosso organismo."

— Acho que você deve estar certo — disse.

Na escuridão anônima do cinema, pensou que talvez fosse melhor mencionar o telefonema, expô-lo para ver o que seus amigos pensavam, mas a ideia a fez estremecer. Aquilo não era assunto para anedotas. Ela tinha que ir.

— Desculpe — disse. — Esqueci que meu autor vai telefonar hoje à noite.

— Ah, que pena — disse Nando.

Simone estava olhando para ela com ar intrigado. Com certeza, mencionaria o jantar.

— Agora — disse Chiara, com desnecessária veemência.

— Se esses telefones da Motorola colarem — acrescentou Nando —, você não terá mais que ir para casa para receber um telefonema.

Ele riu e Silvia, com atraso, riu também.

Simone provavelmente ficaria ofendida, mas isso era inevitável. Chiara pensou em comprar uma pizza no caminho. Foi então até um lugar que vendia pizza em fatias, mas havia uma pequena fila e ela não conseguiria permanecer de pé por muito mais tempo.

Ao chegar em casa, serviu-se de uma taça medicinal de Fernet-Branca e pegou um maço de cigarros. Gostaria de ter guardado a carta da mãe da garota. Isso lhe teria proporcionado um endereço e, talvez, um número de telefone; mas ela se lembrava nitidamente de ter jogado a carta na lixeira, após escrever a resposta. Permaneceu à janela da cozinha, soprando fumaça nas roupas claras que estavam penduradas no varal dos vizinhos. Eles sempre deixavam a roupa secando durante a noite. Nada sabiam sobre os fantasmas que poderiam entrar nas roupas abandonadas na hora das bruxas e, durante o dia, assombrar quem as vestisse, como sua mãe sempre a alertara. Talvez não se importassem com isso.

Bebericou o líquido xaroposo. A ideia de um fantasma que mudava de forma e se introduzia entre a manga da blusa e a carne, deslizando por baixo do sovaco, curvando-se em torno da caixa torácica e intensificando sua pressão, fez sua pele formigar.

O embrulho que guardara no quarto de despejo lhe veio à mente. Talvez tivesse sido somente o envelope que jogara fora; talvez a carta estivesse entre as coisas dele. Não havia nenhuma lâmpada no bocal do teto. Enrolou a tapeçaria que ocultava a porta e procurou o pacote à meia-luz proveniente do corredor. Depois o levou até a cozinha e espalhou seu conteúdo sobre a mesa. A carta não estava lá. Sabia que não estaria.

Afundou o rosto no casaco dele. O forro conservara seu aroma, mas ela devia tê-lo aspirado todo havia muito tempo. Deixando o descanso de metal sobre a mesa, levou o casaco até o vestíbulo, onde o pendurou, colocando seus próprios agasalhos por cima. Em seguida, levou a foto até o quarto e a enfiou novamente atrás da foto dos seus avós. A moldura estava começando a se soltar. Retornou à cozinha, dobrou o papel pardo e o guardou. Este período de relativo sossego, pensou ela, seria breve.

Sentou-se à mesa e tentou visualizar a carta de Cardiff. O que lhe veio à mente, no entanto, foi a primeira carta que Daniele escrevera para a sua mãe. Ele fizera cinco cópias e escondera quatro delas em lugares secretos do gueto. A quinta, que Chiara recuperara, ele deixara no monumento de Anita Garibaldi. Ela sabia de cor o que dizia.

Querida mamãe.

A moça me deu uma galinha. O nome dela é Cacarejo.

Ela ainda as conservava, todas as cartas. Costumava estudá-las, achando que ofereceriam uma pista. Estavam numa caixa, em algum lugar, mas ela não conseguia lembrar onde. Provavelmente nos fundos do quarto de despejo.

O telefone tocou e Chiara deu um pulo. Era apenas Simone.

— Está passando bem, querida? — perguntou ela.

Chiara lhe garantiu que estava.

— Alguma coisa vai aparecer — disse Simone.

Chiara não sabia exatamente o que ela queria dizer.

— Como? — exclamou.

— E se não aparecer, você sempre pode vender mais um pedaço do seu apartamento. — Após alguns momentos em que nenhuma delas falou, Simone acrescentou: — Isso era para ser uma piada.

Chiara percebeu que Simone realmente achava que ela estava preocupada com dinheiro e trabalho. Melhor assim, pensou. Tentou então participar da brincadeira.

— Ah, eu poderia aceitar um inquilino.

Ela estremeceu.

— Você realmente não tem espaço para alojar um inquilino, tem? Vai ter que encontrar um amante rico.

Chiara deu uma risadinha obsequiosa.

— Disse à Silvia e ao Nando que você tem um amante secreto — disse Simone. — E acreditaram em mim.

A imagem de Daniele caminhando de mãos dadas com uma garota loura em uma rua murada relampejou na mente de Chiara. A garota parecia extasiada, e ela percebeu que eles eram amantes. Perguntou-se se realmente os vira juntos, quando estava dentro de um ônibus.

— Você não tem, tem? — perguntou Simone.

— Não tenho o quê?

— Um amante.

— Você descobriu tudo — disse Chiara. Depois abaixou a voz. — Acho melhor eu ir agora, ele está me esperando.

Ela pensou em Carlo novamente, em seu queixo projetado, na sua fronte alta e compenetrada. Se estivesse vivo, teria 65 anos agora. Poderia estar com cabelos brancos nas narinas, dentaduras e rugas no bumbum. E ainda poderiam se amar muito. Ela se obrigou a parar de pensar nele.

Então, imaginou seu novo amante no quarto. Seria mais jovem. Na metade da casa dos 50 anos, talvez — não assustadoramente jovem. Ela lhe deu cabelos grisalhos e um corpo sólido e cálido. Ela se deitou na cama sem acender a luz; assim não poderia ver que ele não estava lá. Porém, isso não abrandou a esmagadora ausência.

Depois de algum tempo, ela se levantou, atravessou a sala e foi até o vestíbulo, sem acender a luz. Localizando na prateleira sua nova tigela de vidro, levou-a até a cozinha. Serviu-se de um copo de água, sentou-se novamente à mesa e acendeu um cigarro, já da cota do dia seguinte, mas estava precisando muito. A tigela seria um lindo cinzeiro.

Ela modernizara a cozinha no início da década de 1960, quando o apartamento fora dividido em dois. Uma geladeira substituíra a caixa de gelo, e um aquecedor elétrico fora instalado no lugar da velha fornalha a carvão. No entanto, a disposição não mudara e a mesa era a mesma de 1943. Imaginou Daniele na cozinha, de pé no lado oposto. Não o adolescente, que tanto ocupara seus pensamentos depois que a garota telefonara; nem o Daniele de agora — um homem de quase 40 anos —, mas o pequeno que um dia ela recolhera e levara para casa.

QUATRO

Chiara está preparando o almoço mais cedo para que possam viajar bem alimentados até a casa da Nonna, nas colinas. Jogou um pouco de massa em uma panela com água fervente e está examinando os ingredientes disponíveis — restos de presunto cozido e duas cebolas —, decidindo o que poderá criar. Cozinhar sempre proporciona um descanso, seja o que for que esteja acontecendo. Preparar e se abastecer de alimentos a envolve em uma atmosfera de calma. É a única coisa que reconhece ter herdado da mãe. Olha para os rosados pedaços de presunto. *Ele não come carne de porco*, pensa, *mas precisa comer*. Olha para o parapeito da janela, onde cultiva ervas em vasos. É outubro, entretanto, e a produção anda escassa. A sálvia, quando tocada, mostra-se murcha e quebradiça. Atualmente, toda a seiva está sendo drenada — de tudo. Eles vivem uma época desidratada. Ela apalpa a terra. Parece poeira.

O menino está olhando para Cecilia, que dá voltas e mais voltas em torno da mesa, fazendo-lhe perguntas em uma voz infantil, como se ambos fossem crianças pequenas se conhecendo em um playground.

— Qual é o seu nome? Meu nome é Cecilia — diz ela, enquanto ele a observa de olhos arregalados. — Ce-ci-li-a — repete, prolongando as sílabas e abrindo os braços, como que cumprimentando uma plateia imaginária.

Chiara ainda pode discernir as marcas dos próprios dedos, avermelhadas e irregulares, na bochecha de Cecilia. Ela tinha que parar de gritar, diz a si mesma. Porém, ainda pode sentir as ondas de choque provocadas pelo golpe. Um formigamento na palma da mão e um abrasamento no rosto — como se ela também tivesse sido golpeada.

— Não quero isso. Leve de volta — berrara Cecilia, ao ouvir que o menino ficaria com elas.

Antes mesmo de se dar conta, Chiara se viu no outro lado da sala com a mão levantada. O tapa que deu na bochecha pálida da irmã foi tão forte que a cabeça de Cecilia girou para o lado e um dos seus grampos de cabelo soltou, chocando-se contra a parede.

— Não é "isso". É "ele". Um menininho — dissera Chiara.

De punhos cerrados, como que desejando bater mais, ela saiu às pressas da sala, pegando a mão do garoto encolhido de medo e fechando a porta para abafar o choro de Cecilia. Depois, levou o garoto até a cozinha, como se afastá-lo da cena pudesse diminuir seu impacto. Puxando uma cadeira para ele, pediu que tirasse o casaco e se sentasse, mas o garoto permaneceu de pé, com os braços pendentes ao logo do corpo e os punhos cerrados, como os dela, momentos antes.

Enquanto se afastava dele, tirava alguns talheres da gaveta e enchia uma panela com água, uma quase certeza assomou no seu íntimo: a de que aquele garoto presenciara e vivenciara mais violência nas últimas duas horas do que em toda a sua vida. Apesar das privações que sofrera, apesar das leis que transformaram sua família e a ele em cidadãos de segunda classe, ele provinha de um lar no qual bondade e respeito prevaleciam e mãos não eram levantadas com raiva.

— Desculpe — disse ela, quando Cecilia entrou na cozinha alguns minutos depois. — Desculpe ter batido em você.

No entanto, Cecilia, que removera os outros grampos do cabelo, que agora estava solto e desgrenhado, não lhe deu atenção e iniciou seu canhestro bailado.

A leveza da cebola que pegou informou a Chiara de que devia estar murcha. A magnitude do que fez a emociona novamente, e se imobiliza, atordoada. O rosto da mãe do menino surge na sua mente. Ela tenta se lembrar do nome que estava na etiqueta que arrancou com os dentes.

— Signora Levi — pronuncia ela, apontando com a cabeça na direção do garoto, que a olha com olhos brilhantes. — Sua mãe, a Signora Levi, me pediu para tomar conta de você enquanto ela estiver fora. Disse que você é um bom menino.

Cecilia perambula pela cozinha, abrindo e fechando os braços como se estivesse nadando. Chiara mantém a atenção no garoto.

— Tire seu casado e se sente à mesa agora, como um bom menino — diz. É o que ele faz.

— Agora — diz ela, encorajada — vamos fingir que seu nome não é mais Levi, pois os soldados maus estão procurando todas as pessoas chamadas Levi.

Ela o olha conjeturando sobre o quanto ele está entendendo. Ele a olha também.

— Só por enquanto — inventa ela —, seu nome vai ser Gaspari.

Era o sobrenome do seu noivo Carlo. Ao pronunciar o nome de Carlo, ela o visualiza debruçado à janela do ônibus que o levou para o exílio interno por atividades antifascistas. Ela o vê novamente, beijando a própria mão e enviando o beijo para ela. Tem a sensação de que o beijo, finalmente, chegou ao seu destino.

— Oh — exclama, passando pelos lábios os dedos com gosto de alho, tentando capturar e manter aquela sensação.

— Voltarei antes que você tenha tempo de sentir minha falta — dissera ele.

Porém, estava enganado. Se tivessem se casado antes de ele partir, em vez de serem apenas noivos, e se ela tivesse tido um bebê, seu filho estaria mais ou menos com a mesma idade daquele menininho — que desviava o olhar e continuava a observar Cecilia.

Chiara sempre se irritava quando Cecilia se comportava como uma criança; agora, sentia-se grata, pois parecia que a irmã estava se esforçando para se aproximar do menino. Talvez, por mais improvável que pareça, Chiara tenha agido bem ao lhe dar um tapa. Talvez devesse ter feito isso alguns anos antes.

Ela olha para a tábua de corte, pega a faca e fatia com precisão a primeira cebola. No interior, como esperava, a cebola está murcha e meio podre.

Cecilia dança por perto, agora com uma as mãos sobre a bochecha marcada, cantando o próprio nome, em conformidade com uma melodia que Chiara inventou há vinte anos ou mais.

— Cecilia Teresa Ravello, lá-lá-lá-lá — canta, como se estivesse zombando, mas não possui esse tipo de manha.

Chiara corta a cebola com cuidado, extraindo as partes amarronzadas e as jogando fora, sem desperdiçar nem a menor lasca do que é aproveitável. Não há azeite. *Há azeite nas colinas*, pensa, logo impedindo que sua mente vagueie até lá. Primeiro é preciso organizar a viagem. No último minuto, joga a cebola picada no macarrão, para amaciá-la. Depois escorre a massa e acrescenta os pedaços de presunto, juntamente com algumas folhas de sálvia, para dar sabor. Há bastante pimenta seca, mas será que crianças comem pimentas? Ela não sabe. E não vai arriscar.

O garoto está fascinado por Cecilia.

— Daniele — murmura ele.

— Quantos anos você tem? — pergunta ela.

— Quase oito — responde ele.

— Um, dois, três, quatro, cinco, seis, sete. Isso é sete — diz ela.

— Sete — repete ele.

— Tem irmãos e irmãs? — indaga Cecilia.

Ela para perto de Chiara, inclina-se e cheira a panela. Seus cabelos pretos e volumosos pendem para a frente, mascarando seu rosto. Chiara sente o perfume penetrante dos cabelos da irmã.

— Duas irmãs pequenas — diz o garoto. Sua voz está mais alta. — E um bebê a caminho — acrescenta, enquanto Cecilia se afasta e desliza pela cozinha de novo.

Parece que talvez, afinal, as coisas vão funcionar. Parece que Cecilia e o garoto, maltratados por Chiara, acabarão se tornando aliados.

Qual será o papel de Chiara? O da madrasta malvada, é claro, meio provedora, meio tirana. Unidas, as duas crianças desajustadas irão se consolar, cochichar segredos e olhar para ela com expressão impávida quando ela lhes dirigir a palavra. Ela terá que suportar isso e encontrar consolo em outro lugar. Ou não.

Cecilia faz uma pausa e segura as costas de uma cadeira que está em frente ao menino. Depois flexiona as pernas desajeitadamente, levanta um dos pés e o aponta para o lado. Ela era uma boa dançarina quando criança, antes das convulsões.

— Minha *mamma* está morta — diz suavemente. — Morta, morta, morta. — Ela se inclina para o garoto e, com o rosto a poucos centímetros do dele, pergunta: — E a sua?

Por um segundo, o coração de Chiara parece parar de bater. Ela está de pé, segurando a panela de duas alças, cujo vapor a envolve como um nevoeiro rescendendo a sálvia. Através desse nevoeiro, ela observa os dois.

O garoto abre a boca, mas não emite nenhum som. Chiara não sabe qual percepção lhe atravessa o cérebro naquele momento, mas a vê atingir seu maxilar, fazendo com que cerre os dentes e aperte os lábios. O silêncio se prolonga, ocupando todos os cantos do aposento e chegando ao teto.

Até que Cecilia o quebra, começando a entoar uma melodia. É a canção do musical que ela adora, sobre a estrada do bosque.

Eles saem de Roma no dia seguinte. Cecilia cochila e o garoto olha pela janela, os olhos observadores e atônitos. Chiara pediu que carregasse a própria sacola e também a dela, de pano. A correia é longa demais para ele e a sacola, contendo uma velha manta e um livro de fotos datado de 1921, quase lhe alcança os joelhos quando ele caminha. Repousa agora no colo dele. Sobre ela está um chapéu com protetores de orelhas, que Chiara encontrou numa cômoda no quarto dos seus avós. É um chapéu antigo, que pode ter pertencido ao seu pai quando ele era criança. Ela o enfiou na cabeça do garoto.

— Para manter suas orelhas aquecidas — disse.

Ele arrancou o chapéu.

Cecilia também colocou seu chapéu no colo, um chapéu de feltro que combinava com o conjunto cinza debruado de azul que ela está usando — feito por ela mesma.

Chiara observa o rosto da irmã adormecida, tão inocente e imaculado. A marca em sua bochecha, onde Chiara a golpeou, ainda está levemente visível. Lembra-se da vez que Cecilia teve uma convulsão tão violenta que derrubou um quadro da parede, que atingiu Chiara quando caiu. Era uma imagem do Sagrado Coração de Jesus, que ficava pendurada a sobre a cama de ambas quando eram pequenas e moravam com os pais no apartamento de San Lorenzo.

Na imagem, Jesus usava uma túnica branca com uma capa vermelha pendurada no ombro. A mão direita, com o ferimento do prego claramente visível, estava levantada em uma bênção; a mão esquerda afastava as dobras da capa, revelando um coração radiante, cercado por uma coroa de espinhos, como um arbusto espinhoso ou uma armação de arame farpado. Acima do sagrado coração havia uma cruz dourada. As bordas da túnica branca eram da mesma cor, assim como as emanações, como raios de sol, que partiam da luz branca da auréola. Seus cabelos castanhos e ondulados lhe chegavam aos ombros. Seu semblante era suave e despreocupado e suas bochechas eram rosadas como as de uma menina, ou as de um homem bem jovem; mas ele tinha barba e bigode. Ele não se encontrava num local realmente físico, mas flutuava em uma luz dourada.

Certa noite, um forte golpe no rosto despertara Chiara para um mundo de tumulto e caos, como se ela estivesse em meio a um terremoto. Ela se lembra de ter gritado e de pessoas chegarem correndo. A criada da família, Anna Lisa e a Nonna, que devia estar de visita, além de outra figura que ela não consegue identificar, embora se lembre de cabelos grisalhos — uma das tias-avós do lado materno, era isso, uma das velhas senhoras que ficaram para trás depois que a família emigrou. Essas mulheres emitiam psius para que Chiara, ilhada na própria cama, parasse de gritar, mas sem fazer nada para ajudá-la.

Seu pai então apareceu, sempre cheirando a cachimbo. Sua voz atravessou o alarido, pedindo calma, calma, pelo amor de Deus. Em seguida, inclinou-se por cima da criatura espumante e convulsiva que ocupara o lugar de Cecilia, levantou Chiara da cama, ainda gritando, e a aninhou no colo.

Atrás dele estava a mãe delas, que com certeza devia ter sido a primeira pessoa a chegar, mas que se imobilizara à porta enquanto os outros passavam ao seu lado e entravam no quarto. Com os longos cabelos negros reluzindo sob a luz do candeeiro, camisola branca, boca aberta em um grito que ecoava e amplificava os gritos de Chiara, ela permaneceu imóvel como uma garota idiota e inútil, não como a mãe de alguém.

Chiara foi depositada nos braços da *nonna*, enquanto o pai delas socorria Cecilia.

Havia sangue nos lençóis, que sua mãe achou ser de Jesus, de seu sagrado coração.

— Antonella, olhe o rosto de Chiara — disse o Babbo. — A moldura deve ter batido nela quando caiu. Cortou o rosto dela.

Entretanto não fez diferença. Para a mãe, o rosto de Chiara podia estar sangrando, mas Jesus sangrava também.

— Ele virou Sua face — sussurrou a mãe delas. — É o demônio que está dentro de Cecilia que O feriu também.

Chiara os ouviu conversando na cozinha, enquanto Anna Lisa cuidava do seu ferimento. O *babbo* dela proibiu a *mamma* de levar Cecilia até o padre para fazer uma coisa, fosse lá o que fosse.

— Não vou aceitar isso — disse ele. — Superstição absurda — acrescentou. — Essa criança já tem sofrimentos demais. Dê à medicina uma chance de funcionar.

O pai delas viajaria a negócios. Anna Lisa estendera todas as roupas limpas dele sobre a cama, e ele escolhia as que pretendia levar. Chiara o ajudava, enrolando as gravatas como caracóis: a verde-escura com losangos vermelhos, a cinza, que ela preferia.

— Lembre-se, Cecilia precisa tomar uma colher do remédio todas as noites — disse ele a Anna Lisa.

— Sim, senhor — disse a criada, e saiu do quarto.

— Você tem medo de ficar no quarto quando Cecilia tem convulsões? — perguntou ele a Chiara.

Chiara respondeu que não, não tinha.

Ele disse que ela era uma menina boa e corajosa. Disse também que, se algo acontecesse enquanto estivesse fora, ela deveria chamar Anna Lisa, em vez da mamma, pois Anna Lisa era como uma enfermeira. Ele não havia visto, como Chiara vira, Anna Lisa fazendo o sinal da cruz ao passar por Cecilia, enquanto murmurava uma invocação para que o demônio se mantivesse longe. Foi quando Chiara soube: ninguém mais protegeria Cecilia. Somente ela.

O céu está escurecendo quando eles descem em Orte, onde trocarão de trem. Eles esperam na plataforma, junto de uma dúzia de outros passageiros. A chuva recomeça a cair, o mesmo chuvisco sombrio do dia anterior, como se algum pote de água servida estivesse sendo derramado. Eles se abrigam sob uma marquise, mas o vento ainda sopra chuva sobre eles. Cecilia está cantarolando baixinho. O garoto permanece ao lado de Chiara, no outro lado de Cecilia, junto delas, mas alheio. Permanece em silêncio, como fez durante toda a viagem.

— Vou contar para a Nonna — diz Cecilia.

Ela retirou as luvas e está traçando círculos na palma de uma das mãos com o indicador da outra. Seus cabelos estão presos sob o chapéu de feltro. Sua capa de chuva está pendurada em um braço. Ela é, sem dúvida, a mulher mais bonita e bem vestida no local.

Ninguém adivinharia, olhando para ela.

— O que vai contar para ela? — pergunta Chiara carinhosamente, pousando a mão sobre a mão de Cecilia.

Cecilia parece confusa.

— Nada — diz.

O funcionário da ferrovia aparece, ladeado por um soldado. À meia-luz, Chiara não consegue distinguir se o uniforme do soldado é italiano ou alemão. Seja qual for, é inimigo.

Ela se ajoelha para arrumar o casaco do garoto.

— Lembre-se — diz —, seu nome é Daniele Gaspari.

Ele não dá nenhuma indicação de que tenha ouvido, como se o silêncio em que se enclausurou funcionasse em duas direções. O medo a faz sentir um aperto no coração. Ela se levanta.

Não haverá mais trens naquela noite, anuncia o guarda. A linha férrea foi requisitada para as tropas de reforço que estão chegando.

O soldado passa por eles em direção à extremidade da plataforma. O som de algo sendo triturado emitido pelos saltos das suas botas revela que ele é alemão.

Eles poderiam ter tomado o trem regional na Roma Tiburtina, que segue uma rota diferente. Ela estava na dúvida, mas a Tiburtina fora avariada em julho pelo bombardeio de San Lorenzo, e ela achou que a linha principal, que parte da estação de Termini, seria mais confiável. De qualquer forma, o acesso a esta era mais fácil e elas não veriam os escombros e as ruínas no lugar antes ocupado pela casa da família delas.

Escombros, pensa. A devastação de San Lorenzo domina seus pensamentos. A montanha de escombros, a poeira se erguendo como fumaça. O enorme buraco no lugar antes ocupado pelo prédio onde moraram, o choque da ausência. O cheiro horrível, as pessoas que reviravam os escombros tapando o nariz com um lenço, enquanto outras as observavam ou simplesmente aguardavam, de cabeça baixa.

Chiara massageia o queixo dolorido. Lembra que sua mãe se recusou a acompanhá-las, quando ela e Cecilia foram morar no apartamento da Via dei Cappellari. Ninguém previra aquele bombardeio. E ela não deve ocupar sua mente com aquilo no momento.

Ela observa a plataforma de cima a baixo. Se tivessem partido no dia anterior, logo após o almoço, como pretendia, estariam a salvo na casa da Nonna. Ela não deveria ter adiado a viagem, mas pensou na segurança do menino. Se não tivesse passado o dia anterior andando de bicicleta sob a garoa, fazendo perguntas erradas às pessoas erradas, já estariam lá. Escolher aquela ferrovia os havia retido naquele lugar, que parecia estar na rota de suprimentos do exército alemão.

Alguns dos passageiros saem por uma roleta no final da plataforma e desparecem no lusco-fusco. Se estivesse sozinha, ou se fosse dia claro, se arriscaria a ir pela estrada. Ao ver as pessoas saírem, olha suspirosamente na direção delas, ansiando pela liberdade de estar sozinha na escuridão, de poder se esconder em uma vala ou um celeiro, de pegar uma carona ou pedir um lugar para dormir, de confiar na própria inteligência e de ser a única perdedora caso escolhesse a opção errada.

Desperta do sonho. Eles terão que passar a noite ali da melhor forma possível.

— Venham. Vamos sair da chuva — diz, como se aquela ideia maravilhosa tivesse acabado de lhe ocorrer.

Chiara, Cecilia e o garoto seguem os demais passageiros pelos trilhos e chegam a uma sala de espera que cheira a parafina e poeira aquecida. Algumas pessoas começam a se estender nos bancos, mas Chiara leva seus protegidos até o espaço entre o último banco e a parede dos fundos da sala, dizendo-lhes baixinho que irá preparar uma ótima cama para eles no chão, que aquele é um bom lugar, fora do caminho, onde não serão incomodados por pessoas passando.

Mantém a voz baixa porque sente que Cecilia está irrequieta. Ela os acomoda na área estreita — primeiro Cecilia, que pousa sua sacola em um canto, depois o menino. Tira então a sacola de pano do ombro e pega uma manta. Uma peça de retalhos que Nonna confeccionou há muito tempo.

Daniele olha ao redor, com olhar perdido, os braços caídos ao longo do tronco e os punhos cerrados. Do lado de fora vem o estrondo de um trem entrando na estação. Chiara se vira e observa a porta. Talvez o guarda tenha se enganado e seja uma conexão. Ou talvez seja o trem com os reforços e eles desembarquem ali. Hordas de soldados entrarão na sala, com suas botas barulhentas e capacetes reluzentes. Ela segura a manta na frente do peito.

Outra leva de passageiros, vinte ou mais, entra no recinto, reclamando e resmungando. Ela abaixa a manta e a sacode. Cecilia olha para ela, sem compreender.

— Tire sua manta da sacola — diz Chiara. — Vamos ficar aqui. Só essa noite. Não vai haver mais trens hoje, querida, mas está tudo bem. Vamos pegar um amanhã cedo.

O menino está encolhido contra a parede. Chiara estende a mão por cima dele e dá umas palmadinhas no ombro da irmã.

Elas observam os recém-chegados, que viajavam para Roma ou algum lugar mais ao sul e não queriam ter ido para Orte. O trem deles foi redirecionado, e eles foram desembarcados. Ocupam os espaços disponíveis, nos bancos e no chão. Os que já haviam deitado são obrigados a se sentar. A sala de espera fica barulhenta e animada enquanto as pessoas barganham espaço. Um recém-chegado, o único adulto que não é idoso, exige uma explicação, uma informação. Brandindo a passagem, ele sai vociferando da sala de espera, em busca de respostas. Na sua ausência, as pessoas se conformam e começam a se acomodar.

Cecilia não quer se sentar. O chão está sujo, diz. Vai manchar suas roupas. Ela quer ir para casa.

— Bem, estamos indo para a casa da Nonna — lembra Chiara. — É como se fosse nossa casa, não é?

Ela pega o lenço, agacha-se e limpa um espaço. Está sacudindo quando o garoto, de repente, senta-se no chão ao lado dela, apoiando as costas na parede, puxa os joelhos contra o peito e segura as próprias canelas. Ela percebe que ele está completamente exausto. A parede invisível que tentou construir ao redor de si mesmo está começando a desmoronar.

— Vou preparar uma boa caminha para você aqui — diz carinhosamente, desenrolando a manta colorida sobre o lugar que limpou. — Amanhã de manhã cedo, vamos pegar o trem que sobe as colinas. Depois de duas paradas, saltamos.

Ela olha para cima, sentindo o olhar de Cecilia pesar sobre ela. Sua irmã está olhando para baixo, com expressão raivosa, como sua mãe costumava olhar quando ambas estavam na cama, como se fossem pessoas desconhecidas. Elas fingiam que estavam dormindo até ela ir embora.

— Essa manta é minha — diz Cecilia.

— A sua está na sua sacola. — Chiara se esforça para manter um tom de voz tão calmo quanto o que usa para falar com o garoto. — Foi você mesma que arrumou suas coisas, lembra? Essa aqui é uma sobressalente.

Ela volta a se concentrar na preparação do leito e na sua narrativa.

— Vai aparecer um homem com um cavalo e uma carroça na estação — diz —, e ele vai nos levar pela encosta da colina até a cidadezinha mais alta. De lá, continuaremos a pé. Se estivermos cansados, enviamos um recado a Gabriele para que ele venha nos buscar.

Uma imagem do pastor Gabriele lhe vem à mente: ele surgindo por entre as árvores. Seu rosto, que poderia ter sido entalhado na madeira de uma delas, tem a cor das folhas caídas.

— Bom e velho Gabriele — diz, retorcendo o corpo para brindar a irmã com um sorriso.

Porém, Cecilia parece entretida com um pôster na parede.

— Aí está — diz Chiara, alisando a manta e se virando para o garoto, cuja cabeça pendeu para a frente. Ela abaixa a voz. — Quando estivermos descendo a trilha no bosque, chegaremos a uma curva de onde você poderá ver o vale seguinte. Na metade da descida fica o sítio da Nonna. De lá, não dá para ver a casa. — Ela balança a cabeça, embora o menino, obviamente, tenha adormecido. — Porque há um declive íngreme, no fim do olival, que a esconde. Mas, às vezes, a gente vê a fumaça saindo da chaminé.

A última vez que visitou o lugar foi no início da primavera. Ela pensa no verde vicejante das novas folhas das árvores, no azul acinzentado das montanhas ao longe, que se fundem com o azul mais suave do céu, e em todas as gamas de azul e verde que existem de permeio — como se tudo fosse parte de uma larga faixa de seda destinada a amarrar os três juntos; ela, Cecilia e o menininho.

Ela se empolga.

— É claro que agora é outono e as cores estão diferentes. A colina oposta estará coberta de árvores, muitas, de todos os tipos. As cores serão vermelho, dourado e laranja.

Ela revira as mãos em frente ao rosto para realçar as cores flamejantes da encosta em frente à casa da *nonna*. Pode ser cedo demais para que as cores tenham mudado. Porém, outono ou não, haverá azul sempre; e verde: o verde vivo da grama e o verde prateado das folhas das oliveiras; o azul distante poderá estar desbotado, mas ainda estará lá, emoldurando e sustentando o quadro.

O garoto larga as canelas. Suas pernas caem para os lados e sua cabeça afunda entre elas, de modo que os joelhos, pequenas protuberâncias ossudas, aninham sua cabeça.

— O que eu queria lhe dizer — diz ela em voz baixa — é que a vista daquela curva do caminho é a mais adorável do mundo.

Ela hesitava em tocá-lo, por conta da rudeza que tivera que usar para salvá-lo e por respeitar a patética capa de silêncio na qual ele está embrulhado, respeitando sua ilusão de impenetrabilidade. Mas agora, ajoelhando-se, ela enfia a mão nos sovacos dele e, com um rápido movimento, o deita de lado sobre a manta. Embora se mexa, ele não acorda. Ela permanece agachada, inalando a calidez do seu hálito. Seus olhos não estão totalmente fechados.

— Daniele — diz ela, para testar a profundidade do seu sono.

Porém, ele está completamente adormecido e não pode ouvi-la.

Ela olha para cima. Cecilia parece estar soletrando os dizeres do pôster. Sua boca está se mexendo. Chiara estica o pescoço para ver melhor. É um anúncio da Exibição da Revolução Fascista do ano anterior. Cecilia foi levada para assisti-la por uma das suas clientes, uma mulher cujo marido trabalhara com Chiara no ministério, antes que o departamento fosse fechado. As mulheres dos colegas de Chiara são as principais clientes das roupas confeccionadas por Cecilia.

Aquela família, em especial, tratara Cecilia como uma espécie de animal de estimação, levando-a para passear de um modo condescendente, o que Cecilia nunca notou, mas que fazia Chiara rilhar os dentes. Mussolini estivera presente à exibição daquele dia e Cecilia lhe foi pessoalmente apresentada. Por algum tempo foi o Duce isso e o Duce aquilo. Quando ouvia sua voz intimidadora no rádio, Cecilia sorria bobamente, como se ele estivesse falando com ela. Embora a empolgação logo tenha desaparecido e Cecilia tenha confessado a Chiara que o hálito dele cheirava a carne cozida e que ele cuspia quando falava, sempre que pronunciava a palavra "Duce", inclinava brevemente a cabeça, como a mãe delas costumava fazer quando mencionava Jesus.

Chiara volta a atenção para o garoto, examinando seu rosto adormecido, seu pequeno nariz retilíneo coberto de leves sardas que se estendem às bochechas, as pestanas mais claras nas pontas que nas bases, a boca curvada para baixo e o lábio superior proeminente, macio e rosado. Seus cabelos — que quando ela o viu no caminhão (teria sido apenas ontem?) estavam bem fixados e penteados para o lado — estão soltos e desgrenhados. Nas costas da sua mão direita há uma mancha marrom. Ela a toca com o dedo indicador. Não sente nenhum atrito. A pele no local não está levantada, é apenas de uma cor diferente. Um sinal de nascença no formato de uma ferradura. Delicadamente pega a mão dele e a enfia embaixo da manta.

Chiara está tão absorta na contemplação do menino que mal percebe que algo novo está acontecendo na sala de espera, que a porta se abriu e fechou com estrondo e que a atmosfera sonolenta desaparecera. Ouvem-se grunhidos de irritação, suspiros e resmungos. Quando percebe a mudança e se levanta, um calafrio lhe percorre a coluna, apesar do calor abafado.

— Papéis — diz o guarda. — Mostrem a eles seus papéis e informem o objetivo da viagem.

Três soldados o acompanham, dois alemães e um italiano. Um deles aperta o braço do autodesignado porta-voz, que perde sua empáfia. Os soldados se dispersam em meio a um farfalhar de roupas e arrastar de sapatos. Algumas pessoas são acordadas.

Chiara olha para a irmã, estranhamente atraída pelo pôster, e para o garoto adormecido. Ela literalmente os encurralou. Os soldados estão conversando entre si sobre as cabeças das pessoas, que obedientemente exibem seus papéis.

Alguém disse "judeu"? Ao longo de todo o dia ela ouviu essa palavra, ou imaginou tê-la ouvido, primeiro em italiano, agora em alemão. Em cada uma das vezes, virou a cabeça na direção do som, sem saber que tipo de ameaça seria, mas certa, por um breve e alucinante momento, de que haviam sido descobertos.

Com a ponta do sapato, ela cobre o rosto do menino com a manta. Depois se posiciona em frente a ele. Somente um embrulho no chão. Acha que o ouviu tossir. Sufocá-lo não é solução. Enquanto se inclina para lhe descobrir o rosto, ele tosse de novo e remove a manta. Seus olhos estão bem abertos. Ele olha para ela, que tem a sensação de estar caindo. Então segura as costas do banco e se endireita, enquanto o garoto se põe sentado.

O soldado que percorre o lado deles está verificando os ocupantes do último banco. É um trabalho de rotina, mas minucioso. Os soldados não têm nada melhor para fazer até a chegada do trem com as tropas, e querem mostrar quem manda. Só isso. Não deve ser uma busca organizada para encontrar crianças judias. Mas...

— Cecilia — diz ela, com uma voz alta e clara. — Está com os papéis de Daniele, não está?

É uma atitude patética, mas é tudo o que pode fazer para sugerir que cada uma delas pensava que a outra estava com os papéis do menino, e que ambas deviam tê-los esquecido em casa. Como Chiara poderá ser bem-sucedida sem a cumplicidade ou o entendimento de Cecilia, não sabe. Cecilia, alheia, ainda está diante do pôster na parede, murmurando. Chiara estende o braço por cima do garoto e puxa o braço da irmã. Cecilia se vira, movendo a boca e emitindo sons indistinguíveis.

— Que houve? — pergunta Chiara.

Porém, de repente, percebe o que está ocorrendo, e uma tempestade se instala na sua cabeça.

O soldado se aproxima dela e lhe dá um tapinha no ombro. Ela se vira para encará-lo e, por um ofuscante momento, acha que é o mesmo soldado do dia anterior. No entanto, este é mais jovem, com um queixo grande e uma barba loura que começa a despontar. Atrás dela, os murmúrios de Cecilia se transformam em um rosnado. É o mesmo ruído que fazia a mãe delas acreditar, muitos anos antes, que sua filha mais velha estava possuída pelo diabo. Um som baixo e animalesco que jamais poderia emanar de uma criatura tão delicada, mas é o que acontece.

Chiara segura o braço do soldado.

— Me ajude — diz, enquanto Cecilia solta um rugido de gelar o sangue.

O soldado empurra Chiara para o lado, saca sua pistola e a aponta para Cecilia.

— Não, não — grita Chiara. — É um ataque epilético. — Em seguida, gritando "Socorro, socorro", ela tenta passar por baixo do braço do soldado.

Porém, alguém a segura por trás e imobiliza seus braços. O soldado berra uma ordem e Cecilia berra de volta, alguma coisa gutural, vagamente germânica. Depois avança na direção do soldado, entoando palavras sem sentido, mas que parecem ameaçadoras.

— *Acker hoch* — diz.

— É um ataque. Um ataque epilético — guincha Chiara sem parar, tentando inutilmente se livrar da imobilização.

Cecilia ergue as mãos e agarra o próprio rosto, enquanto seus olhos se reviram nas órbitas. Então se vira para trás e cai sobre a manta de retalhos.

Um súbito silêncio se instala no recinto. Chiara não sabe com certeza se, em meio ao alarido e seus próprios gritos, um tiro foi disparado, se um gatilho foi de fato puxado. O corpo da sua irmã quase preenche o estreito espaço entre a parede e o banco. De repente, Cecilia começa a bater os pés aceleradamente. Suas costas se arqueiam, sua cabeça estremece e martela duas vezes o chão. Depois, ela se imobiliza.

O soldado abaixa a arma e se vira. Liberada, Chiara percebe um olhar de perplexidade e desprezo em seu largo rosto, enquanto passa por ele. Ela se ajoelha aos pés da irmã e abaixa o vestido azul, que estava levantado. A boca de Cecilia está entreaberta. Sua respiração é rasa, mas está desobstruída. Chiara segura os finos tornozelos de Cecilia, mas permanece ajoelhada no mesmo lugar, como se estivesse rezando. O silêncio da sala é quebrado apenas pelos alemães, que conversam entre si. Outra voz se junta à conversa, falando alemão, mas com sotaque italiano. Se ouvir o clique de uma pistola, pensa Chiara, se jogará sobre o corpo da irmã. Uma bala será o suficiente para ambas.

Então se lembra do garoto. Vê a sacola de pano sob a cabeça de Cecilia; a manta que o cobria amorteceu a queda dela. Entretanto, o garoto, impossivelmente, desapareceu.

Alguém cutuca suas costas. Ela se vira e vê um soldado diferente, mais velho, com rugas ao redor dos olhos, óculos redondos e um rosto rosado. É um oficial.

— Papéis — diz ele.

Ela se põe de pé, pegando também os documentos de Cecilia. O grande soldado louro está de pé na passagem entre as duas fileiras de bancos. Guardou o revólver, mas está segurando uma metralhadora. De repente se ajoelha e descreve um arco com a metralhadora, para que as pessoas se encolham e se abaixem.

— Tac tac tac — diz.

Será que aquele soldado levou o garoto embora sem ela ver? Onde então o deixou? O oficial segura os documentos e sai para o corredor entre as fileiras de bancos, indicando com um curto aceno que ela deve acompanhá-lo. Ela olha para Cecilia, cujo sorriso costumeiro agora brinca em seus lábios. Sua respiração se tornara mais profunda. Em questão de minutos, estará roncando.

O soldado italiano trabalha como intérprete. É um homem baixo, não muito mais alto que Chiara; usa um bigode grande e hirsuto. Ele se aproxima e, de forma abusiva, segura o seu cotovelo. Tem um hálito pestilento.

Chiara informa para onde estão indo, que a condição da sua irmã está sob controle, que tem condições de cuidar dela e que o ar da montanha irá restaurá-la.

— Estão viajando desacompanhadas? — pergunta o oficial, por meio do intérprete.

Ela especula se a pergunta não seria uma armadilha, mas responde:

— Sim, só minha irmã e eu.

Sua incapacidade para identificar o momento em que o garoto desapareceu, para entender a mecânica da coisa, a faz se sentir tonta. Fica quase feliz quando o homenzinho desprezível, com bafo de ovo podre, segura seu braço para lhe dar apoio. É como se uma versão alternativa dos acontecimentos estivesse se desenrolando, fora de sua compreensão e visão.

O homem cujo estardalhaço atraíra os soldados para a sala de espera está de pé no corredor, envergonhado, com o chapéu na mão.

O silêncio que se iniciou com o primeiro rosnado de Cecilia permanece no aposento. Ninguém contradiz a declaração de Chiara, e o menino não é retirado de algum local escondido, como um coelho de uma cartola. Parece que todo o recinto aguarda alguma coisa. Como as atenções estão concentradas nela, Chiara conta uma história. Explica como estão sozinhas no mundo, ela e a irmã, e como a mãe morreu em um bombardeio dos aliados há apenas três meses.

— Tudo foi perdido — ela se ouve dizer, com voz entrecortada. — Todas as coisas preciosas.

Deitada sobre a manta, Cecilia começa a roncar bem alto. O soldado louro, como que desafiado, inclina-se e aponta a metralhadora para ela. Chiara para de falar e permanece imóvel, como que entorpecida. Sua irmã começa a roncar mais baixo. Por sobre o ombro, o soldado faz uma pergunta ao superior. Chiara não entende as palavras, mas pela rigidez do homenzinho ao seu lado e pela entonação maliciosa, entende o significado. Algo como: "Devo acabar com o sofrimento dela?"

O soldado mais velho sorri, divertido. Diz alguma coisa que faz os três homens rirem e, afavelmente, empurra para o lado o cano da arma. Depois devolve os documentos a Chiara e sai, acompanhado pelos outros dois.

O soldado louro é o último a sair. Ao chegar à porta, vira-se e agita a metralhadora mais uma vez.

— Tac tac tac — repete.

Entre as coisas preciosas expostas no saguão do apartamento de San Lorenzo, havia uma cimitarra líbia que o pai delas trouxera de uma das suas viagens ao norte da África. Tinha uma lâmina curva, de dois gumes. Era de um tipo usado por tribos da Cirenaica. Quando criança, ela não tinha permissão para tocá-la.

Pensa na espada agora. Quase pode sentir seu peso, o equilíbrio entre o copo e a lâmina, o calor do punho de bronze na palma da mão. Ouve o assovio que a lâmina produz quando corta o ar. Imagina-se correndo atrás do soldado louro e, de um só golpe, decepando a cabeça dele e a vendo rolar até os trilhos. Depois, observaria seu corpo acéfalo oscilar, antes de desabar no chão.

Limpa a mão em seu lenço empoeirado, planta um pé em cada lado de Cecilia e a deita de lado, removendo o excesso de pano sob seu corpo e o dobrando-o sobre ela. Agora, a irmã está aninhada no leito que Chiara preparara para o menino. Os roncos diminuem. Há anos ela não tinha um ataque de tal magnitude.

Chiara se senta aos pés da irmã no chão nu, atrás do banco. Um homem idoso lhe entrega um copo de papel com vinho tinto. E fala sobre alguém que conheceu, um jovem, que também tinha convulsões. É um tormento, diz ele.

Eles são uns brutos, sussurra sua esposa, sem especificar de quem está falando.

Há um vaivém de pessoas na sala de estar, um desassossego. Pessoas estão desembrulhando comida para um último lanche antes de dormir. Alguns passageiros murmuram entre si, outros andam de um lado para outro, vão até o banheiro da plataforma e retornam. Retidos no trânsito, com a continuação da viagem fora do seu controle, querem ao menos se assegurar de que podem exercer o insignificante direito de usar as instalações públicas. Por fim, as crianças são aquietadas e as pessoas começam a se acomodar novamente. Ninguém mencionou o garoto. É como se ele nunca tivesse estado lá.

Chiara se senta para beber o vinho, enquanto a sala escurece. A única luz existente provém da lâmpada amarela da plataforma. A pior coisa, tão ruim como o mistério do desparecimento do menino, é que ele não deixou nenhuma pista.

Ele se foi. Daniele Levi. Ficara tão pouco tempo ali e se fora. E só restava ela para lamentar o sumiço. Seu cérebro esbarra na impossibilidade do desaparecimento, como que colidindo contra uma parede de tijolos.

Termina de beber o vinho. Nenhuma solução se apresenta. E, antes que possa suprimi-lo, um pensamento se infiltra em sua mente.

Ela está melhor sem ele.

CINCO

Galhos e folhas molhadas roçavam as janelas do ônibus. As árvores de cada lado da estrada formavam um arco sob o qual o ônibus passava. Maria às vezes se sentava à frente e fazia de conta que estava dirigindo um *hovercraft** ou um veículo espacial, deslizando sobre os tetos dos carros e as cabeças dos pedestres e se desviando dos galhos. Porém, não hoje.

Ela se dirigia ao local de provas para a obtenção do Certificado de Ensino Médio** e saíra atrasada. O analgésico que tomara para as cólicas menstruais mal havia começado a fazer efeito. Ela pretendia tomar o ônibus que passara mais cedo, mas se envolvera em uma briga com a gata dos vizinhos.

Pousou ambas as mãos sobre as dobras da saia do uniforme, apertou o estômago e fechou os olhos. As dores vinham em ondas, que diminuíam e aumentavam. Quando diminuíram, ela olhou pela janela. Ao ver o prédio cinzento da escola em meio às árvores, percebeu que estava passando do ponto. Apertou então a campainha, mas o ônibus só parou no sinal seguinte, oitocentos metros à frente, nos limites do vilarejo de Llandaff, que dera nome à escola.

---

* Veículo sustentado por um colchão de ar, capaz de se deslocar sobre água, terra, lama e gelo. (*N.T.*)
** Exame para avaliação educacional adotado no Reino Unido. Semelhante ao nosso Enem. (*N.T.*)

Chegaria atrasada. Talvez nem a deixassem entrar. Esse pensamento lhe provocou uma empolgação que permaneceu até ela chegar à sala de provas, desaparecendo em seguida.

A sala estava ocupada por garotas de uniforme verde-garrafa debruçadas sobre suas folhas. Os únicos sons que se ouviam eram os de canetas sobre papel, o arranhar de alguma cadeira e uma tosse ocasional; mas tudo fazia parte da atmosfera de escolaridade e aplicação concentrada. Naquela manhã, enquanto Maria se encontrava agachada no jardim dos vizinhos, aquelas garotas verificavam seus conhecimentos da tabela periódica e apontavam seus lápis.

A monitora, a Sra. Lloyd, a professora catedrática, fez um sinal de onde estava na plataforma para a professora que patrulhava os fundos da sala. Depois encostou um lápis nos lábios, exigindo silêncio, como se achasse que Maria pudesse ficar tentada a soltar um grito. Maria esperou à porta até que a outra professora se aproximasse e a conduzisse — abrindo caminho na atmosfera entulhada de ondas cerebrais — até uma mesa no meio da sala.

Não fazia sentido ela estar lá, pois não sabia nada de química. Nunca prestava atenção às aulas, preferindo fazer rabiscos e sonhar acordada; conseguira se safar porque sempre formava dupla, no laboratório, com uma garota para quem a química fazia sentido. Havia mistérios nos quais ela talvez gostasse de ser iniciada, e havia a química. Maria desistira daquela matéria havia muito tempo. Ou a matéria desistira dela. Ela nem se daria ao trabalho de devolver a folha de prova.

Entretanto, praticara italiano com a gata.

— *Ciao, bella. Come stai? Mi chiamo Maria.*

E a gata se revelara um monstro.

O jardim dos vizinhos vinha sendo seu refúgio. Ela permanecia sentada lá por horas a fio, com os livros sobre o banco, às vezes abertos, mas geralmente não. Touceiras de madressilvas cobriam o muro.

Formando um amplo dossel de madressilvas adoráveis, era o que ela sempre pensava.

Havia uma árvore inclinada, com flores cor de laranja, em que as aranhas teciam teias brancas — como retalhos de névoa — entre as folhas e os galhos.

Estação das brumas, pensou ela.

Permitir que frases dos seus livros de literatura inglesa flutuassem no emaranhado do seu cérebro era o mais próximo que chegava de rever as matérias. E Tabitha vinha sendo sua companheira nesse processo.

Então, naquela manhã, Tabitha, o monstro, emergira pomposamente de uma moita de lilases com uma criaturinha trêmula na boca. Na boca, não, corrigiu-se Maria. Tabitha não merecia ter uma boca. Suas mandíbulas, suas presas bestiais. Deixou a criatura cair — um rato — que se ergueu cambaleante, como um minúsculo bêbado. A gata estendeu sua pata e derrubou o rato no chão. O rato se levantou. A gata o derrubou novamente. Depois o abocanhou e começou a sacudi-lo, fazendo sua cauda balançar de um lado para outro.

No momento seguinte, Maria pegou Tabitha e, sempre mantendo-a longe do corpo, correu até a cozinha, jogou-a no chão e bateu a porta.

O rato estava caído sobre a grama, meio escondido, estremecendo. A garota se acocorou ao lado dele, ofegante. Sabia que teria que sair para fazer a prova, mas não conseguia se afastar dali. Alguma coisa começou a se agitar e pulsar, de um modo horrível, sobre o rato, como se partes dele tivessem se separado e estivessem se movendo de forma independente. Abaixou-se. Formigas, grandes formigas mordedoras, rastejavam sobre o ele e o devoravam vivo, dilacerando seu corpo diminuto. Freneticamente, correu até o galpão, encontrou veneno para formigas, retornou e o espalhou ao redor e sobre o pequeno animal.

Sentou-se por perto e ficou vigiando. Teria jogado o gato do alto de um prédio e pisoteado as formigas para salvar aquele rato.

Do tablado, a Sra. Lloyd a observava.

Maria abriu a prova e a examinou. Como resposta a "O que é um catalisador?", desenhou um bico de Bunsen e etiquetou todas as partes. Depois se recostou na cadeira e olhou para o relógio. Restava ainda uma hora e meia.

A cólica se abrandara. Ela gostaria de se levantar e ir embora, mas seria uma atitude muito acintosa.

Sobre a prova, pousou uma das folhas de rascunho e começou a escrever. "Catalisador", grafou. "Chama".

Acabou riscando as palavras, pressionando a caneta com força.

"Querida mamãe", escreveu então. Ato contínuo, riscou a palavra "querida".

Qual você acha que foi nosso catalisador? Vou lhe dizer o que não foi. Não foi o momento em que me disse que Barry não era meu pai biológico. Nem o fato de você ter dormido com algum italiano quando tinha 18 anos. (Foi só um garoto, mãe?) Foi o fato de você ter esperado até que eu tivesse 16 anos para se dar ao trabalho de me contar, e só contou porque teve que me contar, pois encontrei a carta. Então, o catalisador foi a mentira, mãe. Quando me diz que Barry não é meu pai verdadeiro, o que você também está me dizendo é que não é minha mãe verdadeira. Como poderia ser? Uma mãe verdadeira não mentiria para sua filha todos os dias da vida dela.

Tão logo Maria começou a escrever, descobriu que tinha muitas coisas a dizer. Ou melhor, que tinha a mesma coisa a dizer, repetidamente, com ferozes estocadas da caneta. Mentirosa, vagabunda, víbora, escreveu.

A campainha indicando que faltavam dez minutos soou, e logo a prova terminou.

— Maria Kelly! — gritou a Sra. Lloyd —, largue sua caneta.

Quando as folhas foram recolhidas, ela entregou seu desenho do bico de Bunsen e sua definição de catalisador. A professora estendeu a mão, à espera das outras folhas.

— Você não tem permissão para levar as outras folhas — disse.

Maria rasgou seus delírios em pedacinhos, que a professora recolheu da mesa como se fossem migalhas de pão.

Era apenas química. Não importava muito realmente, pois ela não passaria na prova.

A segunda prova, na segunda-feira seguinte, foi de história, uma das matérias em que ela era boa. Quando o ônibus passou pela escola e ela permaneceu no seu interior, a empolgação retornou, mais forte, desta vez. Percorreu seus braços e fez seus dedos formigarem. Ela saltou em Llandaff, foi até um café ao lado de um cabeleireiro. Comprou uma xícara de chá e um donut com o dinheiro da passagem de volta. Ela normalmente chamaria atenção, andando de uniforme em pleno dia escolar em meio aos moradores mais velhos. Porém, no período de provas, quando os alunos iam e vinham em horários desencontrados, a coisa era diferente. Ela podia passar despercebida.

Foi até a catedral anglicana. Estava aberta e vazia. Ela nunca estivera lá dentro. Não havia cheiro de incenso, como nas igrejas católicas. Sentou-se em um banco nos fundos. Ninguém a reconheceria, nem a procuraria ou mesmo perceberia que ela se encontrava lá. Estava incógnita.

Voltou para casa caminhando lentamente, mantendo-se afastada das ruas principais. Atravessou os Sophia Gardens, no arborizado parque à beira do rio, depois o Bute Park, atrás do Castelo de Cardiff. Quando começou a chover, levantou o colarinho do blazer e enfiou os cabelos por baixo da boina, que puxou para a frente. Manteve a cabeça baixa quando passou pelos prédios da universidade, para o caso de Brian sair de um deles. Não sabia o que diria se isso acontecesse. Seria melhor fingir que era outra pessoa.

"Ah, aquela garota que se parece comigo, sim, estão sempre me confundindo com ela", diria. "Mas meu nome é Maria Levi." E rolaria na língua o R de Maria, como uma italiana. Andara rolando os erres para praticar. Se visse Brian, poderia sair correndo, bem rápido.

Chegou em casa no horário habitual, e sentiu cheiro de curry. O chá das segundas-feiras eram sempre as sobras do assado de domingo. Fatias de carne fria e cebolas em conserva, caso fosse carne de vaca ou porco. Curry, se fosse galinha. Patrick e Nel brincavam ruidosamente no quarto da frente.

— Como foi a prova? — perguntou a mãe dela.

— Ótima — respondeu Maria.

Teve uma deliciosa sensação de poder. Mal conseguira permanecer no mesmo aposento com sua mãe ou Barry nos últimos dias, desde a revelação acerca de Daniele Levi. Quando era inevitável, principalmente às refeições, um deles falava abobrinhas, enquanto ela permanecia em silêncio, tentando terminar a refeição o mais rápido possível. Dava sempre a desculpa de que precisava estudar. Naquele momento, estava na cozinha, observando a mãe.

— Que bom — disse esta. — Bom trabalho.

A carcaça do frango cozinhava na panela de pressão — mais tarde haveria uma sopa feita com o caldo. A cozinha, quente e cheia de vapor, estava dominada por um cheiro penetrante de ossos fervidos que provocava enjoos em Maria. Sua mãe picou, no molho de curry, a carne que removera dos ossos; o molho fervia no fogão. Ela limpou as mãos na frente do macacão, dando uns tapinhas no bolso quando a mão deslizou sobre ele. O lugar onde ela repetira este gesto centenas de vezes estava manchado. Da despensa, retirou uma caixa de passas, despejou um punhado delas no curry e remexeu a mistura. Depois limpou as mãos de novo.

Maria pegou o pote de curry e o recolocou no seu lugar, no centro de uma mancha circular que se tornara indelével.

— Tem certeza de que Daniele Levi é meu pai? — perguntou ela, falando para o armário aberto.

Ouviu a mãe respirar fundo, mas não se virou. Por trás do pote de curry havia um vidro com hortelã seca, que seria misturada com vinagre para compor o molho de hortelã que era sempre servido quando comiam cordeiro. No entanto, não comiam cordeiro com frequência. Ao lado estava uma garrafa de molho de salada.

— Sim — disse a mãe dela. — Não houve mais ninguém.

— Você o amava? — perguntou ela.

— Sim — respondeu sua mãe, em voz macia.

— Então por que você foi embora?

Maria se virou.

Sua mãe estava de pé no meio da cozinha, pressionando os dedos na face, como se esta pudesse se dissolver. Suas olheiras estavam azuladas.

— Minha mãe estava doente. Sua avó. Tive que voltar para casa correndo.

A avó de Maria morrera antes de ela nascer.

— Não consegui encontrá-lo para me despedir. Pensei que fosse voltar, mas, hum, não pude.

— Ah — disse Maria.

— Deixei um bilhete para ele com Helen. Não sabia onde ele morava. — Seu lábio inferior estava tremendo. — Não sabia que estava grávida quando parti.

Deu um passo na direção de Maria. Talvez achasse que tinha conseguido uma trégua. Depois remexeu no bolso do avental e retirou a mão fechada. Automaticamente, Maria estendeu a própria mão. Um anel caiu na sua palma aberta.

— Ele meu deu isso — explicou sua mãe.

Maria olhou para o anel. Sentiu vontade de menosprezá-lo, mas ali estava ele, uma coisa real e sólida. Incontestável.

— Obrigada — disse.

Atordoada, saiu da cozinha e subiu para seu quarto.

Edna permaneceu parada no meio da cozinha, ouvindo a filha subir a escada ruidosamente e bater a porta do quarto; ouvindo os gritos agudos no quarto da frente, onde Pat e Nel brincavam, alheios ao drama que se desenrolava na casa da família. Atrás dela, a panela de pressão sibilava. Aguardou a música que Maria sem dúvida poria para tocar. Presumiu que seria alguma canção de Billie Holiday, em alto volume. *Gloomy Sunday,* talvez. Ou talvez Miles Davis. Preparou-se para o caso de ser Chet Baker. Maria, inadvertidamente, tocando a trilha sonora da juventude perdida de Edna.

O anel fora a primeira coisa que Edna notara em Daniele; cintilando no dedo mínimo da sua mão, pousada no braço dela. Estava em um clube de jazz com a amiga Helen. Usando os cotovelos, Helen abrira caminho na multidão com Edna a reboque, segurando seu casaco. Ambas desembocaram em um pequeno espaço, junto à grade da frente.

Helen sussurrara no ouvido de Edna:

— West Coast jazz, um barato.

Eram duas garotas britânicas à solta na cidade. Usavam suas melhores saias, meias de náilon e sapatos de salto alto. Nos lábios, um batom rosa-perolado. Os longos cabelos louros de Edna estavam presos no alto da cabeça com um prendedor tartaruga.

Chet Baker subiu no palco. Helen a cutucou.

A música começou. Edna podia sentir Helen gingando ao seu lado; outras pessoas também se moviam no ritmo da melodia, mas ela não sabia o que fazer. Nunca escutara nada como aquilo. Era como se a música não fosse uma coisa externa, criada e apresentada em cima de um palco, mas estivesse dentro dela. Permaneceu imóvel, rígida, como se achasse que, caso permitisse que o ritmo a movimentasse, seria a sua ruína.

Estava em Roma havia dois meses. Chegara em fevereiro, no inverno mais frio que já se vira: a cidade branca e congelada até quase paralisar. A família para quem ela trabalhava morava no sul, no subúrbio de EUR, que parecia ser o nome menos italiano possível, difícil de pronunciar, e que soava como uma expressão de repulsa. As letras eram as iniciais de Exposição Universal de Roma, evento programado para ser a vitrine do fascismo para o mundo, mas que jamais fora realizado, pois a guerra o abortou. Em 1956, a EUR era quase somente um canteiro de obras com alguns prédios brancos, quadrados, monumentais, solenes, presunçosos, com arcadas lisas e arestas bem definidas.

A família relutava em permitir que ela saísse à noite sem que estivesse com um grupo ou com acompanhantes adequados, previamente aprovados. Seu trabalho era tomar conta de um bebê gorducho, que precisava ser embrulhado em roupas de lã, luvas e gorros, antes de ser enfiado embaixo de cobertores e levado ao parque em um carrinho; e um menino pequeno, Paolo, que se agarrava à saia dela e tinha medo de tudo. Às vezes ficava surpresa com o fato de alguém confiar crianças aos seus cuidados, mas fazia seu trabalho da melhor maneira possível.

Afinal, não era por culpa das crianças que nada era como o que imaginara ao responder o anúncio publicado na *Lady*. Edna acreditou que seria como Audrey Hepburn no filme *A Princesa e o Plebeu*: livre, adorável e festejada. Não esperava que Roma fosse gélida, repressora e moralista. Até conhecer Helen, tudo fora desanimador. A família para a qual Helen trabalhava era mais liberal, ou negligente, e ela tinha vários acompanhantes. Na apresentação de Chet Baker, as garotas saíram com dois deles, Renzo e

Cristofero, filhos dos vizinhos de Helen, rapazes sérios que usavam óculos e tinham espinhas no rosto. Haviam fugido deles e se esgueirado por conta própria até a fileira da frente.

As luzes se atenuaram e um holofote foi projetado sobre Chet, que segurava o microfone e cantava suavemente. Na outra mão estava seu trompete. Era o modo como segurava aquele trompete, como o balançava, sua despreocupação, aquele instrumento precioso pendurado precariamente nos seus dedos recurvados. Era o tom da sua voz percorrendo o corpo dela. Eram as palavras. Tudo lhe falava diretamente ao coração.

Fechou os olhos. Barry lhe veio à mente. Ela e Barry ainda não estavam noivos, não formalmente, mas tinham uma espécie de entendimento. Ele seria enviado ao Egito para cumprir o serviço militar. Quando terminasse, em dois anos ou um pouco mais, pois ainda nem havia partido, eles se casariam. Barry não ficara nada satisfeito com a ida dela para a Itália. Nem os pais dela. Porém, Edna os convenceu a deixá-la ir. Fizera tudo acontecer.

"Você não sabe o que é o amor", cantou Chet Baker, e ela abriu os olhos, esquecendo-se de si mesma, esquecendo-se de Barry.

O saxofone começou a tocar. Era como se ela estivesse se encharcando de música. Postada abaixo do palco, com a música caindo sobre ela. A música era tudo. Começou a se mexer.

A mão de alguém pousou no seu braço. A mão de um homem, larga e forte; um anel de ouro cintilava em seu dedo mínimo. Ela olhou para a mão, surpresa. Olhando por trás das costas de Helen, viu um jovem. Ele vestia um casaco preto e, por baixo, uma camisa preta, com o botão superior desabotoado. Não usava gravata. Seus cabelos estavam penteados para trás.

Ele a puxou e os dois dançaram, embora não de um jeito ao qual ela estivesse acostumada, como o foxtrote ou a valsa que ela e Barry praticavam no baile de sábado à noite. Era mais como deslizar. Giraram em torno um do outro, cada vez mais próximos ao som da música. Ela esperava ser engolfada por ele.

No sábado de folga dela, ele foi buscá-la em uma moto emprestada. Ela se agarrou a ele, abraçando seu torso coberto por uma camiseta branca bem justa e enfiando as mãos nos bolsos da jaqueta de couro dele, colando o rosto no seu colarinho. A moto voou pelas colinas dos Castelli, roncando nas curvas. Ele era inebriantemente lindo.

James Dean era o herói dele.

— Rápido demais para viver, jovem demais para morrer — dissera ele, no seu sotaque engraçado.

Ele não tinha família, disse. Era órfão. Ela queria ficar com ele o tempo todo.

Trovejaram pela Estrada do Mar e comeram espaguete com mexilhões em um café da praia de Óstia. Depois caminharam na floresta de pinheiros e se deitaram entre pinhas e agulhas. Sabiam poucas palavras das respectivas línguas. Na maior parte do tempo, as dispensavam.

Ela o observou experimentar dispendiosas botinas pontudas em uma loja na Via Veneto. Seu olhar ameaçador a deixou sem fôlego. Quando o funcionário da loja foi até o depósito, ele segurou a mão dela e a puxou.

— *Corri* — disse ele. Corra.

Ele podia aparecer ou não. Era tudo nos seus próprios termos. Certa vez, passaram de moto pela ruela onde ele morava, bem no centro de Roma, mas ele não a levou à sua casa.

Helen não o aprovava. Disse que ele não prestava, era um desregrado. Estava com ciúme, pensou Edna, embora soubesse que Helen tinha razão. Não se importava.

— Me cubra — suplicava Edna —, por favor.

Relutantemente, Helen cobria suas faltas.

Certo dia, ele apareceu com um pequeno carro branco, um Fiat Seicento novo em folha. Era dele, disse. Levou-a até um decrépito sítio abandonado nas montanhas, onde caminharam em meio a oliveiras. Jogaram pedras em um antigo poço e aguardaram o barulho da queda. Estava taciturno, girava o anel no dedo o tempo todo.

— Esse anel parece ser precioso — comentou ela, para falar alguma coisa.

"Precioso" era uma daquelas palavras que podiam ser pronunciadas à italiana. Enrolando a língua no R e acrescentando um O no final, era quase a mesma coisa. *Prezioso.*

— Precioso — repetiu ele. — É.

Tirou-o do dedo e o arremessou para ela por cima do poço. Ela o pegou na palma da mão em meio ao trajeto, e cerrou os dedos sobre ele. Se tivesse errado o bote, o anel teria caído no buraco. Riu ao ver a expressão de choque no rosto dele.

— Para você — disse ele.

O precioso ritmo do trompete de Chet Baker e o precioso anel cintilando no ar estavam juntos nas lembranças dela. Facetas diferentes da mesma coisa preciosa, capturando a luz enquanto caía.

A prova seguinte de Maria era de manhã. Língua inglesa. Por coincidência, ela e sua mãe saíram de casa na mesma hora — Barry já havia saído com as crianças. Assim, foram obrigadas a caminhar juntas até o ponto de ônibus, como costumavam fazer quando Edna trabalhava no turno das nove.

— Boa sorte, querida — dissera sua mãe no ponto de ônibus. — Sabia que era melhor não beijar Maria naquele momento. — Não que você precise — acrescentou, afastando-se rapidamente.

Era o exercício diário dela, caminhar até o trabalho e voltar. Algumas vezes o ônibus chegava antes que ela dobrasse a esquina. Neste caso, Maria acenava do andar superior ao passar por ela. Outras vezes, como naquele dia, sua mãe chegava à esquina primeiro; então se virava e acenava uma última vez, antes de se dirigir ao hospital, em Wedal Road. Foi o que fez. Maria acenou de volta do modo mais breve possível, com um leve gesto de mão. Sua mãe dobrou a esquina e desapareceu.

Maria já estava a meio caminho, no parque à beira do rio, quando o ônibus passou. No outro lado do lago, comprou um maço de Number Six com dez cigarros. Dez pence e meio bem gastos. Começaria a fumar.

— Você vai ficar gorda — dissera seu pai não biológico quando ela se recusara a acompanhá-lo em suas costumeiras voltas em torno do lago.

Sem captar a mensagem, ele continuou a aparecer à porta do quarto dela em sua roupa de ginástica. Fumar era um método alternativo de permanecer magra. O primeiro cigarro foi repugnante, mas ela sabia que seria preciso praticar. De novo em casa, despiu o uniforme, vestiu a camisola e voltou para a cama. Perder a prova de inglês significava que perderia todas as outras. Inglês era seu ponto forte. Poderia se sair bem mesmo sem revisar a matéria. Erguendo os joelhos até o peito, abraçou seus segredos.

Iria mostrar a eles.

SEIS

As janelas da biblioteca foram abertas para que o ar fresco entrasse. O sol já estava quente, despertando os aromas intrínsecos dos objetos que banhava — as velhas cadeiras de couro tacheadas, as paredes apaineladas, os volumes encadernados nas estantes ou em caixas de vidro —, evocando suas origens: peles de animais, madeira, cola, linha e polpa de papel. Uma abelha zumbia em algum lugar, colidindo freneticamente contra as vidraças. No jardim, as glicínias estavam em plena floração. As pesadas videiras, sustentadas por treliças, criavam compartimentos floridos entre as passagens de tijolos. Um padre havia se sentado em um desses caramanchões. Somente suas pernas, cruzadas à altura das canelas, estavam visíveis.

Na galeria da biblioteca, sentada no cálido retângulo de luz próximo a uma janela aberta, Chiara tentava descobrir qual dos padres seria. Não era o Padre Pascale, pois este estaria de sandálias àquela altura do ano; e não era o Padre Pio, que era corpulento e não poderia ter tornozelos tão finos. Pensou se não poderia ser o Padre Antonio, graças a quem ela tinha autorização para usar aquela biblioteca privada, anexa à universidade pontifícia.

As provas do livro sobre a navegação no Mediterrâneo na Idade Média estavam à sua frente, sob um facho de luz brilhante demais para que pudessem ser lidas, mesmo que apertasse os olhos.

Ela se bandeou para o lado do prédio que dava para a rua, onde as janelas, divididas por mainéis, eram tão altas que não se via o lado de fora.

Estava mais escuro e abafado ali, talvez um ambiente mais propício aos estudos. Estendeu as provas em uma mesa e se debruçou sobre elas, apoiando-se nos cotovelos. Embora não houvesse nenhum barulho a ser abafado, além do zumbido da abelha, pôs a cabeça entre as mãos e os polegares nos ouvidos. Os outros usuários daquela biblioteca, bastante esparsos, eram jovens teólogos; naquele dia, ela estava sozinha entre os volumes antigos. Era um lugar tranquilo para se trabalhar, que criava uma divisória entre sua vida doméstica e profissional. A caminhada entre o apartamento e o antigo *palazzo,* onde se situava a biblioteca, assinalava a transição entre ambas. E se ela quisesse fazer uma pausa para tomar um café, sempre havia Antonio. Nos velhos tempos, antes de ele se tornar padre, eles costumavam trabalhar juntos no Arquivo do Estado. A vocação dele se manifestara tardiamente.

Ela lia o capítulo referente à república marítima de Gênova.

"Especiarias, incenso e ópio eram muito procurados", leu pela quarta vez.

Cada tradução propunha seus próprios desafios, algum elemento crucial intraduzível. Naquele livro, escrito por um professor britânico, o problema não era o assunto, até mais familiar para os leitores italianos. Era o registro. O estilo coloquial não se adequava a um tratado acadêmico em italiano, e prejudicaria a seriedade da pesquisa. Optara por uma linguagem intermediária. Alguma coisa entre a longa e complicada estrutura frasal que um acadêmico italiano poderia ter usado e o estilo vigoroso e abrupto empregado pelo autor. Fora bem-sucedida. Conseguira transmitir o sabor original, e o autor, que sabia um pouco de italiano, também ficara satisfeito.

Um pequeno e trêmulo quadrado de cor, projetado pela luz que atravessava os vidros verdes das janelas, brincava na folha. Ela pousou a mão sobre a folha e observou sua pele verde. Precisava se apressar. O editor estava à espera. Levantou-se, pegou suas coisas e se deslocou novamente para o lado que dava para o pátio. Nos jardins, o padre havia mudado de posição e ela pôde verificar que era Antonio, de fato, com uma Bíblia e um notebook no colo.

Desceu para se encontrar com ele.

— Já está na hora do café? — perguntou ele, com um sorriso embevecido.

Ele sempre parecia sentir um enorme prazer quando ela aparecia, embora ela frequentasse o lugar regularmente e eles saíssem para tomar um cappuccino matinal pelo menos uma vez por semana.

— Ainda não — respondeu ela. — Mas não estou conseguindo me concentrar hoje.

Ela olhou para ele, considerando a ideia de lhe falar sobre o telefonema. No entanto, isso significaria trazer à tona o nome de Daniele, falar sobre Daniele era coisa que ela e Antonio já não faziam mais. Havia anos parara de pedir notícias a Antonio.

"Soube de alguma coisa? Ele entrou em contato?", perguntava antes, como se Antonio pudesse ter se esquecido de mencionar uma carta, um telefonema, uma visita.

"Se houver alguma notícia, eu direi", respondia Antonio.

Não, o assunto Daniele estava encerrado.

De repente, o silêncio entre eles lhe pareceu uma mortalha que a aprisionava e sufocava. Respirou fundo, inalando o perfume das glicínias e se sentou em uma pedra em frente a Antonio, sob um teto de flores. Se estivessem em um confessionário, com uma grade entre eles, seria mais fácil. Antonio seria o mediador de Deus, em vez de Antonio, o homem. Não que ela acreditasse nessas coisas, mas ele acreditava, e isso poderia ser o suficiente para ambos.

Antonio tateou os bolsos e pegou um maço de cigarros. Ela aceitou um, embora já tivesse fumado três da sua preciosa cota de cinco, durante a longa noite.

— Você parece cansada — comentou ele.

— E estou — disse ela. — Continue a trabalhar. Finja que não estou aqui. Estou meio esquisita.

— Estou escrevendo um sermão — disse Antonio, baixando a cabeça e continuando seu trabalho.

"Me abençoe, Pai, pois eu pequei", dizia ela. Isso fora...

Havia quanto tempo? Anos? Décadas?

"Já faz muito tempo que não me confesso."

Ela e Cecilia ajoelhadas lado a lado na penumbra cavernosa da Sant'Eustachio, esperando a vez. O matraquear dos passos das freiras em algum ponto ao lado do altar. A fria fragrância da água benta. Estava convencida de que errara e precisava expiar o erro, mas indecisa a respeito da exata natureza do novo pecado. Teria sido seu modo de dispensar a garota, sem nenhuma consideração? Fora como se como se o próprio Daniele tivesse reaparecido em sua vida e ela lhe tivesse virado o rosto. *Socorro,* dissera ele, mas ela já não sabia como socorrê-lo.

— Seja o que for que esteja perturbando você, vai passar — disse Antonio.

Amenidades. Não passara em todos aqueles anos. E, justamente quando ela achava que havia entrado em uma nova fase, surgira aquela garota terrível para remexer tudo de novo.

Antonio se inclinou para frente, estendeu o braço e segurou a mão dela.

— Sou seu amigo e estou aqui, se você precisar — disse.

Olhando para ele, vendo como o sol brilhava em seus óculos redondos, ela o visualizou de repente, dez anos antes, enfrentando os credores de Daniele. Seu leal amigo Antonio, que quisera ser mais do que isso, mas que se conformara com a amizade; que aparecera quando as coisas se tornaram desesperadoras e ela precisava de ajuda. Ele acalmara tudo com a tranquilidade que transbordava. Não só sabia a coisa certa a ser feita, como também a fizera.

Um lampejo de ressentimento atravessou sua mente, e ela teve que baixar os olhos.

Você mandou meu garoto embora. Por que mandou meu garoto embora? Foi o que teve vontade de gritar para ele. Enviou-o para o exílio, pensava ela de vez em quando, ao imaginar Daniele perambulando pelo mundo com uma mochila nas costas e sem um lar.

"Já resolvi o assunto." Era o que Antonio dizia para tranquilizá-la quando estava no fundo do poço, nos primeiros meses após a partida de Daniele. "Não se preocupe, vamos conversar sobre isso quando você se sentir mais forte".

E então, quando se sentiu mais forte, não havia nada a ser dito. O banimento de Daniele fora total. Como permitira que isso acontecesse?

"Não bani Daniele. Ele recusou minha ajuda", dissera Antonio, depois que ela o fizera repetir todas as frases que Daniele dissera antes de partir.

"Ela ficará melhor sem mim", fora uma delas.

Então, ele desaparecera e, em todos aqueles anos, somente uma vez teve notícias dele. Não notícias, realmente, mas um indício de que ainda estava vivo.

Fora cerca de dezoito meses após sua partida. Ela e Simone tinham ido até o sítio da Nonna. Outro terremoto destruíra completamente o lugar. Sua própria casa estava arruinada e inabitável, mas ela verificava se poderia vender a terra. Ainda tinha dívidas e precisava levantar dinheiro. Essa ideia sempre estivera no fundo da sua mente como último recurso. Resultou que não havia muitas terras na propriedade, com todas as pastagens alugadas à fazenda vizinha. Só restara uma casa desmantelada. O terreno em que a Nonna tinha sua horta fora havia muito recoberto pelo mato e o poço estava oculto entre moitas espinhosas.

Algumas pessoas diziam que um homem selvagem vivera lá por um tempo. Devia dormir em uma caverna nas montanhas acima, mas fora visto nas cercanias e dentro da casa. Porém já partira havia muito tempo quando chegaram à propriedade. Para ela, no entanto, foi um consolo saber que ele encontrara refúgio no sítio da Nonna. E perceber que era para lá, provavelmente, que fora nas outras vezes que desaparecera.

Elas e Simone se sentaram um pouco no olival abandonado e ela quase falou sobre a noite em que Daniele subira até o oco da árvore mais antiga da Nonna, sob uma lua cheia, para fazer um desejo. Entretanto Simone queria acreditar que Chiara não pensava nele o tempo todo e, portanto, Chiara não falou nada. De qualquer forma, mais tarde ela soube o que ele desejara naquela noite, e não fora uma coisa bonita.

— Obrigada — disse a Antonio, e ficou olhando para ele.

Ali estava Antonio, seu amigo bom e fiel, olhando-a com ar de preocupação. Afinal de contas, só agira no interesse dela. Na sua versão de qual seria o interesse dela.

— Não é nada — acrescentou. — Estou me sentindo bem.

Querer estar se sentindo bem, satisfeita e feliz, pensou, era meio caminho andado. O prazer podia ser encontrado nas pequenas coisas. Lembrou-se da sua tigela vermelha. Iria mudá-la para o outro lado do corredor para ver como ficaria. Tinha a aspiração de se sentir bem, lembrou a si mesma, e a cultivara durante anos. As coisas pareciam trágicas para a garotinha britânica naquele momento, mas ela superaria isso. Aquele momento passaria. E o que Chiara poderia lhe contar a respeito de Daniele para reconfortá-la? Nada.

Mudou de posição sobre a pedra quente e dura.

— Então, quais são as últimas fofocas? — perguntou.

Antonio lhe falou sobre um cardeal da Argentina que viera fazer uma visita e ficara alojado no mosteiro franciscano, onde não fazia outra coisa a não ser reclamar da higiene. Afirmava que havia pelos de cachorro no carpete do quarto dele, que era uma "suíte palaciana", segundo Antonio, "digna do próprio papa".

— O que nosso patrono diria se visse isso? — perguntara o cardeal ao abade, que se absteve de lembrar ao venerável homem que São Francisco gostava muito de animais.

Chiara especulou por alguns momentos se as celas monásticas haviam saído de moda; especulou também como a Argentina — país que jamais visitara, mas onde possuía parentes distantes — deveria ser. E se a garota telefonasse de novo enquanto ela estava sentada ali, ouvindo a tagarelice de Antonio? Ela permaneceu imóvel, dizendo a si mesma que isso seria bom. Estava tão consciente da sua imobilidade, de não querer falar sobre a conversa da noite anterior, que era como se estivesse sentada sobre um vulcão. Podia sentir o calor sob as nádegas.

Ela se pôs de pé e deu um passo à frente. A filha de Daniele, pensou. Ele tinha uma filha. Subitamente, lembrou-se do nome na carta da mãe da garota. Kelly. Edna Kelly.

— Estou entediando você? — perguntou Antonio, suavemente.

— Desculpe — disse ela, inclinando-se para beijá-lo. — Tenho que ir.

Em casa, telefonou para o auxílio à lista internacional. Havia toda uma página de Kellys em Cardiff. Ela tinha a primeira inicial, mas nenhuma E. Kelly estava listada.

— Poderia ler todos os endereços? — pediu Chiara.

Ela o reconheceria se o ouvisse, tinha certeza. Afinal, o escrevera no envelope; deveria haver algum vestígio em algum lugar da sua memória.

— Este serviço é para números telefônicos, não endereços — replicou o operador.

Aguardaria, decidiu. Poderia muito bem trabalhar em casa; assim receberia a ligação, caso a garota telefonasse.

Na manhã do terceiro dia de confinamento em casa, Assunta chegou para fazer a limpeza.

— Santo Deus! — exclamou, à entrada da cozinha, abotoando o guarda-pó.

Chiara se virou da janela, onde estava fumando.

— Bom dia, Assunta — disse. — Vou trabalhar em casa hoje.

Assunta abanou a mão diante do rosto e tossiu ostensivamente. Rapidamente, Chiara apagou o cigarro na lata que usara como cinzeiro. Estava cheia até a borda, notou, desolada. Depois foi até o fogão e acendeu o bocal sob a cafeteira *moka*.

A mulher agitava a porta da cozinha para frente e para trás, de modo a criar uma corrente de ar. Abanar as mãos, ao que parecia, era insuficiente para dispersar a fumaça.

— Não vamos exagerar — disse Chiara.

— Mas *signora*, o que está acontecendo aqui? — perguntou Assunta.

Nos dias precedentes, Chiara andara de um lado para outro com o manuscrito do livro, que largava em lugares diferentes; lia alguns trechos, sem assimilar as palavras. Ligava esporadicamente para o auxílio à lista internacional, na esperança de encontrar um operador mais acessível, e fazia ocasionais, inúteis e desencorajadoras incursões ao quarto de despejo. Além de não encontrar a carta, nem mesmo conseguiu encontrar as caixas de madeira nas quais guardara a maior parte dos pertences de Daniele: roupas, livros, discos, seu primeiro trompete e a parafernália que deixara em seu quarto quando partira. Não havia qualquer sinal dela nos fundos, onde Chiara confiantemente achara que estavam guardadas.

Voltara a fumar com despreocupado e renovado furor, chegando até a se levantar de madrugada para andar furiosamente fumando pelo apartamento e acender um cigarro enquanto ainda estava na cama — saturando os lençóis com o fedor. De manhã, ao acordar enrolada nos lençóis suados, tossia como se suas entranhas fossem sair pela boca. Nada disso, entretanto, era da conta de Assunta.

— Absolutamente nada — respondeu ela.

— Mas, *signora,* você nunca fuma em casa — ponderou Assunta.

Chiara, às vezes, acalentava a ideia de que Assunta não era quem parecia ser, e sim a romancista Elsa Morante. Imaginava que Assunta, tão logo se afastava da casa e dobrava a esquina, tirava seu casaco de brim e colocava óculos com aro de chifre. Assunta tinha os mesmos cabelos rebeldes de Morante, cortados em um tosco estilo pajem, os mesmos zigomas salientes e a mesma expressão perspicaz. O ar majestoso de Assunta não combinava com seu status.

Simone não conseguia ver isso. Chamava Assunta de "Mamma Roma" e dizia que era uma mulher do povo. Porém, como às vezes Chiara de fato pensava que Assunta realmente poderia ser Morante em uma missão secreta, fazendo pesquisas para um novo livro ou empobrecida e sem outro talento vendável, tomava muito cuidado para não tratá-la com indevida deferência.

— Eu fumo aqui, de vez em quando — disse ela. — Quando sinto vontade.

Estava atarefada no fogão quando começou a tossir. O acesso, estertoroso e encatarrado, pegou-a de surpresa. Desta vez, não conseguiu parar. Pigarreando e grunhindo, agarrou-se ao balcão da pia para obter apoio. Sentia falta de ar e ânsia de vômito. Lágrimas escorriam pelo seu rosto. Assunta lhe deu alguns tapas nas costas, mas não se tratava de uma simples obstrução, facilmente removível. Assunta colocou então uma cadeira atrás de Chiara, que se deixou cair sobre ela, curvada para a frente. Após um último ruído rouco, hesitantemente, ela aprumou o corpo.

— Signora Ravello — disse Assunta. — Isso não vai dar certo.

— Eu sei — disse Chiara.

E saiu para ir ao médico, deixando Assunta com a transcrição fonética de uma mensagem para pronunciar, caso uma pessoa não italiana telefonasse: "Signora saiu. Telefone depois do meio-dia."

O Doutor Bruni havia se aposentado. Seu substituto era jovem e entusiasmado. Fez perguntas sobre hábitos alimentares e padrões de sono. Deu-lhe alguns comprimidos para ajudá-la a relaxar, avisando que não deveriam ser ingeridos juntamente com álcool. Deu-lhe algumas pancadinhas no peito e levantou a blusa dela para auscultar seus pulmões. Depois disse, com ar muito sério e com palavras que ela não gostou de ouvir, que ela realmente deveria parar de fumar. Os problemas cessariam, pois nada mais havia com ela. Os danos nos seus pulmões não pareciam irreversíveis. Ele não detectara nenhum sinal de enfisema. Ela estava um pouco abaixo do peso, mas isso devia estar relacionado ao metabolismo e não era motivo de preocupação.

Nada mais de meias medidas, decidiu ela a caminho de casa. Pararia de fumar imediatamente. Isso lhe daria algo mais para pensar, além da garota. Fumou seu último cigarro no bar do Gianni, sentada no lado de fora, ao sol e tomando um cappuccino. O chef do restaurante da esquina saíra para fumar na ruazinha diametralmente oposta. Antes de pisar na guimba do cigarro e desaparecer no interior do restaurante, acenou para ela. Chiara percebeu que não abriria mão apenas dos cigarros, mas de toda uma comunidade de fumantes. Daquelas fraternas pausas durante o trabalho.

Ah, Antonio, pensou com uma pontada de angústia. Suas idas com ele, no meio da manhã, até o café próximo à Ponte Sisto. Como poderiam continuar sem os cigarros? Por alguns momentos, sentiu uma intensa sensação de perda, como se parar de fumar significasse renunciar todo prazer e a todas as amizades.

Não fumara aquele cigarro com a devida solenidade, percebeu. Pediu então um expresso e um *vin santo*, e esperou que Gianni trouxesse os pedidos antes de acender mais um.

— Este vai ser meu último cigarro — disse a ele.

— Então vou lhe fazer companhia, se me permitir — respondeu ele.

Estalando os dedos, ele pediu ao garçom que lhe trouxesse um café; depois se acomodou na cadeira ao lado de Chiara. O garçom do restaurante da esquina apareceu com um regador e molhou os pequenos loureiros enfileirados no lado de fora, em vasos. As folhas verde-escuras brilhavam como se tivessem sido polidas.

Tentando dotar o cigarro de significado, Chiara fumava lentamente, com ar contemplativo.

— Sabe o que o médico me disse? — perguntou.

— Não, o quê?

— Fume ou viva, a escolha é sua.

— Minha nossa! — exclamou Gianni. — Essa foi forte. Dizem que esse negócio de fumar faz mal para a gente. — Ele expelia a fumaça em anéis que se retorciam entre ambos. — Mas sempre achei reconfortante.

— Eu também — disse Chiara.

No lado oposto da praça, um gato tigrado emergiu da ruela e começou a lamber as poças de água ao redor dos vasos de loureiros.

Quando Gianni reabriu seu estabelecimento após a guerra, ela passou a levar Daniele lá para tomar *frullata*.* Lembrava-se das pernas do menino, que ficavam penduradas quando ele se sentava em um banco.

— Você se lembra de Daniele? — perguntou ela.

Ao se virar, viu Gianni retorcer a boca.

— Prefiro nem lembrar — respondeu ele.

Ela estava pensando o quê?

— Só por sua causa, *signora,* não vou entrar com um processo — disse ele.

— Desculpe — disse ela.

E entregou a Gianni o maço pela metade para que ele distribuísse da forma que achasse melhor.

— Boa sorte — disse ele.

A caminho de casa, Chiara fez um trato. Se eu me mantiver longe dos cigarros, no terceiro dia, a contar de agora, a garota vai telefonar de novo. Caso contrário, significará que é melhor assim, e continuarei com minha vida normal.

Se a garota ligasse, ela teria uma conversa com a filha de Daniele. Só uma.

Assunta abrira todas as janelas e portas, e estava limpando o chão da cozinha com algum produto com cheiro de limão. Trocara a roupa de cama. A máquina de lavar vibrava no banheiro, emitindo um odor de sabão. Ninguém telefonara.

---

* Vitamina, frutas batidas no liquidificador. (*N.T.*)

Chiara informou a Simone, mediante um telefonema, que estava passando mal e precisava de um tempo sozinha; telefonaria quando se recuperasse. Durante os três dias seguintes, perambulou pela casa como se fosse um fantasma assombrando os aposentos. Preocupada e atormentada, tentava descobrir onde poderiam estar os pertences de Daniele, o que não gerou nenhuma ação construtiva. A falta de cigarros parecia o buraco no qual sua vida estava despencando. Tudo era perda. Havia uma sensação de nudez no apartamento, notou, enquanto o percorria até os últimos recantos. Entrando, no closet, afastou as roupas que estavam penduradas para contemplar as paredes nuas. Em seguida, foi até os fundos do quarto de despejo e se enfiou embaixo de uma mesa dobrável, saindo logo depois, com receio de que o telefone tocasse e ela não chegasse a tempo de atender a ligação.

Tinha a sensação de que o espaço vazio onde os pertences de Daniele deveriam estar havia aumentado. Era uma espécie de vazio existencial não preenchido pela abundância de coisas sólidas no apartamento — um monte de móveis herdados e adquiridos, bibelôs, a coleção de peças de vidro, quadros, livros, cortinas, tapeçarias, estantes, espelhos, vestimentas, roupas de cama, toalhas e bugigangas diversas. Concentrar-se no trabalho era impossível. Não conseguia nem ler um livro.

Quando não estava rondando o apartamento, permanecia languidamente deitada no sofá, com o rádio ligado baixinho. O escritório romano do Movimento Social Italiano, o novo partido fascista, fora atacado. Em Milão, uma granada arremessada contra o quartel-general da polícia matara quatro pessoas e ferira quarenta. Havia indícios de envolvimento do serviço secreto e de complicados jogos duplos.

Certo dia, estava deitada no sofá olhando distraidamente a toalha de chenile verde que recobria a mesa lateral onde estava o aparelho de rádio quando reparou, pela primeira vez, que aquela pequena mesa baixa era, na verdade, uma caixa. A descoberta a deixou chocada. Não precisava levantar o pesado rádio e remover a peça de chenile para saber que era sua velha caixa-forte, onde costumava guardar as joias que herdara da Nonna. Não precisava fazer isso, mas o fez mesmo assim, arrancando a toalha como que para pegar a caixa de surpresa — assim como a caixa a pegara de surpresa, agachada ali sabe-se lá há quanto tempo, fingindo ser algo que não era.

— Estou encrencado, Ma — dissera Daniele.

Ma. Ele tirara isso de algum filme americano. Devia dinheiro. Um monte de dinheiro. Uma montanha de notas promissórias.

— Se não pagar hoje — acrescentara —, as notas vão ser vendidas e os próximos credores não vão ser...

Ele olhara inexpressivamente para ela, engolindo em seco.

— Tão compreensivos.

Ele estava citando alguém.

— Eu poderia vender os móveis — sugerira ela, pensando em uma solução.

— Ninguém mais quer saber desse tipo de coisa — replicara ele. — Essas coisas de madeira, pesadas e cheias de adornos. Estamos na década de 1960, não reparou? As pessoas serram essas coisas e jogam fora. É lixo.

Ele tinha razão. Fórmica era o que estava na moda.

— Espere um pouco — dissera ela. — Já sei o que fazer.

Pegara a pequena chave no jarro da cozinha e correra até seu quarto, onde guardava a caixa-forte, enfiada embaixo da cama. Lá estavam os brincos de ouro no formato de folhas, cujas pérolas lembravam gotas de orvalho; o colar de pérolas; o broche de safiras e diamantes; o alfinete de gravata que devia ter pertencido ao *nonno,* e que provavelmente já não valia muito; os anéis da *nonna* — seu anel de casamento (devia ter doado outros menos valiosos quando Mussolini lançou a campanha "Ouro para a Pátria", em 1935); e seu conjunto de anéis da eternidade, com pequenos diamantes incrustados. Os anéis eram grandes demais para os dedos de Chiara, mas ela os guardara porque, algum dia, Daniele poderia se casar e ela os daria para a esposa dele. Isso não interessava mais, porque o momento presente era mais importante.

Ele gritara:

— Ma, espere, Ma! — Mas não a seguira.

Ela estava pensando que já bastava. Todo mundo vivia dizendo que parasse de livrar a cara dele. Aquela seria a última vez, realmente a última; ele teria que se emendar. Ela já lhe entregara o precioso anel de ouro do seu pai, que acabara desaparecendo do seu dedo.

Abriu a caixa-forte. Estava vazia, exceto por um pedaço de papel com os dizeres: "Ma, estou em débito com você."

Ele estava sentado com a cabeça entre as mãos quando ela retornou à sala. Pela primeira vez, não soube o que dizer. Portanto, não quebrou o silêncio.

— Tem mais alguma coisa? — perguntou ele.

— Você pegou tudo — respondeu ela.

Ele disse a ela que seria o fim dele.

E ali estava a caixa-forte, sob seu nariz o tempo todo. Ainda vazia.

À noite, tomou as pílulas para dormir e mergulhou em uma tenebrosa inconsciência que não chegava a ser um sono, mas um irmão deformado do sono.

No terceiro dia, a filha de Daniele e a abstinência de cigarros estavam inextricavelmente entrelaçadas. Chiara ansiava desesperadamente por aquele telefonema.

— Signora Ravello — disse a garota, com seu jeito hesitante e choroso. — Espero que não se incomode por eu estar ligando de novo.

Em vez de euforia ou alívio, Chiara sentiu uma devastadora irritação. Uma pequena voz perto da sua orelha, ciciante como um inseto, lembrou que o fato poderia estar relacionado à privação de nicotina, mas a ignorou.

— Sim? — disse, como se fosse uma pessoa muito ocupada, que não poderia perder nem um segundo, em vez de alguém que estava esperando aquele telefonema havia dias e que pusera o resto da sua vida em espera.

— Desculpe incomodar — prosseguiu a garota. — Sei que era apenas a senhoria dele, mas... — E abaixou a voz. — Daniele Levi era mesmo meu pai.

Chiara não se importou de ter seu status diminuído. Não tinha nenhuma intenção de contar a triste história à garota. Queria apenas ouvir o nome dele e pronunciá-lo novamente. Queria ter notícias de Daniele, nem que fossem de terceira mão e superadas. Precisava de um cigarro para acompanhar a conversa. Sentia que não conseguiria fazê-lo sozinha.

Fez um esforço para se concentrar naquela menina do distante País de Gales, que sussurrava coisas que haviam acontecido antes do seu próprio nascimento — e sob o nariz de Chiara —, mas que ela sabia e Chiara, não.

A garota estava lhe explicando como Daniele conhecera a mãe dela. *Eu me lembro desse inverno terrível*, pensou Chiara, *que cobriu Roma de neve e gelo. De repente, após o degelo, Daniele começou a andar à toda naquela moto emprestada. Fazendo as curvas rápido demais.*

"Dirija com cuidado", dizia ela.

"Sou supercuidadoso", respondia ele.

Antes de partir, ele às vezes a pegava para dar uma volta. Será que o vira mesmo com a garota loira disparando na moto pela Via dei Cappellari? Ah, isto foi no verão em que ele fora gentil de novo. Sim.

— Como? — disse ela, voltando a atenção para a garota.

Embora fosse dia e o sol brilhasse, a voz baixa da garota emprestava um tom furtivo à conversa. Chiara a imaginou encolhida em um quarto escuro.

— Você se incomoda se eu lhe fizer algumas perguntas? — perguntou a garota.

— Espere um momento. — Chiara foi até a cozinha e pegou um banco, para conversar sentada. — Continue, Maria — disse, pensando que era um nome cristão demais para a filha de Daniele.

— Ele era bonito? Minha mãe disse que era — declarou a garota.

Ele era lindo. Podia ser horrível.

— Sim, acho que era — respondeu. — Muito bonito. E era louro, o que é muito admirado aqui.

— Sou loura — disse a garota, entusiasmada. — Ele trabalhava em quê? Como ganhava a vida? Você sabe?

Chiara pensou no que poderia dizer. Roubo. Extorsão. Entrega de mercadorias roubadas. Tráfico de drogas. Ou coisa pior. Porém, naquele verão de 1956, ele adquirira um carro pequeno, no qual fazia entregas para negociantes. Foi o que dissera. Ela não o interrogara muito minuciosamente. Na época, parecia uma atividade lucrativa e quase honesta.

— Ele tinha um emprego de motorista — disse cautelosamente. — E estudava na universidade. — Pelo menos se matriculara. Até onde Chiara sabia, ele poderia ter assistido a alguma aula. — Filosofia — acrescentou.

— Filosofia — repetiu Maria, como que em transe. — Por que você...
— Ela fez uma pausa e engoliu em seco, audivelmente. — Por que você escreveu que não se sabia se ele estava vivo ou morto?

— Porque não tinha notícias dele.

— Mas esperava ter notícias dele? — Uma pausa. — Ele não entraria em contato, necessariamente, com a ex-senhoria dele, entraria?

Chiara tentou pensar. Era preciso ter cautela.

— Ele deixou alguns pertences aqui, ficou de recolher, mas não retornou — disse ela.

— As coisas dele — exclamou a garota, empolgada. — Que tipo de coisas? Alguma que você possa me mandar?

— Sinto muito — disse Chiara. — Isso foi há muitos anos. Não guardei tudo.

De repente, ela visualizou o espaço acima do quarto de despejo, como se a cena tivesse sido enfiada a marteladas dentro da sua cabeça. Viu os operários deitando as tábuas sobre as escoras e viu Simone supervisionando a colocação das caixas no novo sótão.

— Não, não. Claro que não — disse a garota. Estava tentando não chorar de novo. — Ah, meu Deus — disse ela, e a linha emudeceu.

Chiara olhou para o fone e o pousou no gancho. Fora um desfecho estranho e frustrante. Ela esperava mais. Fora como seu último cigarro. Não contava.

Ficou parada no lugar, achando que a garota poderia retornar a qualquer momento.

Olhou então para a foto dos seus pais. Antonella e Alfonso em 1907. Nenhum deles estava sorrindo. Antonella tinha um ar infantil. Densos cachos pretos lhe caíam sobre o peito. Estava usando uma pequena touca de renda, mais parecida com uma mantilha que com um véu de noiva, presa na cabeça com flores.

— Quando conheci sua mãe, ela não tinha nada — brincava o pai de Chiara. — Só as roupas que tinha no corpo e um monte de preconceitos.

Enquanto observava a foto, percebeu algo que nunca notara antes. Tirou o quadro da parede e o examinou com mais atenção. Sua mãe segurava um buquê com flores semelhantes às que estavam em seus cabelos, rosas escuras cercadas por tufos de florezinhas brancas; o dedo médio da mão que segurava o buquê estava inquestionavelmente cruzado sobre o dedo indicador. Ela refletiu sobre isso. Sua mãe, no dia do casamento, cruzara os dedos.

Pendurou a foto no lugar e se sentou novamente no banco. O telefone tocou.

— Desculpe incomodar você de novo, Signora Ravello — disse a garota.

— Sem problema — respondeu Chiara.

— Não queria ser rude, mas ouvi minha mãe chegando. Não poderia conversar se *ela* estivesse em casa.

Houve um tom de escárnio no modo como a garota se referiu à mãe.

— Sua mãe sabe que você está telefonando para mim na Itália?

— Não — disse a garota.

— Você nasceu em 1957? — perguntou Chiara.

— Sim — confirmou a garota, com uma entonação de expectativa.

— Não sei como eram as coisas na Inglaterra nessa época, nem no País de Gales. Podem não ter sido tão, como se diz, restritivas... não, mais do que isso, sufocantes, é isso, como na Itália. Pois aqui, como você sabe, temos a Igreja Católica. Mas uma garota solteira que engravidasse... Meu Deus, você nem pode imaginar a vergonha. A vergonha horrível. — A garota não disse nada. — A pressão — acrescentou Chiara. — Pressão? — perguntou Maria.

— Mandavam embora. Escondiam a mulher em um convento. Entregavam a criança para adoção. Você não era adequada, entende? Não era adequada para criar um filho.

— Ah, acho que aqui não era assim — disse a garota.

— Pergunte para a sua mãe — sugeriu Chiara. — Pergunte se ela teve que lutar para ficar com você.

Silêncio novamente.

— Daniele gostava de jazz — comentou Chiara. — Costumava ouvir o West Coast Jazz americano. Trompete era seu instrumento favorito. Miles Davis, Chet Baker, Dizzy Gillespie. Ele tinha alguns discos. Eu deixava que ele os ouvisse no meu gramofone, à noite.

Fedendo a uísque, ele a erguera com os braços, alto como uma pipa.

— Vamos lá, Ma, venha dançar comigo.

Cambalearam então pela sala, esbarrando nos móveis.

— Conheço esses discos — informou a garota. — Minha mãe tem alguns.

— Não posso lhe dizer mais nada — disse Chiara. — Não o conhecia muito bem.

Perguntou a si mesma se isso não seria verdade. Devia ser, ou ela saberia onde ele estaria agora, *se* ele ainda estivesse vivo.

— Se estivesse procurando por ele, o que você faria?

— Eu renunciaria.

— Como?

— Renunciaria.

— Desistiria?

— Sim.

— Ah — exclamou Maria, a voz desanimada. — Acha que ele morreu, não é?

Fez-se silêncio, durante o qual Chiara ouviu a garota respirar e resistiu ao impulso de dizer mais alguma coisa. Estava assombrada com a própria hipocrisia. Renunciar, claro. Era boa em dar esse conselho, mas não em segui-lo. Logo ela, que nunca desistia de nada.

— Mil desculpas — disse. — Tenho que voltar ao trabalho agora. Portanto, vou me despedir.

— Adeus, *signora* — disse Maria.

Enquanto se dirigia ao bar do Gianni, Chiara parabenizou a si mesma por ter mantido a garota à distância. Sentia-se aliviada. Sabia que a tristeza chegaria mais tarde, mas seria totalmente administrável, como quando o cachorro do vizinho desaparece ou o governo cai.

Entretanto, alguma coisa ainda a incomodava. Tinha a ver com o nome Levi. Com o fato de que Daniele tivesse dito à mãe da garota seu sobrenome de nascença.

Ela se sentou à janela do bar com um cappuccino e o jornal.

— Ainda sem fumar? — questionou Gianni.

— Sim — replicou Chiara, sentindo vontade de correr até a tabacaria e comprar um maço de cigarros. — Três dias — acrescentou.

— Estou impressionado — disse Gianni.

Ela poderia ter conduzido a menina, que estava em um momento muito vulnerável, para um círculo de dor, mas não o fizera. A garota gostaria de uma foto, mas era melhor deixar como estava. Maria já tinha uma imagem de Daniele: um amante de música e um homem bonito. Chiara, por sua vez, ficara sabendo que Daniele era pai de uma menina e que — completamente desligado dela e sem necessidade da sua ajuda — continuava a viver através de Maria.

Depois de alguns dias sem fumar, Chiara se sentiu muito melhor. Estava finalmente aprendendo a ser moderada, refletiu. As coisas estavam entrando nos eixos. Agora poderia reiniciar sua vida e, talvez, adicionar algo de novo. Não o tango. Uma atividade socialmente útil. Porém, se manteria fora da política. Poderia imitar Simone e dar aulas de alfabetização para adultos.

É claro que Simone tinha a vantagem de já não precisar ganhar a vida, e tinha mais tempo. De qualquer forma, ela diria que todos os atos são políticos. No entanto, a sensação de independência começava a retornar, permitindo que Chiara escolhesse como empregaria o tempo em que não estava trabalhando.

Gianni estava esfregando as mesas.

— Lindo dia, não?

Ele olhou ao redor.

— O que deu em você? — perguntou.

— Na verdade, nada — respondeu ela. — Mas tudo está parecendo auspicioso novamente.

— É mesmo? — disse ele, apontando para uma foto no jornal, que mostrava uma barricada de carros incendiados na Via Merulana.

Já na biblioteca pontifícia, trabalhou com grande eficiência e rapidez nas provas do livro, que completou em três horas. Como as agências de correio estavam fechadas — seus funcionários haviam declarado greve em solidariedade aos sindicatos do setor automobilístico de Turim —, tomou um ônibus para entregar as provas pessoalmente.

Estava sentada no gabinete do editor quando um colega dele apareceu e ela lhe foi apresentada. O tradutor havia ficado doente e o deixara com um original inacabado.

— Estou livre e disponível — informou ela.

O homem a olhou com ar de dúvida. O trabalho era uma nova tradução das cartas de Keats.

— Sou especialista em Keats — declarou ela.

Era o trabalho dos sonhos. *Uma porta se fecha e outra se abre*, pensou ela, enquanto voltava para casa com o pacote na bolsa.

— Então, retornou ao mundo dos vivos? — disse Simone, quando ela telefonou.

— Sim, retornei — disse Chiara.

— Ótimo, porque as coisas ficam muito mais chatas sem você por perto. Pode vir jantar no sábado? Umberto Terceiro vai preparar a comida.

— Quem é Umberto Terceiro?

— Você anda sumida há muito tempo. É meu novo faxineiro. Ele é das Filipinas e cozinha maravilhosamente bem. Na verdade, faz de tudo. E vai fazer alguma coisa com peixe e ervas.

— Posso levar meu sobrinho? — perguntou Chiara. Ele viera da Calábria para estudar arquitetura na universidade e se esperava que, de vez em quando, ela monitorasse as atividades dele. — É filho do meu primo. O nome dele é Beppe.

— Filho do seu primo fascista?

— Ex-fascista. Abandonou o chicote e o barrete há alguns anos.

— Beppe é boa companhia?

— Ainda não sei. Só o conheci há pouco tempo, mas é muito decorativo.

— Então pode trazer. Claro. Mas e o seu amante secreto?

— Ah, foi embora — disse Chiara. — Quer dizer, terminei com ele.

— Ficou muito convencido?

— Alguma coisa assim.

— Sempre penso que os homens são como as ervas. Precisam ser esmagados para que se possa extrair todo o sabor.

— Estou sem fumar há uma semana — anunciou Chiara.

— Então o isolamento foi por causa disso! — Simone não pareceu impressionada. — Não sei como ficou tão viciada se só começou a fumar com quarenta anos.

— Mesmo assim, são mais de vinte anos.

— Meu Deus. E você tão magrinha. Como pode?

Chiara riu.

— Estou muito orgulhosa de mim mesma — disse.

Ter saído relativamente incólume daquele teste, fosse qual fosse, era nada menos que incrível. Logo ela, que nunca se safava de nada. Agora sentia que suas dispersas e desperdiçadas forças retornavam, reunindo-se na moradia que era seu próprio ser.

A garota estava péssima, chorando e fungando no outro lado da linha. Era difícil distinguir o que ela falava.

— Qual o problema? — perguntou Chiara.

Deveria ter dito: "Por que está me ligando? Isso não tem nada a ver comigo, seja lá o que for. Não deixei isso claro?"

Porém, a garota estava muito transtornada. Uma briga feia, disse ela, com a mãe e com *ele,* seu suposto pai.

Enquanto a garota choramingava e soluçava, Chiara percebeu que qualquer esclarecimento que tivesse existido, existira apenas na sua própria cabeça. Nunca lhe ocorrera que a garota pudesse desejar manter a conexão com alguém que ela acreditava ser a antiga senhoria de Daniele. Pobre criatura. Estava tão angustiada. Chiara teria que dizer alguma coisa objetiva e sensata para fazê-la entender que aqueles telefonemas não eram bem-vindos.

— Eles descobriram — disse a garota.

A conta do telefone chegara e sua família descobrira que ela estava telefonando para a Itália — e no horário de pico, piorando as coisas. Aquelas ligações custariam uma fortuna.

— Ah, querida... — Chiara se ouviu dizer.

Ouviria as mágoas da garota e depois lhe diria o que tinha em mente.

Maria não havia feito suas provas — e eram provas importantes, para a obtenção do Certificado do Ensino Médio. Seus pais haviam descoberto isto também.

Chiara não precisava perguntar o motivo. Sabia tudo sobre os protestos dos indefesos, o protesto que prejudica a própria pessoa. Isso não podia ser remediado. E ela não deveria se envolver. Então, encheu-se de determinação.

— Desculpe, Maria — começou ela a dizer, mas hesitou.

Teria que encontrar as palavras certas para afastar aquela menina. A filha de Daniele.

— Posso ficar com você? — perguntou a garota.

— O quê? — disse Chiara.

Sentiu o sangue fugir do seu rosto. Procurou alguma coisa, qualquer coisa, para deter imediatamente a garota, mas nenhuma palavra se apresentou. Nada a preparara para uma proposta como aquela. Seu cérebro estava travado. A garota perdera qualquer senso de proporção. Estava fora de si. Fazer uma longa viagem até a Itália para ficar com uma pessoa praticamente desconhecida! Como se seus pais fossem deixá-la fazer isso.

— Claro que não — Chiara finalmente conseguiu dizer.

Entretanto, a garota estava lhe dizendo que a mãe concordara — caso ela se esforçasse muito e fizesse o restante das provas — em pagar a viagem. A mãe chegara a telefonar a uma velha amiga que morava em Roma, mas esta não tinha espaço para alojar Maria, pois sua casa estava cheia. Então Maria pensara na Signora Ravello. Se seu pai se hospedara lá, talvez ela pudesse também.

Chiara abanou a cabeça para clarear as ideias e seus ouvidos zumbiram. Apoiou-se no umbral da porta. Sentia-se como um planeta saindo de órbita, atraído por poderosas forças magnéticas.

— Nem nos conhecemos — disse. — Não de verdade. Somos desconhecidas.

Maria não desanimou. Parou de chorar e começou a defender seu ponto de vista. Era como se soubesse que Chiara não se achava no direito de recusar a proposta absurda.

— Por favor — disse Maria. — Só durante o verão. Não vou atrapalhar você. Posso aprender italiano adequadamente. Tenho estudado sozinha. Poderia ajudar nas traduções.

As defesas de Chiara eram imperfeitas. Havia um túnel oculto que deixara de bloquear, já que ninguém o utilizava mais. E, de alguma forma, Maria soubera se infiltrar nele. A menina precisava dela. A filha de Daniele estava pedindo sua ajuda.

— Eu poderia ser submetida a um período de teste — disse Maria. — Duas semanas. Se funcionar, posso ficar aí durante o verão. Caso contrário, pode me mandar de volta.

Foram as palavras que encerraram o assunto. *Pode me mandar de volta.* Chiara pensou em todas as vezes que desejara fazer isso com Daniele.

— Um período de quinze dias? — propôs.

— Sim. Obrigada. Obrigada. Obrigada. Poderia falar com minha mãe?

Chiara garantiu à mãe de Maria que não seria nenhum inconveniente, que precisava de alguém para ajudá-la no trabalho de tradução e que estabeleceria os termos e condições em uma carta formal. Ato contínuo, antes de ter tempo para refletir, escreveu a carta. Faltava um mês para que a garota chegasse, pois antes teria que fazer as provas que faltavam.

Um mês era muito tempo. A garota poderia mudar de ideia. Ou Chiara poderia encontrar um modo de abortar o projeto. Muitas coisas poderiam acontecer. Ela incluíra um monte de cláusulas de cancelamento. Não pensaria mais no assunto. Tiraria aquilo da cabeça. De qualquer forma, ainda faltava um mês inteiro.

SETE

O vinho sobe à cabeça de Chiara. Cambaleante, põe-se de pé e, por cima dos vultos recurvados dos passageiros adormecidos, olha pela janela que dá para a plataforma. Faz força para acreditar que o menino está em um lugar seguro. Sem nada que a contradiga, pode aceitar a ideia. Por algum processo misterioso, ele desapareceu. Ela não tinha condições de ficar com ele, para início de conversa. Não realmente. Não com Cecilia.

Um trem passa a toda velocidade, estrondeando e estremecendo a lâmpada, o que faz as sombras da sala se alongarem para logo voltarem ao tamanho original. Ela se deita de lado enrolada na manta, as pernas curvadas e os pés encostados na mala que alguém deixou no corredor. Contempla o mundo obscuro abaixo do banco onde pernas de calças, meias, um oscilante pé sem sapato, malas amontoadas, casacos enrolados e um outro corpo estirado ou encolhido no chão formam um painel variado. Poças de luz amortecida se intercalam com grandes blocos de sombras.

À direita, com sua visão periférica, Chiara percebe um suave movimento ascendente e descendente. Inclina a cabeça e, sentindo a aspereza da manta no rosto, perscruta uma área particularmente escura embaixo do banco, onde as trevas não são estáticas. Em meio a elas, distingue uma mancha mais clara, que lentamente se transforma em um pequeno rosto. Leva um susto e inspira ar pela boca em pequenos arquejos, quase como soluços. Depois, com o coração aos pulos, como um peixe sobre a terra, segura o ar nos pulmões. Tão logo reconhece o rosto, consegue discernir o resto da mancha escura: o corpo do menino. Agora que pode ver o brilho dos seus olhos arregalados, percebe que está tão imóvel quanto é possível para um menino pequeno e irrequieto. Está a menos de um metro, deitado de bruços, com os cabelos roçando a parte de baixo do banco.

Solta o ar dos pulmões.

— Garoto esperto — murmura.

Deve ter se enfiado ou rolado ali para baixo no momento em que Cecilia começou a gemer e Chiara se virou para olhar o soldado. As convulsões foram perfeitamente cronometradas para cobrir seu desaparecimento.

— Pode sair agora — diz ela.

Ele não responde. Ela pode ouvir sua respiração. Rápida e entrecortada.

— Eles já foram — sussurra ela. — Você já pode sair.

Ele não se mexe nem fala nada.

Não era apenas dos soldados que estava tentando escapar.

Com essa constatação, uma tristeza profunda sobrevém, abrindo um canal entre os poços de tristeza precedentes que convergem uns nos outros. E ela se vê à deriva na torrente gélida e rodopiante. Deitada aos pés da sua irmã alienada e dependente, a um braço de distância do menino que não tem outro amigo no mundo senão ela, e que mesmo assim a rejeita, volta a sentir o frio na espinha que ameaça dominar todo o seu corpo. Se estendesse a mão para o menino, ele não a seguraria. Se acordasse sua irmã e lhe explicasse a situação, ela não entenderia. Cada um deles se afogará no próprio poço, e não há nada que ela possa fazer.

Ela se vira para a parede e cobre a cabeça com a manta. Porém, em vez do frio consolo da desesperança, o que paira na sua mente é uma frase do livro que está lendo, um sovado exemplar das cartas de Keats que encapara com papel pardo, caso ler em inglês fosse considerado ato subversivo pelas autoridades daquela parte da Itália.

*No meu atual estado de ânimo, se eu estivesse sob a água, mal bateria as pernas para voltar à superfície.**

---

* *I am in that temper that if I were under water I would scarcely kick to come to the top.* (N.T.)

Tais palavras expressavam tão exatamente seus sentimentos que ela se vê como uma bolha na água, e logo se rompe. De alguma forma, a despeito de si mesma, começa a bater as pernas para emergir.

Ele é só um menininho, pensa. Um menininho perdido. Há pessoas que não estão preparadas para serem pais, mas são. Ela precisa ser mais do que isso. Pensa na sua própria mãe, inútil, e a vê encostada no umbral da porta, choramingando como uma criança mimada. Ela precisa ser melhor do que isso. Pensa nas crianças que nascem com deformidades ou doenças, e ali está ele, um menino de assombrosa perfeição, um garoto saudável e, até agora, amado e bem cuidado. Tudo o que precisa fazer é se ajustar à tristeza dele. Ela entende de tristezas, sem dúvida. Tem bastante experiência.

Enquanto se remexe no escuro e luta para se ajoelhar naquele espaço apertado, ela imagina — como que pairando sobre a superfície do seu poço de tristeza —, o radiante céu azul, delimitado pelo violáceo e ondulante contorno das colinas ao redor da casa da *nonna*. Pensa novamente nas camadas multicores daquelas colinas e em como as viu como algo capaz de conectá-los: ela, o menino e Cecilia. Acima do verde vivo da relva dos campos, estão as manchas móveis, carmesins, das cristas das galinhas que vagueiam bicando o chão e os luzidios botões escarlates nas touceiras de rosas, que Nonna converte numa espécie de tisana. É para lá que estão indo. Para um lugar onde o ar campestre, o fato de estarem livres da cidade, dos escombros e das privações, dará a eles uma chance de aguardar o término da guerra e encontrar um bolsão de paz.

Ela pega a manta que está na sacola da irmã, volta para onde estava e arruma a área que deixara vaga. Depois, com os pés, abre espaço para si mesma entre as malas e os embrulhos do corredor e se deita, embrulhada na manta. Murmura para o garoto, dessa vez para o topo da sua cabeça, que, se ele sair do esconderijo, encontrará um pequeno leito feito para ele aos pés de Cecilia; e que pegará um resfriado se permanecer onde está.

O garoto não se move.

Ela diz que a mãe dele não gostaria que ele se resfriasse e espera em silêncio para ver o que acontece. Nada acontece. Na sala, as pessoas suspiram, respiram, e murmuram. O rosto da mãe do menininho, na traseira do caminhão, surge na sua mente. Em vez de enfrentar o olhar inquebrantável da Signora Levi, Chiara se imagina, simplesmente, fechando os olhos e esperando passar o momento.

— Ah — exclama, quando uma enxurrada de outros desfechos lhe vem à mente.

Então, como se o silencioso garoto pudesse ouvir seus traiçoeiros pensamentos, e como ela não pretende fazer parte ou se submeter ao seu pacto de silêncio, Chiara começa a falar:

— Certa vez, quando eu era pequena, mais ou menos da sua idade — sussurra ela —, viajei com meu pai no trem. Não, devia ser um pouco mais velha. Tinha 9 anos, porque Cecilia tinha 11. Ela é dois anos mais velha, mas ninguém acredita nisso, pois é menor e seu rosto é muito liso. Adultos são assim. Alguns param de crescer antes dos outros, e alguns têm rostos mais bonitos.

Abana a cabeça para afastar a monstruosa imagem de Cecilia revirando os olhos.

— Ela sempre tinha ataques como o de hoje, um depois do outro. Naquele verão, ela estava no hospital.

Faz uma pausa, pois nunca havia visualizado essa lembrança. Sempre fora um momento maravilhoso, único, e somente agora se dá conta de que, enquanto se deleitava com a rara e exclusiva atenção do pai, Cecilia sofria. Fora o preço.

— Estávamos só eu e meu *babbo,* e tínhamos o vagão só para nós. O sol brilhava e a luz que entrava pela janela era branca como fumaça.

Não parece uma história das melhores, agora que Chiara a está contando, mas a acalentara por muito tempo. A imagem ainda aparece como se uma porta se abrisse em sua mente; e lá está ele, seu pai, em um poço de luz, cochilando diante dela no trem. Ele sempre está lá, por trás dessa porta corrediça. Mais tarde, quando já poderá dizer, pela torre cor de rosa que ultrapassou, que estão se aproximando da estação, ela o acordará com um beijo em sua fronte cálida; ele abrirá os olhos e dirá: "Obrigado." E ela responderá: "De nada." Ambos rirão.

E na estação, em vez de subirem logo na charrete, entrarão na lanchonete onde ele pedirá um café — duplo, para se manter devidamente acordado — para si mesmo e um sorvete de morango para ela. Ela dirá: "E Cecilia?", pois nunca tomou sorvete sem que Cecilia tomasse também. Ele responderá: "Vou comprar um para ela quando ela estiver melhor." "E não para mim?", perguntará Chiara.

Ele dará umas pancadinhas no nariz dela com a ponta do dedo e perguntará: "Vai querer um ou não?"

E ela responderá: "Sim, por favor."

Não sabe agora, como não sabia na época, se seu pai estava agradecendo pelo beijo, por tê-lo acordado, por tomar conta dele enquanto ele dormia ou, talvez, pelas três coisas e mais algumas. Porém, sabe que tomou conta dele. Postou-se de pé em frente a ele, bem perto, pegou a mão que ele mantinha no colo e começou a afagá-la. Endireitou o anel no dedo mínimo dele. Deslizou os dedos pelas veias salientes das costas das suas mãos; pressionou-as e as viu reassumir a proeminência anterior. Observou o lado do rosto que estava virado para o sol. Olhou as rugas da sua boca e os escuros fios de barba que começavam a despontar, prestes a saltar para fora, formando uma floresta em miniatura caso não fossem ceifados. Era como se ela fosse uma rainha e ele estivesse em seu poder, pertencesse apenas a ela. Ela era majestosa, benevolente e inexprimivelmente terna.

— Estávamos só eu e meu *babbo* — diz. — Tomamos sorvete de morango e fomos felizes.

O menino está se retorcendo para sair de baixo do banco. Ela ouve sua respiração ofegante. Então se ajoelha novamente, afasta-se um pouco e joga a manta sobre o corpo pequeno e trêmulo. Em algum momento, a lâmpada da plataforma foi apagada, e agora está escuro demais para que o veja. Outra frase do seu livro lhe ocorre, uma que diz que o bem-estar que sentimos ao aceitar a ajuda de outros é "como um albatroz dormindo sobre as próprias asas". Ela paira sobre o menino como se ele fosse não um albatroz, mas um pequeno pássaro, um pintarroxo talvez, um filhote que acabou de cair do ninho.

Alguém lhe dá um repelão e a acorda de um sonho que envolve cavernas subterrâneas e túneis sem iluminação. Ela pestaneja sob a fraca luz matinal, como se esta lhe ferisse os olhos. Em seu sonho, ela era uma criatura noturna. Conseguia enxergar no escuro. Põe-se sentada e imediatamente olha para o espaço atrás do banco. Nem Cecilia nem o menino estão lá. Cobre a boca com a mão, enquanto seu coração dispara.

— Não se preocupe — diz uma voz de homem. — Ela está bem, sua irmã. Foi usar o banheiro, junto com minha esposa.

Reconhece o cavalheiro que lhe deu vinho na noite anterior. Está pálido e amarfanhado.

— A fila está enorme — acrescenta ele.

Ela se levanta.

— Onde está o menino? — pergunta.

— Que menino? — responde o homem.

Em seu sonho, ela era um morcego, lembra-se, e dormia pendurada pelos dedos dos pés. Tinha uma perspectiva diferente. Ela abaixa a cabeça e espreita sob o banco, sob todos os bancos, mas não o encontra. Quando levanta a cabeça, o homem ainda está lá, olhando para ela.

— O trem para Roma chegou — diz ele. — Vai partir em dez minutos.

Ela se põe de pé. A população da sala diminuiu. As pessoas estão arrumando as bagagens, vestindo seus casacos e indo e vindo novamente; ela constata que há um trem parado na estação, à espera.

— Obrigada — diz, examinando a sala pela última vez, para o caso de haver algum recanto no qual o garoto possa ter se enfiado. — Mas não estamos indo para Roma.

— Ah, nós estamos. Pensei que vocês iam também. Não sei por quê. — Depois, ao vê-la calçar as botas, acrescenta: — Negócio engraçado ontem à noite, não foi?

— Eu tenho que... — diz ela, pegando sua pequena bolsa e a pendurando no ombro.

— Não se preocupe, *signorina*. Ela estará bem com minha esposa. Você só precisa pegar suas coisas e se aprontar. Sua irmã está em segurança.

— Não é isso — diz Chiara. — Eu, ahn, preciso ir.

— Acontecia com o nosso filho — diz ele, em tom confidencial.

— Com licença — atalha ela, afastando-se dele sem nem amarrar as botas.

Ela abre a porta da sala. A locomotiva está sibilando e resfolegando. Fumaça e vapor se evolam no ar frio. Sente cheiro de carvão incandescente. As portas foram abertas e algumas pessoas já estão a bordo. Olha para um dos lados da plataforma e vê uma barulhenta fila de mulheres e crianças diante da entrada do banheiro. Todos os contornos estão turvados pelo vapor e pela fumaça, mas avista Cecilia e a esposa do velho senhor na frente da fila. Elas entram no banheiro e Chiara fica à espera. Observa cada indivíduo por um milésimo de segundo e imprime seus rostos na mente.

Olha na outra direção. No bebedouro, um garoto está com o dedo sobre o bico para aumentar a pressão da água, enquanto outro mantém a cabeça abaixada, molhando-se generosamente. Depois, levanta-se e abana a cabeça, arremessando gotas de água em todas as direções. O olhar dela se demora sobre ambos, embora não tenham o tamanho certo.

No final da plataforma, um homem sai de trás do prédio mais afastado, apertando o cinto e ajustando o casaco enquanto caminha. É o homem que fez o escarcéu na noite anterior. Ela lhe dirige um olhar malévolo, como se toda a culpa fosse dele. Depois se move rapidamente na sua direção, passa por ele com as botas dançando nos tornozelos, sem deixar de perceber que ele estava entrando no trem. Um rápido olhar lhe revela que não há mais ninguém na área adjacente ao prédio, de onde o homem saiu. As manchas úmidas na parede, entre as latas de lixo, demonstram apenas que aquele lugar servira como mictório masculino.

Ela volta às pressas para a plataforma. Uma vez mais, tem a impressão de estar sendo observada. Olha então para os lados, procurando localizar o homem, mas não há ninguém nas janelas. Consegue ouvir o ar entrando e saindo penosamente dos seus pulmões, como se o ato de caminhar estivesse exigindo um desproporcional dispêndio de energia. O pânico se apossa dela.

Dois guardas saem pela porta de um gabinete. São diferentes do guarda do dia anterior. Ela pode observar o interior do gabinete. Não há qualquer sinal dos soldados. O trem de tropas deve ter chegado e partido durante a noite. Se pedir ajuda a eles, despertará suspeitas? No entanto, não se atreve a atrair atenção para si mesma.

Os guardas param para conversar. Por trás deles, Chiara se apoia sobre um dos joelhos, usando-os como cobertura, enquanto Cecilia e a velha senhora passam por ela a caminho da sala de espera. Não pode perder tempo com gentilezas. Tem que achar o menino. Cecilia está de braço dado com a outra mulher; seu rosto está vermelho como se suas bochechas tivessem sido esfregadas. A outra mulher está tentando apressá-la. Cecilia não gosta de ser apressada.

Chiara amarra as botas rapidamente e se levanta, enquanto os guardas se afastam em direções opostas, percorrendo a plataforma e fechando as portas do trem. Ela permanece onde está por mais alguns segundos, enquanto o clangor das portas, o ruído de metal contra metal, reverbera em seu corpo. Precisa se mover agora, agir agora. Para fazer o que, para ir aonde, ela não sabe. Enquanto hesita, as portas se fecham uma a uma.

Vira a cabeça para a esquerda e vê pessoas perambulando pela plataforma; à direita, a mesma coisa. Subitamente, decide seguir para a esquerda: pois não vira, numa janela vazia pela qual passara, um pequeno rosto desaparecer?

Começa a correr na plataforma. No início, é como se estivesse correndo em um sonho. Muito esforço e movimento de pernas, mas nenhuma impulsão, como se seus pés estivessem grudados no macadame. De repente, vence uma barreira invisível e ganha velocidade. Seu corpo está em harmonia com ela, seu corpo flexível, poderoso e leve, que a carrega dia após dia, de madrugada até o crepúsculo. Passa à frente do guarda, entra na primeira porta aberta e dispara pelo corredor até o segundo vagão.

O garoto é o único ocupante do vagão. Ele recua quando ela irrompe pela porta.

— Esse é o trem errado! — grita ela.

Ela observa os olhos encovados e atentos do menino, a grande mancha de sujeira em um dos lados do seu rosto, a bola de teias de aranha empoeiradas presa à manga de seu casaco, seus ombros curvados, seus punhos cerrados e levantados, como se estivesse prestes a desferir um soco. O soco de um menininho frágil. O chapéu com orelheiras, antiquado e ridículo, está enterrado na sua cabeça.

Não o pressione, pensa ela. *Não grite.*

Ela segura os braços dele.

— Venha comigo — diz.

Da parte da frente do trem parte uma inconfundível nuvem de vapor. O motor começa a chiar e pigarrear como que limpando a garganta. Parece estar tomando impulso.

— Por favor — diz ela.

Dentro de um minuto, o apito soará. Não há mais tempo para argumentações e explicações. De qualquer forma, o garoto está extrapolando os limites do razoável. Entorpecido e emudecido em uma terra de ninguém.

Ela se atira para a frente e o agarra. Ao se retorcer, ele vira as costas para ela. Ela o segura com firmeza enquanto ele se debate. Depois, ajustando o braço em seu peito, começa a andar de costas. Tenta imaginar a si mesma como um bombeiro, salvando uma pessoa pequena e enlouquecida de um prédio em chamas.

— Desculpe — diz.

Está para repetir o refrão sobre o que a mãe dele gostaria que ele fizesse; porém, enquanto o arrasta pelo corredor, ele começa a bater com a cabeça no peito dela, golpeando o osso esterno com o seu crânio duro.

A porta do vagão está fechada. Ela não ousa largar o menino. Ele luta para se livrar dela, embora tenha parado de lhe bater. Ela tenta empurrar a maçaneta com o cotovelo, mas não tem força suficiente, contando só com um dos braços, cheia de dores e virada para a direção errada. Ouve-se o rangido e o retinir de metais se movendo e o trem, com um solavanco e um guincho, começa a se mover. Ela grita por socorro.

— Estamos no trem errado! — berra.

Chiara não pode permitir isso. Não pode ser levada de volta a Roma, abandonando Cecilia. Respira em grandes arquejos. Lágrimas ardentes lhe jorram dos olhos e ela pensa: deixe o garoto. Deixe o garoto antes que seja tarde demais. Vire-se, abra a porta e vá embora.

É quando um homem se debruça sobre ela e diz:

— Com licença. — E depois: — Cuidado, *signora*, tome cuidado quando descer.

E a porta se escancara.

Quando bate estrondosamente na lateral do trem, ela e o garoto já estão no ar. De algum jeito, ele ainda está com ela. Sua mão agarra a dela. Ela tem a impressão de que seus casacos desabotoados flutuam atrás deles como asas, de que o chão se afasta deles, em vez de se aproximar, e de que poderão voar para o alto, se quiserem.

Nunca irei deixá-lo, pensa.

Estão voando no interior de uma grande nuvem de fumaça cinzenta. De repente, seus pés atingem o solo e eles são forçados a continuar em movimento num trote desajeitado. De alguma forma, conseguem manter o equilíbrio. Suas pernas acompanham o impulso dos corpos, até que, por fim, conseguem desacelerar e parar. O trem ganha velocidade e sai roncando da estação, apitando e resfolegando.

Os dois ainda estão envoltos por rolos de fumaça cinzenta. Chiara cai de joelhos e segura as relutantes mãos do menino, cujo rosto está rubro. Ele respira aos arquejos. Agora, rapidamente, enquanto ainda resta um brilho nos seus olhos escuros, fruto da queda e da corrida, ela precisa dizer alguma coisa em palavras simples e verdadeiras, algo que um menino de 7 anos entenda.

— Escute — começa ela. — Estou do seu lado.

Ao longe, o trem apita duas vezes.

— Estou tentando cuidar de você.

Não são essas palavras que resolverão o problema. Ele faz algo com os olhos, abaixando parcialmente as pestanas. Uma dissimulação, um alheamento. Ela se pergunta quando ele aprendeu a fazer isso. Já teria o truque no repertório ou seria algo que aprendera ontem, na cozinha dela? Era como um lagarto. Será que ao menos sabia que estava fazendo isso?

— Seus pais e irmãos não estão em Roma — diz ela. — Os soldados malvados os levaram embora, lembra? E sua *mamma* me deu você para eu tomar conta, não foi?

Ela puxa as mãos dele.

— Ouviu o que eu falei? — Ela o sacode, não com brutalidade, mas para que ele preste atenção. — Ouviu o que eu falei?

Ele faz que sim com a cabeça.

— Então, por enquanto, é como se eu fosse sua *mamma*.

Assim que diz as palavras, ela lamenta. Ele retorce a cabeça. Não é o que ela pretendia dizer, de modo algum.

— Não de verdade — diz ela. — Finja, para os soldados malvados não nos pegarem.

Como forma de transmitir uma informação, pensa ela, as palavras são superestimadas.

A fumaça que os envolve está se dissipando. Ela larga uma das mãos do menino, mas continua segurando a outra. Olha ao redor e vê que se deslocaram pouco. Estão apenas alguns metros adiante do último prédio da ferrovia, perto do lugar onde os homens urinaram.

Faz menção de se dirigir à plataforma, mas ele planta os pés no chão firmemente, com as pernas afastadas, recusando-se a andar. Não está olhando para ela, mas para a mão dela, cujos dedos começam a abrir um a um com sua mão livre. Chiara pensa na mãe dele um dia antes, desprendendo-lhe os dedos do seu casaco. Permanece imóvel, com ar atônito, observando o garoto. Tem a impressão de que está perdendo o juízo. A cada vez que ele levanta um dedo, ela o fecha de novo; obstinado, ele começa de novo.

É como se sua mão fosse um pequeno animal preso em uma armadilha, e ele estivesse decidido a libertar.

Ela abre a mão e o libera. Depois se vira para outro lado, os olhos momentaneamente cegados pelas lágrimas. Usa a manga do casaco para limpá-las. Na plataforma, vê o casal idoso sair da sala de espera, carregando as malas. Cecilia está entre eles.

— Deus do Céu! — exclama.

Ela se vira para o menino novamente.

— Não quero arrastar você e não quero carregar você, mas vou fazer isso se for preciso — explica. — Não precisa segurar minha mão, mas temos que correr agora. Que tal segurar meu cachecol? — diz ela.

Ela desenrola o cachecol do pescoço e joga a ponta na direção dele. Ele não consegue agarrá-la, mas se abaixa e a pega no chão.

— Vamos — diz, começando a correr pela plataforma novamente.

Talvez tenha sido o próprio movimento, algo no esforço físico, que ativa o menino e supera sua obstinação, pois agora correm juntos. E, embora ela esteja meio que o conduzindo, as pernas dele a acompanham, ainda que de forma atabalhoada. Talvez, como um cãozinho, ele precise ser exercitado diariamente. Ambos, sabe ela, gostariam de acelerar mais e se precipitar para a frente. À porta da entrada da estação, perto da bilheteria, ela se emparelha com Cecilia e seus acompanhantes.

— Estou aqui — diz, dando um tapinha no ombro do homem.

Ele se vira lentamente, com expressão lúgubre. *O filho dele*, pensa ela, compreendendo subitamente o que ele quis dizer antes. *O filho era epilético e morreu.*

Cecilia solta um grito ao ver Chiara. A velha senhora leva o dedo aos lábios, como que dizendo "calma, querida, calma". Sem olhar para trás, Chiara puxa o cachecol com o garoto.

— Íamos pedir que fizessem um anúncio pelo alto-falante — diz o homem. — Não sabíamos para onde você tinha ido.

— Estou aqui agora — diz Chiara.

Não consegue pensar em nada para acrescentar. Com o menino a reboque, sua mente está tensa, mas vazia.

— Deixamos suas sacolas na sala de espera com um rapaz muito gentil. Demos uma gorjeta a ele.

— Não podíamos deixá-la — comenta a mulher, dando uma palmadinha no braço de Cecilia, ainda entrelaçado ao seu.

Toda a cor desapareceu do rosto de Cecilia.

Chiara sabe que deve pedir desculpa por ter feito o casal perder o trem e lhes agradecer pela bondade; mas o homem está olhando curiosamente para o menino, o qual, embora ela o empurre com um dos braços para mantê-lo fora de vista, acaba de emergir por trás dela. Ambos lhe parecem mais uma dupla de intrometidos do que de bons samaritanos. Se os tratar com polidez, atrairá perguntas e intimidades. Ela não os conhece. Não pode confiar neles.

— Na verdade, vocês poderiam tê-la deixado sozinha — diz.

Ela percebe que interrompeu o homem. Ele tinha perguntado, amavelmente, quem era aquele camaradinha. Ela adota uma entonação peremptória e desdenhosa.

— Ela ficaria bem por alguns minutos. Não é uma criança. Sabia que eu voltaria — diz. — De qualquer modo, obrigada. Fico com ela agora.

— Mas ela não sabia — diz a mulher. — Estava chorando e chamando por você.

— Você sabia que eu voltaria, não sabia, querida? — pergunta Chiara à irmã.

Cecilia olha para ela e pestaneja. Demora um pouco a responder.

— Sim — diz, finalmente. — Sempre e para sempre — acrescenta, citando as próprias palavras de Chiara, a eterna promessa da irmã.

Depois se afasta da mulher e dá o braço a Chiara.

— Oh — diz a mulher, sentindo-se esbulhada.

Seu marido murmura algo sobre verificar o horário do próximo trem. A mulher parece murchar ao lado dele. Ele segura seu ombro e a conduz na direção da bilheteria.

— Tchau, então — diz Chiara.

Eles só estavam tentando ser gentis. Não eram espiões fascistas. Apenas pessoas comuns, preocupadas, oferecendo bondade e esperando também um pouco de bondade.

— Muito obrigada! — grita ela, tarde demais.

— Aquele garoto horrível está nos seguindo — diz Cecilia, enquanto ambas pegam suas respectivas sacolas.

O menino está andando atrás delas, segurando a ponta do cachecol.

— Ele não é horrível. Por que diz isso?

— Mande-o embora.

— Não, querida, não vou mandar.

Cecilia se vira para ele e abana as mãos como se ele fosse um pombo.

— Xô — diz. — Vá embora. Não queremos você.

— Nós queremos! — replica Chiara, olhando ao redor para ver se alguém está ouvindo. — Ponha isso na sua cabeça, Cecilia. Ele vem conosco.

— Garoto sujo — diz Cecilia. — Fedorento.

OITO

Um contrabaixo emitiu uma nota profunda e reverberante. A voz da heroína podia ser ouvida na penumbra, enquanto o holofote tentava localizá-la. O foco de luz iluminou uma pilha de pedras, um letreiro alertando sobre trabalhos de escavação, uma moita com flores cor-de-rosa e folhas recobertas com poeira de tijolos antes de encontrar Clitemnestra, de vestido cor púrpura e braços à mostra. Ao terminar sua fala, correu para trás de uma coluna.

Simone e Chiara assistiam a um espetáculo encenado nas ruínas do Teatro de Marcelo. A peça era uma ostensiva atualização do mito, que, segundo o folheto, oferecia "um comentário sobre os jogos de poder contemporâneos".

O entusiasmo de Simone por eventos de *avant-garde* era ilimitado. Já as levara, recentemente, até a Villa Celimontana, em uma noite de lua cheia, para participar de um baile de máscaras; até a Cinecittà para a apresentação, em partes, de um filme épico sobre o século XX (Simone costumava trabalhar como extra em filmes e conseguia papéis maiores em películas de baixo orçamento, exibidas em cinemas de arte); e a uma manifestação, na Piazza Cavour, contra iniciativas que pretendiam modificar as leis trabalhistas. A presença delas lá elevou consideravelmente a média de idade.

— Idade não importa — declarara Simone.

No entender de Chiara, entretanto, quando alguém era obrigado a se sentar em um banquinho portátil durante quase duas horas, em uma fria tarde de primavera, enquanto jovens apareciam por trás de colunas, ou fragmentos de colunas, para fazer discursos bombásticos, a idade era sim importante.

Chiara pensou em sugerir que saíssem à francesa no intervalo da peça, mas antes que fizesse a sugestão, Simone exclamou: "Brilhante, não?" E, em seguida: "Você poderia pegar nossas taças de vinho gratuitas? Com suas pernas jovens?"

A caminho da mesa de vinhos, Chiara teve que parar, apoiar a mão em uma coluna e aguardar alguns momentos. Sentia-se tonta. O chão parecia deslizar para o lado, como que pressagiando um terremoto. No entanto, ninguém mais pareceu notar. Respirou fundo algumas vezes e seguiu em frente. Quando retornou, Simone dissertava sobre o poder dos mitos para as pessoas próximas, declarando que a peça propunha uma redefinição da democracia na época pós-Vietnã. Chiara fingiu que estava lendo o programa.

Queria conversar com Simone. Precisava da atenção da amiga para lhe falar sobre a chegada da garota. Não sabia como deixara passar quase três semanas sem mencionar o assunto.

Uma carta chegara naquela manhã. Estava em sua bolsa. Confirmava o dia e a hora da chegada da garota, e continha uma foto para que Simone a reconhecesse. Simone teve um choque: tanto com o retrato — uma garota loura rindo em um jardim, notavelmente parecida com Daniele, porém mais loura e de olhos azuis — quanto com a iminência da irrupção dela na sua vida. Ela chegaria dentro de cinco dias. Já era tarde demais para lhe escrever pedindo que não viesse, que um negócio urgente a afastaria de Roma. Para dar uma desculpa, teria que telefonar. E não o fez.

Chiara se pôs de pé, procurando alguma coisa que pudesse distraí-la. No final daquela rua escura, distribuído por áreas desmanteladas da antiga Roma, estava o gueto. Depois da esquina, fora de vista, mas a cem metros do teatro, estava o lugar onde os judeus haviam sido presos trinta anos antes. Daniele Levi, pensou ela.

Seus pensamentos eram uma balbúrdia. Obrigou-se a se sentar novamente e bebericar o vinho avinagrado.

Os arcos do Teatro de Marcelo estavam fracamente iluminados por baixo, o que lhes dava uma aparência de órbitas oculares vazias.

Dirigiu sua mente para a época anterior à guerra, antes que os extensos trabalhos de escavação tivessem início, em 1926 (para unificar a Roma fascista com seu passado imperioso, formando uma linhagem gloriosa; ela ainda se lembrava da música marcial que tocava no rádio para acompanhar os anúncios de que uma nova área de Roma fora liberada). Naquela época, era criança. O chão ficava muito mais acima — a área onde a peça se desenrolava estaria sob o solo. Pequenas lojas e oficinas ocupavam aqueles arcos. Atrás do lugar em que elas se encontravam, e que agora era a rua, havia prédios superlotados e ruelas estreitas, com uma praça no meio. Piazza Montanara, como a chamavam. Era para onde os agricultores e pequenos proprietários rurais levavam seus produtos, vendidos nas caçambas das carroças.

Costumava ir até lá com sua *nonna*. Esta levava potes e caixas, os quais mandava encher em uma carroça que vendia molho e picles de nozes, assim como um queijo cremoso que cheirava a grama molhada. Ela poderia tentar fazer aquele picles de nozes. Em seguida, como se estivesse aninhada em seu cérebro, ocorreu-lhe outra lembrança: seu pai colocando-a sobre os ombros e o contato com a gola do casaco escuro dele, que ela empunhava como se fossem rédeas e ele, um cavalo bem alto.

A segunda metade da apresentação foi ainda pior que a primeira. Tentando ignorá-la, Chiara se concentrou na sensação do queixo repousando sobre o chapéu de feltro do pai. Havia um niilismo no cerne da peça que a deixava assustada, como se aqueles jovens — que não se lembravam da guerra, que nem sequer haviam nascido antes dela, mas que estavam arrebatados com a ideia de derrubar tudo — pudessem levar todo mundo de volta àquela época horrenda.

Depois da peça, dirigiram-se a uma *trattoria* rua acima para saborear um espaguete à carbonara. As pessoas que estavam próximas a elas no teatro as acompanharam, o que não deixou espaço para que Chiara falasse com Simone reservadamente. Angustiada, não participou das conversas, que se tornavam cada vez mais politizadas à medida que o grupo se encharcava de vinho tinto. Sua cabeça doía. Não dormia adequadamente havia séculos. O sono ocupava um espaço ao qual ela não tinha total acesso. Só o que podia fazer era se recurvar em sua antecâmara como um cão velho ou um zeloso servente, metade dentro e metade fora. Deixara de tomar as pílulas para dormir, às quais atribuía a sensação de enjoo e tontura que a acossava em ocasiões imprevisíveis.

— Ah, não — disse Simone, quando Chiara lhe murmurou que estava com dor de cabeça e, portanto, que iria embora. — Não vá, querida. Nem tivemos a chance de conversar direito.

As pálpebras de Chiara estavam cor de rosa e ela, meio embriagada. O vinho chegara muito antes da massa.

— Sente-se de novo e tome um café, é bom para dor de cabeça. Vamos pedir um para você — disse ela, abanando a mão na direção dos barbantes sobre a abertura da cozinha, de onde pendiam pimentas chili.

O jovem ao lado dela discorria sobre a traição às aspirações do povo no pós-guerra.

— A Brigada Vermelha é uma descendente direta da resistência dos *partisans** — afirmou.

— Peça um café, vamos — disse Simone, emendando em seguida um "não", dirigido à mesa, em geral. Ela não poderia deixar de ficar fora daquela briga. — É uma coisa muito diferente, pois as circunstâncias não são as mesmas. Uma coisa não pode ser usada para justificar a outra. É claro que entendo o papel pernicioso da Igreja Católica — completou ela, enquanto Chiara se esgueirava pela porta de saída.

---

* Milicianos que se opõem a uma ocupação estrangeira. Durante a Segunda Guerra Mundial, diversos países ocupados pela Alemanha abrigaram *partisans,* inclusive a Itália e a França. (N.T.)

Já estava na cama quando o telefone tocou. Rolou no colchão, pousou os pés sobre o capacho e procurou os chinelos com os dedos. Após calçá-los, caminhou pelo corredor em direção ao telefone.

— Você foi embora! — disse Simone.

Com voz cansada, Chiara reconheceu que fora embora.

— Que vergonha. Não vou ver você por séculos, pois vou viajar para **a** França para ver meus primos.

Chiara permaneceu em silêncio, assimilando o fato. Simone estaria longe.

— O clã argelino também irá e a *grande dame sans merci* promoverá uma reunião. Fui convocada — explicou Simone.

Ela se referia à sua velha, despótica e rica madrinha.

— Ah — Foi tudo o que Chiara conseguiu dizer. Depois acrescentou: — Por quanto tempo?

— Uma semana, mais ou menos.

— Ah — exclamou Chiara, de novo.

Houve uma pausa.

— Uma peça muito interessante, não? E que jovens fascinantes. Tão *engagés*.

— Hum — disse Chiara.

— Está se sentindo bem, querida?

— Só muito cansada.

— Não está zangada comigo, está? — questionou Simone.

Ao se dar conta de que estava, embora injustificadamente, Chiara respondeu:

— Não, estou comigo mesma.

— Me conte.

Chiara suspirou.

— Num momento de precipitação, concordei em acolher aquela garota durante o verão.

— Que garota?

— Filha de uma pessoa.

— Bem, todos nós somos — lembrou Simone.

— De alguém que eu conheci.

— No instituto? — perguntou Simone.

Chiara emitiu um ruído de aquiescência. Não era bem uma mentira, pois Daniele às vezes aparecia no instituto. Lembrou-se de que, certa vez, quando ele estava doente e não poderia ir à escola, ela o levara para o trabalho com ela; ele permanecera deitado embaixo da escrivaninha, sobre uma almofada. Já era um garotão na época. Tinha uns 11 anos, talvez, mas ninguém nem ao menos soubera que esteve lá. Seu rosto ficava corado enquanto ele dormia. Seus olhos sempre ficavam entreabertos, como se ele nunca conseguisse relaxar.

— Sim, um cara do instituto. Não ficou lá por muito tempo. A filha dele está no Reino Unido agora e quer aprender italiano. Então me perguntaram se eu poderia hospedá-la.

— Mas você não quer que ela venha.

Ela poderia dizer que aquela garota era a filha de Daniele, e Simone entenderia.

— Na verdade, não — disse ela. — Esse é o problema.

— Por que você concordou?

— Não sei — respondeu ela.

Mas, de repente, soube.

— Você é complacente demais. Esse é o seu problema — disse Simone. — Também é isso o que faz de você uma pessoa maravilhosa, é claro. Telefone para essas pessoas, diga que cometeu um erro e que não tem espaço na casa. O que não deixa de ser verdade. Você mora em um apartamento de um quarto. Poderia usar a sala, suponho, mas o fato é que não quer a presença dela. É isso. Simplesmente diga a eles. Você não lhes deve nada.

Ela devia a elas, Edna e Maria Kelly, pensou Chiara enquanto pousava o fone no gancho. Lembrou-se então, exatamente, de quando alguém se referira a ele como Daniele Levi: 1960, em meio ao milagre econômico italiano. Março de 1960, para ser mais exata.

Ela está sentada na sala, fumando, fingindo que está lendo o jornal. Os democratas cristãos fizeram um acordo com a direita. É a manchete da primeira página. Ela a lê repetidamente, mas não se importa com o mundo exterior. Que se dane o mundo exterior. Pois, em seu pequeno mundo, ela fez um acordo diferente e está desolada. Enviou seu garoto para uma clínica. E ele foi incapaz de entender que ela o fez pelo bem dele, que morreria se não parasse e que isso partia o coração dela. Porém, ele tinha razão, ela era uma mentirosa; assim, pela primeira vez na vida compartilhada de ambos, ela não respondera nada. Não explicara nada.

— Não volte para cá até estar limpo — disse, e ele lhe lançou aquele olhar.

Ah, como poderia se recuperar daquele olhar? Como se a odiasse. Simone diz que ela fez a coisa certa. Uma coisa corajosa e maravilhosa. Ele voltaria para casa livre do vício e agradeceria.

Entretanto, naquele momento, sentada sozinha no amplo apartamento vazio, ela acha que compreende. Ele não quer ser salvo. Nunca quis, realmente.

Foi embora e a odeia.

A campainha da porta toca. Ela não vai atender. Não se sente em condições de falar com ninguém.

A campainha toca de novo e de novo. Entre os toques, ela consegue ouvir, mais fracamente, os zumbidos, retinidos e bipes de outras campainhas, como ecos. Alguém está apertando as campainhas de todos os apartamentos do prédio.

Ela se aproxima do interfone. Alguém precisa fazer aquela pessoa parar.

— Sim — diz.

— Daniele Levi está? — pergunta uma voz de mulher.

Ninguém o chama de Levi.

Ela responde sem pensar.

— Não — diz. — Não há ninguém com esse nome aqui.

E se senta novamente, voltando a mergulhar em seu torpor.

Dias depois, ao se encontrar na escada com a vizinha de cima, a Signora Persighetti, fica sabendo que esta desceu para conversar com a jovem transtornada que estava à porta. Havia uma criança com ela, uma menininha de cabelos louros e encaracolados. A Signora Persighetti disse que parecia um anjinho.

Levantou-se ridiculamente cedo. Tomaria o café no bar do Gianni e daria um passeio para clarear as ideias. Depois telefonaria para a garota e lhe explicaria que seria melhor se ela não viesse. Diria que estava doente. O que, uma vez mais, não deixaria de ser verdade. Aqueles acessos de tontura estavam se tornando mais frequentes. Havia algo errado. Estava em conflito consigo mesma.

Na praça, a feira ainda estava sendo montada. Barracas eram armadas, armações encaixadas e caminhonetes descarregadas. Pessoas gritavam umas com as outras. A florista de quem ela era freguesa, que tinha apenas uma mesa não muito difícil de armar, arrumava suas flores. Trouxera baldes com ervilhas-de-cheiro. Para Chiara, que não tomara nem um café, o perfume delas era enjoativamente doce.

Ela dobrou na Vicolo del Gallo e foi até o bar do Gianni. Como chegou uma hora mais cedo em relação a seu horário habitual, a clientela era diferente. Sua mesa à janela estava ocupada. O único assento vago era na sala interna, onde feirantes fumavam e conversavam. Um pacote aberto de Marlboro repousava na mesa vizinha, e um cigarro queimava em um cinzeiro de vidro. O desejo de pegá-lo e encher os pulmões de fumaça foi forte. Ela deu meia-volta e abriu caminho em meio ao alvoroço. Gianni estava ocupado atendendo os clientes — pessoas que tomavam café, pediam água, um biscoito, um *cornetto* — e não reparou nela. Chiara saiu para a rua com a sensação de que não deixara traços.

A invisibilidade se aproxima às escondidas. É impossível determinar o momento em que se instala. Porém, com certeza, numa idade mais avançada do que as pessoas imaginam quando são jovens. Uma mulher de 40 anos, por exemplo, tem seus atrativos. Talvez seja ao redor dos 50. Chiara se achava imune, mas recentemente tinha começado a desvanecer. Teve uma sensação de estar depauperada, uma espécie de falta de propósito entrelaçada, de forma indefinível, com o abandono do cigarro e o dilema a respeito da garota. Houve uma época em que ela treinava para passar despercebida. Agora nem precisava tentar.

Atravessou a Piazza Farnese, onde os garis haviam acabado de fazer seu trabalho e as pedras emitiam um brilho cinza-prateado. Algumas pessoas jovens e outras não tão jovens estavam encostadas ou sentadas no parapeito do chafariz. Examinou seus rostos, como sempre fazia, mesmo agora, mas não reconheceu nenhum.

Perambulou pela Via dei Giubbonari, onde as lojas ainda não estavam abertas. Comprou um jornal na banca da esquina da rua principal e caminhou na direção do rio. O bar próximo ao Instituto Gramsci estava abrindo naquele momento. Um jovem havia destrancado a porta de enrolar e a estava levantando com uma espécie de barra curva, que ele torcia e retorcia. Parecia um trabalho complicado e difícil.

— Entre, *signora* — arquejou ele. — Já vou lhe atender.

Chiara se esgueirou por baixo da porta de metal e entrou na semiobscuridade. Não costumava frequentar aquele bar, mas o estabelecimento lhe dava uma sensação de tranquilidade, uma espécie de abafamento agradável, uma calidez aconchegante com aroma de café que envolvia as mesas, as cadeiras, o balcão com tampo de vidro, os copos pendurados em suportes, as garrafas enfileiradas atrás, a caixa registradora em seu próprio balcão na outra extremidade e as prateleiras com cigarros. O aroma de café não era pungente e estimulante como o da bebida feita na hora, mas algo mais reconfortante e acolhedor. Por um brevíssimo instante, viu-se de volta à sala da casa nas montanhas, observando Nonna pousar as xícaras sobre a mesa.

O garoto no lado de fora, ainda às voltas com a porta, emitiu um som. Foi apenas um pequeno grunhido, mas Chiara detectou uma entonação diferente e saiu às pressas. Ele estava inclinado para trás, em um ângulo desconfortável; parecia sustentar todo o peso da porta com a barra curva, como se esta fosse uma vara de pescar tensionada por um peixe gigantesco, incrivelmente pesado.

— Enrolei errado — disse ele.

Ela percebeu que ele era, realmente, apenas um garoto. Um tufo de cabelos negros, uma camisa branca imaculada com um avental por cima, uma penugem escura sobre o lábio superior. Ele a olhou com ar de desespero. Parecia jovem demais para estar trabalhando.

— O que acontece se você largar isso? — perguntou ela.

— Vai despencar — respondeu ele, em voz extenuada, olhando para ela como que pedindo socorro.

Ela examinou o mecanismo da porta, que desconhecia totalmente.

— Vai despencar e quebrar, e o Signor Bellucci... — A voz dele se transformou em um guincho. — Bellucci vai me despedir.

Ele emitiu o grunhido novamente.

— Largue — disse Chiara, em tom autoritário.

Foi o que ele fez, dando um pulo para trás, de modo a se manter longe da catástrofe que se seguiria. No entanto, a porta a porta desceu mansamente pelos trilhos e parou no lugar correto.

— Acho que você conseguiu — disse ela.

Entraram no bar, o garoto se postou atrás do balcão.

— O que posso lhe servir, *signora?* — perguntou ele.

Após ligar a máquina de café expresso, polir a manivela de vapor, remover o porta-filtro para verificá-lo e o recolocar no lugar, ele se acalmou, assumindo um ar mais confiante.

Chamava-se Luca e tinha 14 anos. Estava treinando para ser barman e trabalhava ali havia duas semanas. Abrir a porta sozinho era algo inabitual — o patrão telefonara para a casa dele bem tarde, na noite anterior, e lhe dissera que era uma emergência. Todo mundo estava doente. Todos dependiam de Luca. Ele fora de manhã cedo até a casa do patrão, onde pegara a chave e recebera instruções sobre como operar a porta; mas não as entendera realmente. Não conseguia ligar o que o patrão lhe dissera ao mecanismo da coisa.

— Já deveriam ter mostrado a você como fazer isso direito — disse Chiara. — Acho que você se saiu muito bem.

Teve a súbita sensação de que era muito boa em falar com os jovens.

— Se a *signora* quiser se sentar a uma mesa... — Ele indicou as mesas. — Sem pagar mais.

— Acho que não — disse ela, sorrindo para amenizar a recusa.

Então esquadrinhou as manchetes. Nos Estados Unidos, o comitê que investigava o escândalo de Watergate dava seguimento aos interrogatórios que estavam sendo exibidos na televisão. Andreotti estivera no país, tendo jantando na Casa Branca com Nixon e Frank Sinatra alguns meses antes. Ela vira a foto do evento nas primeiras páginas dos jornais.

— Bandidos e pilantras — disse, enquanto o garoto pousava à sua frente uma xícara fumegante.

— Como, *signora?*

— Políticos e *mafiosi,* explicou ela.

Tantas coisas escondidas. Tantas promessas quebradas. O governo renunciara e os democratas cristãos tentavam formar uma nova coalizão. Sempre remendando acordos, era o que faziam. Ninguém parecia ter um ponto de vista.

O entregador de bolos estava à porta.

— Com licença, *signora* — disse o garoto.

Ele e o entregador descarregaram bandejas com brioches, pãezinhos, *medaglioni* e pão fatiado para a confecção de sanduíches. Ela pensou nos ventos imprevisíveis que sopravam as pessoas para um lado, em vez de para outro, e pensou se era ou não uma coisa boa, para Luca, estar treinando para ser barman — e que futuro haveria nisso.

— Gostaria de ter seu próprio bar algum dia? — perguntou ela, depois que o entregador de bolos partiu, enquanto Luca arrumava os doces por trás do vidro do balcão.

Luca abanou a cabeça, surpreso. Ela percebeu que a imaginação dele não fora tão longe e que ela o desconcertara.

Ele começou a preparar os sanduíches. Disse que logo haveria um afluxo de pessoas a caminho do trabalho e ele precisava aprontá-los logo, pois mais tarde estaria ocupado demais.

— Havia um bar ali, mais abaixo, no outro lado da rua — disse.

— No gueto — comentou o garoto, sem desviar os olhos do trabalho.

— Sim.

Ela se calou.

O rosto de um homem surgiu em sua mente. Na verdade, dois homens, mas ela só se lembrava claramente de um. Ambos estavam encostados na parede. Em vez de prontos para a ação, pareciam mais dispostos a passear pela rua ou fumar descontraidamente um cigarro. O homem de quem ela se lembrava tinha cabelos escuros e barba bem feita. Na época atual, todos os soldados alemães eram representados como louros e arianos, mas não era verdade. Ele era esguio e moreno, com nariz aquilino. Era verdade que os alemães, em sua maioria, eram mais corpulentos que os italianos, mas aquele poderia ser trocado por algum dos indivíduos que estavam sendo presos. Ninguém contestaria.

Por alguns momentos, imaginou a situação. Os papéis invertidos. Os perseguidores sendo despojados dos seus uniformes e armas e vestidos com as roupas improvisadas dos habitantes do gueto. O rabino empurrando-os com o cano da metralhadora até os caminhões. Ela vira uma mulher com uma trouxa ser detida. Com suas baionetas, os soldados cortaram a trouxa, cujo patético conteúdo se espalhou pelas pedras da rua: as roupas dela e uma Torá, embrulhada em um avental.

— Não era aquele barzinho que tinha uma caixa de correio na frente?

O garoto estava triturando, com as costas de um garfo, pedaços de atum em uma tigela.

— Não. Estou falando de trinta anos atrás — disse ela.

— Mas o bar com a caixa de correio era muito antigo — replicou Luca. — Deve ter estado ali durante séculos. Em um dos lados havia uma caixa de correio de verdade; no outro, havia uma fresta na parede, onde as pessoas depositavam dinheiro para os órfãos.

— Sim, o Bar Toto.

A imagem de Daniele relampejou em sua mente. Com ar de concentração, dobrava o bilhete que escrevera para a mãe até transformá-lo em um minúsculo quadrado e o enfiava pela fresta.

— O bar de que estou falando já não é mais um bar — disse ela. — É uma espécie de loja. Um atacadista de material elétrico ou coisa parecida.

Não sabia por que havia mencionado o bar de Gennaro. Pobre e corajoso Gennaro. Uma bala atrás da cabeça em março de 1944.

Luca estava esperando que ela falasse mais. Ela consultou ostensivamente seu relógio.

— Tenho que ir — disse.

— Obrigado pela ajuda, *signora*.

— De nada — respondeu ela.

Ela parou no umbral da porta e se virou para observar Luca. Sentindo uma leve tontura, manteve uma das mãos na maçaneta. Ele enxaguava os copos, que virava de cabeça para baixo sobre um pano branco que estendera no balcão a fim de que secassem. Estava pensando nos bilhetes remetidos à mãe de Daniele e, ao mesmo tempo, na carta que enviara à mãe de Maria. Parecia esperar que um vínculo se estabelecesse, que uma espécie de ponte se apresentasse.

Percebendo que ela ainda não tinha ido embora, Luca levantou os olhos.

— Volte outro dia, *signora* — disse.

— Uma garota do País de Gales vem morar comigo — informou ela.

— País de Gales?

— Sim, fica na Grã-Bretanha, perto da Inglaterra, da Escócia e da Irlanda. Vem aprender italiano. Não é muito mais velha que você.

— A senhora precisa trazer ela aqui — disse ele. — Se chegar entre seis e sete horas da noite, servimos salgadinhos junto com os aperitivos. Temos refrigerantes também.

— Vou trazer — prometeu ela. — Vou trazer a garota na terça-feira à noite, se ela não estiver muito cansada.

— Estarei aqui.

Ele sorriu.

— Combinado — disse ela.

A rua estava movimentada, repleta de transeuntes, ônibus e automóveis. Chiara conseguia divisar e entrada que dava acesso à Via del Portico d'Ottavia e ao gueto, mas seguiu na direção do rio.

Primeiramente, iria até a Basílica de Santa Cecília, no Trastevere. Em um dia de céu claro como aquele, a luz que penetrava pelas altas janelas arqueadas fazia brilhar o teto ornamentado com pinturas. O efeito era extasiante. Entretanto, iria até lá apenas por isso. Sob o altar, havia uma escultura de mármore da santa, que diziam possuir uma verdadeira semelhança com ela. Fora erigida depois que a tumba fora aberta, cerca de mil anos após seu martírio, quando se descobriu que o corpo estava intacto e que os ferimentos em seu pescoço pareciam recém-infligidos. Aquela estátua de Santa Cecília deitada de lado — com o rosto virado para o chão, pés descalços, braços estendidos à frente e as mãos delicadas, sem anéis, levemente encurvadas — nunca deixava de emocionar Chiara. Ela iria até lá, acenderia uma vela para sua irmã e a tranquilizaria com respeito à decisão de acolher a filha de Daniele. Deixaria que assimilasse o fato, para que não mais houvesse subterfúgios.

Depois subiria à colina do Janículo, passaria pelo jardim botânico e subiria até o topo, até o monumento de Anita Garibaldi. Entre todos os lugares que Daniele escolhera para deixar bilhetes para a mãe, aquele era o favorito de ambos. Durante muitos anos, eles costumavam visitá-lo religiosamente na primeira sexta-feira de cada mês, no meio da tarde. Agora, Chiara iria até lá e deixaria um bilhete para seu garoto havia muito tempo perdido. E lhe diria que ele tinha uma filha. Era uma coisa ridícula e sem sentido, mas ela não se importava. Faria aquilo mesmo assim. Examinou então sua bolsa para verificar se levara a caneta e o bloco de notas.

Mais tarde, após dobrar o bilhete e o inserir na fresta de um ornamento na parte de trás do monumento, voltaria para casa de ônibus e prepararia a casa para a chegada da garota.

Apressou o passo. Tinha muitas coisas a fazer.

NOVE

No topo da escada, Assunta pousou a cesta no chão, apoiou uma das mãos na parede e massageou com a outra a base da coluna dorsal. Enquanto recuperava o fôlego, examinou a porta do meio, das três que havia no patamar, como se não a tivesse visto antes, muitas vezes.

Os degraus de pedra sempre a surpreendiam pela altura. Um cheiro de molho de carne cozinhando lentamente exalava pelo poço das escadas. Ainda era cedo para se preparar molho de carne. As duas portas laterais eram idênticas: antigos painéis de madeira finamente granulada e maçanetas de metal sobre bases ornamentadas. A porta do meio, embora preenchesse uma abertura de igual tamanho e tivesse o mesmo tipo de maçaneta, era feita com outro tipo de madeira. Os padrões dos veios eram espiralados e, em seus contornos, como Assunta descobrira anteriormente, era possível discernir o lombo de um elefante.

Em algum momento da sua história, Assunta não sabia bem quando — antes da guerra, com certeza, mas será que antes de ela começar a trabalhar lá, há sete anos? —, o apartamento da Signora Ravello, onde Assunta estava prestes a entrar, fora dividido em dois e uma das partes fora vendida. A porta do elefante era a entrada para a construção mais moderna. Assunta gostava de imaginar, embora soubesse que era pura fantasia, que aquela madeira viera da África e que por isso tinha a imagem de um elefante impressa nos veios.

Viera da Abissínia, talvez, naquele curto período em que a Itália tivera seu império. Uma imagem de nativos altos, incrivelmente magros e armados com lanças, defendendo suas florestas contra os invasores italianos lhe vinha à mente, como uma recordação. Devia tê-la visto em algum documentário de cinema. Ou talvez tivesse vindo da Líbia, onde o pai da Signora Ravello tinha negócios e de onde poderia ter importado madeira. Ou a Líbia era um deserto?

Sempre que Assunta subia aquelas escadas, seu elefante secreto a lembrava de que todos somos criaturas de Deus e que o mundo é uma estranha e maravilhosa criação de Sua concepção. Assim, ela faria uma pausa ali, enquanto recobrava o fôlego, para refletir sobre essa verdade.

Os deveres de Assunta normalmente se restringiam a passar blusas e roupas de cama, varrer e lavar os pisos de ladrilho, limpar o banheiro (às terças) e a cozinha (às quintas). Viera hoje, um sábado, graças a um apelo especial e urgente da Signora Ravello, que queria preparar o apartamento para a chegada da estrangeira que se alojaria lá.

Esperava que a Signora Ravello tivesse deixado um bilhete informando o que desejava que fosse feito. Caso contrário, pretendia limpar os rodapés; espanar os pelos de gato das cortinas e tapeçarias; levar os móveis menores para a sala de estar, ou salão, como a *signora* gostava de dizer, e varrer os lugares que antes ocupavam; lustrar todos os móveis; e pendurar os tapetes no varal para lhes aplicar umas boas pancadas. Não havia muito mais que pudesse ser feito, considerando que o apartamento continha duas vezes a quantidade de móveis que poderia acomodar confortavelmente. Estava entulhado até as vigas com as peças herdadas do apartamento original, muito mais imponente.

No final do corredor que não levava a lugar nenhum, havia até um móvel por cima do outro, uma loucura que destituía ambas as peças de qualquer utilidade prática. O armário mantinha as gavetas da cômoda fechadas e a cômoda deixava o armário fora de alcance. Assunta tremia ao pensar no que poderia haver lá dentro. Porém, era inútil apontar tais coisas para a *signora*. Ela falaria sobre objetos herdados e diria que a utilidade não era a única medida, o que quer que isso significasse. Não, a única limpeza possível de ser feita naquele apartamento era muito superficial. A simples ideia de uma faxina completa era absurda.

Ela pôs a chave na fechadura, mas, antes que a pudesse girar, a Signora Ravello abriu a porta, usando uma velha roupa manchada de tinta e um capuz de plástico. O gato, que estava trocando de pelos, passou por baixo das suas pernas e se posicionou por trás de Assunta, sibilando.

— Achei que conseguiríamos fazer mais coisas se eu ajudasse — disse a *signora*, com forçada jovialidade.

Assunta pensou em virar as costas e ir embora. Outros clientes sempre se mantinham fora do seu caminho, ou pelo menos a ignoravam enquanto ela estava trabalhando, como se fosse invisível. Era assim que deveria ser: eles cuidando dos negócios deles e ela, do dela. Não fazia ideia do que levava a Signora Ravello a pensar que era exceção a essa regra não escrita. Desconfiava de que a propensão da mulher a segui-la pelo apartamento, dando sugestões ou atrapalhando seu serviço, tinha a ver com o fato de ela ser esquerdista, talvez até comunista. Era Assunta quem arrumava as cópias do jornal *Manifesto* que ela largava pela casa.

Não aturaria isso. Pessoas tentando lhe dizer como fazer o seu trabalho. Provavelmente era culpa dela mesma, por ter deixado a *signora* se tornar tão familiar. Até almoçara com ela em mais de uma ocasião; agora não mais. Não pertenciam a seu tipo de gente, a *signora* e a velha amiga dela, a esquisita Madame Simone, que fora quem as apresentara. Formavam uma dupla de bruxas velhas, e já estava na hora de admitirem isso, em vez de ficarem badalando o tempo todo pela cidade.

Assunta se lembrava das palavras que a *signora* dissera como se tivessem sido gravadas na sua testa com ferro quente.

— Você precisa umedecer esse linho para tirar os vincos.

Fora assim. Assunta lavara e passara um bocado de roupas empoeiradas que a *signora* encontrara no quarto de despejo. Ao vê-las limpas, a *signora* foi vendê-las no mercado de pulgas. Frequentemente, porém, Assunta chegava para trabalhar e se deparava com mais um "objeto" — um vaso ornamentado, um pequeno armário pintado, um peso de papéis. Percebia então que a *signora* realmente estivera na feira da Porta Portese no domingo, mas adquirira algo em vez de vender.

O tecido em questão não era, em absoluto, linho, mas calicô ordinário, que a irmã da Signora Ravello, costureira em sua época, provavelmente pretendia usar para confeccionar moldes de aventais escolares infantis, mas que não valia o tempo ou o dinheiro investido no trabalho. No entanto, o tecido ainda cheirava a naftalina, o que deu a Assunta uma sensação de conforto e esperança, como se sua própria mãe estivesse por perto, arrumando os cobertores de inverno no baú que ficava embaixo da cama. As manchas eram indeléveis e os vincos mais ainda; seria perda de tempo, mas não lhe cabia questionar o porquê.

Não se incomodara com a presença da *signora*, pois estava lhe falando sobre os vestidos que sua irmã fizera para as filhas gêmeas e gordas de uma pessoa importante, e Assunta pensava em como a *signora* era uma figurinha divertida, apesar dos modos bárbaros, suas ideias socialistas e seu jeito dominador; e em como ela sabia dar vida a uma história, o que era uma espécie de dom, um talento que não deveria ser ignorado.

Estava pensando também que havia mulheres que faziam e mulheres que mandavam fazer, e que a *signora*, de certa forma, assim como ela mesma, enquadrava-se melhor na primeira categoria — quando, de repente, ela fizera o comentário sobre umedecer o linho.

Em seguida, antes que qualquer uma notasse que aquilo poderia ser um terreno perigoso, a *signora* fora até a pia, enchera um copo com água e, molhando a ponta dos dedos, começara a lançar gotas sobre o tecido que estava sobre a tábua de passar. Assunta sentira o rosto ruborizar, mas não de vergonha por não ter adotado aquele método sem um lembrete, como a *signora* parecera pensar no início (e logo fora corrigida). Palavras e olhares duros foram trocados e, deste então, a *signora* procurava se eclipsar quando Assunta chegava. Assunta não diria que havia uma cizânia entre elas, exatamente, mas uma frieza que não existia antes. Não gostava disso, mas essa era a situação.

Agora, lá estava a *signora*, com seu espantoso capuz, tagarelando enquanto Assunta pendurava o casaco, dizendo-lhe que tentara abrir espaço para a garota, mas que parecia ter aumentado a bagunça. Assunta não precisava que lhe dissessem; podia ver as pilhas de entulho ao longo de todo o largo corredor. O armário sobre o baú, na extremidade oposta, dava a entender que a *signora* tentara movê-lo, mas falhara.

Assunta tirou seu rosário e o livro dos santos da bolsa e os transferiu para o bolso do avental.

— Vamos ver como estão as coisas — disse.

— Ah, estou sentindo cheiro de café queimando? — perguntou a *signora*, precipitando-se para a cozinha, deixando que Assunta fizesse suas inspeções sozinha.

— Santa Maria, Mãe de Deus, rogai por nós, pecadores! — exclamou Assunta quando viu a sala de estar.

Dedilhou o rosário que tinha no bolso e se apoiou no umbral da porta. Aquilo lhe recordava a devastação que seus pequenos netos lhe provocaram quando ela permitiu que fizessem cabanas na casa. Assunta se lembrou de ter ouvido que a irmã da *signora* não era muito boa da cabeça e perguntou a si mesma se isso não seria hereditário, se a *signora* não estaria agora apresentando os sinais.

A pianola fora colocada no centro do aposento, arrastando o tapete entre as rodinhas e o transformando em uma onda imóvel e inamovível. Por trás dela, a cama retrátil que Assunta sempre vira fechada se transformara em um amontoado de molas sobre um suporte retorcido. Em cima e em volta da pianola, e até aninhados entre as rígidas dobras do tapete, havia entulho de todos os cantos da casa: duas máquinas de costura semidesmanteladas; uma dúzia de molduras de quadros carunchadas, abrigando horrendas pinturas velhas em variados estágios de decomposição; uma série de caixas de latão e de madeira cheias de pedaços de fios, guias e fragmentos de outros materiais elétricos; a cabeceira e os pés metálicos de uma cama de solteiro; um enorme pufe de veludo verde que perdera a maior parte do estofamento.

Pedaços de madeira estavam empilhados em um canto, lembrando uma pira funerária.

Deu alguns passos a frente e se inclinou sobre a pianola, que nunca vira fora de seu canto. O cartucho de papel amarelado dentro do mecanismo exalava um odor de decadência, como o de uma banana madura demais. Voltou rapidamente para a porta. Seu impulso foi de pegar suas coisas e ir embora. Não queria ter nada a ver com aquilo, mesmo com a *signora* lhe pagando o dobro para ir num sábado.

No entanto, alguma coisa a estava incomodando, compelindo-a a pegar e abrir seu livro dos santos. Embora lesse lentamente, não desistiu. Leu sobre as vidas de São Nereu e Santo Aquileu — cuja festa litúrgica era comemorada naquele dia —, que jogaram fora seus escudos, suas armaduras e suas lanças manchadas de sangue. Sem que ela soubesse como, isso lhe acalmou os pensamentos.

Olhou de novo para o caos. A *signora,* segundo lhe pareceu, tentara tirar a pianola da inconveniente posição atrás do sofá, de modo a abrir espaço para que a cama retrátil fosse aberta. Ao mover o sofá, expusera a pilha de pinturas mofadas e os velhos e alentados livros de capas malcheirosas que ali repousavam havia sabe-se lá quanto tempo, presumivelmente há muito esquecidos pela *signora,* embora Assunta os visse todas as semanas, quando varria a sala.

Tudo isso Assunta deduzira e conseguira entender. Porém, algo diferente também acontecera, um ato de selvageria brutal; a mesa lateral fora reduzida a estilhaços, como que a golpes de machado; almofadas haviam sido rasgadas e suas penas, espalhadas, como se uma raposa tivesse entrado em um galinheiro. Examinando tudo aquilo, ela subitamente compreendeu.

Assunta não costumava se sentar enquanto trabalhava. No entanto, ao retornar à cozinha, ocupou uma cadeira em frente à *signora.* Pelo menos aquele aposento da casa ainda estava intacto.

A *signora* encheu duas pequenas xícaras de café e empurrou uma delas para Assunta.

— O que você acha? — disse.

Assunta pôs três colheres de açúcar na xícara e mexeu o café. Na realidade, achava que tudo aquilo deveria ter sido feito semanas antes; e seria preciso uma firma especializada para remover os móveis antigos e quebrados, trabalho impossível de ser feito por duas mulheres de certa idade em uma manhã. Assunta achava que a *signora,* embora mais nova que ela, não era jovem o bastante para se entregar àquela loucura.

Porém, como percebera que a *signora* agredira de modo violento e desagradável seu próprio físico declinante, não disse tais coisas. Sabia que, até aquela terrível constatação na sala, a *signora* se aferrada à ideia de que tudo era questão de vontade e determinação, coisas que possuía aos montes; quando a ideia se mostrara errada, suas ilusões haviam desmoronado.

Portanto, cautelosamente, Assunta perguntou:

— Onde a garota vai dormir?

— Pretendia acomodá-la na cama retrátil da sala, mas quando a abri, ela desmoronou.

— Eu vi — disse Assunta.

A *signora* se debruçou sobre sua xícara de café e olhou para ela por baixo do capuz. Era desses transparentes com cordões de amarras sob o queixo, que vinham acondicionados em uma minúscula sacola; perfeito para a chuva, mas completamente deslocado em um ambiente doméstico. Estava atado frouxamente, de modo a não desarrumar o altaneiro topete da *signora,* que desafiava a gravidade. O que Assunta viu no pequeno rosto que se projetava por baixo foi confiança.

Pegando o livro dos santos, pousou-o sobre a mesa, relanceando o olhar para a *signora,* cuja expressão continuava a mesma, imutável. Depois deslizou os dedos pelo índice e leu as palavras legadas por Juliana de Norwich.*

— Ele não disse: "Vós não sereis perturbados, vós não sereis exauridos, vós não sereis infectados." Mas Ele disse: "Vós não sereis derrotados" — recitou. Então, levantou-se. — Tenho três horas. Vamos ver o que é possível fazer.

---

* Julian of Norwich, em inglês (c. 1342 - c. 1416). Eremita inglesa, tida com grande mística cristã pelas igrejas anglicana e luterana. (N.T.)

Após lavarem as xícaras de café e as depositarem no escorredor, foram juntas até a sala de estar.

Assunta inspecionou a devastação pela segunda vez, com a *signora* ao seu lado, trêmula. Perguntou a si mesma por que ela não pedira a uma das suas amigas para ajudá-la, pois não era exatamente limpeza o que se fazia necessário ali. Porém, enquanto permaneciam de pé na sala, entendeu o motivo. Ela, Assunta, sabia da vinda da garota. Isso poderia significar que ela não tinha importância, mas Assunta sabia que a *signora* não pensava assim.

— Achei que poderia tornar tudo acolhedor e espaçoso — disse a *signora*.

— Chega de conversa — replicou Assunta. — Precisamos fazer o melhor possível. Vou ver se meu neto mais velho pode vir aqui para tirar o entulho e criar algum espaço. Ele também pode limpar o quarto de despejo, se a *signora* quiser, mas isso vai levar algum tempo, porque está fazendo um curso.

A garota chegaria na terça-feira.

— Posso ceder meu quarto a ela e dormir no sofá — disse a *signora*.

— Mas *signora* — disse Assunta —, não.

Lançou um olhar significativo *à signora,* certificando-se de que esta entendera que a sugestão fora ridícula.

Com a *signora* rastejando pelo chão e puxando o tapete, enquanto Assunta levantava os cantos e direcionava o esforço, conseguiram liberar a pianola, que levaram até o quarto de despejo, e a enfiaram lá. O mecanismo enferrujado da cama retrátil se soltara e os parafusos que juntavam a cama empenaram ou caíram. A *signora* foi enviada até a loja de ferragens, a duas ruas de distância, para comprar parafusos novos, uma chave de fenda e sacos de lixo bem fortes. Assunta endireitou o tapete, varreu as penas e, depois que a *signora* retornou, começou a encher os sacos de lixo, enquanto a *signora* trabalhava na cama retrátil.

Assunta achou melhor não perguntar o que poderia ser jogado fora e o que poderia ficar; tomaria as próprias decisões. Enfiou as guias de volta nas caixas, que empilhou uma por cima da outra por trás da porta. Alinhou ordenadamente à porta do quarto de despejo alguns objetos de difícil manuseio — como máquinas de costura quebradas e quadros maiores —, pois a pianola ocupara a parte da frente do aposento e bloqueava o acesso aos fundos, onde ainda poderia haver espaço sobrando. Aqueles objetos teriam que esperar. As pequenas pilhas que avistara ao entrar no apartamento — casacos e cachecóis embolorados, jornais velhos, moldes de costura, refugos diversos, luminárias quebradas — pôs nos sacos de lixo, deixando-os no hall da escada.

Na sala, a *signora* estava agachada no chão, os joelhos ao lado das orelhas, apertando o último parafuso. Assunta considerou a postura inadequada para uma dama, mas admirável para uma mulher com mais de 60 anos. Seu próprio corpo, tanto quanto podia se lembrar, jamais se dobrara naquela posição.

— Pronto — disse a *signora*.

Seus ossos estalaram quando se levantou.

Ambas contemplaram o precário mecanismo recém-montado. Aquilo jamais voltaria à posição vertical, mas poderia servir como cama.

— Tomara que ela não seja gorda — disse Assunta, constatando que não fazia ideia de quem era a garota nem por que ela viria. O que provavelmente se devia ao fato de que ambas mal se falaram após o incidente do tecido.

— Não é — afirmou a *signora*.

A *signora* fez cinco viagens, carregando o entulho até o grande latão de lixo na esquina da rua, subindo e descendo os dois lances de escada, enquanto Assunta preparava a cama. Não ficou muito ruim com os lençóis e um travesseiro. Quando a *signora* terminou, parecia exausta.

— É melhor manter os pés para cima hoje à tarde — disse Assunta.

— Será que, antes de você ir embora, a gente não poderia só levar essas coisas até o depósito de lixo? — perguntou ela.

Referia-se às máquinas de costura e aos quadros grandes.

— Não posso — respondeu Assunta.

A *signora* juntou as mãos. Estava prestes a implorar, mas Assunta se antecipou.

— Não tenho capacidade — disse. — Conheço meus limites.

Não fora uma repreensão. Não exatamente.

— Você precisa se livrar de algumas dessas coisas — acrescentou.

Em vez de se defender, falar sobre heranças ou discorrer ou apresentar ideias estranhas a respeito da beleza que via naqueles objetos, a *signora* disse humildemente:

— Eu sei.

Seu capuz estava torto. Quando o tirou da cabeça, seus cabelos retornaram à posição eriçada. Assunta assentiu com a cabeça, concordando com algo que não fora dito.

Em um dos outros apartamentos em que Assunta fazia faxinas, o homem da casa tinha seu próprio quarto de vestir. Sobre uma cômoda em nogueira estavam espalhados diversos objetos com cabos esmaltados: um instrumento de função desconhecida, que lembrava uma tenaz de lareira em miniatura; três escovas de tamanhos diferentes (a menor poderia ser para pentear o bigode, se ele não andasse sempre bem barbeado); um pente; uma navalha; e um pincel de barbear. Apenas o pente parecia ser usado. Assunta tinha certa predileção pelo pincel de barbear, pois parecia uma minúscula réplica dos cabelos da Signora Ravello. Sempre que o levantava para limpar a poeira embaixo, lembrava-se da *signora*.

Ao ver os cabelos dela agora, sentiu o coração amolecer.

— Posso pedir a Marco para vir aqui e ver o que pode ser feito? — perguntou.

— Sim, por favor — disse a *signora*.

— Seu apartamento é bom o bastante para você, portanto é bom o bastante para uma garotinha estrangeira. Ela não é uma princesa — declarou Assunta.

Depois abotoou o casaco, pegou sua bolsa de palha e saiu.

Chiara foi até a janela e esperou Assunta aparecer. Viu-a prender a bolsa com os produtos de limpeza na lambreta e se afastar pela rua. Aproximou-se então da pilha de entulhos que estava no corredor.

Inclinando-se sobre o primeiro quadro, levantou-o com ambas as mãos e o arremessou por cima da pianola em direção ao fundo do quarto de despejo, onde ele aterrissou com enorme estrondo sobre os móveis empilhados. Em seguida, pegou sua escada de mão, empilhou os outros itens sobre a pianola, um por um, e lhes deu um empurrão. Em meio a estrépitos e clangores, encontraram seus lugares. A segunda máquina de costura se alojou em uma lacuna entre a pianola e um velho quadro. Ao bater a porta, ouviu os ruídos dos objetos se ajustando ao novo espaço, acomodando-se lentamente. De repente, ouviu uma barulheira horrível, como o de uma avalanche. Permaneceu de pé, encostada à porta. Quando o fragor cessou, repôs no lugar a tapeçaria da porta, que havia caído.

Afinal de contas, conjeturou, talvez tudo pudesse ser mantido em compartimentos separados. Com em um desses trens em que não há corredores interligando os vagões.

Pensar nesse trem a fez estremecer.

DEZ

Trens provenientes do norte chegam e partem; um deles, sem dúvida, levando o casal idoso que elas não avistaram mais. Chiara compra maçãs e pãezinhos duros a preços inflacionados de um ambulante com um carrinho de mão. Bebem água no bebedouro da plataforma. O guarda anuncia um bloqueio não especificado nos trilhos a certa distância, acrescentando que nenhum trem vindo do sul conseguirá passar no momento. Recolhem-se à sala de espera. Cecilia se senta em um banco, embrulhada em uma manta. Fica sempre exausta no dia seguinte a um ataque epilético. Ignora o garoto, que prefere sentar no chão atrás do banco, onde abraça os joelhos e os puxa até o queixo. Sua cabeça às vezes pende para a frente e sacoleja, quando ele dorme; entretanto, inevitavelmente, acorda de repente e olha ao redor, como se não pudesse acreditar no que vê, no lugar onde está. Como se tudo fosse um sonho, ou um pesadelo, e ele quisesse despertar. As íris dos seus olhos são tão escuras, quase negras, que parecem se fundir com as pupilas. Olhos aquosos, pensa Chiara. Quando a surpreende olhando para ele, o garoto adota a expressão de lagarto. Seria divertido se não fosse triste. Poderia até rir se a tensão não estivesse fazendo sua cabeça pulsar como a luz de um farol e se uma vontade represada de sair correndo não fizesse doer os ossos da sua coxa. E se a situação não fosse tão triste.

Nos momentos em que os outros dois estão adormecidos, Chiara percorre a plataforma, sob a colunata, parando sempre que passa pela porta da sala de espera, verificando se ambos ainda estão lá dentro. Outro trem de tropas passa estrondeando, sem parar na estação. Faz um barulho ensurdecedor, mas se move lentamente. Parece transportar uma divisão alemã inteira. Tanques enormes ocupam os vagões planos, assim como armas antiaéreas e outros armamentos que ela não saberia especificar. Nas extremidades de cada vagão, soldados com capacetes de aço estão agrupados, apontando rifles. O guarda agita a bandeira e sopra o apito.

— Não temos nenhuma esperança, temos? — observa ele, ao passar por ela.

No final da tarde, um trem que segue na direção certa finalmente aparece. É um trem local, com apenas três vagões, que parará em todos os vilarejos da linha e que já está cheio. Após embarcarem, encontram, no corredor, uma cadeira retrátil para Cecilia.

— Senta na minha mala — diz ao garoto, posicionando-se no espaço entre os dois.

Apesar dos cochilos que tiraram, Cecilia e Daniele estão pálidos e abatidos.

— Estou muito cansada — diz Cecilia.

— Você teve uma convulsão ontem à noite, querida. Lembra?

— Não — responde a irmã, com voz pesarosa.

Chiara permanece à janela, olhando impassivelmente para além dos trilhos. Sua mente se transporta para a próxima etapa da viagem, e para a etapa seguinte. Ainda há um cansativo trajeto pela frente, caronas a serem negociadas e caminhadas a serem feitas — no escuro, a julgar pelo ritmo do trem. Pergunta-se como conseguirá manter o menino e Cecilia em movimento, onde encontrará força e energia para isso. Está torcendo para que o trem saia logo. *Tire a gente deste lugar,* é o que pensa sem parar. Até que, finalmente, o assovio do vapor anuncia a partida. *Vamos. Vamos. Vamos começar nossa viagem,* entoa em sua mente.

Então ela sentará sobre a mala de Cecilia e tentará tirar uma soneca, de meia hora ou por aí, e recuperar um pouco da energia. A porta da sua mente se abre e ela vê o pai dormindo; os cantos da sua boca se erguem. Vai correr tudo bem.

Ainda tem o mesmo sorriso no rosto, pode senti-lo fixado lá, enquanto outro trem, comprido, uma locomotiva puxando dezenas de vagões, para na plataforma oposta. Alguns dos vagões têm as laterais altas e são abertos, mas, em sua maioria, são carros fechados, com grades de metal. Um trem de gado, nota ela, sem pensar muito. Dirá a si mesma, mais tarde, que o garoto não viu o trem e, mesmo se visse, não saberia o que estava vendo. Ela mesma custou a compreender. De qualquer forma, bloqueava a visão dele. Quando se lembra disto, pensa que seu meio sorriso se devia ao fato de estar feliz por estarem saindo de Orte, por ter sido visitada pelo pai adormecido, banhado pelo sol forte da sua memória.

Não sente curiosidade a respeito do trem no outro lado. Porém, como está no seu campo de visão, nota um movimento na grade do vagão diretamente à frente, uma coisa alva se agitando. Aperta os olhos e percebe que é um braço, um fino braço humano que se infiltrara por entre as barras de metal. Por trás da grade, vê o rosto de uma jovem. Está de boca aberta, como se estivesse gritando ou entoando um acorde prolongado. Qualquer som que possa estar emitindo é abafado pelos clangores, assovios e estrondos dos trens.

Chiara olha para o lado. Há outras pessoas de pé naquele trecho do corredor, mas apenas uma delas olha para fora — uma mulher de meia-idade, de cachecol e casaco cinzento. Vira-se e olha horrorizada para Chiara, de olhos arregalados e boquiaberta. A expressão da mulher confirma que Chiara não está tendo uma alucinação.

Ambas olham pela janela outra vez. O barulho do motor da outra locomotiva diminui e, no breve intervalo antes que o trem onde estão engrene ruidosamente, um gemido arrepiante se faz ouvir. Se não estivessem olhando para a boca aberta da jovem, poderiam confundir o lamento com o som produzido por um freio não lubrificado, com um apito desafinado ou com o rangido das rodas contra os trilhos. Porém, como estavam olhando, como entreviam outros rostos pressionados contra as grades — homens barbudos, mulheres jovens e velhas —, conseguiram identificá-lo como o som de muitas vozes humanas, masculinas e femininas. E, embora tenham ouvido apenas uma sílaba abafada antes que o trem onde estavam apitasse e soltasse um jato de fumaça, abafando todos os outros sons, conseguem reconhecer uma palavra.

Duas palavras.

Socorro.

Água.

O garoto está ao lado dela. Não sabe há quanto tempo ele está ali. Ela pousa a mão na cabeça dele, sobre seu chapéu engraçado, e o empurra de novo para o assento.

— Soldados ruins — sussurra ela. — Fique abaixado.

Ela mantém a pressão na cabeça dele. E continua a olhar pela janela, enquanto seu trem se afasta resfolegando. Ela, a mulher de casaco cinzento no corredor e a mulher no vagão de carga da outra linha formam as pontas de um triângulo; até que o ângulo se torna tão agudo, e a hipotenusa tão absurdamente distendida, que as arestas se rompem.

Agora, somente casas e árvores comuns desfilam pela janela.

Ela e a mulher no corredor se entreolham e logo desviam os olhares. Chiara se inclina para falar com Daniele e observa seus olhos inquietos. Será que ele viu? Boquiaberta e com a garganta ressecada, tem a sensação de que seu próprio rosto espelha o rosto da mulher no outro trem. Engole em seco.

— No sítio da Nonna, para onde estamos indo agora... — diz, numa espécie de grasnado. Engole em seco novamente. — Lá tem uma plantação de oliveiras. Algumas das árvores são muito, muito velhas. Tão velhas que ninguém sabe há quanto tempo foram plantadas. Quatrocentos ou quinhentos anos. Sim — diz ela, e dá umas palmadinhas na cabeça dele, no chapéu, para dar ênfase ao que está falando; pois, embora ele esteja olhando na sua direção, parece estar olhando através dela, para um lugar obscuro. Chiara reduz o tom de voz drasticamente.

— E nessa plantação existe uma árvore mágica. Nós a chamamos de Maga.

Ela não sabe ao certo se ele está ouvindo ou não.

— Quer que lhe diga por que a chamamos de Maga?

Ela não espera por uma resposta, começa a falar rapidamente:

— Por três razões. Você sabe que, nas histórias de mágicos, há sempre três. Primeira.

Ela tira a mão da cabeça dele e conta os dedos de uma das mãos com a outra. O garoto segue esse movimento com os olhos.

— Ela é tão velha que a gente acha que está quase morta, que secou e não pode mais produzir azeitonas grandes e suculentas. A casca dela é tão fina e enrugada que a gente pode quebrar os galhos com facilidade. Assim — Ela estala os dedos e ele leva um susto. — Mesmo assim, de três em três anos, ela produz a safra de azeitonas mais abundante e maravilhosa do mundo, que dá um azeite delicioso.

"Segunda. Dentro da casca tem um buraco. A gente pode entrar nele. Não é, Cecilia? — Ela olha para a irmã em busca de corroboração, mas recebe um olhar tão ultrajado, como se estivesse traindo um acordo, uma confidência, os laços fraternos, que perde o fio da meada. — Terceira — diz ela.

Entretanto, não encontra a de número três. Procura então uma saída.

— Esse garoto me beliscou — diz Cecilia, em uma voz subitamente alta. — Quando eu estava dormindo, ele me beliscou.

Foi a frase mais longa que ela falou durante o dia. Ela mostra a marca vermelha que tem nas costas da mão.

— Não acho que ele tenha feito isso, querida. Talvez você tenha se arranhado em alguma coisa — diz Chiara.

Ela se vira para o menino. Percebe que o perdeu. Ele está olhando para o buraco negro novamente.

— A de número três — sussurra ela, bravamente — é que, quando a lua está cheia, quando a lua está grande e prateada, a gente pode entrar na Maga e fazer um desejo. Só um desejo — diz, levantando o dedo indicador. — Não três. Então pense no que vai pedir.

E acrescenta mais uma cláusula:

— Não sabemos se os desejos são realizados ou não, pois ninguém nunca diz qual é seu desejo. A não ser Gabriele, que sempre pede azeitonas.

Tenta sorrir tranquilizadoramente para o menino, mas os músculos do seu rosto não a obedecem.

Cecilia está retorcendo as mãos e se debatendo em sua cadeira.

— Me dê sua mão, Cecilia — ordena Chiara.

Ela segura a mão da irmã e pousa sua outra mão novamente na cabeça do garoto. Procura se equilibrar entre ambos, enquanto o trem chacoalha nos trilhos.

ONZE

— Está se sentindo bem, *signora?* — perguntou um homem.

Ele era jovem. Usava um terno azul-marinho risca de giz e seus cabelos encaracolados lhe caíam pelas costas. Estivera lá o tempo todo, na periferia do seu campo visual, verificando itens em uma prancheta, enquanto dois homens de macacão puxavam carrinhos com enormes caixas de papelão que retiravam da caçamba de um caminhão estacionado ao lado de Chiara.

Chiara pestanejou para o homem, cujo semblante indicava mais irritação que preocupação. Quis dizer que estava bem. Era o que a polidez determinava. Afirmar que não era nada, dar um sorriso de desculpa e sair do caminho. Não que estivesse fisicamente no caminho dele, mas sua presença, sua chorosa presença, percebia agora, estorvava aquele fluxo de atividades matinais. Descobriu que não conseguia reunir as palavras. Mesmo uma pequena mentira para um desconhecido estava acima das suas forças. Tinha a impressão de que fora despida e colocada ali, nua e aturdida, naquela rua do gueto, em frente ao prédio onde se situara o bar de Gennaro.

Virou-se para o outro lado em um movimento brusco, e o mundo começou a girar. Um carro surgiu na rua, deslocando-se hesitantemente, como se o motorista não tivesse desejado entrar naquele labirinto de vielas e estivesse procurando uma saída ou um lugar para fazer a volta. Chiara viu o automóvel se aproximando, mas algo bloqueou seu processamento de informações. Não conseguia ordenar os acontecimentos cronologicamente.

Ela tentou sair da frente. O carro bateu na lateral do seu pé e a fez cair na rua, batendo com a base da coluna no meio-fio.

Uma pequena multidão se juntou, iniciando um burburinho.

Chiara fechou os olhos para verificar seus ferimentos de dentro para fora, em vez de vê-los refletidos nas reações da plateia. Uma vibração percorria sua coluna. Seu pé latejava levemente, mas quase não doía, não ainda.

Abriu os olhos. Uma mulher lhe mostrou a mão espalmada, em um gesto doutoral, como que dizendo "pare" quando ela tentou se levantar.

— Não, não *signora* — disse a mulher. — Nem pense nisso. Chame uma ambulância — disse ela para alguém. — A *signora* não pode ser movida.

Uma discussão foi iniciada sobre a responsabilidade do motorista e sobre o que deveria ser feito se o pé estivesse fraturado ou se o acidente tivesse provocado outras perdas e danos. Um homem de óculos escuros, bafo de cebolas e pele amarelada se ajoelhou e examinou hesitantemente o pé de Chiara.

— Tenho treinamento — disse para ninguém em particular.

Outro homem, mais velho, que se postara atrás de todos, como se estivesse aguardando uma audiência com Chiara, moveu a boca em silêncio.

— Desculpe. — Foi a palavra que se formou.

Ela meneou a cabeça na direção dele, tentando sinalizar que estava bem, que ele não precisava se preocupar. As unhas do sujeito que estava mexendo no seu pé estavam sujas e roídas.

— Acho que não está quebrado — murmurou ele.

No entanto, ninguém prestou atenção. Todos participavam do falatório cada vez mais intenso. O homem que pedira desculpas se viu envolvido na algazarra. Era o motorista.

Duas senhoras idosas que trabalhavam na lavanderia entraram na discussão, defendendo a vítima. Estavam sentadas no banco em frente à loja, alegaram, e haviam presenciado todo o incidente.

No outro lado da argumentação, estava o homem de cabelos anelados e terno risca de giz, que se transformara no porta-voz não oficial do motorista. A atribuição da culpa oscilava ora para um lado, ora para outro. Falava-se nos ferimentos reais ou possíveis de Chiara. Contusões, inchaços, fraturas e choque eram mencionados. Pessoas que estão cuidado da própria vida quando se deparam com pessoas que não têm o cuidado de olhar em volta antes de atravessar uma rua também entraram em pauta. Falou-se de ambulâncias e médicos, de motoristas descuidados e pedestres desatentos.

Chiara olhava para a mão de alguém que, como um rato sorrateiro, avançava em direção à sua bolsa, que se abrira ao cair no chão; quando alcançou a abertura, dedos investigativos mergulharam no seu interior. Ela levantou os olhos. O homem doentio aos seus pés olhava diretamente para ela, como se não soubesse o que o pequeno animal na extremidade do seu braço cicatrizado estava fazendo, como se este tivesse uma vida independente. Ela reconheceu alguma coisa.

— Conhece Daniele? — perguntou ela, em voz baixa. — Daniele Levi? — Ela não conseguia ver os olhos do homem, ocultados pelos óculos escuros. — Ou Daniele Ravello?

Estava enganada. Não reconhecera o homem. Reconhecera a movimentação.

— É melhor ficar sentada — disse o homem, recolhendo a mão e se levantando.

Sua calça era listrada de rosa e branco. Ela o observou enquanto ele se juntava à pequena multidão, parava perto de uma pessoa, depois de outra, e finalmente se afastava sem pressa.

O pé de Chiara começou a latejar nos intervalos das vibrações na sua coluna. Ela não tinha outra coisa a fazer a não ser permanecer sentada na rua. Bum, fazia sua coluna; rataplã, fazia seu pé, zás-zás fazia sua cabeça. Como tambores tocados com escovas em vez de com baquetas. Um café repleto de açúcar foi colocado em suas mãos.

— Para o choque, *signora*.

Ela começou a tomá-lo com prazer.

A algazarra estava aumentando. Começou a extrapolar aquele caso em particular e a remontar a algo bem anterior, profundamente enraizado e visceral, que não tinha muito a ver com direitos e responsabilidades, e sim com acusações. Para Chiara, ainda calada, ainda mais atenta aos ritmos sincopados do seu corpo, pensamentos como o de destinos sendo decididos por um capricho ou com um sussurro nas esquinas das ruas, o caráter elusivo da justiça e até a natureza das perseguições passaram por sua cabeça, frouxamente interligados, como dançarinos de papel tremulando na brisa.

Uma caneta e um bloco de papel foram trazidos, para que detalhes fossem anotados. O que fez Chiara pensar no bilhete que deixara para Daniele no monumento de Anita Garibaldi; a imagem dele subindo a colina para pegá-la lhe surgiu na mente. Ela o imaginou esbelto e saldável, com movimentos elásticos. Pensou então em todas as vezes que haviam visitado o monumento juntos e postaram bilhetes para a mãe dele, e em como, mais tarde, ela retornava ao local e os recolhia.

Algo fora dito, algo irrefutável e poderoso, enquanto a atenção de Chiara estava vagueando. O homem de terno risca de giz caíra em silêncio, pois agora, ao que parecia, ficara sozinho na defesa do malfadado motorista, as senhoras da lavanderia estavam vencendo a parada. O próprio motorista ainda se desculpava.

— Não se preocupe, *signora* — disse uma das senhoras da lavanderia. — Vamos testemunhar quando você processar esse homem.

Tomada por um súbito impulso de lucidez e responsabilidade, Chiara se perguntou o que estava fazendo sentada ali, sonhando sob a luz do sol, ouvindo as próprias divagações e alimentando a fantasiosa ideia de que a carta para Daniele fora recebida. Cabia-lhe pôr fim àquela bobajada.

Pela primeira vez, ela olhou diretamente para o motorista: homem de meia-idade, um agradável rosto bronzeado, nariz grande, cabelos ondulados e grisalhos penteados para trás, chegando ao colarinho. Usava uma camisa azul de algodão e óculos de aro dourado. Parecia mais um observador que um participante. Como se não levasse a sério as pessoas clamando seu sangue e estivesse apenas esperando que aquilo terminasse.

Ele estava olhando para ela.

— Desculpe — disse novamente, apenas movendo a boca.

Estendeu a mão para ele. Ele deu um passo à frente e a segurou, não pela mão oferecida, mas por ambos os punhos, que circundou com as mãos grandes. Após ser colocada de pé, delicadamente, ela apoiou o peso do corpo sobre o pé incólume. O motorista a ajudou durante todo o processo, murmurando alguma coisa no ouvido de Chiara, que assentiu em silêncio. Então, ele falou em nome de ambos, assumindo o controle da situação.

— Vou levar a *signora* ao hospital — comunicou, em um tom alto e numa entonação autoritária, com traços de sotaque milanês.

— Este cavalheiro vai me levar ao hospital — disse Chiara, sentindo-se na obrigação de mostrar à multidão que não estava sendo sequestrada. — Depois de dar um pigarro, acrescentou com mais disposição: — Por favor, cancelem a ambulância, se tiverem chamado alguma.

Apoiando-se pesadamente em seu salvador, deixou-se conduzir até o carro, ainda parado no meio da rua com a porta escancarada, no lugar onde o motorista devia ter pulado para fora. Ele poderia simplesmente ter seguido seu caminho, pensou ela. É o que algumas pessoas teriam feito.

Uma das senhoras da lavanderia soltou um grito esganiçado.

Chiara parou, hesitante, mas o motorista a impeliu para a frente.

— Continue andando — disse ele, baixinho. — É algum drama novo. Não tem nada a ver conosco.

Conosco, pensou ela, enquanto ele a ajudava a entrar no conforto do seu carro e fechava a porta do passageiro. Uma frase ouvida havia muito tempo lhe veio à mente: "Não existe nós." Porém, não teve vontade de se lembrar de quem a dissera nem a quem.

O motorista se postou ao seu lado do carro, com um pé apoiado no estribo e debruçado no teto, escutando o novo drama, fosse qual fosse. Chiara não era conhecedora de automóveis e não sabia dirigir, mas observou com atenção o veículo vistoso e extraordinariamente longo no qual se encontrava. Ela já vira um anúncio daquele carro em uma revista, com uma garota de minissaia deitada sobre o capô. Era o último modelo de uma Lamborghini. Na realidade, constatou, havia espaço para que várias garotas se deitassem sobre o capô, se quisessem. Não havia muitos automóveis grandes como aquele em Roma.

O motorista entrou no carro e deu partida no motor.

— O *Skylab* entrou em órbita — disse uma voz espectral.

— Conseguimos — disse ele, estendendo a mão e desligando o aparelho de som. — Dirigiu até o final da rua e repetiu o que havia dito: — Conseguimos.

Ele ergueu as sobrancelhas e piscou para ela.

Era como se tivessem feito um assalto, ela e o homem, e agora estivessem fugindo de carro. Chiara jamais estivera dentro de um carro com um rádio embutido. De tão novo que era, o assento rangia quando ela mudava de posição. Havia um aroma de caramelo no ar.

Mergulharam no tráfico intenso da Lungotevere.

— Você vai ter que me orientar — disse o homem. — Não conheço a cidade. Vim de Milão para conversar sobre um filme que estamos pensando em fazer. Estava indo para uma reunião, mas errei o caminho.

— Pode me deixar em qualquer lugar por aqui — disse Chiara.

— Não, não — disse ele. — Temos que levar você para ser examinada. Para ter certeza.

— Sinceramente — respondeu ela —, quase nem me machuquei.

O sinal de trânsito no cruzamento com a Via Arenula estava vermelho. Ele olhou para ela.

— Você deve ser mais forte do que parece — disse, abanando a cabeça, como que admirado com a bravura dela.

Ela resistiu à vontade de dizer alguma coisa autodepreciativa sobre a resistência da carne velha.

— Ah, eu sou — confirmou ela. — Esse é um bom lugar para você me deixar.

Eles se aproximavam da ponte Mazzini. Se saltasse na calçada à direita, não demoraria mais que dez minutos para chegar em casa.

— Aqui? — exclamou ele.

Estavam se arrastando pela faixa central. Ele freou, abriu o vidro da janela, pôs o braço esquerdo para fora e fez gestos circulares que talvez tivessem um significado diferente em Milão. Ali, deflagraram uma babel de buzinas. Alguém gritou que ele era um idiota.

— Não posso parar aqui — disse ele, sem olhar para ela. — Essas drogas desses motoristas romanos não deixam.

Enquanto avançavam pela Lungotevere, seguindo as curvas do rio, ele olhava em volta para verificar se poderia entrar na faixa da direita. Àquela altura, ela teria que tomar um ônibus para retornar. A impressão de Chiara era a de que a cidade desfilava pelas janelas a uma velocidade estonteante.

— Vou parar quando puder — disse ele.

Por fim, conseguiu se introduzir na pista ao lado. Encostou então à direita, onde subiu pela metade na calçada com o avantajado carro.

Depois se virou e olhou para ela.

— Escute — disse. — Não posso, em sã consciência, apenas ir embora sem saber se não houve ossos quebrados ou danos permanentes.

A expressão "danos permanentes" retiniu na cabeça de Chiara.

— Estou bem — afirmou ela. — Sério.

Ela abriu a porta e pôs as pernas para fora.

— Deixa eu ver — disse ele. Então saltou do carro, contornou-o e se ajoelhou aos pés dela. — Me mostre.

Chiara estava usando o que Simone chamava de "sapatos de freira": sapatos de amarrar com saltos baixos. Eram bons para caminhar e até, pensava ela com ternura, possuíam uma elegância descontraída. Percebia agora a falsidade da ideia, mas esticou as pernas. Ambos olharam para seus tornozelos finos. O que jamais sairia de moda, pensou ela, era um tornozelo bem torneado.

— Não parece inchado — comentou ele. — Deixa eu ver você andar.

O homem se afastou para um lado. Pedestres passavam apressados entre ele e as paredes de um prédio que havia logo atrás. No outro lado estava o meio-fio, um poste de ferro pintado de verde e um mourão. Coisas comuns. O que era diferente era sua sensação de incerteza. Precisava de apoio.

Deu dois passos e, de repente, guinou para um lado. Nem tanto por seu pé ter cedido, mas por uma inclinação do pavimento e porque o poste no seu campo visual esquerdo se inclinara para a frente. Era como se, por um instante, pudesse sentir a rotação da terra. Seu passo em falso, mais que um desequilíbrio, fora uma tentativa de se manter de pé em um mundo oscilante.

No setor de emergência, uma enfermeira enfaixou o tornozelo de Chiara e lhe entregou uma folha de papel com alguns exercícios para ela fazer.

— Mantenha-se em movimento — disse.

Chiara percebeu que queria deixar a sala se apoiando pelas paredes. Entretanto, como a enfermeira a observava, lançou-se no espaço, arrastando-se mais que andando, de modo a manter sobre o chão uma parte maior do seu pé.

— Não manque — disse a enfermeira. — Ponha o peso sobre o pé.

Chiara se concentrou em alcançar a saída. A vertigem diminuíra; apesar disso, segurou-se na porta para se firmar. Só depois se virou. Não fazer movimentos súbitos parecia ser a chave. Ficou surpresa ao descobrir que a enfermeira estava atrás dela e que o caroço no nariz dela era, na verdade, uma pelota de maquiagem cor de argila. Ela devia ter se esquecido de esfregá-la após a aplicação. Ocorreu a Chiara que talvez devesse mencionar a tontura. Explicar que o machucado no pé era apenas um sintoma do problema real.

A enfermeira pegou o relógio pendurado em seu bolso, consultou-o e o largou. Estava esperando que Chiara saísse da sala para sair também.

— Acha que vou precisar de muletas? — perguntou Chiara.

— Não está quebrado — respondeu a enfermeira.

— Ou uma bengala?

Talvez a enfermeira fosse míope. Talvez tivesse removido os óculos para aplicar a maquiagem e depois não pudesse ver o que estava fazendo. Estava olhando para Chiara de olhos semicerrados.

— Não fabricamos bengalas — disse a enfermeira, encolhendo-se para passar por Chiara e se afastando às pressas pelo corredor, com seus silenciosos sapatos.

Chiara continuou apoiada na porta por alguns momentos. Um porteiro de cabelos prateados, segurando uma cadeira de rodas, piscou para Chiara.

— Vou ver o que posso fazer — disse misteriosamente.

E passou por uma porta dupla, empurrando a cadeira de rodas.

O cineasta de Milão não estava mais na sala de espera, mas o porteiro reapareceu.

— Seu marido foi dar um telefonema. Volta já — disse ele, acrescentando: — Tome isso. Está há um ano nos achados e perdidos.

E lhe deu uma bengala. Era da altura exata para ela.

Exultante acima de qualquer limite com a suposição do porteiro, Chiara foi até o toalete feminino para retocar o batom e pentear os cabelos. No espelho, tinha um aspecto depauperado, porém garboso. A bengala possuía um lindo castão entalhado que se ajustava confortavelmente à palma da sua mão. Se ela tivesse que abrir caminho naquele mundo enviesado, uma bengala assim seria seu passaporte. Ela se encontrava em um estado de empolgação esfuziante. Agitada.

— Tudo bem? — disse o homem, ao retornar. — Nada de gesso nem muletas?

Ela brandiu a bengala.

— A reunião foi remarcada. Vamos almoçar, o que é melhor. Quer ir comigo?

Ela não via motivos para não ir. O apartamento estava pronto para a chegada da garota; a cama feita e os armários da cozinha abastecidos com mantimentos especiais.

— Vamos lá, estará me fazendo um favor. E precisa comer. Depois, levo você em casa — prosseguiu o homem.

E lá estava ela novamente, roncando pelas ruas de Roma no carro daquele desconhecido. Ela o orientou a chegar a um restaurante na Via Ostiense no qual jamais estivera, mas cujo endereço ele leu em voz alta. *Al Biondo Tevere*, era seu nome. A vertigem física diminuíra, mas ela teve a impressão de que ingressara em outro tipo de vertigem.

O nome do homem era Dario Fulminante. Era produtor de documentários, mas pretendia passar para a área de ficção.

— Conhece aquele outro Dario? — perguntou ela. — Aquele que faz filmes de terror?

Ele não conhecia.

— Acho que ele é bastante considerado em Roma — disse Chiara. — Técnicas de montagem inovadoras. Uso de música.

Ela fez um gesto vago com a mão.

Fora Simone quem lhe contara essas coisas.

Dario Fulminante disse que o cinema italiano estava tomando uma direção diferente agora, uma direção pós-Fellini.

— Mas Fellini ainda é importante, não? — comentou Chiara.

Dario abanou a cabeça de um lado para outro, como que dizendo: depende do que você chama de importante. Chiara se sentiu vagamente ofendida em solidariedade a Fellini.

Ele encontrou um lugar próximo ao restaurante para estacionar seu imponente automóvel. Depois, ambos retornaram a pé pela Via Ostiense. Ônibus, carros e grandes caminhões seguiam ruidosamente na direção oposta, uma torrente de tráfego deixando a cidade. Segurou o braço dela e, atravessando um portão de ferro enegrecido, guiou-a até um pátio com piso ladrilhado, onde potes vermelhos contendo plantas viçosas se distribuíam entre mesas redondas cobertas por toalhas de algodão com estampa xadrez vermelha e branca.

Agora, parecia claro que, no hiato que precedia a chegada da filha de Daniele, ela recebera uma oportunidade de celebrar e desfrutar de qualquer paz, alegria e aceitação que pudesse encontrar, de brindar os entes amados que desapareceram e de se preparar mentalmente para a chegada de Maria e tudo o que isso acarretasse.

A árvore que se erguia em um buraco dos ladrilhos e atravessava a treliça que formava o teto fora colocada lá para o prazer dela, e ela a brindou com um sorriso discreto. As vinhas que se entrelaçavam na treliça, com o frescor do verde sombreado de início de verão e os raios de sol que se infiltravam por entre elas como pequenos holofotes, destacando uma que outra flor cor de rosa ou folha reluzente, constituíam um convite. Havia fragrância de uva no ar, juntamente com o aroma de comida sendo preparada.

Que delícia, pensou. Era como quando alguém está doente, realmente mal, mas nada lhe ameaça a vida: deixa todas as preocupações de lado, permitindo-se apenas ser. Era o que ela fazia. Apenas era. Ocupando completamente aquele limbo, aquele momento de transição. Aquele homem, Dario — com seus olhos castanhos como os do cachorro que ela amara, mas que nunca lhe permitiram possuir — surgira no momento certo para lhe fazer companhia.

Os homens com quem ele se encontrou usavam ternos e óculos escuros. Não eram do tipo boêmio, como ela imaginara. Financistas, pensou. Ele a apresentou como sendo sua nova, mas querida, amiga. Uma taça de vinho cor de palha foi colocada em suas mãos, enquanto o grupo subia um curto lance de degraus que davam acesso ao terraço com vista para o rio.

Enquanto o garçom lhes preparava a mesa, os homens formaram uma rodinha, trocando amáveis gracejos antes de falar sobre negócios. Chiara estava entre eles, mas mal escutava a conversa. Apoiada em sua linda bengala, bebia o vinho amarelo com ar sonhador. Quando o garçom sacudiu a toalha de mesa branca, esta captou a luz e se transformou momentaneamente em uma tundra, com ondas azuladas e sombras profundas, antes de cascatear como neve sobre a mesa.

— Você não se importa, não é? — perguntou-lhe Dario em voz baixa, aludindo, presumiu ela, às conversas sobre negócios.

Ela disse que não, de jeito nenhum. A rodinha se estreitou e Chiara se viu na periferia do círculo. Firmando-se na bengala, contemplou então o rio, com deliciosa afetação. Não era como os rios que cortam outras capitais — como o Sena, o Danúbio ou o Tâmisa. Era como um rio campestre. Enquanto observava, uma família de patos passou flutuando. As águas corriam mais rapidamente ali que no centro da cidade, afunilando-se em um canal estreito. As margens eram uma mistura de arbustos, juncos, trepadeiras, touceiras de samambaias e esporádicas figueiras. Um pequeno trecho de natureza bucólica dentro dos limites da cidade.

Um homem descalço, usando roupas sujas de terra, surgiu correndo no capinzal. Ela refletiu que, dois dias antes, na sexta-feira, quando deixara o bilhete para Daniele, a visão daquele homem lhe provocaria uma comoção interna, uma dor pungente e sufocante; ela o observaria com uma espécie de medo, atormentada pela ideia de que ele pertencia a alguma comunidade de maltrapilhos, que conhecia Daniele ou sabia do seu paradeiro, e que ela precisava perguntar e investigar para onde ele fora. Aquele poderia ser até o próprio Daniele, pois ele era bom em se esconder sob os narizes das pessoas, em se camuflar. Ela faria indagações. E se arrastaria inutilmente pelo matagal.

Agora não mais. Deixara tudo aquilo se esvair. E ficara vazia. Era como uma jarra transparente encalhada em meio à corrente de um rio, enquanto as águas cintilantes passavam ao seu redor e por dentro dela.

À direita, na direção do centro da cidade, estampado contra o céu azul, estava o contorno cilíndrico do gasômetro. Pousou a taça de vinho sobre a mesa e pegou um copo de água, tomada por uma sede profunda e um desejo de sobriedade. Para poder imprimir na sua mente aquele instante magnífico e matizado; aquela novidade por meio da qual, através da luz dourada e das emoções esvaziadas, fluíam a ausência de Daniele e a presença iminente da filha de Daniele.

No dia da chegada da garota, ela foi de manhã até o Gianni para tomar um *cappuccino* e um *cornetto*.

— Não foi nada — disse, quando lhe perguntaram sobre o tornozelo enfaixado. — Um acidente bobo, nada sério.

Não fora para falar sobre isso que ela aparecera lá.

— Vou alojar uma garota britânica que vai ficar comigo uma semana ou duas — anunciou. — Na verdade, ela é galesa. Filha de um velho amigo.

Gianni alisou o bigode e olhou para ela.

— Galesa? — exclamou.

— Sim, do País de Gales, ao lado da Inglaterra.

— Ah, Inglaterra — disse ele. — Você deve preparar um bule de chá para ela.

— Boa ideia — disse ela. — Vou comprar chá. — Chiara não bebia chá; uma tisana de vez em quando, mas não chá propriamente dito. — Eles tomam com leite, não?

— No norte da Inglaterra tomam, mas não no País de Gales. Tomam chá com limão no País de Gales, e gostam que seja servido em um pires — disse Gianni, com autoridade. — Traga ela aqui para comer um aperitivo — acrescentou.

Chiara se lembrou do encontro com Luca no bar próximo ao Instituto Gramsci.

— Vou trazer — prometeu ela. — Mas não hoje à noite, pois ela provavelmente estará cansada depois da viagem.

Ela foi até o Ruggeri's e comprou um pequeno pacote amarelo de chá Lipton.

— Vou hospedar uma garota do Reino Unido — confidenciou à atendente da loja. — O pessoal de lá bebe muito chá.

— Sim, eu sei — disse a atendente. — Meu irmão trabalha num restaurante de Londres. O chá deve ser fervido por muito tempo.

— Vou fazer isso — disse Chiara, armazenando a informação.

Enfiou a cabeça no saguão do cinema Farnese.

— Vocês costumam passar filmes estrangeiros na língua original? — perguntou à recepcionista, que estava pintando as unhas com um belo esmalte vermelho. — Ou os filmes são sempre dublados? — A recepcionista franziu a testa e soprou as unhas. — É que vem uma garota galesa se hospedar comigo e o italiano dela não é muito bom. Então eu pensei...

A recepcionista abanou a cabeça.

— Nunca passamos filmes em galês — disse. — Não que eu saiba.

— Haha, não. Estava me referindo ao inglês. Filmes em inglês. Podem ser americanos, britânicos ou australianos, acho.

— Sua melhor opção é o Pasquino, no Trastevere — disse a mulher.

— Tem razão — concordou Chiara. Ela já sabia disso. Era frequentadora habitual do Pasquino. — Comprarei um jornal para ver o que está passando lá.

E rumou para casa. Ao atravessar a feira do Campo dei Fiori, comprou alguns figos em uma barraca, algumas flores em outra e um melão na terceira. Fez questão de falar a todos sobre a chegada da garota. Quando parou na padaria da esquina para comprar pão, deu a notícia ao padeiro-chefe e à moça do caixa.

Levou os mantimentos para casa. Após arrumar as flores em um vaso, ficou parada à janela contemplando a rua, os transeuntes que passavam e a luz que se refletia nos guidons das lambretas estacionadas junto à parede do prédio em frente.

Ela já iniciara alguma coisa. E agora precisava conversar com alguém realmente importante. Na ausência de Simone, esse alguém era Antonio.

Todas as pessoas que circulavam abaixo, olhando as vitrines das lojas, pareciam fumar. Ela não fumava havia mais de um mês, mas, súbita e urgentemente, sentiu vontade de um cigarro. Era o que precisava para lhe dar — não coragem, pois por que precisaria dela para conversar com seu querido amigo? Porém, um cigarro a ajudaria a se recompor, a consolidar a noção de que estava fazendo a coisa certa. E talvez lhe desse, sim, um pouco de coragem, pois ela teria que romper a sólida barreira de silêncio que se erguia entre ela e Antonio quando o assunto era Daniele.

Levantou os olhos. No outro lado da rua, diagonalmente acima dela, um homem de colete estava à janela, fumando e observando a atividade na rua abaixo. Não o conhecia, mas às vezes o via saindo de manhã com um saco de ferramentas. Tinha a impressão de que ele era do Sul. Um operário. Um pedreiro. Algo assim. O prédio em que ele morava era dois andares mais alto que o dela, e seus moradores estavam sempre mudando. Havia pelo menos dez nomes ao lado dos números da porta da frente.

Ela se debruçou no parapeito da janela, observando o penacho de fumaça sair da boca do homem e desaparecer no azul do céu. Ele estava absorto em alguma coisa que se passava na rua, mas Chiara não conseguiu seguir seu olhar e descobrir o que era. Inclinou a cabeça de tal forma que quase ficou tonta. Pôde sentir a aproximação da vertigem, como uma sombra no seu cérebro, uma mancha de tinta. Para se recuperar, precisaria inclinar a cabeça para a esquerda e para baixo. Pousou a mão no lado do rosto, servindo de guia; porém, temerosa da rotação e sem se sentir preparada, continuou olhando para o homem, como que totalmente cativada, como se estivesse olhando para uma pintura e assimilando todos os detalhes.

O homem pousou o olhar sobre Chiara e, surpreso, inclinou a cabeça para trás. Ela se deu conta de que, com a outra mão, a que não segurava a cabeça, imitava o gesto de fumar. Antes que pudesse recuar para o quarto, o homem repetiu a mímica. Ela acenou levemente com a cabeça e agitou o dedo médio da mão direita, torcendo para que ele entendesse o gesto como anuência. Ele saiu da janela e reapareceu segurando um cigarro, que arremessou com vontade na direção dela. O cigarro caiu sobre as pedras da rua, onde foi pisoteado. Ele ergueu um dedo, indicando que voltaria em um minuto, e desapareceu de novo. Voltou em seguida, fazendo um gesto para que ela se afastasse. Ela recuou. Apoiada na estante, aproveitou a oportunidade para corrigir o ângulo da sua cabeça. Nada aconteceu, nada girou. As coisas continuaram em seu lugar.

Um projétil passou pela janela e aterrissou no sofá. Era uma caneta esferográfica. Preso a ela, com uma fita adesiva, um cigarro. Ela acenou para o homem, agradecendo. Ele imitou uma pessoa escrevendo. Queria a caneta de volta. Ela se posicionou para arremessá-la, mas ele sinalizou que não. Estava certo. Ela sem dúvida teria errado. Ele fez um gesto em espiral com a mão. Em outra ocasião, dizia. Depois fez um aceno de adeus e saiu da janela. Que transação deliciosa, pensou Chiara. Nenhuma palavra fora trocada. Talvez o homem achasse que ela era muda.

Daniele e seu silêncio de três meses lhe vieram à mente. Chamava-se mudez eletiva, como veio a descobrir mais tarde. Provocada por traumas.

Acomodou-se na cadeira mais próxima à janela e acendeu um cigarro. Seria seu último. Estava realmente decidida.

Era estranho que Daniele jamais tivesse indagado sobre o destino das cartas que deixava para a mãe. Podia-se entender que ele não perguntasse quando era pequeno, quando tudo era um mistério não explicado. Ele postava seus bilhetes na dobra do braço de Anita Garibaldi, no baixo-relevo atrás do monumento. Quando retornavam, um mês depois, o bilhete havia desaparecido. Ela ainda tinha todos, estavam guardados em uma caixa que estava provavelmente no sótão, acima do quarto de despejo.

O cigarro estava ruim. Não valera a pena. Não a relaxara. No tocante a cigarros, ela chegara ao fim.

Chiara encontrou Antonio na igreja, celebrando a missa. Devia ser algum dia santo de guarda, pois a congregação estava bem grande. Assunta saberia. Quando as pessoas começaram a sair, foi até o altar pelo corredor lateral. Antonio apagava as velas altas; o cheiro de cera queimando era forte.

— Chiara — disse ele, virando-se para ela com um sorriso, mantendo longe do corpo o apagador de velas. — Que surpresa agradável. Ah, mas você está machucada. Coitadinha, o que aconteceu?

— Nada sério. Está tudo bem. Preciso conversar com você sobre outro assunto — disse ela.

— Vou ouvir confissões agora — respondeu ele, acenando com a cabeça para o outro lado da igreja, onde alguns fiéis estavam ajoelhados nos bancos próximos ao confessionário. — Mas estarei livre em uma hora.

— Não tenho uma hora — disse ela. — Tenho que estar na estação às duas.

— Então vá até o confessionário. Não fique tão horrorizada. Só quero dizer que lá poderemos ter imediatamente uma tranquila conversa privada. Acompanhe-me. Assim poderei explicar às senhoras que estão esperando que você tem autorização especial para furar a fila.

Porém, a pessoa que já se enfiara no confessionário não quis sair do lugar.

— Dez minutos — sussurrou Antonio. — Assim que ela sair, você entra.

Ele ainda segurava o apagador de velas. Encostou-o então na parede e entrou no compartimento do reservado a ele, deixando Chiara de pé no corredor, olhando para a porta entalhada, onde querubins com pequenas barriguinhas gordas tocavam trompas em meio a folhas de carvalho. Não queria esperar. Queria encerrar aquele assunto definitivamente.

Ocupou um assento e deixou que seus pensamentos voassem até aquela última vez.

Estavam no escritório da biblioteca pontifícia. Havia um porta-canetas sobre a mesa, um pássaro de alabastro com um buraco nas costas por onde as canetas eram inseridas; uma das suas asas caneladas havia se quebrado na base. Com as cortinas fechadas, o ambiente estava abafado. Ela se lembrou do porta-canetas, das cortinas, de uma luminária e de uma espécie de bandeja contendo envelopes, papéis e clipes. Daniele e ela estavam diante de Antonio. Se soubesse que jamais voltaria ver Daniele, teria encontrado forças para se virar e olhar para ele. Assim, teria uma imagem como recordação. No entanto, não se virara.

Em meio ao material de escritório sobre a bandeja, estava a asa quebrada do pássaro, cuidadosamente preservada, como se algum dia alguém pudesse colá-la de volta.

Ela não tinha uma lembrança nítida daquela reunião. Do que fora dito. De como as coisas foram decididas. A certa altura, Daniele saíra com Antonio para pegar alguns dos seus pertences no apartamento. Antonio retornara sozinho e entregara a ela as chaves de Daniele. Daniele se fora, não a incomodaria mais. Ela não precisava se preocupar. Só teria que cuidar de si mesma e se recuperar.

Lembrou-se do sentimento de completa desolação que sentiu ao voltar para casa. No apartamento, um caos a aguardava. Àquela altura, uma parte do imóvel estava sendo vendida para saldar as dívidas e tudo fora empilhado no lado que ficara com ela. Não havia espaço, nem ar. E toda a parafernália da existência de Daniele — que ele não considerara essencial naqueles vinte minutos que tivera para arrumar a bagagem — estava espalhada pela casa. Ela se deitara na cama e cobrira a cabeça com os lençóis.

E, claro, Simone aparecera. Limpara o apartamento, dera ordem às coisas e, quando Chiara não a deixara jogar fora as coisas de Daniele, contratara um operário para construir o sótão acima do quarto de despejo.

Ela vivia em meio à desordem, achando que mais cedo ou mais tarde ele estaria de volta. Mais tarde, quando percebeu que ninguém, nem mesmo Antonio, sabia onde ele estava, começou a frequentar ostensivamente o mercado de pulgas da Porta Portese com o objetivo de ver quanto poderiam valer seus móveis antigos e carunchados; mas, na realidade, procurava Daniele. Achava que aquele era o tipo de lugar que ele frequentaria para vender alguma coisa.

Ela sempre voltava do mercado com um tesouro, um objeto que justificasse as incursões regulares. Por fim, seu interesse foi despertado para a procura e aquisição daquelas pequenas coisas. Até que estas se tornaram o verdadeiro motivo das visitas, fossem o que fossem, e o apartamento foi ficando cada vez mais entulhado. Mesmo assim, continuou aumentando sua coleção de objetos inúteis e sem significado, como se isso fosse ocultar o vazio que sentia.

Durante algum tempo, sua fixação foi em tecidos de linho, antigos e adoráveis tecidos de linho com rendas e bordados, que ela lavava e engomava. Mais tarde, quando voltara a ganhar dinheiro e contratara Assunta, pedia que Assunta fizesse isso. Depois enfiava os tecidos em gavetas já abarrotadas.

E então vieram as roupas. Ela adorava roupas. E um dos efeitos da divisão do apartamento fora a criação de um singular espaço, que não chegava a ser um aposento, adjacente ao seu quarto. Uma pequena câmara, que ocupou com cabides e mais cabides de roupas maravilhosas que nem mesmo cabiam nela. Era também o lugar onde guardava os rolos de tecido que herdara de Cecilia.

Também se interessara por chaves pequenas. E por objetos de porcelana azul. Máquinas de costura com pedais de ferro forjado, embora não soubesse costurar. E agora, vidro de Murano.

Apesar da sua idade, não percebera uma coisa: dentre uma série de últimas vezes, aquela no escritório da biblioteca pontifícia fora realmente a última vez.

Virou-se e olhou para a porta do confessionário, que permanecia teimosamente fechada. Com certeza já haviam transcorrido mais de dez minutos. Transferiu o olhar para o apagador de velas; uma versão em miniatura do instrumento carregado pelo acendedor de lampiões, durante a infância dela, para apagar as lâmpadas a gás quando o sol levantava. Olhou novamente para o altar, onde uma vela solitária, que Antonio não devia ter percebido, ainda estava acesa. Não conseguira apagar todas as luzes, pensou ela, apesar de seus esforços.

A ocupante do confessionário saiu.

Chiara se ajoelhou no compartimento de madeira, separada de Antonio por uma grade decorada. Lembrou-se das antigas palavras — Perdoai-me, Senhor, não quero mais pecar — e sentiu o poder e o conforto do ritual, da fórmula de coisas estabelecidas antes das regras. Precisava falar coisas diferentes, mas começar era difícil. Um pensamento lhe ocorreu, uma horrível equivalência que a manteve em silêncio. Se abrisse a boca, palavras erradas jorrariam.

— Estou ouvindo — disse Antonio.

Estava pensando que, quando a SS prendeu os judeus em 1943, deu-lhes vinte minutos para arrumarem os pertences. Havia uma lista de coisas que deviam levar e que deviam deixar. Ela sabia que muitos não tinham autocontrole nem mesmo para se vestir. Queria perguntar a Antonio se, quando dera a Daniele vinte minutos para juntar seus pertences, ele lhe entregara uma lista. Queria dizer a ele que, se Daniele estivesse pensando direito, não teria deixado para trás o trompete e a jaqueta de couro.

No outro lado da grade, Antonio suspirou.

Pobre e sofredor Antonio, pensou ela. Mas ele não lhe agradeceria se ela soltasse essas palavras. Ela pigarreou.

— Daniele — disse então. — Daniele tem uma filha.

Ficou feliz por não conseguir ver o rosto de Antonio. Significava que não precisaria levar em consideração suas reações. E, uma vez que começou a falar, percebeu que o anonimato do confessionário era muito libertador. Continuou contando a história da carta e dos telefonemas de Cardiff.

De repente, a grade se abriu e lá estava o rosto de Antonio, vermelho e hostil, tão desconcertantemente próximo que ela pôde sentir seu hálito, que cheirava a hortelã e tabaco.

— Não sabia que isso se abria — disse ela, apanhada de surpresa.

— Ela está vindo? — perguntou ele. — Essa garota está vindo?

— Sim — disse ela. — Vou me encontrar com ela às duas horas.

Ele juntou as palmas das mãos e tocou a boca com as pontas dos dedos, enquanto inclinava a cabeça para frente e para trás, lentamente, e puxava o lábio inferior. Ela olhou para a manga bordada da sua batina, um arranjo de branco sobre branco visível apenas de muito perto. Cecilia poderia ter feito aquele bordado, pensou ela, irrelevantemente. Após algum tempo, Antonio abanou a cabeça e apoiou o queixo nas mãos.

— O que deu em você para você dizer sim, Chiara?

— Ela é a filha de Daniele — disse ela. — Meu garoto. A filha dele.

De repente, isso pareceu ofuscantemente óbvio.

— Seu garoto — disse ele. — Certo.

Ele pôs novamente as mãos diante da boca e olhou para baixo, como se observasse alguma coisa do terraço de um edifício.

— O que houve? — perguntou ela. — Vai correr tudo bem.

— O que vai contar a essa garota sobre o *seu garoto?*

Ela não gostou da entonação dele.

— Maria — disse. — Ela se chama Maria. E vou contar a verdade.

— Que verdade? Que ele era viciado em drogas, que roubou você, que levou você à falência e que era um criminoso? Vai contar a ela sobre aquela vez que ele e os cupinchas dele arrombaram a farmácia?

Ela estava desconcertada. Antonio era sempre tão gentil com ela. Não conseguia se lembrar de ele jamais ter lhe dirigido uma palavra dura.

— Não imediatamente — respondeu ela. — E não dessa forma.

— As extorsões? A noite em que ele levou uma facada? O dia em que roubou as chaves de Gianni, esvaziou o cofre do bar e tentou fazer parecer que tinha sido um arrombamento? As vezes que foi para o hospital? As overdoses?

— Não é o que vou falar primeiro — disse ela.

Por que estava sendo tão cruel? Nada a havia preparado para aquela crueldade.

— Ah, eu sei — disse ele. — Vai dizer a ela que gostaria de não ter salvado a vida dele. E que ele arruinou a sua.

Ela não falou nada. Aquele era Antonio, seu amigo.

— Bem, é a verdade — declarou ele, apertando os lábios.

— Deixe para lá, Antonio — disse ela, levantando-se trêmula. — Não preciso da sua aprovação. Não vim pedir sua opinião a respeito de ter autorizado a vinda de Maria. Só queria informar você de que ela vem e, na verdade, nem sei por que me dei ao trabalho.

Ela poderia dizer muito mais, mas não se sentia disposta.

— Espere um minuto, Chiara — disse ele. — Não vá embora. *Pax* — acrescentou, abanando as mãos tranquilizadoramente. — *Pax.*

Ela aguardou.

Antonio parecia não saber o que falar.

— O fato é que ele *estava* arruinando sua vida. E a dele mesmo. E o que ele fazia, o modo como tratava você, era imperdoável — disse, finalmente.

E abanou as mãos de novo.

Ela sabia que não deveria apresentar circunstâncias atenuantes para o comportamento de Daniele. Afinal de contas, Antonio era o homem que assumira a incumbência de enviá-lo para longe, sem estabelecer nenhuma linha de comunicação.

— Nada é imperdoável — replicou ela.

Queria muito que isso fosse verdade.

— Não? — perguntou ele.

Por um momento, ela detectou um lampejo de desespero no seu rosto habitualmente calmo, e se perguntou o que ele poderia ter feito que exigisse um grau tão alto de clemência.

— Veja como você está bem sem ele — observou Antonio, deixando de lado os próprios problemas, fossem quais fossem. — Reconstruiu as coisas. Olhe a vida valiosa e plena você tem.

Dario Fulminante, um vinho dourado às margens de um rio cintilante; Assunta e suas imagens sagradas; seu engraçado sobrinho do Sul, Beppe, e o estranho amigo dele; o adorado trabalho dela; sua aconchegante casa entulhada; a magnífica tonalidade da tigela vermelha; centenas de momentos felizes com Simone. Asmaro, o príncipe dos gatos, fechou a fila.

— Não deixe essa garota estragar tudo. Quando lhe disser mais do que ela já sabe, as comportas vão se abrir. Ela começará a fazer perguntas e a investigar.

— Vai fazer isso de qualquer forma, eu diria, independente do que eu conte ou não a ela. Não tenho medo disso. Já estou farta de mentiras e meias verdades.

Antonio se manteve em silêncio, olhando sombriamente para ela, mordendo o lábio inferior.

Ela não sabia por que ele não enxergava os fatos.

— Escute. Essa é a minha chance de recomeçar. De esclarecer as coisas. De receber e acolher a filha de Daniele, que não é Daniele... — Ela sacudiu um dedo reprovador na direção de Antonio. — Sim, construí uma vida para mim mesma, é verdade, e não quero colocar isso em risco. Porém, não quero ser a pessoa para quem o nome dele nunca é mencionado. Quero entrar em uma nova fase e essa garota será a chave. Por que quer negar isso a ela e a mim?

— Sinto medo por você — disse ele. — Só isso. Você era boa demais com Daniele.

— Não existe isso de ser boa demais — retrucou ela.

— Existe, Chiara. Existe. E é por isso que contar tudo a essa garota é um erro. Remexer em todas essas velhas paixões.

— Oh, Antonio — disse ela. — Ainda não entendeu que esses sentimentos nunca desapareceram?

A expressão no rosto dele pareceu mais angustiada do que as palavras dela mereciam.

— A gente nunca deixa de amar nosso filho, independentemente do que ele tenha feito.

E seja o que for que você tenha feito a ele, acrescentou ela mentalmente.

Com as mãos cruzadas à frente do rosto, Antonio olhava para baixo e abanava a cabeça.

— Não recebo notícia de Daniele há uma década — disse ela —, e não espero receber agora. — Um leve ruído escapou da sua boca. — Gostaria de saber o que aconteceu a ele. Rezo para que esteja bem. Às vezes o imagino em uma espécie de comunidade isolada em algum lugar das montanhas. Respirando ar puro. Vivendo junto à terra. Não consigo imaginar como ele se afastaria das drogas e se manteria afastado, a não ser assim. Fez mais uma pausa e respirou fundo. — Mas, de coração, acho que ele deve estar morto.

Pronto. Jamais dissera isso em voz alta. Gostaria que houvesse um assento no confessionário, não apenas um genuflexório. Apoiou-se então na bengala, pesadamente.

— Rezo por ele, choro por ele há dez anos. Está na hora de enterrá-lo.

Subitamente, sentiu-se velha e frágil.

Antonio cobriu o rosto com uma das mãos.

Chiara esperou que ele dissesse alguma coisa, mas Antonio não disse nada.

— O que houve? — perguntou. — Me diga.

Teve a estranha sensação de que os papéis haviam sido invertidos, como se ela fosse o padre e ele, o pecador, sobrecarregado de transgressões não reveladas.

Ele levantou a cabeça e esfregou o rosto com as mãos, como se limpasse lágrimas.

— Tudo bem — disse. — A garota vem mesmo.

Ela assentiu.

— Posso então lhe pedir para aguardar antes de contar a ela? Gostaria de estar presente quando você fizer isso, porque... — A cabeça dele teve um espasmo, como se tivesse perdido o juízo. — Porque também tive um papel nessa história. — Juntou as mãos novamente. — Mas estarei fora por alguns dias.

— Tudo bem — disse ela.

De qualquer forma, não pretendia despejar a história na estação de trem. Abriu então a porta do confessionário e saiu para o corredor.

— Só estou pensando no seu bem, Chiara — gritou ele.

Ficou satisfeita por estar com a bengala enquanto caminhava na rua procurando um táxi. O encontro com Antonio a deixara exausta.

Antonio fechou a grade do confessionário.

— *Mea culpa, mea culpa, mea maxima culpa* — murmurou, batendo no peito levemente, com o punho fechado.

As pancadinhas liberaram um pouco de muco e ele pigarreou. Fizera tudo esperando o melhor, lembrou a si mesmo. Agira no melhor interesse de todos. Salvara-os deles mesmos. Ambos estavam em uma estrada de autodestruição. Chiara era boa demais. Jamais estabelecera limites para o garoto, exceto no desastroso período em que o enviou para a clínica e ele voltou pior. Fazia sempre as vontades dele e o desculpava, alegando que ninguém, senão dela, sabia o que o garoto sofrera. Só recebia mais desfeitas. Ama o próximo como a ti mesmo, dissera o Senhor. Porém, onde estava o amor próprio de Chiara naquela situação degradante? E o garoto, que mordia a mão que o alimentava? Alguém tinha que fazer alguma coisa.

— Senhor — disse ele —, me ajude.

Saiu para o corredor.

— Recebi um chamado — anunciou ele aos paroquianos. — Uma emergência. As confissões estão canceladas. Rezem um Ato de Contrição e cinco Aves Marias, cada uma.

Ele fez um sinal da cruz, entoou uma bênção geral e saiu às pressas da igreja.

Antonio não gostara quando Daniele entrara em contato após quatro anos e meio. Chiara estava indo bem. Parecia feliz. Não falava mais sobre ele. Então, fora visitar Daniele, que dizia ter estado em Israel por algum tempo, trabalhando em um *kibutz*. No entanto, por sua aparência, estava claro que ele levara uma vida dura. Antonio percebeu imediatamente que o homem ainda era um drogado, não que ele negasse isso, era preciso reconhecer. Queria largar as drogas e voltar para casa, disse.

Antonio fez um trato. Ajudaria Daniele a se recuperar, mas o garoto teria que se manter longe de Chiara. Se e quando completasse um ano longe livre das drogas, Antonio promoveria um encontro entre os dois.

— Se ela precisasse de mim, viria correndo. Ela sabe disso, não sabe? — dissera Daniele a certa altura.

Estavam na praia de Óstia, perto do miserável vilarejo onde Daniele morava. *Para que ela precisaria de um garoto judeu drogado?*, pensara Antonio, na época, mas limitara sua resposta a um aceno afirmativo com a cabeça.

De volta ao presbitério, precisou procurar o número telefônico da pensão em que costumava deixar mensagens para Daniele, onde haviam se encontrado pela última vez três anos antes. Sabia que estava na contracapa da sua caderneta de endereços, identificado apenas com um D. No entanto, agora, ele tinha uma nova caderneta de endereços. Chiara lhe dera de Natal.

Ajoelhou-se ao lado da cama e puxou a mala que usava como gaveta extra.

E, já que estava de joelhos, recitou uma pequena prece para Daniele, como fazia periodicamente.

— Senhor, não o deixe cair de novo nos maus costumes — disse.

Então, como que em uma visão, acorreu-lhe a imagem de Daniele como o vira na última conversa. Sentou-se sobre os tornozelos, sentindo o rosto arder.

— Consegui — dissera Daniele. — Um ano inteiro.

Estava em pé no quarto da frente da pensão, os braços musculosos estendidos, as mangas das camisas enroladas e as palmas das mãos viradas para cima, como que se oferecendo para uma inspeção.

Antonio percebeu que era verdade. Daniele lembrava um homem no topo de uma montanha que tivesse acabado de escalar sem qualquer equipamento. Podia ver também que Daniele estava à beira de um precipício com sua expressão ameaçadora e sombria, e aquela ideia de que, já que passara um ano sem se drogar, deveria celebrar o fato tomando um pico, ou algo assim. Não teria essa chance.

Antonio observou Daniele com sua extravagante postura bíblica, enquanto uma voz em sua cabeça, que ele não reconheceu como sua, dizia "não".

Daniele deu dois passos para trás, deixou pender os braços e cerrou os punhos. De costas para a janela, era emoldurado em azul pelo mar. Olhava fixamente para Antonio. Nas suas lembranças, seguiu-se um longo e incômodo período de silêncio em que ele sentiu o olhar penetrante do outro homem pesando sobre ele, enquanto contemplava o oceano resplandecente. Em um barco de pesca, um homem arremessou sua linha, que momentaneamente dividiu o céu com um fio negro.

— Também não gostaria de me encontrar de novo — disse finalmente Daniele.

Antonio se deu conta de que estava abanando a cabeça. Parou de fazê-lo e deu uma entonação gentil à voz.

— Sinto muito — disse.

Daniele lhe agradeceu por tudo o que fizera, mas disse que ele não precisava vir de novo.

Antonio teve a impressão de que alguma coisa lhe escorregava pelas mãos, como se estivesse tentando, com dedos suados e viscosos, segurar um delicado copo de cristal.

— Me ajude, Senhor — disse, balançando-se sobre os tornozelos.

Agora ali estava a caderneta e ali estava o número.

Sentiu um formigamento nas pernas e teve que se apoiar na mesa de cabeceira. Permanecera sentado muito tempo sobre os pés. Quando se recobrou, desceu as escadas com pernas trêmulas e foi até a sala, onde estava o telefone.

Faça com que ele ainda esteja lá. Faça com que Daniele Levi ainda esteja em algum lugar daquele bairro miserável de Óstia. E ele, Antonio, pediria humildes desculpas.

A dona da pensão atendeu ao telefone. Não via Daniele havia três anos. Não sabia o que acontecera com ele. Fora embora, desaparecera. Antonio engoliu em seco. Algo duro e áspero se instalara no fundo da sua garganta.

— Ele voltou a usar drogas? — obrigou-se a perguntar.

Ela não sabia. Não conseguia se lembrar. Provavelmente.

— Todos eles voltam — disse. — Saem do buraco, mas alguma coisa sempre os puxa de volta.

Daniele não fora puxado. Fora empurrado.

Quando Antonio pousou o telefone no gancho, uma imagem lhe veio à mente: Daniele despencando do topo de uma montanha, enquanto ele, Antonio, segurava a faca com a qual cortara a corda de segurança. Imóvel na sala do presbitério, observou o desenho do piso de ladrilhos, como se houvesse um código que pudesse decifrar e que lhe diria o que fazer.

— *Mea culpa* — murmurou.

Deixou então mensagens para os outros padres informando que recebera um chamado e que havia uma pessoa em apuros, e lhes pediu que suprissem sua falta nos próximos dias. Iria até Óstia e procuraria Daniele, ou tentaria obter notícias dele entre a escumalha, os detritos humanos que juncavam a costa naquele lugar. Iria até o vilarejo surgido na foz do Tibre, no local da antiga estação de hidroaviões. Perambularia em meio àquelas precárias habitações, sempre em risco de serem inundadas e destruídas caso uma tempestade provocasse a elevação do nível do rio. Faria perguntas. Se Daniele pudesse ser encontrado, ele o encontraria. Caso contrário, descobriria o que lhe acontecera.

DOZE

Estreitando os olhos para não ser ofuscada pela luz do sol baixo de novembro, Chiara tenta distinguir a figura de Daniele, que se move entre as árvores. Está ajudando o velho Gabriele, sacudindo os galhos das oliveiras para que os frutos maduros caiam. Uma chuva de azeitonas roxas, verdes e amarelas despenca sobre uma manta estendida sob a árvore. O garoto e a árvore têm as mesmas cores, matizes de marrom esverdeado ou verde amarronzado, e suaves tonalidades cinzentas. Está de pé sobre um galho grosso, segurando um dos galhos acima. Usa todo o peso do corpo para fazer a árvore balançar. Ela nota que sua concentração é tanta que se esqueceu de tudo ao redor. É um ser puramente físico. Não chamaria isso de felicidade, mas, ainda assim, é apenas um menininho sacudindo uma árvore. Ou sendo sacudido.

Ela está sempre alerta a esses momentos. Ela os nota e os registra e, quando pode, atiça suas chamas tênues.

— Fomos caçar lesmas ontem à noite — informa a Gabriele, enquanto o ajuda a levantar a manta pelos cantos e a despejar os frutos no último saco. — Não fomos, Daniele? — pergunta, virando-se na direção dos galhos.

Não espera uma resposta. Ele não pronunciou nem uma palavra desde que se calou no primeiro dia.

— As lesmas estão terríveis este ano — continua Gabriele. — Gostam da umidade.

Azeitonas de diversos tamanhos caem no saco. Ela aprecia a intensa qualidade do verde das que estão verdes. E consegue distinguir sua leve fragrância.

— Ele não queria ir. Preferia ficar no aconchego da lareira junto com a Nonna e me deixar sozinha.

Fala alto o bastante para que o garoto, ainda oculto nas folhagens da árvore, consiga escutá-la.

A meio caminho da horta, ele se emparelhara com ela. Caminhando com firmeza no escuro, acompanha Chiara ao longo das fileiras de repolhos, brócolis, alfaces, chicórias, espinafres e dos domos brancos dos funchos, que despontavam do chão. As folhagens plumosas eram verde-escuras à luz da tocha. Ela iluminava as pequenas lesmas cor de terra e lhe mostrava o que deveria procurar, os buracos serrilhados das folhas, onde elas se refestelavam.

"Somos nós ou elas", disse.

Lentamente, eles percorreram as fileiras de hortaliças iluminadas pela tocha.

— Vamos fazer picles de lesmas, não vamos? — diz agora, enquanto ela e Gabriele colocam mais um saco na carroça de duas rodas.

Daniele pula da árvore. Pelo canto do olho, ela julga ter visto sua cabeça chacoalhar quando ele aterrissa, como se tivesse batido com o queixo nos joelhos. Lembra-se de que isso acontecera com ela mais de uma vez, quando era criança. Recorda-se do impacto reverberando no seu crânio e do sangue que encheu sua boca quando ela mordeu a língua, do gosto ferruginoso. Daniele não emite nenhum som. Tem raminhos grudados nos cabelos e salpicos de um pó verde, poeira de líquen talvez, sobre os braços e nariz. Ele permanece agachado, a cabeça pendente. Parece estar examinando alguma coisa no chão.

Ela percebe que o breve interlúdio terminou e que está novamente subjugado pelo peso avassalador da sua situação. Olha para o lado. Já tem desafios suficientes. O sítio está uma bagunça, as galinhas são requisitadas pelos militares, metade dos carneiros desapareceu, desconhecidos ocupam os celeiros e galpões. Nonna, um simulacro depauperado da pessoa que fora, desistiu de tudo. Cecilia é imprevisível como o vento.

Com a ajuda de Gabriele, coloca o último saco na carroça.

— Você vem? — pergunta Gabriele, acenando com a cabeça na direção do garoto.

Daniele ainda está agachado. Por um momento, ela o vê como um minúsculo lutador de boxe, atordoado no ringue. Põe-se de pé e, com as costas da mão, limpa a mancha de sangue que tem na boca. Um menino sujo de sangue, pensa ela, trancado na torre remota do seu silêncio. Excluindo todo mundo. Excluindo-a, também. Ela vê um novo rasgo na sua calça. Ele está usando a mesma roupa, dia após dia, há um mês.

— Ele não pode ir — diz ela baixinho a Gabriele. — Não tem documentos.

— Cuido dele, *signorina* — responde Gabriele. — Não suba aí. Vai desequilibrar a carroça — diz ele para o menino, que faz menção de subir na caçamba. — Fique aqui na frente, do outro lado. Mantenha-a firme.

O garoto se posiciona como indicado. A jumenta levanta a cabeça e empina as orelhas. Chiara passa a mão no flanco do animal e a mantém ali, sentindo o sangue quente, a presença sólida e vital fluir através do seu corpo. Ela esfrega o polegar em círculos no lugar macio atrás da orelha da jumenta enquanto Gabriele aperta o cabresto. Tem vontade de dizer alguma coisa. Não sabe o quê. Dizer que tomem cuidado. Que retornem em segurança. Que voltem para casa antes que escureça. Que deixem as azeitonas no lagar, caso haja fila. Quando retira a mão de cima da jumenta, roça a pele seca e dura do cotovelo do velho, que é como a casca de uma árvore. Seguro como uma árvore, assim é Gabriele. Não é preciso dizer nada.

Gosta de como Gabriele trata Daniele. Não chega a ser informal e, com certeza, não é rude, mas como que dizendo "é pegar ou largar", atitude que permite ao menino participar das coisas e se sentir útil, sem nenhuma pressão ou falsa jovialidade.

Nonna também. Quando está suficientemente alerta para prestar atenção ao garoto, tem um modo descontraído de tratá-lo. Homenzinho, é como ela o chama.

— Vá dormir, homenzinho — disse, na primeira noite que passaram lá, depois de alojarem Cecilia no segundo andar, prepararem uma cama para Daniele ao lado da lareira e colocarem um tijolo quente para aquecer seus pés. — Não há nada que possa machucar você aqui.

E foi se sentar na sua cadeira de acolchoado floral desbotado, com um trabalho de crochê no colo. Fizera o mesmo quando chegaram à casa — sujos e molhados como folhas úmidas sopradas por uma ventania —, e dissera "vocês estão atrasados", como se estivesse à espera deles.

Sempre que o garoto levantava os olhos, via Nonna sentada ali, a agulha entrando e saindo da lã, entrando e saindo, o que permitiu que finalmente deixasse de lado sua intensa e aterrorizada vigília.

Chiara gostaria de ser mais parecida com Gabriele ou com a Nonna, firme, serena e ponderada nas palavras. Porém, desde a noite no trem, não consegue relaxar na presença de Daniele. É como uma torrente de palavras jorrando sobre ele, como se seu silêncio fosse um guarda-chuva e ela, a chuva tamborilando sobre a lona e escorrendo para o chão. Contando histórias, encharcando o menino com elas, tentando trazê-lo para este mundo, o mundo em que estão.

— Tragam um ótimo azeite para nós — grita, quando entram na trilha. — Vou fazer pão para a gente comer assim que vocês chegarem.

A carroça segue atrás deles. Os cascos da jumenta atingem pedras soltas, que voam com estrépito. Daniele enfiou a mão sob o cabresto, em meio aos pelos do pescoço do animal. Chiara dá graças pelo calor da criatura. Ela os observa chegar ao topo da primeira elevação, perfilados pelo céu, o velho, o menino e a jumenta. Depois desaparecem.

No quintal, um jovem de botas, usando calças do exército, mas com apenas uma camiseta lhe cobrindo o tronco, braços nus reluzentes e sujos de lama, está varrendo folhas caídas. Quando ouve o barulho da tranca do portão, começa a varrer com vigor adicional, arrancando uma última folha recalcitrante debaixo da soleira da porta e a empurrando até a pilha no centro do terreno. Na comunidade heterogênea que se refugiou em torno da casa de Nonna, há elementos permanentes e transitórios como esse homem, um desertor. Dormem no celeiro, permanecem por alguns dias, são alimentados, descansam e reformam seus uniformes para que se pareçam com roupas civis; então, gostem ou não, vão embora.

— Mais algum trabalho para mim, *signora?* — pergunta o homem.

Ele apareceu dois dias antes e tenta se mostrar útil. Embora às vezes cheguem sozinhos, mais frequentemente vêm aos pares. Alguns estão dominados por um fervor e um objetivo claro: unir-se aos *partisans* ou ao exército cobeligerante.* Muitos deles, principalmente os vindos do Sul, pretendem contornar as linhas inimigas e voltar para casa. Acham que a guerra acabou. Todos tomam muito cuidado para não serem capturados por milícias fascistas ou internados em campos de concentração pelas forças alemãs.

— Não, acho que não — diz ela. — Pode entrar, se estiver com frio.

— Prefiro me manter ocupado — diz ele. — Sou bom em...

Ele procura alguma coisa para dizer e olha ao redor. Vê as folhas empilhadas, que servirão para proteger as raízes das plantas, a cesta com castanhas à porta, os troncos empilhados sobre uma lona, o carrinho de mão encostado à parede, as telhas de terracota do barracão e o portão que dá acesso à horta, pendurado em uma só dobradiça.

— Em consertar portões — completa. — Onde guardam as ferramentas? Posso fazer isso.

Ela não pode se dar ao luxo de dever alguma coisa a ele. Não há comida suficiente para todos.

— É que temos gente para fazer todos os trabalhos — replica.

Ele a olha de cima a baixo. Sua expressão é lasciva. Chiara sente alguma coisa se agitar dentro dela. Acha que ele fará algum comentário sugestivo e se prepara.

"Você deve se sentir muito sozinha aqui, sem seu marido", é uma das abordagens preferidas.

---

* Nome dado a integrantes do exército, marinha ou aeronáutica da Itália que se juntaram aos aliados para combater os nazistas, de quem os italianos eram aliados formais. (N.T.)

— Meu regimento — diz ele, tomando uma direção diferente. — Estávamos estacionados perto de Veneza. Alguns de nós faziam patrulha na manhã do dia 8 de setembro.

Está falando sobre o que aconteceu depois que o governo assinou a rendição, em Cassibile; 8 de setembro foi a data em que ela foi tornada pública. Chiara sabe o que ele vai dizer, pois ouviu essa história contada por outros, mas tem que deixar o homem falar. É a história dele. Nem todos desejam repassar sua história. Ainda as estão vivendo, não é hora de contá-las. São os que pensam que essa hora pode nunca chegar que as contam.

— Sim — diz ela.

— Quando retornamos, nossa base estava cercada pela Wehrmacht. Não sabíamos o que estava acontecendo. Ninguém tinha nos falado nada. Tínhamos nossas ordens. Estávamos do mesmo lado, mas eles estavam nos matando.

Qualquer que fosse o objetivo que o impulsionou, está se extinguindo agora. Acha que pode tê-lo alcançado. Alguns deles não estão fugindo *para* algum lugar, estão simplesmente fugindo *de* algum lugar. Às vezes oferecem dinheiro, mas não há nada para comprar ali nas colinas. Provavelmente, nem nas cidades. Comida é pagamento agora.

— Amanhã todos poderemos estar mortos — diz ele.

Dá um passo na direção dela, puxando a vassoura por sobre as pedras que pavimentam o quintal.

Ela lambe os lábios ressecados e se mantém firme. Lembrando-se do nome dele, adota sua entonação de patroa.

— Mas, Goffredo — diz —, você conseguiu se safar. É um sobrevivente. Isso que importa.

Ele não responde. Debruça-se sobre a vassoura, mordendo os lábios. Já à porta, ela se vira para dizer mais alguma coisa. Ele encostou a vassoura na parede e está parado, olhando paras as pedras, os braços pendurados inutilmente ao lado do tronco. Ela quase lhe diz que sente muito, mas pensa melhor. De que adianta isso?

No primeiro pavimento da casa, longo e com teto baixo, o ar parece mais frio que do lado de fora. Cecilia costura diante de uma pequena mesa posicionada sob a janela da parede oposta à cama pesada e antiga que roubou o lugar da mesa da cozinha. Nonna está sentada ao lado da lareira apagada. Enrolada em xales, conversa com a poltrona vazia no outro lado.

— Nem mesmo um balido — diz ela, na voz alta e suave que usa agora.

Recontando pela milionésima vez a história da noite em que metade do rebanho desapareceu.

O aposento tem o cheiro melancólico das cinzas do dia anterior. O fogão na extremidade da cozinha é mantido aceso, mas o fogo principal só é aceso à noite.

— Nem Gabriele sabe — diz a Nonna, abanando a cabeça, pois seu maior espanto é que ele, fonte de toda a sabedoria rural, tenha ficado tão perplexo quanto ela com o desaparecimento dos carneiros.

— Talvez voltem, Nonna — diz Chiara, aproximando-se do desengonçado leito e se deixando cair momentaneamente sobre a beira do colchão, que deixa escapar um bafejo equino. — Que nem o carneirinho perdido.

— O bom pastor saiu para procurar esse — responde a Nonna. — Não ficou esperando que voltasse.

— Gabriele tem muita coisa para fazer — observa Chiara.

— Eu sei — diz a Nonna. — Não estou gagá. Sei que há uma guerra. Só estava conversando com seu *nonno* sobre o carneiro.

Ela indica com a mão a poltrona vazia.

Chiara se levanta e vai até o canto onde está Cecilia. Ao se inclinar para lhe beijar a cabeça, nota que os cabelos da irmã não estão apenas despenteados, mas emaranhados atrás. Todos andam meio sujos agora, amontoados e sem instalações hidráulicas adequadas. Porém, em Cecilia, normalmente tão bem arrumada e cheirosa, o fato é mais evidente. Após o colossal ataque epilético na sala de espera da estação, ela teve uma série de convulsões menores, pequenos espasmos, quase indetectáveis. Por vezes não maiores que um tremor, como se uma aranha estivesse caminhando pela sua nuca.

— Quer que lave seus cabelos antes do jantar? — pergunta Chiara.

Cecilia olha de relance para cima e volta a se concentrar no trabalho. Depois abana a cabeça, nem tanto em sinal de recusa, mas como se a sugestão fosse tola. Seus óculos estão manchados.

— Deixa eu limpar isso — diz Chiara, tirando os óculos do nariz da irmã.

Limpa-os no seu avental, uma lente de cada vez. Cecilia olha para ela com ar apalermado, como se sua visão estivesse desfocada, embora só utilize os óculos para enxergar de perto e enxergue perfeitamente bem em outras situações.

— Posso pedir ao homem que está no quintal para trazer um pouco de água. — E recoloca os óculos sobre o nariz de Cecilia. — Seria uma boa ideia, não seria, Nonna? — diz, procurando uma aliada.

Porém, Nonna pegou no sono.

— O que está costurando? — pergunta Chiara, embora possa ver claramente que é o casaco de Goffredo.

Cecilia arrancou a insígnia do Real Exército Italiano e está puxando os fios soltos. Chiara quer que Cecilia fale, quer lhe extrair palavras, pois sua irmã parece estar deixando de falar, ou a fala a está abandonando. É como se estivesse seguindo o mesmo caminho de Daniele, embora o silêncio deste tenha sido súbito e total, enquanto o de Cecilia é um lento declínio. Em vez de responder, Cecilia levanta o casaco para Chiara examinar.

Ela se especializou em transformar uniformes em roupas civis, removendo a insígnia, substituindo os botões militares e cortando um arco de pano em cada um dos lados para remodelá-los; usa as sobras para fazer lapelas. As roupas resultantes não resistiriam a uma inspeção atenta. Seria melhor, também, se pudessem tingir os tecidos. O guarda-roupa do Nonno proporcionou algum material. O trabalho não é diferente do que Cecilia fazia em Roma e que a tornara conhecida. Mulheres levaram suas roupas fora de moda, vestidos que pertenceram às suas mães ou avós, e Cecilia os transformava em algo moderno. Só que o material é mais rústico agora, e seus clientes são homens.

Chiara se senta de frente para a irmã e a observa posicionar o tecido na velha máquina de costura. Ao movimentar o pedal, começa a cantarolar. Não é uma melodia reconhecível, parece mais um eco do som do pedal.

— Como vai indo com a roupa para o menininho?

Cecilia faz uma pausa e levanta os olhos.

— Onde está o garoto sujo? — pergunta.

Tem uma expressão ansiosa no rosto.

— Ele não fede tanto quanto você — diz Chiara, em inglês. — Vou fazer o pão — acrescenta, pondo-se de pé.

Na extremidade do aposento, onde funciona a cozinha, ela amarra o avental na cintura, pega a massa que deixara fermentando sobre o fogão e a começa a sová-la sobre o balcão de madeira. Depois a pressiona com as pontas dos dedos de uma das mãos e a estica com a palma da outra. Embola tudo de novo e repete a operação. Sova, estica e embola a massa repetidas vezes.

Por fim, levanta uma fina camada de massa e verifica sua consistência. Está vincada e semitransparente como a pele das bochechas da Nonna. Ela a transforma em uma bola e a coloca para descansar de novo.

Mario e Furio, dois irmãos da Lombardia que estão alojados na meia-água, juntamente com a jumenta, são os caçadores do sítio. Durante o dia, somem no bosque com estilingues e armadilhas, e só reaparecem à noite, para compartilhar a lareira. Quase sempre trazem coelhos; às vezes uma lebre, pombos ou pequenos passarinhos quase sem carne que, em épocas mais abundantes, sequer valeria a pena depenar.

"Aqui estamos, *signora*", dirá Mario, com uma contorção facial que pode ser uma piscadela, um tique ou, como ela teme, uma espécie de ironia ao fato de que todos a chamam de *signora,* quando ela não é nenhuma *signora* e ele sabe disso. Ela começou a usar o anel de ouro do seu pai com o sinete virado para baixo, como se fosse uma aliança de casamento. Se as pessoas presumirem que Daniele é seu filho, ela não precisará explicar nada. Mas Mario e Furio já estavam lá antes que ela tivesse a ideia.

A última caçada rendeu uma dupla de coelhos, que Chiara estripou, esfolou e desossou imediatamente. Agora corta a carne em pedaços pequenos, calculando quantas pessoas terá que alimentar e o que acrescentará para adicionar volume. Batatas seria bom, mas não há nenhuma. Inspeciona o estoque de condimentos. Alecrim, alho, sal, folhas de louro e bagas de zimbro. Esmaga alguma destas; o aroma de floresta perfuma e refresca o ar. Respira profundamente, subitamente consciente do seu vigor e relativa juventude.

Os Aliados estão chegando, a guerra vai terminar, prisioneiros serão libertos e pessoas festejarão. Ela se vira e sorri para Cecilia, na outra ponta do aposento.

O casaco, já pronto, está sobre a mesa ao lado da máquina de costura. Cecilia retirou os óculos. Apoiando um dos cotovelos na mesa, pousou o queixo na mão, com os dedos tapando a boca. Pode estar olhando para fora. Está virada na direção da janela. Pode estar perdida em pensamentos. Pode simplesmente estar desorientada.

Amanhã, todos poderemos estar mortos.

As palavras reverberam na sua cabeça como um convite. Põe a panela no fogo e acende os candeeiros do aposento. Recolhe o novelo de lã da Nonna, que havia caído, e o deixa em seu colo. Nonna acorda calmamente e retoma o trabalho como se não soubesse que havia dormido.

— Quer colher umas hortaliças comigo? — pergunta Chiara a Cecilia.

Ela esfrega as mãos enfarinhadas no avental e as pousa nos ombros da irmã. Inclina-se então para a frente e pressiona o rosto no dela.

— Hum — diz Cecilia.

— Venha então. Rápido, antes que fique muito escuro para a gente enxergar.

Porém, Cecilia não se mexe. Sua interjeição não foi concordância. Foi apenas o ruído que ela emite para sinalizar uma leve percepção da presença de alguém, nada mais.

Sozinha, Chiara se dirige rapidamente até a horta. Goffredo não está no quintal. Ela colhe dois grandes repolhos e olha para a colina. O sol está se pondo. Sente uma ponta de alarme no peito, como a estocada de uma fria lâmina. Gabriele e o menino já deveriam ter voltado. Lamenta tê-lo deixado ir.

Ao entrar em casa, vê que Cecilia não se moveu.

— Por que não se deita um pouco? — sugere Chiara. — Está cansada. Chamo na hora do jantar.

Cecilia se deixa conduzir pela estreita escada até o quarto que ambas dividem na água-furtada, onde, separados por uma pequena cômoda, estão o leito mais alto e o mais baixo de uma bicama. Chiara aperta o vidro do candeeiro e o deposita sobre a cômoda.

— Assim você vai saber onde está se acordar antes que eu volte — explica.

Cecilia se senta na beirada da cama alta.

— Não sei — diz.

À luz da chama bruxuleante, seu rosto está pálido e sombreado, com grandes depressões sob os olhos. Ela não sabe o que não sabe. Só sabe que não sabe.

Chiara se ajoelha e desafivela seus sapatos.

— Você vai se sentir melhor se tirar uma soneca — diz.

— Não me deixe — pede Cecilia.

Chiara se senta à beira da cama baixa, segurando a mão da irmã. Olha para o crucifixo pendurado na parede, mas pensa no quadro de Jesus que ficava pendurado sobre a cama que ambas dividiam no apartamento de San Lorenzo. Pensa em como, depois que o quadro caiu da parede, a mãe delas veio acender o candeeiro vermelho com uma vela e acrescentou uma nova súplica às orações: "Não vire Vosso rosto para longe de nós, Jesus."

Lembra-se de que ficava atenta a qualquer mudança na respiração de Cecilia. Os sons semelhantes a balidos se insinuavam em seu sono de tal forma que ela julgava estar ali, no sítio da Nonna e do Nonno, e que um carneiro se desgarrara do rebanho. Era o sinal. Despertando instantaneamente, pulava para fora da cama e a empurrava contra a parede, para que a cama não trepidasse e derrubasse Jesus. Quando as convulsões terminavam e Cecilia adormecia, Chiara verificava a posição da língua da irmã, para ver se não havia perigo de sufocamento. Depois se deitava novamente, segurando a mão de Cecilia, impedindo-a de sair da cama. No dia seguinte, era difícil acordá-la, pois a irmã se mostrava sonolenta e pouco comunicativa durante o café da manhã.

— Ela passou bem a noite? — perguntava Mamma, e Cecilia meneava a cabeça.

— Sim, mas havia muito barulho e não conseguimos dormir.

Era verdade. Alguns homens estavam escavando a rua, revirando tudo. Como se estivessem arando as pedras. Não para plantar, entretanto, mas para expor o que estava oculto por baixo. Ricos tesouros da antiga Roma. Roma se reunia a si mesma, ao seu próprio passado, em uma linha contínua, dizia o rádio. Tempos de glória.

De olhos semicerrados, Mamma observava a exausta Cecilia e depois olhava para Chiara, que bocejava para demonstrar seu cansaço de modo mais convincente.

— Cubra a boca com a mão — dizia, às vezes, a mãe. — Ninguém quer ver suas amígdalas.

Chiara olha para a irmã adormecida. *Como estou cansada*, pensa.

Vai até o quaro do Nonno e da Nonna, no mesmo pavimento. Está frio e cheira a mofo. Algumas telhas caíram do telhado e as chuvas de outubro molharam o aposento. No corpo da chaminé, uma mancha esverdeada como uma alga começa a se alastrar. As coisas, atualmente, estão secas demais ou molhadas demais. Falta o equilíbrio. Nonna não consegue mais subir escadas. Assim, sua cama foi levada para baixo e remontada. O menino dorme ao seu lado sobre cobertores empilhados no chão.

— Não trancamos a porta — disse Nonna, na primeira noite que passaram ali.

— Agora trancamos — replicou Chiara, girando a chave na fechadura.

— E se a gente precisar sair à noite?

— Pode usar a cadeira-penico.

Ao descer de manhã, Chiara sempre encontra Nonna já de pé e o menininho dormindo.

As tábuas do piso rangem e se vergam quando atravessa o quarto. Ela espreita pela janela, esperando ver Gabriele e o garoto surgirem na crista da colina. O vento aumentou e os pés de romã inclinam suas copas. Ela treme, sentindo uma leve desintegração em seu âmago. Desolação por fora e por dentro.

Ela se vira e pega um livro que está sobre a mesinha de cabeceira. *Guia dos Pássaros Montanheses da Itália.* As páginas estão grudadas. Consegue abri-las e uma delas, com a imagem de um rouxinol pousado em um galho, exala um leve aroma do charuto do seu avô. Sente muita saudade dele, de como ele era quando ela era criança: emergindo da trilha com suas botas cardadas, seguido por Gabriele e os homens do vilarejo, com o rifle sobre o ombro, o saco de aniagem com a caça preso no cinto e as calças enfiadas nas grossas meias de lã que a Nonna tricotava com cinco agulhas.

No entanto, a imagem que lhe vem à mente é a de um homem velho e triste, que sobrevivera ao único filho.

Sai do quarto e desce a escada escura.

— Preciso ir — diz a Nonna. — Me ajude.

Nonna usa dois cajados que Gabriele confeccionou para ela. Usa apenas um quando está dentro de casa, mas os dois quando se aventura sozinha no lado de fora. Chiara dá o braço à Nonna e ambas atravessam vagarosamente o quintal, na direção da casinha. Enquanto Nonna faz suas necessidades, Chiara permanece diante da porta. O sol não desapareceu totalmente e o céu a oeste exibe um lilás radioso. Ela consegue discernir o vago contorno da lua. Provenientes de algum lugar, bem distante, ouve explosões. Não podem ser trovões, pois o céu está limpo.

— Ainda bem que você está aqui, Chiarina — diz Nonna, enquanto voltam para a casa. — Não posso ficar sozinha. Não está certo. Estou com 87 anos, não escuto muito bem e minhas pernas não funcionam. Oitenta e sete. Aqueles homens disseram "Somos seus amigos. Vamos pagar um bom preço pelos seus carneiros". Mas não os conheço.

— Que homens? — pergunta Chiara.

— Aqueles que gostam de matar coisas — responde a Nonna. — Alfonso anda muito calado. Fico preocupada.

— Quem? — exclama Chiara.

Conduz Nonna até seu lugar, em frente à lareira. Alfonso era o nome do seu pai.

— Mas onde está ele agora? — diz a Nonna, enquanto se acomoda na poltrona. — Meu homenzinho.

— Foi com Gabriele até o lagar. Eu lhe falei. Estarão em casa daqui a pouco.

Já deveriam ter voltado.

Chiara vai à cozinha, verifica a panela e dá uma mexida no ensopado, que já está fervendo. Desce então até a despensa e enxuga os olhos com a ponta do avental. Retorna à cozinha um minuto depois e põe o ensopado no forno. Em seguida, sova mais uma vez a massa de pão e a divide em duas peças, que coloca sobre uma bandeja para serem assadas no lado mais quente do forno.

Aproximando-se da mesa de Cecilia, cobre a máquina de costura com a tampa e pega o casaco de Goffredo.

— Não demoro nem um minuto — diz à Nonna, e sai às pressas.

Atravessa o quintal e entra na trilha. O homem de Viterbo, que dorme com sua esposa no depósito de grãos, está tendo um acesso de tosse. Quando termina, cospe. Chiara continua a caminhar pela trilha e chega ao celeiro. Abre a porta silenciosamente e para logo após entrar, com uma das mãos no trinco e a outra segurando o casaco. Goffredo não acendeu a luz, mas consegue vê-lo na penumbra, pela luz do seu cigarro. Deitado sobre o feno, fuma, com os braços por baixo da cabeça, contemplando as vigas. Sua camiseta está colada às costelas, moldando a concavidade do abdômen.

— Trouxe seu casaco — diz ela.

Ele leva um susto e olha para Chiara. Depois, liberando os braços, tira o cigarro dos lábios e se apoia sobre um cotovelo.

— Obrigado — diz.

Ela fecha a porta e deixa o ferrolho cair.

— Quer experimentar? — sugere, dando um passo adiante e erguendo o casaco.

— Vai servir, é o meu casaco.

— Mesmo assim — diz ela, caminhando na direção dele e se ajoelhando no feno, ao seu lado.

Percebe então como é jovem. Entre os 19 e 20 anos, diria ela. Pelos negros brotam dos seus sovacos.

Ele examina o rosto dela.

— Seu marido está na frente russa, não está? — pergunta.

200

Ela não sabe de onde ele tirou essa ideia. *Mas por que não?*, pensa.

— Sim — concorda, estremecendo ao pensar nas estepes geladas.

— Não teve notícias dele?

— Não — responde ela.

Ela levanta a mão dele que segura o cigarro, leva-o até a própria boca e dá uma tragada. Sente nos lábios o gosto salgado dos dedos do homem. Ele tira o cigarro da boca de Chiara, apaga a brasa entre o polegar e o indicador e deposita a guimba em uma lata a seu lado. Depois estende a mão na direção dela, mas se detém a meio caminho. Segura sua mão e a conduz até o seio, onde seu coração bate selvagemente.

— Isso não significa que você pode ficar aqui — diz, a voz abafada pela pressão dos lábios dele. — Não significa isso.

Porém, ela sabe que ele não está escutando, que não se importa com o que aquilo significa ou não.

É a jumenta que os alerta sobre a chegada de Gabriele e do garoto, o estrépito dos seus cascos e o zurro que sempre dá quando chega ao final da trilha e que significa: "Cheguei, tragam a aveia."

Chiara arranca sangue da mão que ele pressiona sobre sua boca para lhe abafar os gritos.

Sangue por sangue, pensa ela.

Quando se aproxima da casa, alisando o avental, Gabriele está levando o primeiro barril de azeite para dentro de casa, com a ajuda de dois homens que nunca vira.

— Mais dois para jantar hoje à noite — diz Gabriele.

Ele apresenta os homens: Manfredo e mais outro, cujo nome ela não entende, pois avista o menino atrás deles, com os olhos brilhando como brasas.

É um daqueles momentos em que retorna ao mundo e se faz verdadeiramente presente. Esses momentos estão ficando mais longos e menos espaçados, pensa.

E sorri para ele. Ele não retribui. Ele nunca sorri, nunca fala. Mas um dia isso acontecerá, pensa ela. E ela estará presente.

Suas mão guardam o cheiro do homem, que se sobrepõe ao zimbro, à massa do pão, à carne, ao sangue e à terra; sobrepõe-se a tudo, até à passagem do tempo. Poderão estar mortos amanhã, mas estão vivos hoje.

— Não disse uma palavra. Só puxou minha manga. Quando olho, achando que ele quer parar para dar uma mijada, desculpem meu modo de falar, *signori,* ele está com o dedos nos lábios me dizendo para não falar nada. Olho para onde ele está olhando e vejo os dois homens, parados no alto da trilha.

Gabriele levanta a voz, sibilante como o vento nas árvores. Ele tosse para ajustá-la.

— Estava de cabeça baixa. Não vi nem ouvi os homens — diz, com uma entonação mais baixa, mais calorosa.

Ele observa os rostos das pessoas que estão sentadas diante da lareira, com os pratos no colo. Gotas de molho pingam do pedaço de pão que ele segura.

— Dois deles — repete ele. — Um acende uma tocha e começa a iluminar tudo ao redor. Eu e ele... — E sacode o polegar na direção de Daniele. — Nos arrastamos para trás de uma moita, eu e o homenzinho de olhos de águia.

Ela sente o odor de Goffredo nos dedos, embora tenha lavado as mãos antes do jantar. E sente os olhos dele pesando sobre ela, mas está encarando Daniele, no outro lado da lareira. Ele se encolhe mais no espaço obscuro que escolheu para sentar, entre a poltrona da Nonna e a lareira.

— Não podíamos andar com a jumenta sem fazer barulho, então a deixamos na trilha, sozinha. A qualquer momento ela poderia...

Gabriele abana a cabeça, ante a impossibilidade de explicar tudo o que poderia ter acontecido: a jumenta, deixada sozinha, poderia zurrar, mover um dos cascos, bufar ou se adiantar com a carroça; a luz da tocha poderia alcançá-la; descobertos depois do toque de recolher, poderiam ser detidos, presos ou coisa pior. E o azeite, pelo amor de Deus, o azeite poderia ser roubado.

— Mas isso não aconteceu — diz ele.

Eles são muitos e o aposento está lotado. É bom terem o azeite e o pão para alimentá-los e fazer as minúsculas porções do inesperadamente saboroso ensopado — que poderia estar queimado ou malfeito, mas estava no ponto — durarem mais.

Conhecia Gabriele, o pastor, havia muitos anos, pensa Chiara. Na verdade desde que nascera. Ele ia e vinha de acordo com suas próprias leis e às vezes comia pão e queijo à mesa, junto com eles. Mas nunca, até aquela guerra, ela se sentara e jantara com ele, noite após noite, como um igual.

— Ele não fala muito, mas é um pilantrinha esperto, desculpem meu modo de falar, *signori*. E *signorino* — acrescenta ele, fazendo uma espécie de mesura para Daniele.

Enxuga do prato as últimas gotas de molho e, terminado o momento de inusitada animação, mastiga solenemente a crosta de pão, contemplando as labaredas.

Apagaram os candeeiros e comem à luz da lareira; não querem que a casa brilhe como um farol caso alguma patrulha alemã esteja nas proximidades.

Para eles — sentados em círculo onde podem, em bancos, no chão, dois até na mesma cadeira, sob o calor das chamas alaranjadas e com um azeite denso e picante ajudando a comida a descer — tudo já tinha um sabor melhor. Entretanto, agora, sabendo como o azeite fora duramente conquistado, os sabores se acentuaram. Partem pedaços de pão fresco e os mergulham no óleo auriverde. O azeite desliza por suas gargantas e lhes solta as línguas.

A mulher de Viterbo, a Signora Morelli, que agora informa que seu nome é Beatrice, está sentada faceiramente na extremidade do banco onde Goffredo e os recém-chegados também se acomodaram. Ela começa a contar uma história sobre seu encontro com uma patrulha avançada de soldados alemães, no dia da Batalha de Roma. Saciada de formas novas e insondáveis, Chiara mal presta atenção, mas ouve a frase "defendendo as linhas" e fica com a impressão de que Roma tão teria caído se houvesse mais pessoas como Beatrice.

Olha ao redor e se demora alguns momentos em Goffredo, que está dizendo alguma coisa em voz baixa para Manfredo e seu amigo. Talvez vá se juntar a eles. Afinal, ninguém gosta de ficar sozinho. Ele olha para ela e ela olha para outro lado. Um dos irmãos da Lombardia começa a falar de umas galinhas que ele e o irmão avistaram no vale, em um acampamento alemão, e de um plano audacioso para furtá-las uma a uma.

Não faça isso, pensa ela, *seria uma loucura. Não atraia atenção.*

As pessoas encontraram novas versões das suas histórias, deram-lhes um polimento e agora as apresentam sob a melhor perspectiva. A da esperança.

Ao procurar Cecilia sob a luz bruxuleante, Chiara se dá conta de que ela não está ali. Esqueceu-se de acordá-la.

TREZE

No trem para a Itália, Maria ocupou um lugar à janela, onde dormiu intermitentemente, embrulhada no seu amarrotado casaco de veludo roxo. Era a última em uma fileira de seis corpos reclinados.

Sua mãe lhe comprara uma passagem em um vagão-leito.

— Preciso saber que você está segura — dissera ela, como se um beliche em um vagão reservado para mulheres fosse a solução.

Maria não fizera objeções, pois falava com sua mãe apenas quando estritamente necessário, mas retornara à agência de viagens no dia seguinte e trocara a passagem por um lugar mais barato em um vagão com poltronas reclináveis. Imaginara lânguidas damas em camisolas de seda reclinadas em *chaises-longues*; mas, na realidade eram apenas poltronas com braços retráteis que se inclinavam para trás. Portanto, a coisa toda se convertia em uma cama desconfortável e incompleta.

Até Paris só havia cinco pessoas, o que já era ruim o bastante; lá, um homem entrou no compartimento, passando por cima dos outros passageiros e se espremendo ao lado dela. Seus pés chegaram a lhe tocar o rosto.

Dormir com outras pessoas não era algo a que Maria estivesse muito acostumada. Sempre tivera seu próprio quarto. O estresse de se manter afastada do recém-chegado a lembrou da vez em que dividira a cama com a vovó, muito antes que seu irmão e sua irmã tivessem nascido. Acordara molhada de suor, com a camisola de náilon grudada na pele, como se estivesse doente. Vovó

205

deixara o cobertor elétrico ligado, e este estava cozinhando ambas. O cheiro da vovó era bafiento, lembrando rosas secas com uma umidade subjacente, como aquela parede da despensa onde havia infiltração de água. Seu próprio aroma era mais sutil. Aprendera a reconhecê-lo mesmo sem precisar cheirá-lo. Uma noção de si mesma como única, destacada e isolada se entranhara nela então e, todas as vezes que a imagem daquele momento surgia, era a sensação que a acompanhava. O relógio tiquetaqueando no patamar da escada e ela sozinha, destacada e bem delineada no leito alto e quente. Devia estar com apenas 3 anos. Sempre pensara que essa fosse sua lembrança mais antiga, porém agora, em retrospecto, sentia que havia algo mais antigo, mais inexprimível oculto por baixo. Uma coisa vermelho-viva drapejando à luz do sol, como uma pipa ou uma flâmula. Quando estendia a mão, aquilo desaparecia.

Vovó. Por que a deixavam com aquela mulher que não era, como descobriu mais tarde, nem mesmo sua avó? *Não gosto da vovó*, costumava pensar. Agora compreendia que era a vovó que não gostava dela.

Vovó do passado, antiga vovó, ex-vovó. Pois bem! Ela jamais voltaria a comer guisado de cordeiro com cevada no chá das quintas-feiras.

A ex-vovó, é claro, deve ter ficado decepcionada. A presunção daquilo. A perfídia. Maria fizera Barry, seu pai não biológico, listar todos os que sabiam. Não havia ninguém tão traiçoeiro quanto a sua mãe.

— Eu a perdoei. Você não pode fazer isso? — dissera Barry em uma das suas missões de paz à porta do quarto dela, onde ela lhe bloqueava a passagem.

— A perdoou pelo quê? — perguntara ela, percebendo o motivo antes que ele pensasse em uma resposta. — Por mim — dissera. — Você a perdoou por ela ter me parido, não foi?

O trem estava chacoalhando dentro de um túnel. Ela levou a dobra do braço até o nariz, pressionando carne contra pele, mas não conseguiu distinguir sua fragrância única, aquilo que a tornava *ela mesma*.

Acordou com a pressão. Deitada de costas. O rapaz ao lado dela, sem se dar conta, enquanto dormia, devia ter movido o braço. Estava pousado sobre suas coxas; e encontrara passagem por baixo do seu casaco, como uma toupeira procurando uma toca. Desajeitadamente, suspendeu o braço pela manga da camisa, como se esta contivesse de fato um pequeno animal selvagem. O rapaz roncava. Empurrou o braço para a abertura entre as poltronas. O rapaz deu um suspiro, um suspiro trêmulo, como se sonhasse um sonho triste, envolvendo alguma perda.

Ela voltou a dormir. Dormiu tão profundamente que, quando alguém a sacudiu para acordá-la, precisou se esforçar para a entenderem onde se encontrava. Dois homens de uniforme estavam à porta do compartimento. Os demais passageiros já começavam a se sentar e a responderem perguntas. A luz fora acesa, fazendo as pessoas parecerem fantasmagóricas. Os homens tinham um cão. E olhavam para ela, esperando uma explicação.

— Entreguei meu passaporte para o guarda — disse ela.

Talvez ele não fosse um guarda; talvez fosse um impostor que roubava passaportes britânicos para vender a falsários e criminosos. O homem uniformizado mais à frente já estava com passaportes na mão enluvada, entre eles dois azul-marinho com um emblema em relevo. Ela não compreendia o que ele dizia. Uma espécie de surdez a dominava quando ficava nervosa, uma incapacidade para entender frases, mesmo na sua língua, principalmente quando transmitidas por aparelhos de rádio ou sistemas de alto--falantes, principalmente quando eram importantes.

Então, percebendo que estavam falando seu nome, meneou a cabeça:

— Sou eu — disse. — Maria Kelly.

Ela poderia trocar seu nome legalmente. Conhecia um garoto que mudara o sobrenome de Jones para Gilmour, para parecer parente do guitarrista do Pink Floyd. Os homens uniformizados abriram a porta de correr e saíram.

— Às vezes fazem inspeções surpresa na fronteira — disse o garoto ao lado de Maria, com uma dicção levemente afetada.

Devia ser o outro cidadão britânico. Tinha uma mancha cor de morango na pele que se iniciava sob sua camisa, cobria a clavícula, e se estendia até a parte inferior do queixo. Seus cabelos eram pretos. O exotismo de, mesmo não sendo francês, ter embarcado em Paris era desfeito por sua aparência.

Brindou-o com um meio sorriso, sensibilizada com os pesadelos e a deformidade dele. Ele sorriu de volta, como se a conhecesse; ela desviou os olhos.

Todos retornaram às respectivas posições.

Maria se espremeu contra a janela, o casaco sobre os joelhos. Tentou sentir o encanto de estar na Itália, que jamais visitara, de estar tão longe de casa e no terceiro país em menos de 24 horas. Através do próprio reflexo, observou as luzes dispersas de uma cidade anônima desfilarem à janela. Depois olhou a própria imagem, as olheiras, e voltou a olhar para fora. Era uma aparição fantasmagórica na noite italiana. "Me and My Shadow" tocava melancólica e repetidamente na sua cabeça.

Tirou do bolso o anel que pertencera a Daniele Levi. Ele era pesado, de ouro sólido, com uma estampa que lembrava raios de sol incrustados no sinete: sete linhas oblíquas que se irradiavam de um ponto central. Na parte interna, ainda era possível discernir as letras AFR, mas com dificuldade, pois seus contornos estavam esmaecidos pelo tempo e pelo uso. Para enxergá-las era preciso posicionar o anel em determinado ângulo. Enfiou-o no dedo indicador e girou, de modo que o sinete ficasse virado para baixo. Ao cerrar os dedos, sentiu o peso do anel contra a palma da mão.

Deitando-se novamente, cobriu a cabeça com o casaco e enfiou o polegar na boca, para relaxar.

Quando despertou, verificou que houvera um novo realinhamento de corpos. O garoto com rosto cor de morango estava virado na mesma direção dela e eles estavam face a face. Uma luz tênue e amarelada iluminava o compartimento. Ele a encarava. Seu hálito cheirava a creme dental. Maria fechou os olhos e se virou para o lado da janela. Ele estava perto demais e isto não a agradou. Ela tateou no vão entre as poltronas, fisgou sua bolsa, passou por cima dos corpos estendidos e foi até a porta. O Garoto Morango cobrira o rosto com um saco de dormir.

Listras ofuscantes de sol matinal banhavam o corredor. Maria se apoiou na parede, em um local recoberto de sombra, e puxou um maço de Number Six. Só restavam dois cigarros. Pensara em adquirir um pacote com duzentos na barca de Dover, mas era uma despesa alta demais para ser feita de uma só vez. Exalou a fumaça e observou suas espirais no facho de luz que entrava pela janela encardida. Gostaria de não ter dado um cigarro a um garoto desconhecido. Dando um passo para o lado, posicionou-se sob a luz, fechou os olhos e deixou que o sol a banhasse. Por trás das suas pálpebras havia uma luminosidade alaranjada.

Não conseguira dormir na barca. Sentara-se no café espalhafatosamente iluminado no convés F, com o estômago dando voltas, cercada por hordas de pessoas que bebiam chá, cerveja e exibiam o interior das suas bocas. Uma criança na mesa ao lado passava mal.

Ela subira a escada interna, tão alto quanto possível, abrira uma pesada porta e desembocara em uma estreita passarela, onde uma poderosa rajada de vento quase a derrubara. Era tão fria e violenta que jogava seus cabelos para trás e fazia seus olhos lacrimejarem; mas também levava para longe o renitente fedor de combustível e peças lubrificadas. Andara com esforço até a extremidade oposta, com a corrente de ar se transformando em um paredão, um campo de força invisível. Quando chegou ao outro lado, foi como se tivesse atravessado um portal para uma dimensão diferente, da qual o vento fora banido. Agachou-se junto a um bote salva-vidas. Cobrindo as enregeladas e magoadas orelhas com as mãos, fumara um cigarro naquele refúgio que descobrira em meio à agitação das águas escuras, seu pequeno espaço privado.

Ao se levantar, percebera que fora longe demais; na passarela que percorrera e pela qual teria que retornar, um homem estava debruçado sobre a amurada. Agachou-se novamente, pensando em aguardar que fosse embora. De repente, viu-o plantado na frente dela, o rosto oculto sobre o capuz do casaco.

— Com licença — dissera ele. — Será que eu poderia filar um cigarro seu?

Ele explicara que se sentira mal e saíra em busca de ar fresco, e lhe perguntara para onde ela estava indo. Intrometido.

Ela lhe dera um cigarro.

— Fico lhe devendo um — gritara ele enquanto ela se afastava.

Abriu os olhos e apagou o cigarro no cinzeiro de metal embutido na parede. O guarda se aproximava. Parava em cada compartimento, abria a porta, comunicava alguma coisa aos ocupantes e devolvia os passaportes. À medida que se afastava, as pessoas saíam dos seus compartimentos e enchiam o corredor.

— Fico lhe devendo um — disse uma voz.

O garoto manchado estava ao seu dela.

Olhou para o cigarro oferecido e depois para ele. Ele devia ser o garoto do barco. Seria ótimo ter um cigarro de sobra.

— Vou guardar para depois — disse ela.

— Desculpe ter imprensado você. Virei para o outro lado porque achei que meus pés não estavam cheirando bem. Você não gostaria de ter pés malcheirosos em frente ao seu rosto.

O guarda se aproximou. Ao contrário do anterior, era jovem e bonito, como uma postura confiante. Empurrou seu boné para trás e disse o nome dela.

— Maria Kel-ly — enrolando o R em Maria e fazendo reverberar os dois Ls, como se o nome dela fosse um instrumento musical cujos acordes ele estivesse tangendo.

Ela sorriu para ele.

— *Si* — disse.

Ele abriu o passaporte, olhou para a foto e para ela. Depois encostou o passaporte no peito, sobre o coração, dizendo algumas palavras que pareceram os versos de um poema. Depois, estendeu-lhe o passaporte. Quando fez menção de pegá-lo, porém, ele recolheu a mão alegremente. E falou de novo.

— Ele perguntou o que você vai lhe dar em troca — explicou o Garoto Morango.

Maria abanou a cabeça, sem saber o que dizer.

O guarda riu, devolveu-lhe o passaporte e se afastou.

— Ele tem um belo trinado alveolar — comentou o garoto.

Maria não perguntou o que ele queria dizer com aquilo.

— O que ele disse antes?

— Acho que estava citando Petrarca — disse o garoto.

Maria observou o guarda caminhar ao longo do vagão, oscilando com o movimento do trem, mas perfeitamente equilibrado.

— Um poeta do século XIV — acrescentou ele. — Escreveu poemas de amor para uma mulher que sabia que nunca poderia ser dele.

O guarda desapareceu de vista.

— Você embarcou em Paris, não foi? — perguntou ela.

— Não — respondeu ele, abanando a cabeça com ar inocente. — Só mudei de vagão. O outro estava cheio.

Ele virou a cabeça e olhou para a janela, observando os postes de eletricidade desfilarem a toda.

Ela percebeu que ele a estava seguindo.

— Logo estaremos em Milão — disse ele. — Poderemos tomar um café.

Ela se admirou com a audácia dele, mesmo sendo tão desfigurado.

— Estou indo para Roma — observou ela.

— Ah, que pena — disse ele.

Um silêncio caiu entre ambos.

— Como aprendeu a falar italiano? — indagou ela, finalmente.

— Meu pai mora em Milão. Eu estava em Londres visitando minha mãe, que é italiana. Mas meu *babbo,* que é inglês, trabalha na Itália.

Ele fungou, com ar trocista, como que zombando da família atrapalhada.

— *Babbo?*

Ela gostou da palavra.

— Quer dizer pai. Você também pode dizer *papa.*

— Então, você é metade italiano? — perguntou ela cautelosamente, sentindo um tremor na espinha, o balanço de um trampolim sob os pés, consciente de que teria que se manter longe da borda.

— Sim, sou. Oficialmente sim, mas não me sinto italiano. Fui criado na Inglaterra. Vim viver com meu pai para descobrir meu lado italiano.

De perfil ele parecia melhor. Seu nariz era reto. Agora, como logo desembarcaria, Maria achou que não desgostava tanto dele.

— Eles nunca falavam italiano comigo quando eu era pequeno.

E a mim nem me contaram, pensou ela. As palavras crepitavam na ponta da sua língua. Ela jamais o veria novamente. Poderia dizê-las.

— Eu poderia ter sido bilíngue. Seria uma grande vantagem. Ter os pés plantados firmemente em duas culturas — disse ele.

Maria imaginou o Tâmisa velho e sujo lambendo um dos seus pés, enquanto coisas oleosas lhe deslizavam por entre os dedos; e o outro pé no Tibre. Não sabia que outras coisas poderiam boiar no Tibre, ou se ocultar sob sua superfície, mas seu guia de viagem o chamava de "Tibre, o Louro". Portanto, a água deveria ser dourada, límpida e revigorante, luz transformada em líquido. Imaginou-se flutuando nas suas águas, aliviando-se das tensões.

— Ao que parece, uma criança pode aprender até cinco línguas na primeira infância — dizia ele. — Misturam as coisas no início e a fala é atrasada em um mês, ou até um ano. Assim, uma criança multilíngue pode não emitir uma frase até estar com dois ou três anos. Mas só porque o cérebro está em processo de assimilação, interpretando as informações. Então, quando começam, começam mesmo, mudando de uma língua para outra sem nenhum problema. Imagine o quanto isso pode expandir nossa mente. É como ser capaz de tocar cinco instrumentos diferentes. E todos como um solista.

Maria acrescentou um instrumento musical à sua visão translúcida. Uma harpa.

— Qual é sua missão em Roma? — perguntou ele.

Ela gostou da ideia de que tinha uma missão. Porém, o momento em que poderia deixar escapar alguma coisa para o desconhecido cor de morango havia passado.

— Vou trabalhar com uma senhora italiana durante o verão. Vou lhe fazer companhia e corrigir sua pronúncia de inglês que é... — Ela procurou a palavra que a senhora Ravello usara em sua carta — execrável.

Maria tivera que consultá-la no dicionário, mas não achava que aquele garoto precisasse de explicação. A Sra. Ravello a esperaria na estação de Roma Termini, em frente à banca de jornal. Teria uma cópia do *Il Messaggero* embaixo do braço e estaria usando um chapéu-cogumelo. Como era estranho aquela desconhecida ter concordado em hospedá-la.

— Parece interessante — disse o garoto. — Tenho que arrumar minhas coisas. Meu nome é Tom. Tommaso.

Ele sorriu com ar de desculpa, talvez para indicar que sabia como o nome italiano lhe caía mal, já que sua pele era uma mixórdia de vermelho com branco e seus cabelos tinham a cor da poeira que se acumula sob uma cama.

Os bancos do vagão haviam sido empurrados de volta para a versão diurna, e as pessoas reuniam suas coisas. Parecia que todo mundo, com exceção de Maria, estava descendo em Milão.

Quando o trem entrou na estação, Tommaso entregou a ela um papel dobrado muitas vezes.

— Caso algum dia você venha a Milão — disse. — Pode ser que eu vá a Roma qualquer dia desses — acrescentou, no exato momento em que Maria comentava:

— Eu gostaria de ver *A Última Ceia*.

Era a única coisa que sabia a respeito de Milão. A pintura de Leonardo estava lá, pendurada em um refeitório. Teve uma breve visão de uma cantina escolar, com facas e garfos retinindo, crianças se empanturrando de salsichas e molho, alheias à bênção de ter aquela pintura famosa resplandecendo na parede acima.

— Está terrivelmente desbotada — disse o garoto. — Alguns pedaços sumiram completamente. Está coberta de manchas brancas.

Ele se abaixou para amarrar os sapatos, falando sobre as diferentes misturas que Leonardo testara, enquanto os olhos de Maria se enchiam de lágrimas. Como se a ideia de que a pintura pudesse desaparecer totalmente antes que ela a visse fosse mais do que ela pudesse suportar.

Todos estão me abandonando, pensou, melindrada com o fato de Tommaso ainda estar pontificando sobre têmpera e gesso, quando ele também a estava abandonando.

Pôs a cabeça para fora da janela do vagão e observou Tommaso desaparecer na multidão que ocupava a ampla estação milanesa. Filtrando-se entre os vãos dos elevados arcos de metal, a luz do sol banhava os rostos das pessoas barulhentas que se aglomeravam na plataforma.

Depois de Milão, Maria compartilhou seu espaço com uma família — três adolescentes e uma senhora gorda, de bigode, que parecia velha demais para ser mãe deles e jovem demais para ser avó — que tentou conversar com ela.

Maria vinha estudando italiano sozinha. Comprara uma velha gramática em um sebo da sua cidade e pegara uma série de discos na biblioteca. Passava horas no quarto, ostensivamente estudando para as provas, mas, na verdade, ouvia os discos sem parar, repetindo as frases e decorando diálogos inteiros. Aquelas palavras a acompanhavam na sua vida cotidiana; assim, tocavam como música na sua cabeça, quando estava voltando para casa ou jantando em meio à tensa conversa dos seus pais. Sentia que, em algum lugar dentro dela, havia um poço com aquela língua, cujas águas aflorariam tão logo estivesse na Itália. Porém, agora, circundada pela mais pura italianidade, não entendia uma só palavra.

— Tem essa bolsa em outra cor? — Foi a única frase que lhe ocorreu.

E lhe deram um sanduíche. O pão sem manteiga era seco, duro e compacto. Em seu interior havia um pedaço de algo horrível, cujos fragmentos moles se prenderam instantaneamente entre seus dentes. A família emitiu ruídos de sucção na direção dela, numa exagerada pantomima de alguém se deliciando com um alimento. Ela precisou de muita mastigação, com insólitos movimentos laterais do queixo para moer a coisa até um ponto em que pudesse ser engolida. Eles a observavam com interesse, como se estivessem debruçados sobre a cerca de uma fazenda e ela estivesse no campo adjacente, ruminando capim. A coisa pegajosa ficou grudada atrás dos seus dentes.

A mulher falou alguma coisa.

— Eu não compreendo — disse Maria, em inglês. — Eu não compreendo — repetiu ela, agora em italiano.

As frases dos discos estavam de volta. Fisgou algumas delas, juntando o início de uma com o final de outra.

— Pode repetir? — pediu ela, ou tentou pedir. — Eu falo mal? — Era uma pergunta retórica, pensou em acrescentar, mas toda a sutileza se perdera. — O que é isso? — perguntou ela, apontando para o recheio do sanduíche.

214

A mulher pronunciou a palavra para presunto.

Maria pegou seu dicionário de bolso Collins e conferiu. Sim, aquela palavra, com certeza, significava presunto. Ela a mostrou para o menino mais novo, sentado ao lado dela. Ele olhou para o dicionário e meneou a cabeça, acrescentando outra palavra. Procurou-a então no dicionário e a mostrou a Maria.

— *Crudo*. Cru.

Olhou para fora da janela. Havia comido carne crua. Achou que passaria mal. Levou o guardanapo à boca, cuspiu o pedaço de lodo que ainda mastigava, limpou os lábios, amassou mais o guardanapo e o enfiou na bolsa.

O garoto passou para o banco da frente de modo a poder espiá-la melhor, pelo que parecia. Enquanto remexia no conteúdo da cesta que estava no colo da velha senhora, ou cochichava no ouvido desta, ou se inclinava para ler os papéis que o mais velho segurava, sempre voltava a encarar Maria com os olhos arregalados. Ela começou a conjeturar se ele não seria um tanto simplório. É falta de educação ficar encarando, teve vontade de dizer. Sua mãe, sua avó ou o que quer que ela fosse deveria lhe dizer isso. No entanto, aquela era a mulher que estava sentada de pernas abertas exibindo as veias acima das meias, alimentando a família com carne crua.

Encerrada a refeição, Maria entabulou uma conversa limitada com eles, usando o dicionário, uma linguagem de sinais e as frases desajeitadas que conseguia formar. Queriam saber para onde ela ia, onde sua família estava, quem a receberia, por que ela estava tão longe de casa. Discutiam as respostas entre si. Era uma fonte de estranheza e mistério para eles que uma garota tão jovem tivesse permissão para viajar sozinha; não conseguiam lidar com o fato, soltando diversas exclamações que ela não entendia, mas abanando as cabeças e emitindo muxoxos de modo que ela entendeu.

A palavra *mamma* foi repetida frequentemente, o que começou a lhe dar nos nervos. Minha *mamma,* que teria dito que isso não é da conta de vocês, concorda que sou jovem demais.

Maria mordeu os lábios para não chorar.

— Entendo que queira punir seu pai e eu — dissera sua mãe, quando a escola lhes comunicou que Maria não fizera as provas. — Mas isso diz respeito a você e ao seu futuro.

Estava sentada à escrivaninha do quarto dos fundos, diante da carta da diretora da escola. Tentava persuadir Maria a realizar as provas restantes. Devia ter se esquecido de colocar o macacão quando fizera o jantar, pois havia molho na sua roupa.

Maria quase pôde sentir o endurecimento do coração, como se o órgão estivesse se transformando em pedra.

— Ele não é meu pai — respondeu.

Sua mãe tapara o rosto com as mãos.

— Não sei o que fazer com você — exclamara, e começara a chorar.

A extremidade dura do coração de pedra de Maria começara a lhe aguilhoar a garganta. Engolira em seco, mas o incômodo não desaparecera.

— Também não sei — conseguira dizer. De repente, percebeu que sabia. — Me deixe ir para a Itália — pedira.

Voltara então a ser ela mesma. Lutara muito. Ameaçara sabotar o resto das provas, ameaçara fugir de casa. Negociara e gritara. Obrigara-os a deixá-la ir. A estar ali, sentada em um trem estrangeiro. Sozinha.

Olhou pela janela. Campos amarelos e verdes, pontilhados de casas cor de pera. Árvores carregadas de botões. Um velho trator. Um cão de cara preta e achatada, com uma coleira vermelha, amarrado a um mourão. Pensou na sua mãe correndo ao lado do trem na estação de Victoria, no seu rosto branco e pesaroso chacoalhando.

Ótimo, pensara. Agora você sabe como é.

Tentou se agarrar à sensação de triunfo, mas esta lhe escapou. Gostaria, pensou, mas não conseguiu terminar. Não havia nada a ser lamentado. Não poderia desfazer aquilo. Quando uma coisa se tornava conhecida, não poderia voltar a ser desconhecida.

QUATORZE

No quarto iluminado pelo luar, alguma coisa está errada. O primeiro pensamento de Chiara é dirigido a Cecilia, pois ela andava perambulando à noite. Por duas vezes foi buscá-la no velho quarto do Nonno e da Nonna, no outro lado do patamar, oscilando sobre o assoalho instável, de braços abertos como se estivesse em uma corda bamba. Chiara se pergunta se seria consequência do remédio, se este precisa ser ajustado. De outra vez, foram os gritos da Nonna que a alertaram. Desceu a escada correndo. Ficou menos espantada ao ver Cecilia sacudindo a maçaneta da porta — de olhos abertos, mas sem enxergar nada — do que ao ver Nonna e Daniele sentados na cama lado a lado, de olhos arregalados e com ar vagamente culpado, como um casal adúltero pego em flagrante. Naquele momento, porém, sua irmã está dormindo profundamente ao lado dela, é apenas uma protuberância sob as cobertas.

Levanta-se, vai até a janela e sobe a cortina. A lua está cheia, fazendo o descampado e a encosta íngreme lembrarem rampas de gelo. As oliveiras dispersas são como incrustações de preto sobre prata. Um cenário sobrenatural, mas nada parece fora de lugar. Não há nenhuma perturbação.

Vira-se para o quarto, segurando a cortina para deixar passar a luz prateada, e olha para a irmã, cujo rosto está descontraído e sereno. Escuta os movimentos da casa, os leves rangidos e estalos. O ar sibilando na chaminé, os suspiros da fuligem velha, o suave arrulhar de um pássaro noturno, o matraquear de pequenas garras no telhado. Nada incomum.

Ela volta a olhar pela janela. Seus olhos são atraídos para a fímbria do olival, onde as oliveiras dão lugar a carvalhos, plátanos e freixos. Onde se ergue a árvore mais antiga de todas, Maga, a que descrevera a Daniele na viagem de trem. Perto da base de seu tronco retorcido, um buraco grande o bastante para abrigar uma pessoa, ou duas pessoas pequenas, bem apertadas.

Calça os sapatos e enrola um cobertor no corpo, como se fosse uma capa. É a noite mais fria do ano. Levando o candeeiro para o patamar da escada, acende-o ali, evitando acordar a irmã. Desce então a escada, o candeeiro à frente projetando estranhas sombras sobre as paredes brancas e encaroçadas. Ao se aproximar da cama, ergue-o. O leito de Daniele, uma pilha de cobertores, está ao lado da cama da Nonna, que respira lenta e suavemente, emitindo um leve assovio. Chiara não precisa mexer nos cobertores para saber que está vazio.

A porta da frente ainda está trancada. O ferrolho é pesado demais para que Daniele o abra sem ajuda. Ela guarda a chave consigo, no segundo pavimento. Sem se mover, pensa nas janelas do primeiro andar, pensa em testá-las. Vai até a cozinha, abre a porta da despensa e espreita seu interior. A pequena janela alta está aberta, com um banco encostado. Ela sobe no banco e observa o quintal. Percebe que a pilha de lenha encostada na parede pode oferecer um ponto de aterrissagem, a meio caminho do chão.

Suavemente, levanta o ferrolho da porta e sai. O ar está frio; o vento ressoa entre as poucas folhas que restam na figueira, sacudindo os frutos ainda pendurados no caquizeiro, que lembram candeeiros apagados, fazendo farfalhar as folhas recém-caídas. Posiciona-se atrás de um dos botaréus, escoras de pedra construídas depois que um terremoto abalou a casa, para firmá-la na encosta da colina. Sente o peso da casa nas costas, a tentação de se transformar novamente em entulho e escombros que se aninha nas suas pedras antigas e reboco esfarelado, de despencar pela colina como uma miniavalanche, levando consigo a pilha de lenha, o galpão, a vegetação rasteira e o celeiro, rolando e cabriolando, arrastando árvores, moitas e antigos muros de pedra, ganhando impulso antes de despencar no riacho ao pé da colina.

Abana a cabeça para apagar a imagem. Sua respiração exala fantasmagóricos penachos de fumaça branca, que pairam em frente ao seu rosto. Ela olha o portão, iluminado por feixes de luar prateados que se infiltram por entre as copas das árvores, de onde poderia observar o olival; mas permanece onde está. Ir até lá revelaria sua presença ao menino e o despojaria de seu segredo. Imagina-o encolhido no buraco, banhado pelos raios de lua.

Melhor deixá-lo em paz, pensa.

Seus pés descalços estão congelando sobre a pedra fria. Sua necessidade de espiá-lo se dissipa. Só precisa saber que ele está bem. Às pressas, volta para dentro de casa e aferrolha a porta. À luz do candeeiro, observa *nonna* adormecida. Ela é o verdadeiro sustentáculo: enquanto estiver ali, respirando placidamente como se fosse os pulmões da casa, a construção continuará de pé. Apagando a luz do candeeiro, Chiara se retira para o alto da escada. E permanece à espera.

Por fim, escuta ruídos no lado de fora, a respiração ofegante do menino, que se arrasta pelo vão da janela, e um estrépito, como se tivesse caído e derrubado o banco. Prende a respiração. Acha que ouviu alguns arquejos abafados, mas ele não grita.

Esse menino vai partir meu coração, pensa.

Apura os ouvidos. Está prestes a descer novamente e verificar o que aconteceu quando escuta a porta da despensa se fechando e, segundos depois, o baque dos seus sapatos sendo descalçados, a respiração entrecortada, o rangido das molas da cama.

Volta para o quarto e se enfia sob as cobertas. Sente o impulso de fazer alguma prece, mas sabe que não será válida no conforto da sua cama. Precisa sofrer de alguma forma.

Sai da cama e se abaixa, levantando a camisola para que seus joelhos nus se apoiem sobre o chão duro e frio.

— Conceda o que ele tenha pedido, Senhor, por favor — murmura.

Seja o que for que ele tenha pedido, ela também o deseja para ele.

Nas manhãs de inverno, os cheiros são menos abundantes, porém mais pungentes; e parecem alcançar distâncias maiores. Ao acordar, Chiara sente o aroma de café e ouve a Nonna se movendo na cozinha. Mesmo deitada na cama, consegue identificar pelos sons as diferentes atividades da Nonna. O arrastar dos troncos que empurra até o fogão, o martelar do atiçador avivando o fogo, o clangor da porta do forno, o retinir da porcelana quando coloca duas xícaras sobre a mesa, o gorgolejar do café em ebulição.

Chiara às vezes abre os olhos e contempla as cortinas amarelas da janela enevoada, aspira o aroma do café e vivencia um momento de pura alegria. Ao seu lado, Cecilia parece bem, dentro do possível. Até começou, finalmente, a fazer roupas novas para o garoto. Pelo menos o levou até o quarto para tirar medidas, mais de uma vez, ainda que não haja nenhum sinal das roupas propriamente ditas. Daniele não gosta de tirar medidas. Gosta de perambular pelos campos.

O menino e a Nonna estão lá embaixo. Gabriele está em algum canto da propriedade, farejando o ar para descobrir a direção do vento, consertando cercas e cuidando dos animais. Toma cuidado com as provisões, embora não estejam passando fome, não ainda. Goffredo foi substituído por uma sucessão de homens em fuga — Paulo, Luigi, Sergio, dois Marios, Filippo e muitos outros. Eles vêm, vão e se confundem uns com os outros. De qualquer forma, antes de despachá-los, ela lhes dá um pouco de amor.

Hoje, ela está transbordante de alegria, enquanto permanece deitada, escutando a movimentação da avó. Não sabe por quê. Porém, de repente, lembra-se da escapada noturna do menino. *Para se fazer um desejo*, reflete ela, *é preciso haver esperança*. O menino tem esperança.

Logo, com a ajuda de Gabriele e talvez de Daniele, eles irão plantar as sementes de primavera.

De certa forma, a vida nunca foi tão simples. Cuidar das suas tarefas do melhor jeito possível, dentro das circunstâncias, é questão de sobrevivência. De manhã, enquanto executa a maior parte das suas atividades, como fazer pão, preparar a comida, lavar as roupas e cuidar da horta, Daniele vagueia à solta ou acompanha Gabriele. À tarde, ambos se sentam à mesa da cozinha e ela lê para ele e em voz alta trechos dos três únicos livros da casa (além do exemplar das cartas de Keats em inglês e do velho livro de fotos que trouxeram): o Compêndio de Poesia Infantil, de 1913 — usado para escorar a mesa bamboleante e que tem que ser devolvido ao seu lugar após cada sessão; o guia de pássaros do Nonno; e a Bíblia. Ela lhe pede para copiar frases e fica surpresa ao ver a rapidez com que ele aprende. Só tem 7 anos, e não frequentou a escola, pois as leis raciais foram introduzidas em 1938.

Na primeira parte da manhã, quando ela e a avó bebem café e o garoto ainda está dormindo na cama grande, Nonna está mais bem disposta.

— Eu disse ao homenzinho para pular para a cama quando eu me levantar — diz ela, mantendo a ilusão de que as camas são separadas —, para se manter aquecido.

Ambas olham para o menino sob as cobertas, como que um amontoado à beira do leito caído de algum lugar alto. É quando a Nonna se recorda do pai de Chiara quando este era apenas um menininho; Alfonso e Daniele às vezes se misturam.

— Você se lembra? — pergunta ela, falando de acontecimentos ocorridos trinta anos antes do nascimento de Chiara. O tempo se embaralhou tanto para Nonna que o ontem pode ser cinquenta anos antes, mas brilha com maior intensidade que dias mais recentes.

Em seguida, Chiara ajuda a avó a se lavar e vestir. Após lhe trazer uma tigela de água morna, Nonna se esfrega por baixo da camisola de lã, que se recusa a despir.

— Não quero tirar coisas, quero pôr coisas. — É seu refrão, enquanto Chiara a embrulha em camadas de roupas, como se estivesse agasalhando um bebê.

Naquela manhã, enquanto desce silenciosamente a escada, Chiara surpreende a Nonna observando o menino adormecido.

— Ele teve pesadelos. — É tudo o que diz.

Elas tomam café ao lado do fogão, em pé.

— Adiando o momento — diz Nonna.

Depois que se acomoda na poltrona, geralmente não se levanta mais, exceto para visitar a casinha.

— As flores estão atrasadas este ano? — pergunta.

— Não, Nonna, ainda estamos em dezembro.

— É mesmo? Achei que fosse mais tarde. — Ela acrescenta: — Se ainda estiver por aqui na primavera, vou tirar a camisola.

Chiara olha para ela e sorri, acossada pela breve imagem de uma bizarra celebração, em que velhas senhoras dançam nuas em meio às plantas que começam a vicejar.

— Onde mais você estaria, senão aqui? — pergunta.

Sua *nonna* tira uma das velhas e calejadas mãos da xícara e aponta para o chão de pedra.

— Aqui embaixo — diz.

— Ah, Nonna — exclama Chiara. — Não faça isso.

— Tome conta do homenzinho para mim, está bem? Eu me preocupo com o que ele é capaz de fazer sem mim.

— Ele não vai ter que ficar sem você — diz Chiara.

— Não vou ficar mais muito tempo neste mundo — observa a Nonna. — Está tudo no armário do meu quarto.

— O quê?

— Os papéis, documentos de propriedade, meu testamento. Deixei tudo para Alfonso, mas ele vai deixar você amparada. Você e Ceci. Por que ela não gosta dele? Fique de olho nela. Não deixe que se desvie para o pecado.

— Quem, Nonna? Que pecado? Não estou entendendo você.

— No armário. Vá lá e veja.

— Eu vou, mas que pecado? — pergunta Chiara.

— Ah. — Nonna abana a cabeça e olha para a outra extremidade do aposento, retorcendo os lábios enrugados e os transformando em uma prega mais profunda. — Um dos mortais, eu acho.

E então, antes que Chiara entenda o significado daquilo, antes que possa separar o que faz sentido e o que não faz, o garoto se senta na cama com o cobertor erguido até o queixo, como um babador, enquanto as espreita com seus olhos escuros e insondáveis.

E Chiara se pergunta, como faz com frequência, quanto tempo haveria que ele estaria lá, observando e ouvindo tudo.

Chiara despeja a água da grande panela, onde deixou grãos-de-bico de molho durante a noite; joga fora os grãos amarronzados e cinzentos e adiciona água fresca, que coloca para ferver. Uma sombra, duas sombras escuras passam pela janela e a fazem levantar os olhos. Não identifica o que eram. No entanto, alguma coisa — o estrépito das botas nas pedras, o formato dos capacetes ou talvez o tardio reconhecimento de ter ouvido um motor ao longe havia pouco — a coloca em ação. Ainda segurando uma cabeça de alho na mão, atravessa correndo o aposento, sabendo apenas que tem que chegar à porta antes deles.

Silenciosamente, angustiadamente, tentando evitar um possível rangido, aferrolha a porta. Eles batem na porta. Daniele — que está sentando à mesa, copiando uma imagem do livro de pássaros e balançando os pés, com o dedão esquerdo despontando de um buraco na meia como um grão-de-bico — levanta a cabeça.

— Se esconda — diz ela.

Ele desce da cadeira atônito, tentando se orientar.

— Abram — diz uma voz alemã no lado de fora.

Ouve-se uma batida na porta.

— Já vou, já vou! — grita ela — O ferrolho está emperrado.

Sacode a porta uma vez, tentando mostrar boa vontade. Depois sai correndo para pegar os sapatos de Daniele, que estão sob a mesa, enfia-os dentro da chaminé, sobre um pequeno ressalto; depois, põe o desenho, o livro e o lápis na gaveta da mesa e arranca um casaco de uniforme da máquina de costura de Cecilia, rasgando o tecido grosso e quebrando a agulha. As batidas aumentam, não mais produzidas por um punho, mas por uma arma.

— Já vou! — grita ela, suplantando o barulho na porta e os assustados ganidos de Cecilia.

Correndo até a despensa, afasta o banco da parede, fecha a janela, corre de volta para porta e começa a puxar o ferrolho, ofegante.

— Já vou, só um momento, parem de bater! — grita ela.

De repente, percebe que ainda está segurando o uniforme.

Dá um rodopio e corre para perto da Nonna, que pergunta em voz fraca:

— Mas o que está acontecendo?

Chiara joga o casaco em cima dela e retorna à porta, que abre com um puxão. São três homens, que entram imediatamente e a arrastam junto com eles.

— O ferrolho emperra — diz ela. — Tenho que manter a porta trancada, pois somos três mulheres sozinhas.

— Só três mulheres — diz Nonna, em uma voz esganiçada. — É um escândalo — acrescenta, apertando mais o xale contra o corpo, sobre uma camada intermediária.

Escondeu o casaco entre as roupas.

O soldado da frente perscruta o aposento, olha para Cecilia, que choraminga diante da máquina, e para a Nonna, coberta de agasalhos em frente à lareira apagada.

— Quem mais está aqui? — pergunta.

— Ninguém — diz Chiara.

Ele se vira para ela. Seus olhos são azul-claros.

— Ninguém?

— Na casa não há ninguém além de nós. — Ela pensa rapidamente. — Há algumas pessoas morando nos nossos galpões. Um homem doente e uma mulher, que perderam a casa.

Os irmãos lombardos caçam durante o dia e não deixam traços da sua presença na estrebaria da jumenta. Chiara não pode fazer nada pelos homens do celeiro. Só esperar que estejam fora.

O soldado acena para os outros dois homens. Um deles sobe a escada ruidosamente, o outro vasculha o aposento, entra e sai da despensa, olha atrás das cortinas, abre e fecha os armários. Após levantar a tampa da panela de grãos-de-bico que está no fogão, retorna. Elas mostram ao oficial seus documentos. Através da porta aberta, Chiara vê mais dois soldados se aproximando. Trazem com eles o homem que está no celeiro.

Os três soldados a levam para o lado de fora.

— Quem é esse homem? — perguntam.

Ela olha para ele, que chegou dois dias antes. É o filho mais novo de um fazendeiro da Toscana. Na noite anterior, dissera a ela que, até provar o azeite delas, achava que seu pai produzia o melhor azeite do país. Tem uma verruga no ombro esquerdo. Seu dedão e o dedo adjacente de ambos os pés são unidos. Pés de pato, disse ele. Seu casaco está enfiado dentro do xale da Nonna. Chama-se Filippo Pistelli, e é de Panzano.

— Não sei — diz ela.

— Estava no seu celeiro.

— No celeiro — arqueja ela, levando a mão ao peito. — Obrigada por terem encontrado ele. Há muitos vagabundos nas colinas. É por isso que mantemos a porta aferrolhada.

— Vagabundos — diz a Nonna, que se aproximou da porta, fazendo o cajado ranger. — Roubaram meus carneiros.

— É um crime abrigar fugitivos — diz o líder.

— Não sabia que havia alguém lá. Não usamos mais o celeiro. — Ela sabe que há pontas de cigarro, lençóis e um candeeiro no local. — Vou ficar mais atenta — diz, e faz a saudação.

Pela primeira vez em sua vida, faz a saudação fascista.

Ele a faz também, batendo os calcanhares.

— Você tem telefone aqui?

— Não — diz Chiara.

— Tem alguma forma de avisar se outros *vagabundos* aparecerem? Alguma *criança* que você possa mandar à vila com uma mensagem?

Seria seu sotaque que o fez enfatizar aquelas palavras? Pensa em protestar, dizer que não há nenhuma criança ali, mas se contém. Apenas abana a cabeça.

— Você cria galinhas? — pergunta ele.

Ela pestaneja.

A droga da galinha, pensa. Os irmãos lombardos disseram que haviam encontrado a galinha na trilha. Que ela devia ter fugido de algum lugar e sido morta por algum caminhão que passava. Atropelamento, disseram. Chiara não acreditou neles. Ninguém, nem mesmo uma patrulha alemã, ignoraria uma refeição grátis. Porém, estava feito. Uma galinha inteira, que preparara mais ou menos à *cacciatora*.* Fora a droga da galinha que os alertara.

— Não mais — diz ela.

— Mas não gostaria de fazer uma contribuição para o esforço de guerra? — sugere o homem.

— Como? — pergunta ela.

Ela segue o olhar dele até o prado, onde um dos carneiros restantes está pastando. Gabriele levou o resto do rebanho para pastagens mais elevadas, mas aquele carneiro é manco.

— Claro — diz ela.

Dois dos soldados levam Filippo até trilha, arrastando também o carneiro. Os demais seguem na direção oposta, em direção ao bosque adjacente ao olival, e se dispersam.

Chiara permanece próxima ao portão, completamente imóvel, olhando fixamente para a Maga.

Não saia, deseja.

Vindo do outro lado da colina, ouve o balido solitário do carneiro, que está sendo colocado no veículo alemão. O som se desvanece e o silêncio cai sobre a encosta. Para ela, é como se fosse o silêncio de um sino não tocado; seu coração em disparada e uma ensurdecedora ausência de ruído.

Chiara ouve o martelar dos cajados da Nonna nas pedras e volta a respirar. Sua avó apoia um dos cajados na cerca e segura seu braço.

---

* "À caçadora", em português. Receita italiana muito usada na preparação de carnes, que são geralmente refogadas no vinho, com cebolas, tomates, cenouras pimentões e ervas diversas. (N.T.)

— Ele foi batizado — diz.

Momentaneamente, Chiara deixa de olhar Maga.

— O quê? — diz.

— O homenzinho.

Com seus dedos ossudos, Nonna aperta o braço de Chiara e meneia a cabeça com ar cúmplice.

— Como assim? — pergunta Chiara. — O que está me dizendo, Nonna?

Ela não pode olhar para a Nonna, pois tem que manter a atenção concentrada na Maga, caso seu olhar fixo seja o que mantém o garoto ali.

— Me conte — diz.

Ela escuta os soldados no olival. Devem estar à beira do riacho, batendo nas moitas com suas armas, deixando profundas marcas de botas nas margens lamacentas.

— Não podem levar ele. Ele agora é cristão — informa a Nonna.

— Mas o padre não aparece há semanas — diz Chiara, com o olhar cravado no buraco entre as rugas da casca, sob o leve dossel de um galho recurvado.

Olho por olho, pensa.

— Não foi o padre. Fui eu. Derramei água sobre a testa dele e o batizei em nome do Pai, do Filho e do Espírito Santo.

Nonna levanta a mão que segurava o braço de Chiara e faz o sinal da cruz.

Uma imagem fugaz vem à mente de Chiara: Nonna segurando o menino, frouxa, mas resolutamente, molhando-o com a água de uma tigela de prata.

— Mas o que isso significa? — diz.

Ela não consegue imaginar como nem o que Nonna soube a respeito de Daniele.

— Pessoas leigas podem ministrar os sacramentos em uma emergência — sussurra a Nonna. — Foi o que fiz. — Ela estende a mão para o outro cajado. — Ele me pediu.

— Quem?

Os soldados estão saindo do bosque. De mãos vazias. Passam pela Maga sem mesmo uma última olhada e se agrupam em meio ao olival, onde o líder fala alguma coisa, apontando para a colina. Estariam indo embora? Será isso?

Chiara relanceia um olhar para a Nonna, que está manobrando os cajados para atravessar novamente o quintal.

— Quem pediu, Nonna?

Nonna abana levemente a cabeça e começa a se deslocar.

— Lá vem você — diz.

— Ele não criou caso? — pergunta Chiara.

Nonna se detém.

— Criou caso? Deus? Eu gostaria de ver como seria isso.

Chiara se surpreende com a própria gargalhada.

— Estava me referindo ao garoto — diz.

— Alfonso — diz a Nonna, por cima do ombro. — Ele não é criador de caso.

O líder dos soldados se aproxima do portão. Outros formaram uma falange e atravessam o olival, uma rota mais rápida, embora mais íngreme, para alcançarem a crista do morro. Ela se afasta para permitir que o homem passe.

— Voltaremos — diz ele.

E parte também, seguindo para a trilha por um caminho mais demorado, porém mais digno.

Enquanto Chiara ainda está no quintal, aguardando que os barulhos de motor desapareçam, a mulher de Viterbo aparece e começa a tagarelar, dizendo-lhe que elas não podem mais fazer isso, abrigar desertores, porque é muito perigoso e elas estão se arriscando. Chiara tenta ignorar o sermão intimidante. Se não fosse pela óbvia saúde ruim do seu Ettore, diz Beatrice, os soldados provavelmente o teriam levado também. Chiara não tem tempo para escutá-la.

— Com licença — diz —, podemos conversar sobre isso mais tarde?

Mas a mulher não quer se calar. Chiara se vira, abre o portão e corre até o olival, subindo a encosta e abrindo caminho através da vegetação rasteira.

Chega ao topo ofegante. Quer ter certeza de que os homens realmente foram embora, que não deixaram um espião na retaguarda. Examina as marcas de pneus e as pegadas na terra. Planta os pés ali e observa a trilha até onde esta faz uma curva fechada para a direita e desaparece na encosta da colina. A imagem do carneiro e do homem sendo levados lhe vem à mente e, em seu rastro, a frase "como um carneiro indo para o abate". Abana a cabeça para afastar a ideia de que acatara — e até negociara — uma espécie de acordo vil.

Dá meia-volta e retorna à fazenda, descendo a ladeira em disparada. Precisa ver o rosto de Daniele. Ela o imagina em detalhes: os olhos escuros fixos nela, as sardas em seu nariz e o queixo saliente; está tão certa de que irá encontrá-lo no interior da Maga que, quando enfia a cabeça no oco, não compreende que está vazio. Inclinando mais a cabeça, perscruta a poça de lama no fundo, onde flutuam um raminho e duas encharcadas folhas marrons.

Retira a cabeça do buraco e olha ao redor.

— Daniele! — grita.

Então corre pelo bosque olhando para os lados, parando para gritar o nome dele e voltando a correr.

Para na pequena clareira à margem do riacho, folhas das árvores tombam como gotas de chuva e a água do regato gorgoleja sobre as pedras. Grita o nome dele repetidamente, até sua garganta começar a arder.

Finalmente, retornando das pastagens elevadas, Gabriele aparece e a conduz de volta para casa.

— Ele estava sem sapatos — diz ela.

Gabriele conta sobre os dois lugares onde o garoto pode estar escondido: um carvalho no qual ele gosta de trepar e uma pequena gruta na encosta, descoberta por ambos na noite em que transportavam azeite, quando haviam escapado dos soldados.

— Isso é bom — comenta ela —, dois lugares.

No entanto, pensa que três seria melhor. De qualquer forma, contra a sua vontade, visualiza o menino correndo, correndo sem parar, como um brinquedo de corda com o mecanismo quebrado. Só vai parar quando cair, e então estará perdido.

Gabriele a acompanha até a casa e sai à procura do garoto.

Cecilia empurrou a máquina quebrada para o lado e costura à mão alguma coisa que tem no colo. Nonna está afundada em sua cadeira, perto da lareira apagada.

Chiara olha a refeição preparada pela metade. Uma bagunça. Tira do bolso a cabeça de alho e a coloca ao lado da massa não sovada, das cebolas, das cenouras e do ramo de alecrim.

Depois se acomoda na cadeira, em frente à Nonna.

— Não foi o bastante, foi? — diz, após alguns momentos.

Abanando a cabeça trêmula, Nonna parece uma velha boneca de trapos em um mamulengo. O leve movimento provavelmente não indica uma resposta, mas, se indicar, é um "não".

Chiara retoma seus cálculos. Filippo e o carneiro não eram um preço elevado o bastante. Está pensando no que poderia ter pesado na balança a favor de Daniele, mas ainda não está claro. Se Mario e Furio — suas fontes de carne — tivessem sido levados também, poderiam ter sido um contrapeso suficiente? Mas e se Mario e Furio, deliberadamente ou não, tivessem alertado os alemães sobre a existência daquela pequena comunidade no alto das colinas? Será que isso os removeria da equação e, que Deus o livrasse, pesaria contra o menino?

Beatrice e Ettore aparecem à porta.

— Podemos entrar? — pergunta Beatrice, e entra antes que alguém responda. Depois examina o aposento, tranquilo e frio. — Vá pegar lenha — diz a Ettore. — Eu faço a comida, está bem? — diz, enrolando as mangas da camisa.

Enquanto se mantém ocupada na cozinha, ela murmura coisas para Ettore, que entra e sai com toras e cavacos.

— O que vão fazer com Filippo? — pergunta Chiara.

Ettore, que está de joelhos aos seus pés, acendendo a lareira, olha para ela e dá de ombros.

— Vai ser transportado para a Alemanha, muito provavelmente — diz Beatrice. — Para um campo de trabalhos forçados.

— Pode ser que seja obrigado a lutar — comenta Ettore.

Chiara nunca ficou tão perto de Ettore. Tem um rosto pálido e bexiguento; a testa está suada. Quando respira, algo chocalha em seu peito.

— Você não acha... — diz Chiara, mas se interrompe.

Sente-se corar ao perceber a nova barganha que se processa em sua mente.

A morte de Filippo seria um preço alto o bastante para trazer o garoto de volta: está oferecendo uma vida por uma vida, como se alguma delas lhe pertencesse. Horrorizada, põe-se de pé, a mão sobre a boca.

— Não — diz Beatrice, em tom tranquilizador. Deve estar pensando que Chiara está horrorizada com o possível destino de Filippo, não com a perfídia do seu próprio coração. — Vão fazer com que trabalhe de alguma forma. Ele é mais útil vivo.

— Não quer acender — diz Ettore, olhando a lareira apagada.

— Deixa eu tentar — diz Beatrice, ajudando Ettore a se levantar. Para se afastar do caminho, ele vai para junto de Cecilia. — Vamos torcer para que Gabriele encontre o garoto antes que escureça — diz Beatrice, desfazendo a pilha de cavacos e toras. — Porque ele não vai poder gritar por socorro se tiver caído e machucado, não é?

Nonna emite um gemido lúgubre.

Beatrice rearruma as toras, deixando mais espaço entre elas.

A possibilidade de que aquele garoto de passos firmes caísse e se machucasse não ocorrera a Chiara. E o imagina despencando da copa do carvalho que Gabriele descrevera; depois, caindo em um buraco profundo na caverna, mergulhando entre paredes frias e atingindo o núcleo incandescente da terra.

— Ele pode falar, sabiam? — exclama, em voz áspera.

Beatrice ergue as sobrancelhas.

— Ah, é mesmo? Como sou boba, nunca reparei.

Ela se levanta, vai até o fogão com a tenaz na mão, retira uma tora em brasa e a insere no espaço deixado no meio da pirâmide que formou na lareira.

— Agora vai pegar. Vamos, Ettore — diz. — Vamos deixar as senhoras à vontade até o jantar.

— Sua irmã está fazendo uma roupa para o menino — diz Ettore, em tom apaziguador, alcançado a esposa à porta.

Ele esboça um sorriso.

— Ele falava — explica Chiara, enquanto Cecilia, do seu canto, grita alguma coisa ininteligível.

Beatrice não se sensibiliza.

— Não pode falar, não fala — diz.

— Ele gosta de guardar os pensamentos para si mesmo — acrescenta Ettore, tentando amenizar a conversa.

Beatrice dá um muxoxo.

— Ah, sabemos que você ama o garoto e está preocupada. Vamos rezar por você.

Você ama esse garoto, pensa Chiara, fechando a porta.

— Eu disse que não! — grita Cecilia, depois que o casal sai.

— Não o quê? — diz Chiara, virando-se para encarar a irmã.

Em resposta, esta ergue a pequena camisa que está costurando e a agita no ar.

— O que você está querendo dizer? — pergunta Chiara.

Pelo canto do olho, percebe que Nonna, ainda mais afundada na cadeira, está se balançando com as mãos sobre as têmporas. Fala baixinho, pelo lado da boca. Pode ser que esteja falando já há algum tempo.

Chiara se inclina para ela.

— O que foi, Nonna?

De perto, o rosto da Nonna é como um saco de papel vazio, mais amarrotado de um lado que do outro.

— Cama — parece dizer, e alguma coisa mais.

Chiara ajuda sua *nonna* a remover as camadas superiores de roupa, inclusive o casaco de Filippo; depois a ajuda a ir até a casinha. Descobre então que, pela primeira vez, tem que entrar junto com ela, levantar suas saias e anáguas, arriar a calcinha e segurá-la.

Nonna repete a frase que disse, mas sua voz está falhando. Alguma coisa como: "Já vivi tempo demais."

— Você só está exausta, Nonna — diz Chiara.

Acomoda *nonna* na cama grande, no meio do aposento.

— Venha até aqui e cante uma canção de ninar para Nonna — pede a Cecilia.

Cecilia larga o trabalho, senta-se no outro lado da cama e começa a cantarolar. Porém, a letra lhe escapa. Nonna permanece deitada a seu lado, imóvel, olhos fixos no fogo. Até que, finalmente, fecha os olhos. Chiara e Cecilia continuam sentadas na beirada da cama, observando as chamas. De vez em quando, Chiara se levanta e coloca mais uma tora na lareira.

Ao escurecer, Beatrice e Ettore entram na casa e acendem os candeeiros. Gabriele retorna logo depois, quando a minestra* está sendo servida.

— Nem sinal — diz, sentando-se pesadamente perto da lareira.

Eles jantam dispersos pelo aposento, nas adjacências da cama em que Nonna está adormecida. O casal de Viterbo come rapidamente, lava suas tigelas e diz boa noite. Depois que vão embora, os demais permanecem em silêncio. Chiara continua sentada na beirada da cama da Nonna, de frente para Gabriele, que se acomodou na cadeira oposta à da Nonna, próxima à lareira. Cecilia foi para a mesa de costura, à janela. Os únicos sons que se ouve são o crepitar das chamas e a respiração entrecortada da Nonna. Está escuro no lado de fora.

Chiara aguarda o momento em que Gabriele irá se levantar e sair. Teme esse momento, que será como uma bandeira branca. O sinal da rendição, significando que o garoto não vai voltar.

Por favor, não vá, reza ela.

Ela o observa procurando indícios de que ele está prestes a se pôr de pé, mas, em vez disso, é Cecilia quem se levanta com um pulo. Soltando gritos esganiçados, gesticula em direção à janela.

— Não! — brada ela.

---

* Sopa italiana também conhecida como minestrone. É feita com vegetais picados — geralmente cenouras, tomates, cebolas, batatas e aipos — e feijão e/ou macarrão. (N.T.)

Gabriele já está de pé, mas Chiara é mais rápida. Sai correndo pela porta, levanta o menino do lugar em que está, encostado à árvore, leva-o para dentro de casa e o deposita na esteira em frente à lareira, onde um lodo negro começa a se acumular no chão.

Daniele está imundo. Coberto de lama dos pés à cabeça.

— Pensei que você estivesse dentro da Maga — diz ela.

Ele abana a cabeça. Tinha outro esconderijo.

— Você é um garoto muito esperto — diz ela. — Sabe se esconder muito bem.

Sente vontade de abraçá-lo, mesmo imundo como está. Em vez disso, pousa a mão no seu ombro e o aperta.

— Estava escondido na lama? — pergunta. — Garoto da lama?

Na penumbra, com a lama endurecendo no seu rosto, é difícil saber ao certo; mas ela acha que vislumbrou um lampejo de dentes. Olha de novo. Não, seu semblante continua sombrio e inexpressivo como sempre. Deve ter imaginado coisas.

Os berros acordaram Nonna, que olha atônita para o menino enlameado e murmura alguma coisa.

— Ela está cansada demais, mas muito feliz em ver que você voltou — diz Chiara, traduzindo. — Todos estamos — acrescenta.

Olha para Cecilia, que pousou a cabeça na mesa de costura e está emitindo um ruído contínuo, alguma coisa entre um zumbido e um gemido. Gabriele, de pé junto à lareira, com a tigela ainda em mãos, senta-se novamente.

— Homenzinho — diz.

Ele acena com a cabeça para o menino e recomeça a comer.

— Hora de ir para cama, Cecilia — diz Chiara.

Então se dirige ao garoto.

— Depois que você comer, vou lhe dar um banho adequado. — Amanhã poderá usar as roupas novas que Cecilia fez para você.

Chiara ainda está com a mão no ombro dele e o tremor que o acomete é transmitido a ela. *Amanhã*, pensa ela, *algumas decisões terão que ser tomadas. Mas não esta noite.*

— Vou esquentar a água agora — diz ela —, senão você vai pegar um resfriado.

Coloca um pedaço de papel sobre a poltrona da Nonna para que o menino não a suje, senta-o em frente a Gabriele, limpa suas mãos com uma flanela amarrotada e lhe dá comida.

Sente-se feliz por estar em movimento novamente, após horas de inação. Enche com água algumas panelas e as põe para aquecer, enquanto Gabriele e o garoto comem, frente a frente. Em seguida, vai buscar a tina de latão pendurada no galpão; ela a lava com um balde de água e a arrasta para perto do fogão.

Quando ela e Cecilia eram crianças e estavam sob a guarda do Nonno e da Nonna, o banho era ritual semanal. Nonna trazia água do poço e colocava a grande panela de cobre para ferver na lareira. Naquela época, ainda não existia a torneira no quintal. Tomavam banho em turnos. Ela e Cecilia iam primeiro, pois a sujeira era "inocente, não suja", como Nonna costumava dizer. Nonno ia por último, pois sua sujeira era a mais suja.

Sentadas frente a frente na tina funda, com água morna até o peito e as pernas entrelaçadas, costumavam fazer uma brincadeira: seguravam os respectivos punhos e se moviam para frente e para a trás, ralando os traseiros no fundo, apesar da água aveludada. Eram as duas metades da mesma criatura aquática, agitando a água e criando ondas que se moviam em contraponto a seus movimentos. Enquanto deslizavam, cantavam a "Canção do Escorrega". Ou melhor, Chiara a cantava e Cecilia, que sempre se esquecia da letra, entoava sons desconexos. De tanto repetirem os movimentos, cantarem e rirem, acabavam com os estômagos doloridos. Quando as ondas começavam a lamber a borda da tina, faziam uma pausa, mantendo as posições, e mudavam o ritmo. A ideia era criar uma turbulência aquática, um redemoinho próprio, mas sem derramar água, pois isso enraiveceria Nonna, que as obrigaria a limpar o piso.

Elas eram a proa e a popa de um pequeno bote humano, navegando em mares agitados.

— Vá para a cama, Cecilia — diz ela, saindo para pegar outro balde de água. Ao ver que Cecilia está empunhando a tesoura e cortando alguma coisa, acrescenta: — Você não tem luz suficiente para costurar agora.

Ao retornar, Cecilia já se foi e Gabriele está cochilando. Sacode-o para acordá-lo.

— Venho buscar você amanhã de manhã, homenzinho — diz ele, e sai.

— Tire a roupa toda — ordena ela a Daniele. — E pule dentro da tina. Preciso lavar suas roupas e você precisa se limpar. Depois tenho que cuidar dos seus cabelos. Você estava começando a cheirar como um velho queijo de ovelha, mesmo antes de se cobrir de lama. Pecorino,* é como vou chamar você.

Ela põe o banquinho que o garoto usara para pular a janela ao lado da tina.

— Use isso como escada — diz. — Vou olhar para o outro lado e contar até vinte. Quando me virar, é melhor estar dentro d'água.

Ela se vira e começa a contar.

Há um cheiro estranho no aposento. Mais cedo, pensou que seria de algum ingrediente estranho que Beatrice adicionara à sopa. Agora, com uma fumaça pungente começando a se evolar da lareira, está mais forte. De repente, lembra-se dos sapatos de Daniele na chaminé. Com a tenaz, tira-os tira de lá, chamuscados, enrugados e fumarentos, mas ainda não em chamas. Ele não tem outra coisa para calçar, mas, por alguma razão, ela acha o fato hilariante. Põe os sapatos no lado de fora para esfriar e, contendo uma gargalhada, observa-os fumegar à soleira da porta, como oferendas queimadas em um altar de sacrifício.

De volta à cozinha, ouve o garoto entrar na tina. Ele solta um arquejo brusco, como que de dor, seguido por um longo suspiro que indica, ela tem certeza, uma espécie de alívio.

A água ultrapassa os ombros dele. Ele ainda está na idade em que a cabeça parece grande demais para o corpo. O fino pescoço despontando da

---

* Pecorino — "cordeirinho", em italiano — é o nome de um dos queijos mais populares da Itália. Como o nome sugere, é fabricado com leite de ovelha. (N.T.)

água é como um galho quebradiço. Ela traz um jarro com água para lavar seus cabelos.

— Você poderia mergulhar a cabeça na água e molhar os cabelos? — diz.

Ele mergulha. Demorou mais tempo do que ela achou que demoraria. Conta até vinte, resistindo ao desejo de puxá-lo. Ele emerge então, o rosto inexpressivo como sempre.

— Foi nadar, é? — diz ela, esfregando o sabão em seus cabelos cheios. — Pegou algum peixe lá embaixo? Poderia ter trazido um lindo peixinho para o nosso chá.

Tagarelice e pensamentos sadios poderiam restabelecer a normalidade. Seus cabelos são castanho-dourados, muito mais claros que os da família dela.

Ele está encolhido na água, os ombros quase encostados nas orelhas. Ela beijaria seu ombro ossudo se o relacionamento entre ambos permitisse.

— Não se preocupe, eu não posso ver. A água está tão suja agora, meu Pecorino, que você não precisa esconder nada — diz ela.

Ela tem a impressão, por mais ridícula que pareça, que ele fez uma escolha ao voltar. Ela o imagina entocado no buraco lamacento em que se enfiou, enfiado no solo como uma minhoca. Poderia permanecer ali ou sair em sua nova roupagem, seu aparato de lama que o tornava invisível ao mundo normal; correria então pelas colinas, ágil como um lobinho.

Obrigada por ter voltado, pensa ela. Mas diz:

— Me ajude a esfregar o sabão.

Ele levanta os braços e ela leva um susto. Segura uma de suas mãos, mas ele se solta. Pega novamente sua mão e levanta seu braço.

— O que é isso? — exclama.

Há marcas em formado de meia-lua na parte interna do seu braço. Algumas já têm cascas, outras ainda estão rosadas e abertas. E há contusões arroxeadas. Com a outra mão, pega o candeeiro e o aproxima, para ver melhor.

— Quem fez isso com você? — indaga, embora já saiba.

Pousa o candeeiro, larga o braço dele e enxagua seus cabelos. Depois levanta seu corpo molhado e o enrola em uma toalha, colocando-o sobre o banquinho para secá-lo. Ele permite que ela faça isso. As cicatrizes e ferimentos cobrem todas as partes do seu corpo que normalmente estão ocultas pelas roupas. Nas nádegas, há cortes mais longos, talhos, como que feitos com uma faca. Ou tesoura.

Cecilia deve ter usado a unha do indicador da mão direita para fazer as incisões em forma de lua; a unha do indicador esquerdo era mantida curta, pois era o dedo do dedal. Ela devia ter apertado até perfurar a pele tenra; e depois retorcido a carne abaixo.

Chiara o enrola na toalha e se senta com ele no colo, envolvendo seu corpo tenso com os braços e o embalando. Seu cheiro é limpo e doce, o cheiro da infância.

— Quando sua mãe me deu você — diz ela —, prometi que cuidaria de você. E vou cuidar.

Põe a camisola sobre sua cabeça e o enfia na cama, ao lado de Nonna.

— Durma — diz. — Durma bem, ao lado da Nonna. Amanhã é um novo dia.

Segura o candeeiro sobre ambos, a Nonna e Daniele. Conversará com Nonna bem cedo pela manhã, durante o café, quando ela está mais lúcida. E perguntará: o que significa agora, diante das circunstâncias, cuidar deste menino? Pois não consegue vislumbrar uma resposta.

O garoto está com o olhar fixo nela. Não fechará os olhos enquanto ela estiver olhando fixamente para ele.

— Agora durma — diz ela, e se afasta.

Quando se aproxima da escada, o candeeiro ilumina o amontoado de pano sobre a mesa de Cecilia. Cecilia normalmente é muito cuidadosa.

Chiara se detém, pousa a lâmpada no chão e pega um pedaço de pano, depois outro. As roupas que a irmã fizera para o menino estão cortadas em tiras. Chiara as deixa deslizar por entre os dedos e caírem de volta na mesa.

Batidas fortes na porta se introduzem em seu sono. Ela pula da cama antes mesmo de despertar adequadamente, achando que retornaram, que já retornaram, ainda que acreditasse que haveria uma pausa; como o esconderia, para onde ele iria? Eu devia ter partido, pensa. Na noite passada, deveria tê-lo vestido com suas roupas velhas e sapatos queimados, e fugido. Agora é tarde demais.

Enfia o agasalho sobre a camisola e voa escada abaixo. Já é quase dia lá fora. O garoto está deitado ao lado do pequeno volume que é Nonna; acordado, mas imóvel. Seus olhos escuros seguem Chiara enquanto esta atravessa o aposento. Alguém grita no lado de fora. Reconhecendo a voz de Gabriele, recomeça a respirar.

— Estou querendo chamar o garoto para colher castanhas — diz Gabriele, quando ela abre a porta. — Pensei em manter ele perto de mim hoje.

— Que horas são? — pergunta ela. — Entre. Dormimos até tarde.

Nonna nunca dorme até tarde.

— Daniele! — grita ela. — Pule fora da cama. Gabriele veio buscar você.

Eles vão procurar castanhas, lembra-se, para que ela possa fazer farinha de castanhas, que ela transformará em pão e massa. A farinha de trigo já está quase pronta.

— Vai tomar café, não vai? — pergunta.

Ela vai até o fogão, que está quase apagado. Reina um frio cortante dentro da casa.

— Ah — diz Gabriele atrás dela. — Foi isso o que aconteceu? Pule da cama, homenzinho.

Ela se vira e olha para eles, como se o aposento fosse um teatro e ela, a plateia. Depois leva a mão à garganta, sentindo as lágrimas lhe encherem os olhos e o estômago se retorcer. Seu corpo percebe que a Nonna se foi antes que sua mente processe a cena.

Gabriele se inclina e tira o garoto dali. Ele se vira e ambos olham para a Nonna, ainda recurvada no leito, como uma folha morta.

QUINZE

— Seja bem-vinda — disse a pequena senhora.

E lhe ofereceu o rosto. Maria compreendeu que deveria beijar o rosto que lhe era oferecido e ser beijada de volta; e depois, inesperadamente, fazer o mesmo no outro lado.

— Venha, Maria, venha — convidou a *signora*.

Soou como "viena", como se salientasse a necessidade de Maria corrigir as suas frases.

Ao saírem da estação, a *signora* manteve a mão sobre o antebraço de Maria para se firmar, e ambas avançaram lentamente. Enquanto Maria puxava sua mala, a bengala ornamentada que a *signora* trazia no braço balançava entre elas, colidindo às vezes com as canelas de Maria e ameaçando derrubá-la. Maria soube que era a *signora* tão logo a vira, embora esta não estivesse usando um chapéu-cogumelo.

Sob a ofuscante claridade externa, um táxi amarelo aguardava passageiros. O carro estava parado e não precisava ser chamado, mas a *signora* deu um passo a frente e brandiu a bengala de modo imperioso. O motorista saltou e colocou a mala de Maria no porta-malas. Maria vislumbrou centenas de ônibus amarelos e uma massa de gente, mas manteve os olhos baixos, deixando que tudo não passasse de uma mancha desfocada nas fímbrias da sua visão.

O carro mergulhou na névoa dourada e barulhenta.

— Peço desculpas — disse a *signora*. — Levei uma... como se diz? — Ela fez um movimento giratório com o dedo. — Na cabeça. Tive um incidente.

E torceu um dos cantos da boca e olhou para Maria com ar de expectativa.

— Meu Deus! — exclamou Maria.

— Não foi grave — explicou a *signora*. — Acidente — corrigiu-se. — Quis dizer acidente.

Apontou para o tornozelo enfaixado.

Ambas o olharam.

— Meu Deus! — repetiu Maria.

— Maria — disse a *signora*, recomeçando a falar.

— Sim — respondeu a garota.

Estava feliz em responder àquela melodiosa versão italiana do seu nome.

— Não me sinto eu mesma hoje. Por causa do incidente. Meu inglês hoje está... — A *signora* fez uma pausa, procurando a palavra. Contraiu o rosto e inflou as bochechas. Em seguida, abanou uma das mãos e tamborilou na janela do táxi com uma unha feita. — Está muito pouco — disse, por fim. Juntou o indicador e o polegar para mostrar quão reduzido estava. — Fale comigo. Fale-me sobre sua viagem — pediu.

Maria repassou a viagem em sua mente. Escolheu Tommaso.

— Tinha um rapaz que saltou em Milão — disse.

— Tome cuidado com esses garotos italianos — advertiu a *signora*. — Vão querer comer você.

— Ele era só metade italiano.

— Qual metade? — perguntou a signora, dando uma risada surpreendentemente obscena.

Lembrando-se de Tommaso se espremendo contra ela durante a noite, Maria se viu rindo também. Depois falou à *signora* sobre a carne crua.

— Carne crua? — exclamou a *signora*. — *Prosciutto crudo?* — acrescentou.

— Sim, é isso — respondeu Maria.

— É uma iguaria — disse a *signora*. — É... como vocês dizem? — Ergueu as mãos como se esperasse uma resposta cair do céu. — Um gosto adquirido.

Maria torceu o nariz.

— E vou dizer outra coisa — continuou a *signora,* começando a rir novamente. — É o que teremos para jantar. — Ela apertou a mão contra a cabeça
e se recostou no assento. — Olhe pela janela — sugeriu.

O sol quente da tarde banhava um dos lados do rosto de Maria. Ela se virou para olhar justamente quando o táxi saía de uma estreia rua comercial
para um amplo espaço aberto. Era um assombroso lugar dourado e branco,
de tão resplandecente magnificência e majestade que Maria se esqueceu de
tudo o mais. Juntou as mãos, como que rezando, e emitiu um pequeno
gemido. Estiveram naquele local apenas por alguns segundos. Um grande
largo cheio de carros, táxis, guardas de trânsito, ônibus e pessoas apressa-
das; mais além, uma enorme escadaria branca que conduzia a um palácio
elevado ao lado de ruínas de construções mais antigos; esplêndidos prédios
abobadados pontilhavam o cenário — de uma extravagância impossível de
assimilar, uma mescla de antiguidade, beleza e modernidade, tudo em um
só local.

— Uau — disse ela, a seu ver já dizendo muita coisa. — Que lugar era
aquele? — perguntou.

— Levo você lá amanhã — disse a *signora.* — Depois da escola.

Escola. A *signora* dissera escola?

O táxi entrou novamente em uma rua mais escura, onde os prédios
avultavam de cada lado, e emergiu em um espaço mais iluminado. Grandes
pilares e árvores despontavam de um buraco no meio da praça.

Passaram por ruas pavimentadas com pedras, onde mal havia espaço
para um carro andar. E pararam em uma destas, sob uma arcada.

No rés do chão, a rua estava à sombra, mas acima, perto dos telhados, os
prédios ambarinos ainda eram banhados pelo sol. Um delicioso aroma de
massa quente flutuava no ar.

Vamos mesmo entrar aqui? Esta antiga entrada é a porta da frente?, pensou
Maria, de pé atrás da *signora,* que remexia na bolsa à procura das chaves.

O aroma de padaria lhe deu água na boca. Inspirou fundo e detectou
outro cheiro que fez seu coração pular uma batida. Inalou de novo. Era algo
úmido, fresco, levemente salgado.

— Que cheiro é esse? — perguntou. — Me lembra de alguma coisa.

Neste exato momento, a *signora* falou:

— Chegamos. — E escancarou a porta.

Por trás da *signora*, Maria espreitou o escuro saguão do prédio. Julgou ver uma forma vagamente retangular, como que uma janela para o nada. Inalou novamente, mas continuou sem conseguir detectar a fragrância familiar. Em vez dela, vindo de cima, distinguiu o odor de cascas de hortaliças e sopa.

Maria entrou no saguão e a porta se fechou atrás delas. Ela pestanejou. Uma escada de pedra se erguia à frente. Os degraus eram abaulados no meio, desgastados pelas pisadas de incontáveis pés ao longo dos séculos. Eram antigos. Veneráveis. Se não tivesse uma mala para puxar e a *signora* à sua frente, Maria os subiria às carreiras.

A *signora* estava falando algumas coisas, mas suas palavras se perdiam na escada; e Maria estava surda a elas, exultante com a novidade e estranheza de tudo. Amparada por um entusiasmo esbaforido, imaginou que poderia voar para o andar de cima, caso se concentrasse nisso.

De repente, viu-se entrando no apartamento com a *signora*. O vestíbulo era todo decorado com vitrais coloridos. Um cabideiro suportava mais casacos do que uma mulher jamais poderia usar. O piso do apartamento era de ladrilhos e os móveis, de madeira escura, antiquados, bolorentos e sobrecarregados, porém limpos, cheirando a cera e limão. A cozinha, bastante despojada, tinha armários de aço cromado em tom creme, como que saídos de um anúncio antigo. A porta do grande refrigerador era convexa. Uma toalha amarela recobria a mesa quadrada, ladeada por três cadeiras de madeira.

Maria foi brindada com uma visita por todo o apartamento: um banheiro atravancado de equipamentos que se esperaria encontrar em uma cozinha, como máquina de lavar e tábua de passar roupa, mas também — o que encantaria seu irmão caçula Pat, se este pudesse vê-lo — um bidê de verdade; o quarto da *signora*, do qual teve apenas um vislumbre, apenas o suficiente para ver cortinas e tapeçarias; um corredor sem saída, repleto de móveis; e, na extremidade oposta, uma enorme sala de estar, que a Signora Ravello chamava de salão. Maria não quis perguntar onde seria o seu quarto. Achou que alguma coisa lhe escapara ou não fora compreendida. Devia haver outra porta.

— Onde Daniele Levi dormia? — perguntou.

A *signora,* que estava parada no meio do salão ajustando um biombo pintado e explicando como desdobrá-lo, parou o que estava fazendo e se imobilizou. Depois aprumou o corpo e olhou para Maria, como se esta tivesse dito algo extraordinário.

— Como? — disse.

— Daniele Levi — explicou Maria. — Seu antigo hóspede.

A *signora* pestanejou, como se não soubesse como responder.

— Ah — disse, por fim. — O apartamento era maior naquela época.

Com um sorriso forçado, ela dobrou o biombo, revelando um móvel estranho, que incluía uma espécie de cama.

— E aqui está Asmaro, para receber você — disse, enquanto um esguio gato preto emergia por trás do móvel. — Ele é o príncipe dos gatos.

Abaixou-se para afagar o animal, ainda segurando a bengala, mas obliquamente, como se fosse usá-la como acessório em uma dança. Depois falou em italiano com o gato.

— *Amore. Amore* — disse, enfiando o rosto na pelagem do animal. Demorou-se na palavra *amore* de tal forma que Maria ficou embaraçada.

— Vou deixar você desfazer a mala, enquanto preparo uma xícara de chá — disse a *signora.* — Gosta de chá?

Maria acenou com a cabeça.

A *signora* deixou o aposento, martelando o chão com a bengala. Depois de permanecer ali por mais alguns momentos, observando Maria, o gato a seguiu.

Maria fechou a porta. Uma torre de caixas de diferentes tamanhos, que estava atrás da porta, oscilou.

Em todas as visualizações da estada em Roma — esparsas, pois fora mais fácil partir sem pensar duas vezes —, Maria jamais pensara que não teria seu próprio quarto. Isto não lhe ocorreria nem em um milhão de anos. No entanto, além de dormir no que parecia ser um canto da sala de estar, dormiria numa gerigonça que se projetava das mandíbulas de um pesado móvel que poderia se fechar a qualquer momento. Como era possível um apartamento ter encolhido?

Em Londres, o quarto de Maria era um cômodo pequeno e tranquilo, na frente da casa, onde até seu irmão e sua irmã sabiam que se a porta estivesse fechada, teriam que bater. A única pessoa que transgredia essa regra era seu antigo pai, Barry, que, quando bebia até tarde, entreabria a porta, enfiava a mão pela fresta e apagava a luz.

— Luz apagada, Maria — dizia às vezes.

Porém, geralmente não dizia nada, apenas cambaleava na direção do banheiro ou do lugar para onde estivesse indo.

Sua própria mãe, no auge do rebuliço, apenas batia na porta com a palma das mãos e suplicava; quando Maria não a atendia, ia embora.

A garota relanceou o olhar pelo aposento, observando o espelho de moldura dourada e ornamentada, a poltrona de pele de leopardo, o sofá verde e bojudo, o tamborete forrado de veludo, o espesso tapete auriverde, a estante de madeira escura entulhada de livros de bolso, o armário pintado no qual ela deveria guardar suas roupas. Era como estar em um museu. Nada combinava com nada, mas tudo era charmoso. Havia cinzeiros nas mesinhas bamboleantes espalhadas aqui e ali; eram de vidro colorido, diversos matizes de verde, um deles com bolhas dentro do vidro. Havia mais desses vidros com bolhas em uma prateleira abaixo do espelho. Vasos de tamanhos variados e formatos extravagantes.

Em uma pequena mesa redonda, forrada de couro, repousava uma caixa com dobradiças, confeccionada em madeira clara. Maria a abriu. Estava repleta de cigarros, longos e finos. Pareciam chiques. Havia até uma caixinha com a imagem do Coliseu, contendo minúsculos fósforos encerados.

Ela pôs um cigarro entre os lábios e hesitou. Teria permissão para pegar um? Entretanto, raciocinou ela, aqueles cigarros deviam ser para os hóspedes, e ela era uma hóspede. Não era? Deveria perguntar? Os fósforos eram tão curtos que ela queimou os dedos. O cigarro era aromatizado. Sentou-se no sofá, jogando a cinza no cinzeiro verde.

A *signora* bateu na porta com a bengala e irrompeu no aposento.

— Nada de fumar — entoou. — Não, não, por favor. Apague isso imediatamente.

Silenciosamente, Maria fez o que lhe fora ordenado.

A *signora* pegou a caixa de cigarros.

— Venha tomar chá — disse.

Maria se demorou alguns momentos antes de segui-la.

Não estou aguentando isso, pensou. Depois foi até a cozinha, onde havia uma grande panela com água fervente sobre o fogão.

A *signora* despejou um pouco da água em uma pequena xícara, pôs um saquinho de chá com um barbante no pires e pousou a xícara na frente de Maria.

— Chá estilo inglês — anunciou. — Sei que vocês gostam fervendo — acrescentou.

Como sabia disso?, conjeturou Maria.

Horrorizada, observou a *signora* abrir a caixa de cigarros e despejar o conteúdo em um saco de lixo, que fechou com um nó apertado.

— Pronto — disse a *signora*, sorrindo para Maria com ar triunfante. — Você — apontou para Maria — é muito nova para fumar. E eu — apontou para o próprio nariz — parei de fumar.

Olhou fixamente para a menina, como que esperando congratulações. Maria conseguiu não dizer "parabéns".

— Sua mãe sabe que você fuma? — perguntou a *signora*.

Maria não respondeu. *Cuide da sua vida*, pensou. Deveria perguntar se poderia ligar para a mãe do telefone da *signora*, mas não queria ligar para.

— Você está pensando: por que ela não se mete com sua própria vida? Tem razão. — A *signora* ergueu as mãos com as palmas para a frente, em um gesto de rendição. — Peço desculpas. Sei que sou... como diríamos? — E levantou a mão em uma espécie de saudação. — Autocrática. É verdade. Mas Maria... — continuou, e se interrompeu.

— Sim? — disse Maria.

— Nada de fumar no apartamento, certo?

Ela apoiou o queixo em uma as mãos e sorriu.

— Tudo bem — disse Maria, com alívio. Isso era administrável, portanto retribuiu o sorriso. — Claro que não. Daniele Levi fumava? — acrescentou, mergulhando o saquinho de chá na água quente e mexendo a infusão.

A *signora* deu um leve suspiro, pousou a mão sobre o rosto e pressionou os dedos contra as bochechas, formando uma espécie de focinheira, como se a informação fosse algo que não estivesse autorizada a divulgar. Então, reconsiderando, tirou a mão do rosto.

— Sim — disse. — Ele fumava.

— Que marca?

Maria decidiu que compraria a mesma marca, depois que trocasse um pouco de dinheiro.

— Preciso lhe falar sobre Asmaro — disse a *signora*.

Asmaro, ao que parecia, tinha diversos lugares no apartamento para repousar; mas atrás do sofá do salão era um dos seus favoritos. Maria percebeu então que, além de não ter seu próprio quarto, na verdade dormiria no quarto do gato, e o gato tinha precedência. Tentou parecer indiferente. A *signora* lhe entregou um conjunto de chaves e explicou o funcionamento da fechadura da rua, que deveria ser empurrada e puxada um pouquinho para que funcionasse.

— Vou me deitar por meia hora, enquanto você desfaz a mala — disse a *signora*. — Depois vamos comer um aperitivo, certo?

Assim que ela desapareceu, Maria desatou o nó do saco de lixo e recuperou os cigarros.

Saiu do jeito que estava, sem nem procurar o casaco. De qualquer forma, fazia muito calor. Acendeu o primeiro cigarro no alto da escada. Depois desceu os degraus correndo e desembocou na rua estreita e antiga, onde começou a caminhar depressa. Em sua terra, as lojas estariam fechando, mas ali estavam abertas. Caminhou de um lado para outro na pequena rua, com o coração palpitando alucinadamente. Não queria se afastar muito para não se perder. Alguém gritou algo para ela de uma janela, mas ela não se atreveu a olhar para cima.

Foi até a extremidade da rua, onde o delicioso aroma de padaria era forte e a rua se abria para um espaço mais amplo. Depois deu meia-volta, passando pela entrada de um bar. Deparou-se com uma abertura em arco, como um túnel, que conectava a rua onde estava com outra parecida. Fios elétricos e caixas de luz abertas pendiam das paredes, como se fossem parte da decoração. Um carrinho de mão estava encostado no fundo de um desvão escuro.

Parou à entrada desse espaço sombrio, fumando mais um dos amassados cigarros da *signora*.

A arborizada aldeia onde Maria morava com sua família, nos subúrbios de Cardiff, era muito tranquila à noite. Nada perturbava seu sossego. Ninguém passava por lá. Se levantasse a janela do seu quarto nas primeiras horas da manhã, como às vezes fazia quando estava inquieta, ocasionalmente ouvia um carro passando na rua principal, mais abaixo na colina; mas, além disso, nada.

Nas escuras manhãs de inverno, o primeiro som a quebrar o silêncio era o matraquear da van do leiteiro no seu circuito e os retinidos das garrafas de vidro que ele depositava à porta. Na primavera e no verão, quando o sol às vezes se erguia antes da chegada do leiteiro, ele era precedido pelos gorjeios dos passarinhos, que esvoaçavam entre os galhos das árvores, pousando e decolando de novo.

Se pusesse a cabeça para fora da janela, veria o caminho ladrilhado e a moita no meio do gramado frontal, o muro de tijolos que delimitava o jardim da casa e os muros das casas adjacentes; se esticasse o pescoço, poderia vislumbrar o reflexo do lago, no outro lado da rua principal. Quer avistasse ou não o lago, sua visão era colorida pela sensação da presença, sua amplitude líquida.

Entretanto, ali, na Via dei Cappellari, parecia haver sempre alguma atividade durante a noite. Para começar, sons humanos, pessoas falando e gritando na ruela abaixo; mais tarde, o rangido e o estrépito de rodas sobre pedras. Mais tarde ainda, quando podia ver pelas frestas das persianas que a noite dava lugar à alvorada, ouviu-se um chacoalhar aquoso infindavelmente repetido, acompanhado por um som arrastado. Ruídos insondáveis e insistentes que a fizeram pensar em criaturas anãs, rolando barris cheios de vinho pelas pedras da rua.

Permaneceu no leito improvisado como uma estrela-do-mar atordoada, os membros estendidos em todas as direções, uma salgada película de suor recobrindo sua pele, encharcada de experiências novas. Os sabores exóticos, inacreditavelmente deliciosos, da refeição que tivera com a *signora* na noite anterior; o método para curar a seco o presunto de Parma que a signora explicara pormenorizadamente; o gorgolejar do vinho branco despejado em *flûtes* de vidro azul; e, como resultado, o leve lateja por trás das pupilas.

— Você bebe vinho? — perguntara a *signora*, emoldurada pelo quadrilátero de luz amarela do refrigerador, segurando uma garrafa verde.

E Maria — que bebia apenas cerveja no único pub que servia bebidas a ela e seus amigos, ou cidra às vezes, nos domingos especiais em que havia carne assada, e cuja única experiência com vinho haviam sido restos roubados das taças deixadas após alguma das festas dos seus pais — meneou a cabeça afirmativamente. Claro que bebia vinho. Assim o despejou na garganta, rápido demais, ao que parecera.

Mais tarde, a *signora* afrouxou a proibição de cigarros casa, pois, segundo afirmou, nada jamais a tentaria a voltar a fumar. A *signora* era muito curiosa a respeito da mãe de Maria — que havia telefonado e fora tranquilizada enquanto Maria estava na rua —, mas a garota não queria falar sobre ela. Houve uma longa e digressiva conversa em que ela achava ter contado à *signora* a história da sua vida, enquanto a *signora* lavava os pratos e Maria fumava à janela que dava para um poço escuro e misterioso. Antes disso tudo, houve o bar em que foram comer um aperitivo; ela provou azeitonas pela primeira vez e se mostrou determinada a gostar delas, e onde um rapaz que trabalhava lá, um garoto na verdade, cumprimentou-a como se ela fosse famosa.

E ainda: os movimentos rápidos da *signora,* como os de um pássaro; suas explicações sobre a estranha doença que a acometera; o modo como ela às vezes levava as mãos à cabeça e a segurava como se fosse cair, afirmando que estava na iminência de ter a sensação de que estava girando; sua espantosa explicação do "programa" de Maria para as duas semanas seguintes. E como ela, ocasionalmente, interrompia o que estava fazendo e exclamava "Maria"; e por duas vezes atravessara o aposento para beijar sua testa; sendo o mais estranho de tudo o fato de garota não se importar.

Permaneceu deitada em sua cama, sentindo tanto calor que nem se cobria; entrava e saía do estado consciente, entrava e saía de sonhos. Era como se estivesse em uma jangada, flutuando sobre as águas profundas e escuras de um lago diferente do que havia em sua terra; um lago em que formas sinuosas nadavam sob a superfície e se entrelaçavam nas ervas aquáticas. Todas as vezes que acordava, ouvia o burburinho na rua.

Acordou definitivamente quanto o gato começou a ronronar no seu ouvido e a *signora* começou a bater na porta.

— Maria. Vou sair um minuto. Eu compro *cornetti* para o café da manhã! — gritou a *signora.*

— Tudo bem — disse Maria.

Cornetti. Uma espécie de bolinho.

Pensou em Tommaso, o rapaz do trem. Ouviu o clique dos saltos da *signora* sobre os ladrilhos e o baque seco da porta. Então pescou o bilhete dele no bolso lateral da bolsa. Ele não escrevera a carta de amor piegas que ela imaginara, mas desenhara uma história em quadrinhos, com cenas de Milão: uma catedral com muitos pináculos, um teatro, um parque com uma espécie de castelo, um caminho ao lado de um canal. Em cada um dos quadrinhos, um garoto com um rosto listrado acenava.

— Me telefone qualquer dia — dizia o garoto em um balãozinho. Seu endereço e telefone estavam escritos abaixo.

Foi até a janela. A simples ação de abrir os postigos para a luz do dia, em vez de puxar as cortinas, deixou-a tão assombrada que ficou parada ali, de camisola, diferente, mais corpulenta e mais sexy, prestes a ser, de alguma forma, pela primeira vez em dois meses, *mais* em vez de *menos.*

As pequenas lojas já estavam abertas. O emoldurador, fumando cachimbo, afagando o bigode e admirando seu mostruário; as mesas de metal e cadeiras esguias na frente do bar; dois jovens impossivelmente bonitos, de jeans apertados e camisas de gola aberta, estirados sob o arco; o cheiro do cachimbo se mesclando ao aroma de pão fresco. Até mesmo um subjacente odor de esgoto parecia exótico. Esgotos diferentes, esgotos estrangeiros, esgotos *dela*. Olhou para o céu, já azul e acolhedor acima dos telhados, cujo calor brincava ao seu redor. Fechando os olhos por um instante, sentiu-se tonta com o calor. Abriu-os, mas o calor ainda estava lá. Havia uma janela diretamente à frente, tão perto dela quanto o outro lado da sala, onde pendiam cortinas de renda marfim.

Ao prender o postigo do lado direito, avistou uma minúscula madona pintada dentro de um nicho, acumulando fuligem e dejetos de pombos; flores de plástico se espalhavam a seus pés. Fragmentos de linguagem subiam até ela, indecifráveis e fascinantes. Alguém passou cantando, de modo operístico, barulhento e atrevido. Maria descartou o lago da sua cidade e seu sossego com um gesto de mão.

— Deixe-me entrar — sussurrou para a rua.

Remexeu nas roupas que trouxera — calças jeans boca de sino rasgadas, blusas com mangas e punhos abotoados, uma saia mídi de terilene que sua mãe comprara na liquidação, uma saia longa com estampa floral que ela mesma fizera e seu macacão jeans. Tudo parecia quente e britânico demais. Nada expressava como estava agora, sua florescente italianidade. Optou pelo shortinho cor de rosa e a bata branca.

— Não — disse a *signora* quando viu a roupa de Maria, abanando tão fortemente a cabeça que seus brincos balançaram. — Venha comigo.

Maria seguiu a *signora* mudamente até o quarto dela, depois até um minúsculo compartimento adjacente (ela tinha dois quartos, enquanto Maria estava enfiada em um canto da sala!) cheio de suportes com roupas, prateleiras repletas de sapatos, chapéus em caixas e cachecóis em cabides.

— Uau! — exclamou Maria. — Quanta coisa.

— Pegue emprestado o que quiser — disse a *signora*. — São roupas antigas, a maioria de segunda mão, mas de boa qualidade e bem lavadas.

— Mas não vão servir para mim — disse Maria.

— Sim, sim — respondeu a *signora* —, esses aqui. — Ela deslizou a mão por uma fileira de vestidos. — Vão servir para você de forma diferente. Deixo você, Maria. Faço café. Olhe esse aqui, Maria. Rápido, está bem?

Era um vestido dos velhos tempos. Azul ciano com estampas em preto e branco de linhas e espirais; apertado no busto e na cintura, com saia godê, mangas curtas e colarinho pontudo. Era preso na frente com cinco botões pretos e em uma das laterais, com fechos de pressão.

— *Bella, bellissima* — exclamou a *signora,* quando Maria fez sua entrada na cozinha. — Depois bateu as mãos. — Pegue o que quiser no meu quarto de vestir. Nunca ponho essas coisas. Sempre uso coisas assim.

Com ambas as mãos, delineou a si mesma e sua saia estreita, a camisa de seda e o casaco retilíneo.

— É meu estilo comodiante — disse.

— Estilo de comediante? — indagou Maria.

— Não. Quis dizer estilo cômodo — corrigiu a *signora.* — Ao ver a expressão de Maria, inclinou-se e deu umas palmadinhas no braço dela, soltando uma risada rouca. — Quis dizer confortável. É isso. Um estilo confortável para mim.

Incomodada e perplexa com a afirmativa da pequena senhora e, no minuto seguinte, encantada, Maria riu hesitantemente. Depois saboreou o delicioso café.

— Você disse ao telefone que Daniele Levi tinha deixado algumas coisas aqui quando partiu, e que você não podia guardar tudo. Mas gostaria de saber encontrou mais alguma coisa.

A *signora* estava de pé, as costas viradas para o fogão, e segurava uma xícara de café com leite. Levou a xícara aos lábios, tomou o resto da bebida e a depositou na pia.

— Temos que nos apressar agora, ou você vai chegar atrasada. Mais tarde conversamos.

E fez um estranho gesto com ambas as mãos, posicionando-as ao lado da testa e agitando os dedos, como que imitando uma revoada de passarinhos assustados.

Começaram a caminhar rapidamente, a *signora* martelando o chão com a bengala e Maria ao seu lado, usando o volumoso e inusitado vestido, certa de estar causando algum efeito, caso a coreográfica expressão de êxtase do velho na loja em frente fosse uma amostra. No entanto, não sabia ao certo se este era o efeito que pretendia provocar.

A *signora* parou na esquina da praça e perscrutou uma rua lateral.

— Vamos até o bar do Gianni para dar bom-dia? — perguntou ela. — Temos tempo?

Ela olhou para Maria com ar indagador, como se Maria pudesse ter alguma opinião sobre o assunto. O apetitoso cheiro de padaria era mais forte naquele ponto. Maria deu um passo e entrou na praça, onde um monte de gente lotava a feira de hortaliças. Clientes entravam e saíam de uma padaria, segurando alguma coisa embrulhada em papel encerado que parecia ser deliciosamente irresistível, pois começavam a mordiscá-la antes mesmo de saírem do estabelecimento.

— O que é aquilo? — perguntou.

— Pizza vermelha e pizza branca. Vamos falar com ele só por um minuto. Concorda? — sugeriu a *signora*. — Você precisa ser pontual no seu primeiro dia.

Enquanto abriam caminho no estabelecimento repleto de fumaça, a *signora* disse:

— Este bar é um dos mais velhos do bairro. Gianni, Gianni! — gritou.

Por trás das pessoas que se acotovelavam no balcão, surgiu um homem avelhantado usando um macacão branco. Seus cabelos grisalhos lembravam um chapéu russo. Tinha um cigarro pendurado no canto da boca.

A *signora* se afastou para um lado, como que para destacar a presença de Maria. Ao vê-la, o homem disse alguma coisa que Maria não entendeu. Depois apertou sua mão vigorosamente.

— Prazer em conhecê-la, *signorina*.

Maria respondeu que tinha muito prazer em conhecê-lo também.

— Ela fala italiano! — exclamou ele para a *signora*, cuja expressão enlevada no rosto estimulou Maria a dizer mais alguma coisa.

— Não falo bem, mas pretendo aprender enquanto estiver aqui — disse. Foi sua frase mais longa até aquele momento.

— Não só bonita, como inteligente também — disse o homem, dirigindo-se a ela e à *signora,* mas falando lentamente para que ela compreendesse.

Maria sentiu um rubor lhe subir pelo rosto. Olhou então para os pés, cujas unhas pintadas em tom pérola despontavam das alpercatas abertas. Quando o momento passou, as atenções já se haviam desviado. Gianni e a *signora* estavam conversando. Maria ergueu os olhos e olhou vagamente para as pessoas debruçadas no balcão.

Um homem com os cabelos presos em rabo de cavalo estava olhando para ela. Observava-a de cima a baixo, como se ela fosse um item de leilão e ele estivesse pensando em dar um lance. Ergueu uma sobrancelha na direção dele, do modo mais desdenhoso possível, mas ele não estava olhando para seu rosto no momento. Sentiu um calor no corpo todo, enquanto um rubor se espalhava pelo seu pescoço, seu peito e mais abaixo; até que finalmente ele levantou os olhos e a olhou diretamente.

— Vamos, Maria — disse a *signora.* — Ou vamos chegar atrasadas.

Saíram do bar, atravessaram às pressas a praça do mercado, entraram em uma rua larga antes que o sinal luminoso mudasse, mergulharam em uma ruela sombreada e desembocaram na vastidão de uma enorme *piazza.* À medida que passavam por chafarizes, altas fachadas e monumentais estátuas brancas, a *signora* apontava alguns pontos de interesse com a bengala. Maria se mantinha ao lado dela, dominada por um abrasado torpor. Poderia parar para observar as coisas, para ouvir a *signora* ou para prestar atenção aos próprios pensamentos, mas não poderia fazer tudo ao mesmo tempo; portanto, limitou-se a acompanhar a *signora.*

Percorreram mais algumas ruelas, entre antigos prédios elevados, e atravessaram outra praça, onde avultava uma grande construção encimada por um domo. Por fim, chegaram à sala de recepção de uma escola de línguas, onde a *signora* lhe deu dois rápidos beijos nas bochechas e a entregou a uma carrancuda recepcionista.

Maria provavelmente chegara atrasada. A aula da manhã já havia começado.

A recepcionista a levou até um aposento do tamanho de um armário de vassouras, mal ventilado e cheirando a desinfetante, e lhe entregou um teste escrito para fazer, informando-a de que teria meia hora para completá-lo.

E Maria — apesar de não ter compreendido até aquele momento que era para aquele lugar que estavam indo e que suas manhãs seriam passadas naquela instituição, e não perambulando à vontade pelas ruas de Roma; apesar das impressões confusas que se acumulavam em seu cérebro, da impressão de que só conseguia usar apenas uma parte dele, do desconforto do vestido apertado e dos fechos de pressão que penetravam em seus flancos — reuniu toda a capacidade intelectual que pôde e se concentrou no teste. Já que teria que fazer aquilo, não queria, absoluta e categoricamente, ser colocada na turma mais atrasada.

Mais tarde, sentada em uma sala de aula cheia de estudantes suecas de intercâmbio, que conjugavam verbos em uníssono, ocorreu-lhe a ideia de que aprender uma língua exigia uma combinação de forças externas e internas: prestar atenção ao vocabulário, gramática e expressões idiomáticas, e permitir, mediante estudos, prática e repetição, que tudo permeasse e despertasse o cerne interior de conhecimento que ela tinha certeza que possuía. Como sempre fora metade italiana, sabendo ou não disso, a língua poderia estar dentro dela, oculta em conjuntos de nervos, em suas células ou em alguma parte do cérebro antes inacessível. Agora que estava ali, percebia certa familiaridade que não poderia ser explicada apenas por ter estudado os discos da biblioteca.

As aulas terminavam ao meio-dia. As suecas imediatamente atravessaram a rua e se abrigaram sob o toldo listrado da sorveteria em frente.

Maria acendeu um cigarro, o último da *signora*. Estava em mais uma ruela estreita com calçamento de pedras, cuja curva ela acompanhou. Um homem de uniforme, armado, montava guarda diante de um banco. Ela parou no vão de uma porta na outra calçada, esperando que alguém entrasse para aprender o protocolo. Banco do Espírito Santo era seu improvável nome. Ninguém entrou nem saiu. Pensou que talvez não fosse um banco de verdade, mas alguma instituição religiosa que custodiasse virtudes.

Apagando o cigarro, aproximou-se audaciosamente do complicado dispositivo da porta. Viu-se em um espaço de transição que lembrava uma câmara de vácuo. A porta atrás dela se fechou automaticamente. Seguiu-se um bipe. Ela respirou em alentos curtos, preservando o oxigênio, enquanto esperava que algo acontecesse.

Nada aconteceu.

Então estendeu a mão para a porta interna, pronta para se arremessar contra ela, caso necessário. A porta se escancarou e ela correu para o outro lado, tendo que correr mais um pouco para não perder o equilíbrio. Ao se recuperar, estendeu duas notas de dez libras para o caixa e recebeu uma pilha de liras em troca. Depois saiu, pronta para a próxima missão.

Sobre uma loja mais adiante, avistou um letreiro, um T branco sobre outro em preto. Ensaiou as palavras antes de entrar na loja.

— Eu gostaria de comprar cigarros italianos típicos — disse.

— O quê? — respondeu o velho miúdo atrás do balcão.

Ela repetiu o que dissera. O velho, certamente velho demais para ainda estar trabalhando, disse algo que ela não conseguiu entender.

— Pode repetir? — pediu.

Ele falou novamente.

Parecia estar dizendo que não vendia aquela marca. Ela apontou para um maço ao acaso.

— Aquele — disse.

Queria troco para o telefone.

— Telefone — disse, com ar desamparado, mostrando-lhe as notas imundas que ele lhe dera de troco.

Ele as trocou por algumas moedas absurdas, com uma ranhura no meio.

— O que é isso? — perguntou ela.

Ele a ignorou, como se ela não tivesse dito nada.

Foi até uma cabine telefônica e discou o número de Helen, uma amiga da sua mãe. Ninguém atendeu.

Passou de novo diante da porta da escola, tentando se lembrar do caminho pelo qual viera. Acompanhou a curva da rua e de repente, bem diante dela no outro lado de um largo, estava a construção com o domo. Agora o reconheceu. O Panteão. Olhou para o prédio com admiração e para as pessoas que perambulavam pela praça.

Foi então até uma cabine telefônica e discou o número de Tommaso.

— Sou eu — disse ela. — A garota do trem.

— Maria — trinou ele.

Soou como se ele estivesse prestes a interpretar toda a canção do musical *West Side Story*, mas, de repente, tivesse pensado melhor.

— Minha escola de língua italiana é bem perto do Panteão — disse ela.

— Que chique — respondeu ele.

— Não é? — disse ela.

Ela não queria que ele tivesse uma impressão errada, portanto falou sobre o homem com o rabo de cavalo.

— Você chegou a falar com esse cara? — perguntou ele.

— Não.

— Ok, não vou me preocupar com ele. Quando ele abrir a boca, vai ver que ele é um bobalhão. Vai dizer alguma coisa idiota e chauvinista.

— Ao contrário de você.

— Ao contrário de mim. Exatamente.

— Ele não vai ser feminista como você.

— Não.

— Também sou metade italiana — disse ela.

E viu-se falando a ele sobre Daniele Levi.

— Bem-vinda ao clube da crise de identidade — disse ele.

Então informou que telefonaria para o apartamento da *signora* qualquer noite, caso ela não se importasse.

Fragmentos dos comentários da *signora* emergiram na mente dela, enquanto ela refazia seus passos e atravessava a rua cheia de objetos de vime e lojas de artesanato.

— Para o caso de você precisar de qualquer coisa feita com ráfia — dissera a *signora*, de modo que indicava que ela mesma jamais precisaria.

Ali estava a igreja que abrigava uma famosa pintura, que não podia ser ignorada. E ali estava a praça comprida, a Piazza Navona, com as três fontes. A água que se derramava das grandes estátuas brancas brilhava ao sol do meio-dia. Era uma área de pedestres, mas fora lá, segundo a *signora,* que os Rolling Stones passaram lentamente dirigindo um Rolls-Royce branco. Em 1967.

Gostaria de saber se Daniele Levi gostava dos Rolling Stones. Ou se era mais fã dos Beatles. Barry, que era fã dos Beatles, dizia que não se podia ser as duas coisas. Era preciso escolher. Talvez Daniele Levi preferisse jazz.

Ela passou pelo museu que continha tudo sobre Roma e sua história, o qual a *signora,* que nunca estivera lá, havia recomendado.

Ali estava a loja que vendia guarda-chuvas de boa qualidade, e a dos artesãos do pão, e eis que estava de volta ao Campo dei Fiori, onde a feira ainda estava a todo vapor.

Ali estava a barraca em que roubavam no troco. E aqui, a barraca de flores preferida da *signora.* Atrás dela, a estátua de Giordano Bruno, que fizera alguma coisa heroica e fora queimado em uma fogueira centenas de anos atrás, e ali a deliciosa padaria — *FORNO,* diziam grandes letras marrons sobre a porta. E aqui, dobrando a esquina, estava a querida rua delas, onde ela e a *signora* moravam, e ali no saguão, ao pé da escada, aquele mesmo aroma.

Que a imobilizou. Imóvel, aspirou a fragrância enquanto a porta se fechava. Fechou os olhos. O que seria? Evocava alguma coisa inexprimível.

Abriu os olhos. Na parede atrás da escada, havia um retângulo oblíquo de luz. Olhou para trás, tentando descobrir sua origem. A luz do sol penetrava por uma pequena janela gradeada sem vidros acima da porta. Observou-a fixamente. Tinha a estranha sensação de estar ao lado de si mesma, como se pudesse segurar a própria mão. Via a janela na vida real e ao mesmo tempo a via como uma imagem em sua mente. Como se já soubesse que a janela estava lá.

DEZESSEIS

Um homem atarracado e barrigudo, cujas bochechas vermelhas inflam e desinflam sobre as pontas do seu bigode, passa pela fila e pela porta apertando contra o peito seu precioso embrulho ensanguentado. Ouvem-se alguns murmúrios quando a fila avança. Será que ele recebeu mais que a cota devida?

Postada na fila da rua em uma fria e clara manhã de janeiro, Chiara o vê se afastar às pressas. Gostaria de lhe fazer uma pergunta. Qualquer cochicho que escute na rua a respeito de mantimentos — feijão, vegetais secos, pãezinhos de sal, sardinhas em azeite na Piazza Vittorio, às vezes café em uma passagem subterrânea próxima, farinha e açúcar na Tor di Nona, enlatados e arroz distribuídos em bancas improvisadas, nada mais que pedaços de pano sobre as calçadas nas ruas atrás da Termini — a faz pular de uma parte de Roma à outra. Ela passa metade da vida em filas. Entra em filas mesmo sem saber quais são as mercadorias em oferta. Muitas vezes não há nada, ou o produto acabou.

Ela gostaria de perguntar àquele homem apressado: "Como você pode ser tão gordo? Qual é o segredo?"

E olha para Daniele — que está usando as velhas luvas de camurça da Nonna, grandes demais, o que dá às suas mãos um aspecto enrugado e envelhecido. Ele parece um menor abandonado, mas há tantos como ele que isso não tem importância. Poucas pessoas ainda vivem nas próprias casas em Roma. Ele está segurando firmemente a beirada do bolso do casaco dela. Nenhum contato de pele com pele, isso jamais.

Ela segue seu olhar até um pôster no outro lado da rua, fixado na vitrine de um sapateiro. Nele, vê-se um negro de lábios vermelhos, a cabeça inclinada para trás e a boca aberta, rindo alucinadamente, enquanto esmaga uma donzela cativa com seus enormes e musculosos braços. A donzela, vestida com uma túnica, tem seios pequenos, brancos como alabastro, e as coxas estão encostadas uma na outra. É a imagem da pureza branca.

"As liberdades... do libertador!", diz a legenda. Há uma bandeira americana amarrada no rifle do homem. Roma está repleta dessas propagandas sombrias.

A fila anda. Estão agora sob o letreiro oval vermelho, de onde se projeta uma cabeça de cavalo. Ela consegue enxergar através da vitrine. Não há nada pendurado nos ganchos acima da cabeça do açougueiro. As bandejas de metal que vê por entre as pessoas à espera estão vazias, limpas; mas sem dúvida há carne no cepo de corte; talvez o açougueiro tenha alguma coisa escondida atrás do balcão. Mais tarde, se conseguirem alguma carne, ela visitará o sapateiro para saber se algo pode ser feito para consertar os sapatos queimados de Daniele, cujos bicos estão revirados para cima, como sapatos de palhaço. Se conseguir carne, se cozinhar alguma coisa saborosa e nutritiva para ambos, outras coisas talvez possam ser consertadas também.

Pensa nas galinhas que comprou de Gennaro, esvoaçando e arranhando a sala de jantar, cagando no aparador de carvalho da Nonna. Pensa em como saqueou a adega do Nonno, trocando o Treviso e o precioso Barolo por macarrão, queijo parmesão e restos de comida. Pensa no salão, onde peças de tecido estão espalhadas como Cecilia as deixou naquele último dia, e onde ela e Daniele dormem em meio a elas como se não houvesse quartos nem outro lugar para dormir. São como refugiados habitando o apartamento de forma temporária, sempre prestes a partir. Está tudo uma bagunça.

Falta Cecilia no apartamento, para arrumar as coisas e mantê-lo em ordem, ser uma presença viva para acolhê-los, costurando as coisas para que elas façam sentido. Transformando o apartamento em um lar.

Chiara aperta os olhos com os dedos. Não pode começar a chorar na rua, na frente do menino.

A palavra "comuns" emerge na sua mente. A freira que entregou os falsos documentos de identidade a dissera.

— Quando estiver sozinha, ande com seus próprios documentos. Mas, quando o menino estiver com você, leve estes que farão de vocês uma família. Assim, vocês despertarão menos suspeitas. Serão pessoas comuns.

Essas palavras permaneceram na sua mente. Há uma verdade nelas, e um amargo consolo. Como a conjuntura é tão extraordinária, refletem a história deles. Eles são órfãos despojados, famintos, atormentados e amedrontados. São pessoas comuns.

Outro cliente sai. A fila avança. Ela e Daniele passam pela porta e chegam ao interior do estabelecimento. Ela dá uma sacudida no bolso para captar a atenção dele.

— Acho que hoje vamos ter sorte — diz.

O frio odor de sangue está nas narinas deles. Parece que só há uma peça de carne no cepo, mas é de bom tamanho. Chiara reza para que não acabe antes que cheguem ao balcão e para que nenhum dos clientes à frente tenha feito algum tipo de trato. O cutelo atravessa o ar e secciona o pedaço de carne. Ela observa o arco descrito pelo movimento para discernir onde o cutelo cairá. Todos fazem isso. São adoradores no altar do cepo de corte, e o açougueiro é seu sumo sacerdote.

Sente a mão de alguém pousar no seu ombro e uma descarga de adrenalina lhe percorre a espinha. Sacode os ombros, tentando se livrar da mão.

— Chiara? — diz uma voz de mulher.

Ela se vira um pouco e vê o rosto de uma mulher de meia-idade, com expressão de cansaço.

— Chiara Ravello?

A mulher segura os ombros de Chiara e a gira para que ambas fiquem cara a cara. Instintivamente, irrefletidamente, sem mesmo olhar para ele, Chiara esconde o menino atrás de si, tirando-o de vista. Não consegue se lembrar daquela pessoa alta que a olha fixamente, com ar de descrença, espanto e alguma outra coisa, alguma outra emoção. Vê-se então arrastada para os braços da outra. Respira o perfume, aquela inconfundível mistura de rosas, baunilha e algo mais que jamais conseguiu identificar quando era criança ou adolescente — um cheiro que costumava sentir nos cabelos e no lenço do pai —, mas que agora reconhece. *Musk.*

Tenta se soltar, mas seus joelhos tremem; e a outra mulher a segura com firmeza. Simone Gauchet, a amante do seu pai.

— Me chame de Simone — lembra-se Chiara de ela ter dito na última vez em que se encontraram. — Venha me visitar quando quiser.

Porém, Chiara nunca quisera.

Qualquer porto serve em uma tempestade, pensa, permitindo-se ser abraçada. Faz muito tempo que não é abraçada por alguém maior e mais forte. Sempre tem sido a abraçadora, não a abraçada; a confortadora, não a confortada. Luta para não chorar. Sente o peito da outra mulher arfando.

A mulher a solta e Chiara dá um passo atrás, apertando Daniele contra as costas. Percebe que os anos não têm sido fáceis para Simone Gauchet, desde a última vez que a viu, em 1938, após o funeral do seu pai. Ela tem rugas em torno da boca, sua pele é pálida e manchada. Parece faminta. E é uma mulher grande, com arcabouço para carregar mais carne.

— Fico muito feliz em ver você — diz Simone. — Fiquei com medo de que lhe tivesse acontecido alguma coisa no bombardeio de San Lorenzo.

Sua voz, ao contrário do seu rosto, parece imune aos reveses do tempo, é rouca, melodiosa e baixa. Um homem poderia achá-la sedutora.

Seria uma enorme rudeza lhe virar as costas. Chiara tem que falar alguma coisa.

— Não estávamos morando lá. Cecilia e eu saímos do apartamento de San Lorenzo há alguns anos — diz. — Depois que meu pai morreu.

— Estava preocupada — diz Simone. — Quando vi aquelas imagens no noticiário, com o papa rezando no meio dos escombros, pensei: "Ah, não. Não as filhas de Alfonso. Aquelas meninas adoráveis."

Com a ponta do dedo do meio, ela enxuga as lágrimas que escorrem sobre seu rosto maquiado.

— Mas você está bem. Você está aqui. Ah! — Ela dá um grande suspiro. — Você não pode imaginar meu alívio.

Chiara observa Simone Gauchet dizer o nome do seu pai bem alto no meio do açougue, como se ele pertencesse a ela, como se dela fosse a mágoa pela perda. Alegando uma ligação com Cecilia e Chiara, quando nem mesmo as conhecia. Sorrindo para ela agora como se tudo estivesse certo no mundo.

— Então você vai ficar triste em saber que minha mãe *estava* lá — diz.

— Ah! — exclama Simone, como que sem fôlego. Seu sorriso desaparece e seu rosto cansado murcha outra vez. — Fico *realmente* triste em saber disso.

Chiara não detecta nenhum indício de sarcasmo no tom de voz da mulher, nenhum sinal de malevolência ou de satisfação latente com a morte da rival.

— Ela me odeia — costumava dizer a mãe de Chiara. — Aquela vagabunda não consegue suportar o fato de eu ser mais bonita do que ela.

— Coitada da sua mãe — diz Simone. — Coitada de você.

Envergonhada, Chiara olha para o chão.

— E a sua irmã?

— Está bem — diz Chiara rapidamente, mas não o bastante para impedir que uma imagem de Cecilia, seu pálido rosto adormecido, desligado como o de uma criança, irrompa em sua mente. Ela não quer ser lembrada da irmã.

— Ela está no campo, na casa de nossos avós — diz com firmeza.

Não vai contar àquela mulher que Nonna morreu e que deixou Cecilia aos cuidados de praticamente desconhecidas. Disse que retornaria dentro de duas semanas e circundou o dia no calendário com uma caneta vermelha. Esse dia tinha passado havia muito tempo.

— Lá é mais seguro para ela — observa Simone.

— Ah, muito mais — concorda Chiara.

E a ideia de que isso talvez, apenas talvez, seja mesmo verdade entra na sua mente pela primeira vez. Talvez seu sentimento de culpa por ter deixado a irmã seja uma autoindulgência e Cecilia esteja passando muito bem na sua ausência. Beatrice e Ettore, que morariam na casa enquanto ela estivesse fora, haviam prometido cuidar dela como se fosse filha deles. Talvez fosse ela, Chiara, que estivesse atrasando a vida de Cecilia.

Outro cliente sai. Chiara dá mais um passo em direção ao balcão do açougue e, ao fazê-lo, revela a presença de Daniele.

— Você tem um filho! — exclama Simone, em voz alta e surpresa.

Daniele está com o chapéu de orelheiras tão enterrado na cabeça, que sua testa está totalmente coberta. Seus olhos escuros, que perscrutam Simone, estão como que ocultos no espaço sombrio de uma ponte baixa.

Chiara resiste ao impulso de mandá-la se calar. Lembra a si mesma que os falsos documentos de identidade estão no bolso interno do casaco de Daniele. Ela é a Signora Chiara Ravello Gaspari, como se fosse a viúva de Carlo, e ele é Daniele Gaspari.

Família, pensa ela, agarrando-se às palavras da freira. Comum. Mesmo assim, a ânsia de preencher o silêncio, de evitar comentários e perguntas a leva a falar:

— São as galinhas — ouve-se dizer. — Estávamos para retornar ao campo, mas nos deram essas galinhas e assim nós, hum...

— Como? — diz Simone, mas não está realmente prestando atenção. Está sorrindo para Daniele. — Eu sabia que você estava noiva. Carlo, não era? Mas não sabia que vocês tinham se casado!

A constatação de que Simone nem mesmo sabe que Carlo está morto, que morreu um mês depois do pai dela, ajuda Chiara a controlar o impulso de falar.

— Este é Daniele — diz.

Ela não tem que se explicar para aquela mulher. Não é da conta de Simone Gauchet que ela tenha quebrado a promessa eterna, feita à irmã, de que retornaria. Sempre e para sempre. Nem tem que explicar a Simone o motivo de expor uma criança aos perigos e privações da cidade ocupada quando tem uma opção.

Porém, de certa forma, *foram* as galinhas, pensa ela. As galinhas mostraram a ela que era ali, em Roma, que ela poderia manter o garoto em segurança. Que a melhor chance de ambos era em meio às ruínas.

Procurara Gennaro em busca de conselhos para obter documentos falsos. Não no bar, que estava fechado, na cidade fantasma em que se transformara o gueto, mas na casa dele, no Janículo, onde plantava hortaliças e criava galinhas. As pessoas criavam galinhas nos telhados e nos quintais. Plantavam hortaliças em pequenos canteiros nos terraços ou calçadas.

Gennaro falou sobre as freiras da Santi Quattro Coronati, que providenciavam documentos falsos. Quando já estava saindo, ele também disse que se juntara a um grupo de resistência diferente, que planejava atacar um regimento da SS.

— Não posso — disse ela. — Não mais. Tenho que pôr o menino em primeiro lugar.

Ela achou que ele a repreenderia. Outras pessoas com filhos ainda se arriscavam. Porém, em vez disso, ele meneou a cabeça e disse:

— Quer uma galinha? Assim, você terá ovos para o garoto.

— Mas onde vou colocar uma galinha? — perguntou ela. — E como vou alimentá-la?

— Elas comem qualquer coisa — respondeu ele. — Restos de comida. Dê restos de comida a ela.

— Isso é o que comemos — disse ela.

— Você vai dar um jeito — disse ele. — Se não der, pode matar a galinha e comer a carne. Sabe matar uma galinha, não sabe?

Ele amarrou as pernas da galinha e a acomodou na cesta dela.

— Leve mais uma — disse, colocando uma segunda galinha ao lado da primeira. — Para fazer companhia à marrom. Para o garoto — acrescentou.

Pedalando em alta velocidade, desceu a colina do Janículo com as duas galinhas amarradas na cesta, tão quietas e imóveis que ela pensou que haviam morrido de susto, e que assim não precisaria torcer seus pescoços. Ela as descarregou no piso da cozinha. Após um transe de um ou dois segundos, elas começaram esvoaçar, esbarrando nas pernas da mesa.

— Olhe o que eu trouxe — disse ela, quando Daniele entrou na cozinha.

Ao ver as aves cacarejantes, ele bateu palmas. Parecia ser um gesto de prazer. Chiara achou que as batidas das asas poderiam assustá-lo, mas ele não se intimidou nem um pouco. Lembrou-se de como ele era com a jumenta no sítio, sua facilidade em se relacionar com animais. Ele olhou para ela e ela gesticulou que sim, embora não soubesse bem qual fora a pergunta não verbalizada. Ele apontou para a galinha menor, com penas cor de creme no rabo e dorso sarapintado.

— Você gostou dessa? — perguntou.

Ele fez que sim com a cabeça. Ela se inclinou e prendeu as asas da galinha nas laterais para interromper seus movimentos e a levantou para que ele visse como se fazia; depois a soltou em seus braços estendidos. Ele a aninhou sob um dos braços e lhe afagou o dorso com a outra mão.

Pareciam enlevados. Menino e galinha.

— Precisamos dar nomes a elas — disse Chiara, pegando a galinha marrom. — Vou chamar a minha de Winston. E a sua?

Daniele inclinou a cabeça para o lado.

— Cacarejo — disse.

Como se falar fosse uma coisa normal. Como se não tivesse se mantido em completo silêncio por três meses. Apoiou o rosto no dorso da galinha.

— Seu nome é Cacarejo, não é? — perguntou.

Ela pensou naquilo como o milagre das galinhas. Em meio à existência improvisada e miserável de ambos, um milagre.

— Prazer em conhecer você, Cacarejo — disse ela, apertando o pé da galinha.

— Prazer em conhecer você, Daniele — diz Simone.

— Ela não é a minha mãe — murmura Daniele.

Chiara lhe lança um olhar de advertência. Por dentro, ela se contrai. Raramente ele fala, mesmo agora, mas este é o refrão: *Você não é minha mãe.*

Simone se agacha em frente a Daniele e lhe dá um abraço.

— Queridinho — diz ela.

Chiara observa a outra mulher ignorar todos os tabus, apertando o menino contra seu corpo, enquanto a cauda da pele de raposa que lhe cinge o pescoço se solta e mergulha na serragem do chão. Os pés de Daniele, enfiados nos sapatos deformados, erguem-se momentaneamente.

— Signora? — diz o açougueiro.

Chiara se vira para ele, fechando a boca. É sua vez. Só resta um pedaço de carne. O açougueiro o embrulha para ela.

— Acabou — grita, cravando o cutelo no cepo.

A mensagem percorre a fila, que logo se dispersa. Corre um boato de que há bucho em Testaccio.

— Desculpe — diz Chiara a Simone, enquanto atravessam a rua.

— Não precisa pedir desculpa — responde Simone. — Não tenho uma criança para alimentar.

O sapateiro fechou a oficina. *Fechado para os feriados,* diz um letreiro pregado à porta. Talvez tenha fugido. Ou sido preso. Talvez seja judeu e esteja se escondendo.

A cidade ocupada, descobriu ela, abriga uma rede de conventos, igrejas e casas seguras que escondem judeus que escaparam às prisões de 16 de outubro e às buscas subsequentes. E não apenas judeus. Combatentes da Resistência também. As notícias agora, no entanto, dão conta de que alguns se tornaram audaciosos demais após o desembarque aliado em Anzio semanas antes, e acharam que a libertação de Roma era iminente. Muitos dos líderes haviam sido presos, mas não Gennaro. Seu grupo ainda está em atividade.

Chiara vira as costas para a oficina e observa uma árvore desfolhada pelo inverno, rua abaixo, com pedras amontoadas na base. Só o que resta a fazer é dizer adeus a Simone, para que ambas sigam seus respectivos caminhos. Não entende por que estão paradas ali, postergando despropositadamente a despedida, como se tivessem algo mais para dizerem uma à outra.

Simone lhe dá uma cutucada. Está com sua sacola aberta, exibindo seu conteúdo.

— Tenho arroz e duas latas de tomate — diz.

Seus cabelos, com mechas grisalhas na frente, brilham como mel onde o sol os atinge.

Esta é a mulher que roubou meu pai do lar da família, pensa Chiara, com seus modos harmoniosos, sua voz doce e seu charmoso sotaque francês. Uma piranha sem-vergonha, vagabunda, ladra de maridos. A prostituta argelina.

Chiara se lembra da mãe gritando para o pai!

— Vá para ela, então, sua prostituta argelina.

Chiara conhecia Simone de reputação bem antes de se encontrarem pessoalmente.

Ela abana a cabeça.

— E um pequeno saco de carvão — diz Simone. — Tenho carvão.

Daniele se postou ao lado de Simone, onde está afagando a pele de raposa. Deve achar que é um brinquedo.

A primeira vez que Chiara viu Simone foi no enterro do pai, e ela usava pele de animal. De um tipo diferente. Estava envolta, embrulhada nela. Era alguma coisa escura. *Mink,* talvez. Simone estava na parte externa do círculo de pessoas presentes, com um véu negro sobre o rosto. Não fora convidada, é claro, embora o pai de Chiara tivesse morrido em seus braços de um ataque cardíaco. Mesmo assim, fora à igreja, onde permaneceu nos fundos; depois fora ao cemitério. Quando estavam se afastando do túmulo, ela saiu de debaixo de uma árvore e chamou Chiara pelo nome. Sob o véu, Chiara vislumbrou olhos bastante inchados, o rosto de alguém que havia chorado sem parar por dias. Ela perguntou se Chiara gostaria de ir à casa dela pegar alguma coisa que tivesse pertencido ao pai para guardar como lembrança. Dias depois, Chiara fora lá.

Os olhos de Simone também estão inchados agora. Ela disfarçou com maquiagem, mas a pele abaixo está arroxeada, como se tivesse sido machucada.

— Fico feliz que você ainda esteja usando o lindo anel de Alfonso — diz.
— Penso em seu pai todos os dias. Sinto falta dele todas as noites. Ele era o meu amor.

Chiara dá um passo atrás. Não quer que aquela mulher se approprie da memória do seu pai.

— Venha Daniele, diz.

— Sei que é horrível. Sinto vergonha de mim mesma. Sinto sim — diz Simone rapidamente, em sua voz baixa e sotaque característico. — Mas não devo me incomodar com isso. Quer dizer, de que adiantaria? Faz muito frio no meu apartamento. O vento fica chacoalhando as coisas. É como estar no mastro de um navio. Acho que o prédio balança com o vento. Não balançava, mas agora balança.

"E o andar de baixo foi tomado pela SS. O segundo andar. E coisas ruins, indescritíveis, estão acontecendo lá. Sei que estão. Assim, todos os dias, todas as noites, eu me imagino entrando e salvando seja quem for que esteja lá. Mas não posso. Todos os dias permito isso, passo por aquela porta, durmo no mesmo prédio independentemente do que esteja acontecendo. Então, eu penso, de que adiantaria eu me incomodar?"

Essa é a mulher que amou o pai dela irrestritamente por mais de vinte anos.

— Leve o carvão, assim mesmo — diz Simone, estendendo a sacola para Chiara.

Tem um ar cansado e desesperado, como se pudesse, uma vez liberta do peso do carvão e da necessidade de se manter aquecida, atirar-se no rio.

Essa é a mulher que seu pai amava.

Chiara dá um suspiro.

— É melhor você vir para nossa casa — diz. — Não é longe.

— Divino — comenta Simone, enquanto leva à boca outra garfada de ensopado. — Não sei como você consegue fazer isso. — E abana a cabeça com admiração, olhando para Chiara no outro lado da mesa. — À cozinheira — brinda, erguendo sua taça.

Erguendo o próprio copo e incapaz de conter um sorriso, Chiara pergunta a si mesma: como isso aconteceu? A amante do seu pai, além de partilhar uma refeição com ela, vai passar a noite na sua casa. E ela se sente feliz com isso.

Pensa se não teria a ver com o fato de Simone soltar exclamações de admiração e deleite diante de tudo. Como adorou o grande apartamento, cheio de ecos, com móveis antiquados, e como está tão feliz por finalmente conhecer o lugar onde seu amor foi criado. Como, quando todos estavam na área devastada que um dia fora a sala de jantar, antes de ser bicada e arranhada pelas galinhas, Simone olhou para a rede colocada sobre a sacada para impedir as aves de fugirem, riu alto e declarou que a solução fora "genial". Ou como a dilapidada adega do avô de Chiara era uma "absoluta maravilha". O modo como Chiara a utilizara, trocando algumas garrafas por parmesão, macarrão e restos de comida (para as galinhas) com o sommelier de um restaurante na Piazza Navona, foi considerado "muito engenhoso". Até o quarto improvisado foi visto como um arranjo "extremamente sensato". Simone diz que é muito prático aquecer um cômodo só, e que será possível abrir novas áreas quando tempos melhores vierem. É como se tivesse aberto ao acaso o livro que é Chiara nas páginas ilustradas no meio, que nem a própria Chiara sabia que estavam lá.

Ou talvez tudo tenha a ver com a suposição de ser sempre bem-vinda que parece dirigir o comportamento de Simone, uma espécie de despreocupação e autoconfiança que desperta um sentimento de generosidade correspondente no desconfiado coração de Chiara.

Ou talvez seja o modo como Simone pôs Daniele no colo para ler uma história, aninhou sua cabeça no pescoço dele e depois o liberou para brincar com as galinhas, como se fosse a coisa mais normal do mundo. E então disse:

— Que menininho triste. Onde você o encontrou?

E, quando Chiara lhe disse, ela chorou.

Spezzatino di cavallo não é comida que possa ser feita às pressas. Assim, o jantar demorou bastante para ser servido, com um grande intervalo entre o primeiro prato — um simples *risotto bianco,* pronto quinze minutos depois da chegada deles — e este. Ao longo da tarde, enquanto o *spezzatino* cozinhava lentamente e o apartamento se enchia com seu aroma nutritivo, as duas mulheres conversaram sobre a situação da Itália, o clima de desconfiança reinante em Roma e os melhores lugares para se conseguir meias compridas no mercado negro. Quando ouviram o noticiário e souberam que uma "formação alemã indestrutível" estava impedindo forças aliadas de avançarem, e até fazendo-as retroceder, concordaram que era propaganda nazista e que os aliados chegariam antes do final de fevereiro. Para comemorar, beberam uma garrafa quase toda de Frascati do precioso estoque de vinhos.

Enquanto Chiara se atarefava na cozinha, Simone e Daniele passaram o tempo na área reservada às galinhas, onde presenciaram Cacarejo pôr seu primeiro ovo de verdade (o anterior estava sem casca). Simone o batera e transformara em uma espécie de *zabaglione* para Daniele, que o comera com a menor colher encontrada.

Daniele cobriu uma folha inteira com desenhos de Cacarejo. Chiara contou a história da primeira tentativa dela de pôr um ovo, imitando os estranhos ruídos e movimentos emitidos enquanto a galinha se esforçava para expeli-lo. Correu então em torno da mesa da cozinha, cacarejando e rindo alto, na verdade dando gargalhadas. Ao ver Daniele, chocado, olhando para ela, pergunta-se se ele já a vira rir antes.

— Foi engraçado, não foi, Daniele? — pergunta-lhe, mas ele abana solenemente a cabeça.

Fica espantada ao descobrir que está se divertindo. Não com o desespero de quem acha que o mundo vai acabar no dia seguinte, mas genuinamente. Assim, quando Simone de repente consulta o relógio e anuncia que terá que chegar em casa antes do toque de recolher, Chiara se apressa em colocar um pouco do ensopado em uma tigela e cobri-la com um pano, para que Simone a leve para casa. Explicou o tempo de cozimento. Simone a escutou sorrindo e calçando as luvas. Só quando já estava à porta, Chiara se lembrou de que ela não tem carvão.

— Volte para dentro — disse, quase puxando Simone. — Você não sabe cozinhar, sabe? Durma aqui.

O jantar demorara tanto tempo que Daniele adormecera com a cabeça sobre a mesa.

— E um brinde ao pai da cozinheira — acrescenta Simone. — Alfonso Ferdinando Ravello. O amor da minha vida.

Olha fixamente para Chiara, como se a desafiasse a contradizê-la. Depois sorri. O vinho e a comida a reviveram. As cores retornaram às suas faces e seus cabelos estão com uma coloração semelhante à do mel. Suas mechas grisalhas não aparecem à fraca luz da cozinha.

— Babbo — diz Chiara, levantando sua taça.

De repente, ambas começam a falar ao mesmo tempo.

— Como? — diz Chiara.

— Estou muito feliz por estar aqui — diz Simone. — Só isso. Posso dizer, sinceramente, que você me trouxe de volta à vida.

Olha ao redor da cozinha, para o resto de ensopado na sopeira (o suficiente para amanhã, pensa Chiara), para a mão de Daniele sobre a mesa, com o sinal de nascença em forma de ferradura, seus dedos sujos, os cabelos caídos para a frente, e volta a olhar para Chiara.

— Você salvou minha vida — diz —, e lhe agradeço do fundo do coração.

Chiara se sente ruborizar ante o olhar chamejante da outra mulher.

— Acho melhor pôr o homenzinho para dormir — diz.

Sacode Daniele o suficiente para que ele acorde e se ponha de pé; leva-o, de olhos semicerrados, para fora do aposento.

Simone dorme no quarto de Cecilia. Diz que não se importa com o frio, pois tem sangue quente e gera calor em excesso.

— Seu pai dizia que não precisava de uma garrafa de água quente quando estava na cama comigo — diz, quando Chiara já está saindo. — Desculpe — acrescenta, ao ver o a expressão de Chiara. — Às vezes passo dos limites, eu sei.

— Não me importo de verdade — diz Chiara, surpresa ao perceber que é verdade. — É bom ouvir o nome dele.

— Ele representava mais para mim do que eu para ele — observa Simone. — Ele tinha você, Cecilia e sua mãe. E até tinha o pai e a mãe ainda. Eu só tinha ele.

Chiara volta para dentro do quarto, puxando o anel do dedo.

— Sinto muito ter obrigado você a me dar este anel — diz. — Na verdade, ·deveria ser seu. — Tira o anel e o estende.

— Você não me obrigou. Você pediu e eu dei. — Simone fecha a mão em torno da mão, muito menor, de Chiara. — De boa vontade.

De manhã, sem muitas discussões, Simone atravessa Roma até o próprio apartamento, reúne alguns pertences e volta para a casa de Chiara. Até que a situação melhore, concordam ambas.

Simone tem talento para conseguir coisas e agradar pessoas; Chiara, para fazer alguma coisa a partir de quase nada. A vida com Simone sobe um degrau acima da mera sobrevivência.

— Somos mais que a soma das nossas partes — Simone gosta de comentar, quando obtém, de alguma forma, mais um saco de carvão, ou quando Chiara coloca sobre a mesa mais uma engenhosa refeição.

Às vezes elas riem, e parece que Daniele é o adulto, um velho curvado pelas agruras do mundo, e elas, as crianças. Ele as olha com ar de reprovação, como se estivessem sendo desrespeitosas com a solenidade da época. Nosso *memento mori,* é como Simone o chama.

— Realmente admiro você — diz a Chiara, certo dia.

Chiara a observa cautelosamente. Admiração não é como descreveria a expressão no rosto de Simone.

— Deve ser difícil viver com Daniele sabendo que tudo pode terminar a qualquer momento.

— É a mesma coisa para todo mundo — diz Chiara. E pensa em dizer "para todas as mães", mas se cala.

— Não me refiro aos bombardeios, combates e todos esses...

Simone acena na direção do horizonte.

— Escombros — sugere Chiara.

— Sim, você tem que ter cuidado com ele, mas também com você mesma. Tem que viver com ele como se tivesse de devolvê-lo.

— Como assim?

Chiara detecta uma perigosa elevação no tom da própria voz. E sente alguma coisa se mexer dentro dela.

— Só um minuto — diz.

Então se levanta rapidamente, sai da sala e, no outro lado da porta, respira fundo. Não agora. Pensará nisso mais tarde. Quando estiver sozinha, tentará descobrir quando foi que começou a amar o menino mais do que qualquer outra coisa no mundo. Não agora.

Retorna à sala, mas não volta a se sentar.

— Não posso conversar sobre isso — diz. — Sua intenção é boa, eu sei, mas não quero discutir esse assunto. Não sei que bem isso fará.

Simone a ignora. Abaixa a cabeça e levanta a mão, com a palma voltada para Chiara, como um guarda de trânsito parando um caminhão em um cruzamento movimentado. Fala baixo e rápido, sem permitir interrupções.

Diz que entende o fato de Chiara ter escolhido, como o propósito da sua vida, manter o menino em segurança; que está à altura do trabalho que lhe caiu sobre os ombros. Que é algo admirável, até nobre. Que compreende que essa é a contribuição de Chiara para o mundo melhor que ambas esperam que um dia chegará. E que sabe que é difícil viver além do presente, naqueles tempos difíceis. Mas é exatamente isso que precisa ser feito. Quando aquela guerra terminar, virão buscá-lo. Não a família dele, talvez, mas sua comunidade. Quando o que restou desta retornar e houver algum tipo de julgamento, alguns anciãos — cavalheiros com barbas e pequenos chapéus no alto da cabeça, e mulheres com lenços na cabeça —, talvez venham reclamá-lo. Eles lhe agradecerão por ter mantido o garoto salvo, mas o levarão. E, a não ser que Chiara se prepare, isso cortará seu coração.

Chiara ouve essas palavras como se estivesse em baixo de uma cachoeira.

— Não posso amá-lo só pela metade! — grita, como que para ser ouvida acima do barulho estrondeante. — E o que sabe a respeito disso? Deu todo o seu amor a um homem casado. E não conservou nada, certo?

Está de punhos cerrados. Lágrimas escorrem por seu rosto.

A cabeça de Simone se move novamente. É mais um tremor que um assentimento.

Ela não gostou disso, pensa Chiara.

— Não estamos falando a meu respeito — diz Simone.

Levanta a cabeça, olha para Chiara e ergue as sobrancelhas.

Chiara tem uma vaga noção de que Simone disse mais alguma coisa, algo suave e apaziguador. *Vamos brigar*, pensa. *Vamos encher a sala com todas as coisas não ditas.*

Porém, enquanto reflete sobre a melhor forma de provocar Simone, outra parte de sua mente toma uma nova linha de pensamento, algo que sabe que a mulher ignora, algo que guardou na manga e que poderá encerrar a discussão. Então diz em voz alta:

— Nonna batizou ele.

Simone franze o nariz.

— E daí? — diz.

— Significa que ele é cristão. Tem que ser criado como cristão.

Simone morde o lábio inferior. Chiara já viu antes essa expressão.

Chiara estava presente quando o médico chegou para examinar o Nonno e auscultou seu velho peito, que estava chiando. E viu o rosto da Nonna, enquanto assimilava o que o médico dizia. Constatando que o diagnóstico era pior do que haviam imaginado. Era como Simone olhava para ela naquele momento.

Durante um minuto, nenhuma as duas disse nada.

Simone toma fôlego e abre a boca. Tem o ar de quem vai comunicar más notícias.

— Você está dizendo...

Chiara levanta a mão, como que se rendendo.

— Não — diz.

Entretanto, Simone é implacável.

— ... que só porque sua *nonna* derramou água sobre a cabeça do garoto e recitou algumas palavras misteriosas você não terá que devolvê-lo?

Chiara põe as mãos sobre o rosto e pressiona os dedos frios nas faces, enquanto olha para Simone por cima das pontas dos dedos.

— Não estou dizendo para você amá-lo pela metade — continua Simone. — Ame o menino de todo o coração. Que outra maneira existe de amar? E, vamos reconhecer, o safadinho bem que precisa disso. Mas, de alguma forma, tenha em mente que a situação, provavelmente, não vai durar para sempre. Que, quando tudo isso terminar e tempos melhores chegarem, você poderá continuar sua vida, casar-se talvez, ter os próprios filhos.

— E se eu não quiser?

— Claro que quer. Todas querem. Nem todas conseguem. — Olha para Chiara fixamente. — Não estou pensando só em você. Estou pensando no garoto. Ele não precisa continuar no gueto. O que ele carrega dentro dele.

Chiara para de retrucar. Permite que as palavras de Simone penetrem nela.

— O que posso fazer? — indaga.

A resposta vem tão prontamente que é óbvio que Simone tem pensado no assunto.

— Acho que podemos pedir que escreva cartas para a mãe dele. — Levanta a mão, achando que Chiara está prestes a interrompê-la, o que não está. — Você pode, nós podemos, supervisionar e perguntar onde a mãe dele costumava ir com ele, se ela tinha algum lugar favorito. Então, você poderia ir com ele esconder o bilhete e... não sei. — Ela abana a cabeça. — Não sei se isso seria bom nem se ajudaria esse pobre menininho triste e você, mas...

DEZESSETE

A *signora* esfregava um grosso talo de aipo sob a água da torneira, raspando com o polegar as partes mais encardidas. Maria observava fascinada.

Na opinião da menina, não havia desculpas para o aipo. Na melhor das hipóteses era inútil, quase um não vegetal, mais textura que sabor. Sua mãe geralmente o servia puro, em um copo de vidro, tentando, talvez, passar aquilo como uma decoração para a mesa. Na pior, era servido como parte de algum jantar promovido pela escola, cozido junto com ensopado de carne, não mais crocante — a única coisa a seu favor. Aquilo era um insulto ao bom nome das hortaliças. Às vezes, quando a família esperava convidados e ela preparava um bufê, a mãe enchia as cavidades com *cream cheese,* salpicava-o com cebolinhas e o cortava em pedaços. Isso ficava ao lado de salsichas pequenas, rolinhos de aspargo enlatados e *vol-au-vents* recheados com um creme de cogumelos cinzento e viscoso, mas saboroso, segundo se lembrava. Sua mãe sabia preparar um bom creme de cogumelos.

— Conte o que aprendeu hoje — pediu a *signora*.

Maria desfiou uma lista de verbos irregulares.

— Quer que conjugue para você? — perguntou.

Ela os enumerou no presente do indicativo, acrescentando seus particípios passados, enquanto a *signora* colocava o aipo sobre a tábua de corte e o fatiava quase todo com uma pequena faca afiada, removendo os fios até as pontas.

— Gostaria de perguntar uma coisa. O que aconteceu com o chapéu-cogumelo? — perguntou Maria.

— Hein? — disse a *signora*, despejando o aipo picado em uma panela que estava sobre fogo baixo.

— O chapéu-cogumelo que você ficou de usar quando fosse me esperar na estação — explicou Maria.

— Não estamos na temporada de cogumelos — disse a *signora*. Ela descascou uma cebola e tirou a pele de dois dentes de alho. — Se ainda estiver aqui, levo você.

— Me leva aonde? — indagou Maria, atônita com o rumo que a conversa tomara.

— Ao melhor lugar que conheço aqui em Roma. Fica nos jardins acima do Trastevere. Havia, ahn, a palavra me escapa, bandos, é isso? Agrupamentos? Existe uma palavra muito boa em inglês, conheço ela. De qualquer forma, encontrei o lugar há dois anos. *Porcini* imensos. Incríveis.

Porcini. Teria a ver com porcos? Maria perguntara a respeito de um chapéu e agora elas estavam conversando sobre o que parecia ser porquinhos.

A *signora* descreveu uma curva com as mãos, segurando uma bola imaginária, mais ou menos do tamanho de uma bola de futebol, meneou a cabeça e voltou ao trabalho.

— Grandes como pratos — disse. — O tempo foi perfeito para eles este ano.

— *Porcini?* — exclamou Maria.

— Sim, como vocês dizem em inglês?

— Não sei.

— Nem eu — disse a *signora*. — Olhe no dicionário.

Havia toda uma fileira de dicionários na estante do salão. Um deles era só de italiano, mas continha ilustrações. Maria trouxe esse e um de inglês-italiano.

— Tufos — disse a *signora*. — Lembrei. Tufos. Boa palavra, não?

Porcini eram um tipo de cogumelo.

— Parece que não existe uma palavra adequada em inglês — disse Maria, duvidosamente. — Podemos dizer *cèpes*, que é o nome em francês, ou *boletus*, que é latim.

— Talvez não cresçam no País de Gales.

A *signora* adicionou à panela o alho e a cebola, cujos aromas se juntaram ao do aipo.

Maria examinou as imagens. Os cogumelos eram como grandes botões marrons.

— Então seu chapéu-cogumelo é com um cogumelo *boletus?* — perguntou Maria.

— Meu chapéu! Você queria dizer meu chapéu. Perdi esse chapéu e me esqueci dele — disse a *signora*. Aproximou-se e olhou por sobre o ombro de Maria. — Talvez não fosse muito parecido com um cogumelo. Não realmente — disse ela. — Acho que perdi o chapéu no domingo, quando caí.

— Ah, o que o médico disse? — indagou Maria.

A *signora* foi até o armário e pegou um potinho de vidro com tampa contendo lascas secas e retorcidas.

— É um negócio que tenho no ouvido. Vai passar. — Ela abriu a tampa do pote e o colocou sob o nariz de Maria. — Mais cedo ou mais tarde.

Maria aspirou um profundo e terroso aroma de cogumelos, quase a ponto de ser muito desagradável.

— *Porcini* — disse a *signora*. — Que eu mesma sequei.

Retornou ao fogão, deu uma mexida na panela e acrescentou um pouco do vinho branco que sobrara da noite anterior.

— Esse cheiro é fabuloso — disse Maria. — Nem consigo mais sentir o cheiro do aipo. Gostaria de aprender a cozinhar.

— Vou preparar um risoto verde. Como Nonna fazia.

A avó de Maria — ou melhor, sua antiga avó, mãe de Barry — também fazia risoto. Risoto de carne da Vesta,* era como se chamava; vinha em uma embalagem de papelão com uma imagem da Torre inclinada de Pisa. Era preciso acrescentar água fervendo para que o arroz, os vegetais secos e os pequenos cubos de um composto de carne se expandissem. Uma das melhores refeições preparadas por sua avó. Porém, em nada se parecia com o

---

* Companhia britânica surgida na década de 1960. (N.T.)

arroz gelatinoso, com grandes grãos de feijão e ervilha (onde o gosto de aipo era indetectável), que a signora lhe serviu em uma tigela. Por cima, polvilharam um queijo divino, com cheiro penetrante. Queijo *parmigiano*, disse a *signora*. Maria conferiu o nome no dicionário: significava "de Parma". Era como sua família chamava o pó de queijo servido em casa que vinha em um pequeno tudo de plástico e tinha cheiro nauseabundo.

No final do repasto, Maria soube que aquele apartamento pertencera aos avós da *signora*, a *nonna* e o *nonno* dela; a *signora* só o ocupara quando eles se mudaram permanentemente para o campo, onde tinham um sítio. A palavra italiana para "sítio" soava como "fatura". Era um desses falsos amigos, assim como "entediado" se parecia com "enfastiado" e *caldo,* que deveria significar algo como "sopa", significava "quente".*

— Só tenho um retrato deles — disse a *signora*. — Vou mostrar para você.

Ela saiu do aposento e retornou momentos depois, depositando entre as mãos de Maria um porta-retratos dourado com desbotada foto sépia, onde se via um casal de meia-idade. A mulher tinha os cabelos escuros presos em coque no alto da cabeça; usava vestido comprido e luvas brancas. O homem trajava um terno escuro e colete, de onde pendia o que poderia ser uma corrente. Tinha os cabelos penteados para o lado, bigode e uma expressão séria e perspicaz. Estavam em frente a um pano de fundo com imagens de árvores.

A *signora* começou a tagarelar a respeito do *nonno* enquanto preparava o café, mas falava rápido demais. Sentada à mesa, agradavelmente saciada e mergulhada em uma espécie de estupor, Maria só entendia algumas palavras. "Pássaro" foi uma delas; "colinas", outra. Ociosamente, deslizou o polegar pela moldura da foto, acompanhando a ranhura onde esta fora inserida. Sentia-se bastante sonolenta. A ponta de alguma coisa, de uma foto mais antiga, talvez, projetou-se pela ranhura. Ela a empurrou de volta para o lugar. Gostaria de ter um quarto só para si, para onde pudesse ir naquele momento e se deitar, mesmo que só por cinco minutos.

---

* Sítio — *fattoria*; entediado — *infastidito*. (N.T.)

De repente, a foto lhe foi arrebatada. Com uma das mãos, a *signora* a apertou contra o peito, enquanto, com a outra, pressionou a testa, como se estivesse com dor de cabeça.

— Ah! — disse Maria, surpresa. — Desculpe.

A *signora* rodopiou como um pião e disparou para fora da sala, com a mão na cabeça. Talvez tivesse achado que Maria poderia deixar o porta-retratos cair.

— Aqui está uma foto da minha mãe e do meu pai — disse ela ao retornar, como que à guisa de explicação, como se Maria tivesse dito "essa foto é chata, mostre outra". — É o retrato de casamento deles.

Como o café já estava fervendo, a *signora* apagou o gás. Resignadamente, Maria olhou a cópia sobre a mesa. Não a pegou, pois parecia haver certa etiqueta no manuseio de fotos de família, que ela involuntariamente já infringira uma vez.

— Olhe para as mãos — disse a *signora,* voltando a falar inglês.

Talvez Maria não tivesse feito nada de errado, afinal de contas, talvez tivesse apenas interpretado mal a *signora.* Examinou a foto.

— Está vendo como os dedos dela estão cruzados? Só notei isso outro dia. Acho que foi para dar boa sorte.

— Se alguém cruza os dedos quando faz uma promessa, não tem que manter essa promessa — disse Maria, sem pensar no que isso significaria no contexto de um casamento.

Estava tentando descobrir se o anel no dedo mínimo na mão direita dele era o mesmo que ela tinha no compartimento externo da sua bolsa.

— É mesmo? — exclamou a *signora.* — Nunca ouvi isso.

— Ela parece bem jovem — comentou Maria.

— Estava com 16 anos.

Maria levantou a cabeça.

— Não acredito — disse. — A minha idade? — Ela observou novamente a garota — Como que pode, ela ter casado com apenas 16 anos?

— Eu conto a história — disse a *signora.* — Conto em italiano, sim, e você me faz perguntas se eu for muito rápido ou se você não entender.

Então contou a Maria como seu pai Alfonso cortejou sua mãe Antonella, quando a família desta estava prestes a emigrar para a Argentina.

Era uma sensação deliciosa estar sentada no relativo frescor da antiquada cozinha da *signora*.

— E Daniele Levi — disse Maria. — Meu *babbo*. — Ela estalou os lábios ao pronunciar os Bs, ainda contemplando a foto dos pais da *signora*. — Quando morava aqui, costumava sentar na cozinha com você? Ou preparava as próprias refeições?

Não recebeu nenhuma resposta. Ao erguer a cabeça, viu que a *signora* tinha um olhar desfocado, como se — naquela sólida cozinha, com a velha mesa quadrada e seus armários amarelos — estivesse observando uma cena dolorosa através de um buraco no tecido do tempo.

— Está bem? — perguntou.

A *signora* pestanejou e se recobrou.

— Sim — disse. — É essa tontura. Ela vem e vai. — E rodopiou o dedo indicador perto da cabeça. Em seguida, pôs-se de pé com um pulo e bateu palmas. — Venha — disse —, vamos iniciar o espetáculo. É assim que vocês dizem, não é? O Coliseu não vai esperar para sempre.

— Posso ir vestida assim? — perguntou Maria.

Estava usando uma das roupas da coleção da *signora*: um vestido vermelho e branco, cuja saia godê farfalhava e girava em torno das suas pernas quando caminhava.

A signora a olhou de alto a baixo.

— Que tal um casaquinho para quando esfriar à noite? — sugeriu. — Para o caso de nos atrasarmos.

Maria escolheu um casaco bolero da coleção do quarto de vestir.

— Perfeito — disse a *signora*, enquanto saíam do apartamento.

O sol da tarde banhava o céu com um matiz dourado. Elas tomaram um ônibus. Não precisariam contratar um guia profissional, disse a *signora*, pois ela tinha um livro.

Começaram pelo Fórum, que era perto do Coliseu. Maria seguia a *signora*, que lia em voz alta as informações de um guia Michelin desatualizado.

Enriquecia a secura dos fatos e datas com uma elocução entusiasmada. Em uma elevação coberta de grama diante de uma fileira de três colunas, pararam com o sol abrasando suas nucas.

— O Templo de Dionísio — leu a *signora*.

Espalmou a mão, apresentando as colunas a Maria, e Maria às colunas.

— Sim — disse Maria.

A *signora* inclinou a cabeça para trás, como se quisesse dar um exemplo de como se admirar os intrincados detalhes dos capitéis. De repente soltou um grito e começou a cair, enquanto o livro escapava dos seus dedos frouxos.

Foi como se uma bola de hóquei a tivesse atingido na cabeça. Maria se adiantou para apará-la antes que atingisse o chão. Ao abraçar seu tronco, sentiu o coração da *signora* palpitando alucinadamente. Ambas se sentaram na grama, cercadas pela saia rodada de Maria, que se espalhara por toda a volta.

Os fracos gritos da *signora* cessaram.

Como era estranho ter no colo uma pessoa adulta, sentir que aquela pequena mulher, com seu tronco estreito e ossudo, estava de alguma forma aos seus cuidados. Os pensamentos de Maria voaram até seu irmão e sua irmã.

— Não se preocupe — disse. — Estou aqui segurando você.

— Desculpe, Maria — murmurou a *signora*.

Maria viu a palavra como se estivesse escrita no ar, entre elas, o L formando um laço. *Desculpe*.

Colocou a *signora* em um táxi.

— O médico me disse para não fazer essa coisa com a cabeça, mas me esqueci — disse a *signora*. — Vou deitar na cama e dormir um pouco. Vou estar ótima mais tarde. Pode achar o caminho de volta, não acha?

— Não pode — disse Maria automaticamente.

— Hein?

— Você deve dizer "não pode" e não "não acha".

— Ah, sim — disse a *signora*. — Não foi? Não vamos? Não devem? Obrigada, Maria. Mais uma vez peço desculpa.

Sentada no banco traseiro do táxi, deu um sorriso abatido.

Maria abanou a mão, como se estivesse afastando o que quer que fosse, e sorriu para a *signora*.

— Está desculpada.

Meu Deus, pensou, ao ver o rosto da *signora* se contrair enquanto o táxi se afastava.

"O Coliseu, também conhecido como o anfiteatro de Flávio, é a maior estrutura desse tipo existente no mundo", leu ela.

Uma guia turística conduzindo um grupo de americanos passou e ela se juntou a eles, deixando o livro de lado. O grupo desceu por uma escada em ruínas e, por cima de uma balaustrada, contemplou o lugar onde gladiadores se preparavam para as lutas. Maria não conseguiu vê-lo adequadamente, entretanto, pois estava na retaguarda. A guia falava inglês com forte sotaque.

— Eles faziam a toalete aqui — informou.

Maria deixou o grupo e subiu as arquibancadas até uma área ensolarada. Sentou-se sobre o toco de um pilar e contemplou as fileiras de colunas e arcos. Era ótimo estar sozinha. Recostando-se em uma pedra, sentiu seu calor atravessar o vestido e chegar à pele úmida. Afrouxou o cinto uma casa, para que o ar circulasse. Adorava estar com tanto calor. Nunca antes dera uma caminhada sentindo-se encalorada o tempo todo. Por toda a sua pele, atrás dos joelhos, entre os seios e por baixo deles, nas pestanas. Era uma coisa nova para ela, mas também familiar; e quase confortável, como se já tivesse vivenciado antes aquela sensação, em alguma época esquecida.

Tirou da bolsa o anel de Daniele Levi e o manteve na palma da mão. Se realmente fosse o mesmo anel que o pai da *signora* usava na foto, o que significaria? Será que Daniele Levi o roubara? Deveria devolvê-lo à *signora*? Mas então a *signora* saberia que ele era um ladrão. Talvez houvesse uma explicação diferente.

No outro lado da passagem em que se encontrava, um menininho subiu no toco de outro pilar e puxou uma espada de plástico de uma bainha de plástico. Ele a fez se lembrar do irmão mais novo.

Guardou o anel. Quando estivesse sozinha no apartamento, iria examiná-lo com mais atenção e o compararia com o da na foto. Poderia dar uma olhada na outra foto também, aquela que a *signora* lhe arrancara das mãos.

Os pais do menino se aproximaram, empurrando um carrinho com seu irmão mais novo. Estavam discutindo. O garoto permaneceu imóvel como uma estátua, brandindo a espada acima da cabeça. Entretidos um com o outro, todavia, nem se deram conta daquela pose maravilhosa. Permaneceu imóvel por alguns momentos; depois, pulou para o chão e correu atrás deles golpeando as arquibancadas de pedra, com uma expressão carrancuda no rosto vermelho. Golpeou as rodas do carrinho de bebê. A poderosa espada ficou presa e foi destroçada entre os raios. A mãe deu umas palmadas nas pernas do garoto, que começou a chorar.

— Pelo menos, você não está sendo jogado aos leões — Era o que Barry provavelmente diria àquele garoto, caso estivesse ali.

Depois o faria esquecer o tratamento injusto que recebera ao falar sobre as multidões sedentas de sangue, os animais rugindo, os gladiadores corajosos e os desditosos cristãos.

Inclinando-se para trás, deixou que o sol banhasse seu rosto. Barry, seu antigo pai.

Pestanejou, levantou-se, espanou alguns fragmentos de grama que haviam grudado no elegante vestido, provavelmente quando amparara a *signora,* e seguiu na direção oposta.

No caminho de volta para casa, Chiara teve de pedir ao motorista que parasse. Apoiou-se então na porta, esticou a cabeça para fora da janela e vomitou no chão, despejando na sarjeta o almoço tão cuidadosamente preparado, enquanto os passantes saíam do caminho emitindo ruídos de indignação. Chegando ao prédio, subiu a escada penosamente, agarrando-se ao corrimão. A vertigem nauseante suavizara, mas não desaparecera; e alguma coisa parecia deslocada na sua cabeça, como se uma pedra cobrisse a entrada oculta de uma caverna e fosse repentinamente removida.

Aquela garota. Aquele ser alienígena que ela acolhera, aquela garota e todas as suas perguntas. Quando percebeu que pusera nas mãos de Maria a foto oculta de Daniele, quase desmaiara.

Havia imaginado uma criança, uma criatura frágil. Iludira-se com a vozinha baixa ao telefone, as lágrimas e as hesitações. Alguém manejável, dócil e retraída era o que tinha em mente. Não aquela criatura já quase formada, *vistosa*, com seios volumosos e cabelos desgrenhados. Porém, mesmo assim, mesmo assim, juntamente com a náusea, a tontura e... procurou a palavra. Terror parecia forte demais, mas serviria, era quase isso. Terror, sim. Juntamente com isso tudo havia outro sentimento, uma espécie de sobrevoo, uma coisa que não sentia havia tanto tempo que mal a reconheceu. E o nome dessa coisa era júbilo.

A filha de Daniele.

Ela precisaria entrar em contato com Antonio para dizer a ele que fariam aquilo agora. A grande revelação. Não aguentaria adiar por mais tempo o momento de contar à garota.

O padre Pio atendeu ao telefone. Antonio estava fora. Voltaria após o fim de semana.

— Peça a ele que me telefone assim que chegar — disse ela.

Refletiu se conseguiria esperar até a semana seguinte. Sim, se planejasse as coisas cuidadosamente, os passeios e as excursões. A escola de línguas organizaria uma visita às catacumbas no fim de semana. Inscreveria a garota nessa excursão. E solicitaria a ajuda de Beppe, o filho do seu primo.

Manteria a menina tão ocupada que os pés dela sequer tocariam o chão.

DEZOITO

Uma das mãos de Daniele está enganchada no bolso de Chiara; a outra, enfiada no próprio bolso, onde segura os bilhetes que escreveu à mãe. Uma pontada de orgulho — com o fato de ele escrever tão bem e de ter sido ela quem o instruiu — supera momentaneamente a ansiedade dela.

— Está pronto? — pergunta ela.

Ele acena que sim.

— Sabe onde estamos indo e o que vamos fazer?

Irão primeiro ao gueto, depois à colina do Janículo, acima do Trastevere; todos locais que ele mesmo escolheu.

— Está com os documentos?

Os documentos de identidade falsos estão no bolso dele, caso sejam parados. Ele acena que sim novamente.

Ao partirem, a ansiedade dela retorna. É um emaranhado de temores. Teme o efeito que o regresso ao local da prisão da família do menino poderá ter sobre ele, sobre eles. Teme que ainda haja militares no gueto. Imagina um franco-atirador agachado a uma janela alta, ajustando o ângulo do seu rifle. Teme que Daniele possa fugir quando eles estiverem no bairro em que foi criado; que saia correndo, desapareça em alguma ruela do gueto e se esconda. É muito forte nele o impulso de correr. E como iria encontrá-lo de novo?

Chiara gostaria de adiar a incursão. Duas semanas antes, os *partisans* atiraram uma bomba contra um regimento da SS e mataram 12 policiais. A tensão está alta e boatos se alastram. Nada em escala tão grande jamais aconteceu antes no coração da cidade. Fora de bicicleta até a casa de Gennaro, mas ele não estava lá. Ela não sabe se ele está foragido, se foi capturado ou se seu grupo foi responsável pelo ataque e ele está cheio de medo. Ouviu que o autor do atentado estava entre as vítimas e que um soldado da SS matou um homem a tiros na rua só porque ele mexeu as mãos quando o mandaram ficar imóvel. Há relatos de represálias e de transeuntes presos ao acaso — inclusive crianças e velhos sem qualquer relação com o atentado — e levados sabe-se lá para onde. Pessoas têm desaparecido.

Simone disse que nunca há um momento certo e que eles deveriam ir em frente.

Caminham rápida e determinadamente. Simone os segue a alguma distância. É a escolta deles, pronta a iniciar um tumulto para desviar atenções, caso necessário. As ruas e praças do gueto estão desertas. Mesmo assim, a cada passo, Chiara resiste ao impulso de pegar Daniele e sair correndo. O simples fato de estar ali parece uma provocação, um deliberado desafio à sorte.

Atravessam a Piazza Costaguti e entram no escuro túnel de pedestres ao lado do pequeno templo no outro lado da praça. Daniele levanta uma pedra solta no pátio onde desembocam, perto da entrada da casa de sua família, e deposita seu bilhete por baixo, onde a chave de reserva costumava ser guardada. As grossas paredes dos prédios ao redor, o silêncio lúgubre, a falta de outro caminho de saída além do túnel por onde entraram, tornam o pátio opressivo. Daniele observa a entrada da casa. Ela mal pode imaginar como o vazio e o silêncio devem estar atingindo o menino e quais pensamentos podem estar passando por sua mente.

— Venha — diz. — Vamos embora.

Ele se vira para ela com o rosto impassível. Ela percebe que seu temor era infundado. Ele parece estar em uma espécie de transe. É um mistério para Chiara. *Nunca saberei*, pensa ela. E começam a caminhar.

O segundo bilhete é facilmente enfiado por trás de uma placa da praça.

Dobram na Via del Portico d'Ottavia, onde o garoto escolhe uma velha caixa de coleta de donativos embutida em uma parede para depositar seu terceiro bilhete. Chiara já passou por ela muitas vezes, sem mesmo notá-la. Além da ranhura, há uma inscrição que ela imagina ser em hebraico, com uma tradução em italiano abaixo: *Para os órfãos*. A ranhura é para moedas e o bilhete dobrado não passa.

— Posso ajudar? — pergunta ela.

Ele a ignora, abre o bilhete e o dobra de novo. Não demonstra pressa nos movimentos. Demora uma eternidade. Enquanto remexe no papel com os dedos gorduchos, a sensação que ela tem é a de que seu coração vai explodir e suas pernas vão ceder. Nota um pequeno buraco de fechadura na caixa de metal e se pergunta quem seria o guardião da respectiva chave e onde estaria ela agora. Subitamente, imagina uma pilha de chaves não reclamadas que abrem as portas dos prédios do gueto. Olha para outro lado. As ruas ainda estão vazias.

Finalmente o garoto termina e eles se afastam. O último bilhete é enfiado por baixo da porta do bar de Gennaro, que está fechado com tábuas. Continuam a andar pela Via del Portico d'Ottavia, passando pelo Teatro de Marcelo e desembocando na Lungotevere. Atravessam a pequena ponte que leva à ilha no meio do rio e se dirigem à igreja de São Bartolomeu, onde ficaram de se encontrar com Simone. Há uma missa em pleno andamento, embora a tarde já estivesse na metade. Eles se postam nos fundos da igreja, perto da porta.

O padre está lendo o evangelho.

— Jesus atravessou com seus discípulos o Vale do Cédron, onde havia um jardim — diz.

Hoje é Sexta-Feira Santa, percebe. A horta acima da casa da Nonna aparece em sua mente, assim como o vale no outro lado da colina.

— Mas Judas, que o traiu, também conhecia o lugar — prossegue o padre.

Alguma coisa há muito contida irrompe e um gemido escapa dos lábios de Chiara. Cobre a boca com a mão para abafar o som, mas, por trás dela, sua boca está aberta em uma careta de horror. Há um poço de lágrimas derramadas dentro dela, um poço sem fundo.

Simone aparece e os leva de volta à entrada da igreja, onde abraça Chiara.

— O que houve? — diz. — Vocês se saíram muito bem. Os dois se saíram muito bem.

Chiara não consegue se recompor o suficiente para responder, mas agarra a manga da blusa de Simone e chora inconsolavelmente no seu regaço.

— Cecilia — diz por fim.

Com Chiara ainda aninhada ao seu peito, Simone lhe dá umas palmadinhas reconfortantes. E a lembra de que ela deixou Cecilia aos cuidados do casal Morelli e que Beatrice parece uma pessoa muito competente. Menciona também o robusto e fiel Gabriele. Por fim, Chiara se acalma.

Simone não os acompanha no estágio final da incursão. Deixa-os ali. Quer ver se encontra alguma coisa para comerem à noite. As rações de pão foram cortadas novamente. Já consumiram a magra cota diária e não há nada nas lojas. O quinto bilhete deverá ser deixado no monumento a Anita Garibaldi, cuja foto Daniele selecionou na livraria. Chiara se sente fraca e atordoada de fome, cansaço e emoção. Imagina que Daniele também deve estar exausto; assim, na esperança de que apareça um ônibus e eles não precisem caminhar o dia inteiro, seguem a rota.

A Via Garibaldi ziguezagueia pela colina do Janículo. À medida que sobem mais alto, deixando a cidade para trás, Chiara começa a se sentir menos fatigada. Respira com mais facilidade e suas pernas recuperam as forças. Faz um dia lindo e os carvalhos estão florescendo. Não passa nenhum ônibus. Eles fazem uma pausa na ampla praça onde se encontra o monumento a Giuseppe Garibaldi. Desse ponto, as privações e os estragos que a cidade sofreu não são visíveis. Roma parece intacta, reverberando sob a suave atmosfera primaveril.

— Que maravilha — diz Chiara.

Caminham um pouco mais e lá está ela, Anita Garibaldi sobre seu corcel. Daniele se desgruda de Chiara e corre ao encontro dela. Contorna duas vezes sua base, segurando rédeas imaginárias. De repente para, empinando, relinchando e pateando o chão.

Parece uma criança brincando.

Chiara o observa, admirada. Sente que também pode iniciar um galope, mas se contém.

— Esse é o lugar certo, não é? — pergunta, quando se emparelha com o garoto.

Querendo dizer que aquele é o lugar onde a esperança e a possibilidade de que uma mensagem chegue a seu destino não parecem absurdas.

O garoto acena afirmativamente.

A estátua de bronze representando Anita Garibaldi com uma pistola em uma das mãos e um bebê na outra está montada sobre um pedestal decorado com cenas dramáticas em baixo-relevo. Eles sobem as escadas do pedestal e o circundam lentamente, examinando as cenas. As partes mais salientes, como bandeiras brandidas por cavaleiros, crinas esvoaçantes, patas e focinhos são mais claras, com um tom esverdeado. O friso na parte de trás mostra um quadro de devastação, o desfecho de uma batalha, com corpos empilhados uns sobre os outros. Neste ponto, o matiz esverdeado aparece na mão estendida de um homem, na manga frouxa de uma camisa e no salto de uma bota pressionada sobre o rosto de alguém.

Chiara e Daniele são atraídos pela figura da própria Anita, ajoelhada em meio aos corpos, alerta e cheia de vida entre os mortos; contemplam a curvatura das suas costas, as ondas dos cabelos e as dobras do vestido. A do cotovelo forma uma cavidade. Chiara levanta Daniele e ele insere o bilhete ali, dobrado em pequenos quadrados.

Depois o pousa no chão e sorri para ele.

— Consigo subir naquela árvore — diz o menino, apontando para um carvalho nas proximidades.

— Me mostre — responde ela, sentando-se nos degraus do pedestal para observar a ação.

Ao chegarem em casa, descobrem que Simone conseguiu um saco de farinha de castanhas e que Winston pôs dois ovos. Chiara prepara uma espécie de pão doce, que comem quente, diretamente do forno.

DEZENOVE

Ajoelhada diante da Pietà, Maria contemplava as dobras esculpidas no mármore. O local era fresco e tranquilo. Embora houvesse um fluxo constante de turistas indo e vindo à enorme igreja — resmungando e possivelmente reclamando da indignidade de serem obrigados a cobrir os braços e as cabeças (se fossem mulheres), ou remover os chapéus (se fossem homens) —, eles não a perturbavam. Ela mesma estava usando um fino lenço de algodão sobre os ombros, proveniente do estoque mantido à entrada da igreja.

Após dias de atividade frenética — manhãs na escola; tardes conhecendo os pontos turísticos de Roma com o sobrinho da *signora,* Beppe, e o amigo dele, Carmelo, ou com outros amigos da *signora* que desejavam lhe mostrar a universidade; e todo o sábado tomado por uma excursão à Vila Adriana promovida pela escola de línguas —, agora, diante da mais famosa das estátuas, enfim ela conseguia simplesmente fazer uma pausa.

Já vira o Fórum, o Monte Palatino e o Capitólio, as catacumbas mais próximas e um espantoso número de igrejas, inclusive uma feita de ossos. E usara diversas roupas da extraordinária coleção da *signora,* tendo sido muito admirada. Hoje vestia uma túnica sem mangas à altura dos joelhos, datada dos anos 1960. Era de seda furta-cor com reflexos azuis e rosados e enormes botões cor de rosa na parte de trás.

— Só pedindo para serem desabotoados — segundo Carmelo.

Não por ele, entretanto, que tinha outras inclinações.

Ela visitara o túmulo de Keats no cemitério protestante, atrás da Pirâmide de Céstio, e se sentara à escrivaninha do salão, matutando sobre as teorias de Keats a respeito da vida, do amor e da consciência — mansões de muitos aposentos — e mergulhando em incertezas. Tomara vinho branco gelado e bebera café expresso todos os dias após o almoço, e não sentia falta de chá devidamente preparado. Aprendera a enrolar o espaguete no garfo, em vez de sugá-lo; a saber quando um melão estava maduro; os nomes de sete tipos diferentes de massa e a diferença entre os queijos parmesão e pecorino. Comera alcachofras, berinjelas, pimentões e alho, e suas entranhas estavam lubrificadas com azeite de oliva.

Entendera que deveria comprar bilhetes na tabacaria antes de entrar no ônibus, pegar recibo no caixa antes de fazer o pedido em um bar e nunca se sentar em nenhum café antes de verificar os preços. Mesmo assim, por mais que aprendesse, tinha a sensação de que algo vital escapava.

Agora pensava em uma coisa que lera em um romance sobre Michelangelo. Sobre como ele ia a Pietrasanta para escolher o mármore das suas esculturas e, chegando lá, tinha a sensação de que era a peça de mármore que o escolhia e chamava. E quando já estava lascando e cinzelando a pedra, tinha a impressão de que estava despindo a figura que havia no interior. Maria conjeturou se um pedaço de mármore não estaria para Michelangelo como o miolo italiano estava para ela, se sua crosta britânica não estaria em processo de remoção e, neste caso, por que isso estava demorando tanto. Vinha se esforçando para habitar a versão romana de si mesma e deixar para trás a versão britânica, triste e lânguida. Às vezes, a lacuna entre ambas se estreitava, tornando-se infinitamente pequena. Outras vezes, porém, a Maria romana, radiante e arrojada, fugia ao seu raio de ação, afastando-se. Continuava tão ignorante acerca de Daniele Levi como quando chegara. E, apesar de ter tido companhia durante quase todos os momentos, apesar das legiões de admiradores que Roma lhe proporcionava, a constante oferta de homens, os beliscões e apalpadelas que precisavam ser rechaçados — ou talvez por isso mesmo —, em parte do tempo se sentia dominada pela solidão.

Pensou em seu irmão e irmã, em Barry, que não era seu pai, e em sua mãe traiçoeira. Puxou então o lenço para cima da cabeça e, oculta sob as dobras, permitiu-se chorar um pouco. Depois, transformou o lenço em uma bola para ser jogada na caixa à entrada.

No lado de fora, Roma se estendia para ela em toda a sua glória. Ela sempre poderia contar com isso. Um infindável e delicioso desdobramento de ruas tortuosas, praças, chafarizes, escadarias, colinas, parques, estátuas colunas e arcos que a faziam se esquecer de si mesma. E quando tudo isso ameaçava sobrecarregá-la, sempre havia o tranquilo e refrescante refúgio das igrejas. A cidade a retirava da sua perturbação e tristeza e a devolvia a elas; mas, antes que pudesse remoer as mágoas adequadamente, via-se novamente distraída por aquele mundo encantado. E, embora às vezes se sentisse avariada além de qualquer conserto, Roma acabava se infiltrando nela. Ela a inalava.

Saiu então para a enorme praça, onde seu vestido brilhava ao sol como asas de libélula. Iridescente. No outro lado, entrou em um ônibus e foi até a estação de trem, onde tomou o metrô para o EUR, ao sul da cidade. Finalmente visitaria Helen, a velha amiga da sua mãe.

— Você nunca me contou. Por que nunca me contou que já estive aqui antes?

— Como? — Sua mãe parecia angustiada e distraída. Depois se recuperou e disse: — Maria, é você?

— Claro que sou eu. Fui visitar Helen.

— Ah, certo. — Um suspiro profundo e trêmulo. — Espere um minuto.

Houve o barulho do receptor sendo deixado sobre a mesa e, ao fundo, gritos e psius. Era possível esticar o fio do telefone desde o corredor até a sala de estar. Porém, só até a entrada. Assim, encostada à porta fechada, uma pessoa poderia conversar mais reservadamente. Talvez a mãe dela não soubesse disso, ou talvez não quisesse que Pat ou Nel tropeçassem no fio quando corressem pelo corredor.

— Estou aqui — disse a mãe dela após ter feito o que precisava para não ser interrompida.

— Você me trouxe aqui quando eu era pequena — disse Maria.

— Helen contou.

— Não, eu me lembrei.

— Você não pode ter se lembrado.

— Mas me lembrei. Fomos até o terraço do prédio dela, onde as pessoas penduram a roupa lavada. Ela queria me mostrar a vista. Disse que você e ela costumavam ir até lá.

— Nós íamos. Era nosso lugar. Não consigo acreditar que você se lembrou. Você não tinha nem três anos.

— Entramos no terraço por uma porta de metal e fomos até a beirada do terraço e foi assim, zum, já estive aqui antes. Uma sensação muito estranha.

Não fora a vista em si, prédios altos e modernos, um parque, um lago em forma geométrica. Ela não reconheceu nada disso. Foi o drapejar dos lençóis, o modo como surgiam e sumiam do seu campo de visão, e os estalos que davam enquanto ondulavam à brisa. E mais: o cheiro deles secando ao calor do sol da tarde, o aroma de café e de algo mais, um leve odor industrial que parecia ser o cheiro do próprio prédio, dos seus componentes.

— Já tinha me lembrado antes desse lugar, mas achei que fosse um sonho. Me lembrei de uma coisa vermelha esvoaçando.

— Era uma toalha de mesa — comentou a mãe dela. — Você estava correndo pelo terraço, passando por baixo das roupas penduradas nos varais.

— Estava?

Sentindo uma pontada de ternura dirigida a si mesma, abraçou-se com o braço que não estava segurando o telefone.

— Imagine, você se lembrou!

Ela podia perceber que sua mãe estava deliciada em ter notícias dela.

— Por que me trouxe aqui, mãe?

Sua mãe emitiu um leve ruído, quase um gemido.

— Para dar uma última olhada — Ela fez uma pausa e expirou ruidosamente. — Para ver se eu não poderia encontrar Daniele antes...

— Antes de quê?

— Antes, ahn — A mãe pigarreou. — Antes de me estabelecer.

Maria permaneceu em silêncio, assimilando o significado da frase.

— Fale alguma coisa — pediu sua mãe.

— Então papai, quero dizer, Barry, não sabe disso.

A voz da sua mãe estava tão baixa que Maria teve que se esforçar para ouvi-la.

— Não. Nunca contei a ele — disse ela.

O apartamento da *signora* veio à mente de Maria, o cheiro de sal e pedra logo à entrada do saguão e a trêmula imagem retangular na parede da escada.

— Ah! — exclamou ela.

Um tremor percorreu seu corpo dos pés à cabeça, e ela oscilou. Sua espinha se curvou para a frente como se alguma coisa a tivesse empurrado por trás. De repente, as coisas começavam a se interligar.

— Fomos à casa da Signora Ravello, não fomos? — perguntou ela.

Sua própria voz era um sussurro.

A respiração da sua mãe estava entrecortada. Maria conseguiu ouvir pequenos ruídos desordenados. Imaginou sua mãe dando palmadas no próprio peito para se acalmar. Algo se encaixou no lugar.

— Ah, mamãe. — disse Maria. — Ah, mamãe.

Sua mãe estava falando, mas chorava ao mesmo tempo, e as palavras se atropelavam.

Ela sabia, tinha certeza, de que era a casa certa, mas não havia nenhum Levi nas plaquetas com os nomes. Tocou todas as campainhas e perguntou por ele. Alguém, uma mulher de voz áspera, disse pelo interfone:

— Não há ninguém com esse nome aqui.

De repente, enquanto as duas estavam paradas na rua, um dos outros moradores desceu. Não havia mais nada a fazer.

O homem atrás do balcão, visível através da pequena janela da cabine telefônica, levantou a mão. Maria já gastara quatro minutos.

— Mãe, vou ter que desligar daqui a um minuto. Peço mil desculpas. Telefone para mim no apartamento, certo?

A respiração da mãe se acalmou. Ela se controlou.

— Como estava a Helen? — perguntou.

— Bem, acho. Ela não tinha nada de útil a dizer a respeito de Daniele Levi. Não tenho nenhum ponto de partida. Não tenho nem uma foto. As pessoas não tiravam fotos nos anos cinquenta?

— Câmeras custam caro. A maioria das pessoas não tinha nenhuma.

— A maioria ainda não tem!

— Barry disse que você poderia levar a dele.

Maria pensou em Barry, correndo sozinho em torno do lago.

— Helen tem a mesma idade que você?

— Sim, por aí.

— Você parece muito mais nova.

Sua mãe emitiu um ruído parecido com uma risada.

— Vou telefonar para o apartamento da *signora* — disse. — No fim de semana, quando é mais barato.

— Você vai ficar bem, mãe? — perguntou Maria.

Mas seus cinco minutos se esgotaram e o telefone ficou mudo.

Saltou do ônibus um ponto antes para ter tempo de pensar antes de retornar ao apartamento.

Elas haviam estado em Roma antes, ela e sua mãe. Foram até o prédio da *signora* e alguém as rechaçara peremptoriamente.

Acendeu um cigarro e o fumou furiosamente enquanto caminhava. Uma onda de tristeza cresceu dentro dela. Queria sua mãe. Não queria sua mãe. Sua pobre mãe. Sentia-se completamente sozinha. Tinha vontade de se atirar no chão e uivar. Palavras de "Ode a um Rouxinol", de Keats, acorreram-lhe à mente:

> *quando, com saudades de casa,*
> *Ela quedou-se em lágrimas em meio ao milharal apático.*

Olhou desconsoladamente para os italianos desconhecidos que passavam, o milharal apático.

Percebendo que estava em frente a uma igreja, apagou o cigarro e entrou, abençoando-se com a água benta. Andava coletando imagens sagradas para a faxineira da *signora*, Assunta; assim, não podia passar por uma igreja aberta. Aquela, bem ampla, com piso em desenhos geométricos e colunas em tons de ferrugem e âmbar, era dedicada a alguém chamado São Crisógono. Recolheu uma imagem do santo — montado em um cavalo branco, segurando uma lança e um escudo vermelho — e se sentou em um banco nos fundos.

Crisógono. Esse era dos bons. Talvez nem Assunta soubesse da existência dele.

— Gaspar — dissera Maria outro dia, retirando uma pilha de imagens da bolsa.

— Gaspar de Búfalo, você quer dizer? — respondera Assunta. Maria concordou que era esse mesmo.

— Ciríaco — dissera Maria, virando a imagem seguinte.

— Qual deles? — replicara Assunta.

— Ciríaco e Julieta? — balbuciara Maria, hesitante.

— Ah, o pequeno Ciríaco — dissera Assunta, como se estivesse se lembrando ternamente do cara, que era apenas uma criança quando foi martirizado.

Assunta era profunda conhecedora dos horrendos detalhes das mortes dos mártires. O pequeno Ciríaco fora jogado por uma escadaria abaixo. Sua mãe teve os flancos arrancados com ganchos.

Maria se deu conta dos outros ocupantes da igreja. Em seu próprio banco, havia uma mulher de cabelos brancos presos em um coque, de onde se irradiavam mechas arrepiadas. Mantinha o tronco recurvado, com a cabeça abaixo dos joelhos, como se sentisse dor no estômago. De vez em quando se balançava. Dispersas entre os dois bancos da frente, cinco freiras com roupas beges e capuzes brancos estavam ajoelhadas. No lado direito da ala central, em um banco do meio, uma mulher também estava ajoelhada. Tinha cabelos anelados, cujo matiz ruivo-acastanhado combinava com as cores do mármore. De repente, emitiu um som. Podia ter sido um pigarro, mas também uma involuntária expressão de angústia. Repetiu o som, uma espécie de latido. As cabeças das cinco freiras se viraram para olhá-la e se desviraram novamente.

301

Revigorada pelas estranhas delícias da igreja e seus frequentadores, Maria voltou a perambular pela rua. Era reconfortante saber que era possível entrar em uma igreja, expressar os sentimentos por meio de ruídos assustadores ou retorcer o corpo sem que ninguém interferisse.

Atravessou a Ponte Sisto. O rio não era louro, afinal, mas de um verde lodoso. Ainda assim, seu brilho àquela hora do dia e o glamour que os prédios do outro lado acrescentavam ao cenário enquanto o sol se punha, tingindo o céu de laranja, vermelho, amarelo e âmbar, arrancaram-na dos seus devaneios e a mergulharam em outros, como sempre ocorria. Era como mágica. Ela esqueceu então o milharal apático, pois aquilo estava acontecendo novamente e continuava a acontecer todos os dias, algo que ela jamais poderia ter imaginado, nem em um milhão de anos. Emoldurada por aquela beleza, que se entranhou nela, sentiu-se mais adorável. Era uma coisa fantástica, mas achava que em Roma às vezes, acendendo e apagando como uma lâmpada defeituosa, ela brilhava.

A *signora* não estava em casa quando Maria chegou ao apartamento. Maria chamou-a, para ter certeza, mas então se lembrou de que a *signora* estava no médico outra vez e fora convocada para fazer algum tipo de tratamento. Entrou no corredor e foi até o quarto da *signora*. Rapidamente, irrefletidamente, pegou a foto dos avós, que estava sobre a mesinha de cabeceira, passou os dedos pela lateral da moldura e lhe deu umas pancadinhas. Outra foto deslizou para fora, como ela sabia que aconteceria.

Olhou para o jovem na foto, que usava uma jaqueta de couro e cabelos penteados para trás. E pensou: cara bacana. Seria Daniele Levi? Olhou-se no espelho, segurando a foto ao lado do rosto, para fazer uma comparação. Ela se parecia com ele? Não sabia o que pensar. A única coisa certa era que a *signora*, deliberadamente, estava ocultando fatos dela.

Após recolocar a foto no lugar, entrou no salão, onde permaneceu aturdida, em meio à mixórdia de móveis, cortinas e livros.

Uma visão lhe veio à mente: árvores altas, com as folhagens na plenitude, anjos entalhados com as asas dobradas ou abertas, cruzes ornamentadas ou despojadas, lápides brancas e cinzentas, sebes e arbustos aromáticos.

Lembrou-se de certa escultura que vira no cemitério onde Keats estava enterrado. Debruçou-se sobre as costas do sofá, estendeu um dos pés descalços para trás e largou todo o peso sobre o sofá, deixando pender os braços e a cabeça. Assim permaneceu, concentrada na pose, com um dos pés firmemente plantado nos ladrilhos do piso, sentindo o sangue fluir para a cabeça e o contato dos dedos de uma das mãos sobre pele do outro braço. Estava replicando a pose do Anjo da Tristeza.

VINTE

Quando os soldados americanos entram em Roma, em junho de 1944, Chiara e Daniele jogam pétalas aos seus pés. Flores de oleandro em todos os matizes de rosa, desde o claro e perolado até o profundo cereja. Os alemães não desapareceram, ainda não foram derrotados, mas se retiraram da cidade.

Aglomerada nas ruas, a população de Roma jamais havia visto algo como aqueles americanos. Batalhões inteiros de negros rindo, chamando as garotas, distribuindo doces e gomas de mascar para as crianças. Alguns deles parecem gigantes. Chiara e Daniele estão ao pé das escadas do Capitólio, à frente da multidão; um soldado a toma nos braços e valsa com ela por ali. Só a larga para levantar o garoto, arremessá-lo para o alto e apará-lo às gargalhadas, fazendo os olhos de Daniele brilharem e seu rosto se avermelhar.

O soldado retorna às fileiras do exército de libertadores, que desfila na Piazza Venezia. Os espectadores ocupam o espaço deixado pelo avanço das tropas. Ao segurar a mão de Daniele, dizendo-lhe que se segurasse firme para não se perder, avista o rosto de uma mulher que conhece, em meio às pessoas que descem as escadas. Beatrice, a mulher do sítio da Nonna, com quem deixara Cecilia.

Chiara a chama. Ouvindo seu nome, Beatrice olha para o lado e para na mesma hora, obrigando as pessoas atrás dela a se desviarem rapidamente. O tumulto é grande demais para que conversem. Beatrice aponta na direção de uma rua lateral e Chiara acena com a cabeça afirmativamente.

Enquanto abre caminho na multidão, revive a noite em que Daniele e ela deixaram o sítio. Lembrando-se de Judas, não deu um beijo de despedida na irmã. Então foram acordar Gabriele, que arriou a jumenta para que Daniele a montasse e os acompanhou até a estrada. Queria que Gabriele dissesse "não se preocupe, vai correr tudo bem", mas ele não o disse.

Elas conseguem atravessar a rua, seguir até uma rua lateral e entrar em uma pequena igreja, onde está mais tranquilo. No lado de fora, pessoas dão vivas, crianças sopram cornetas e vozes masculinas cantam "Avanti, Popolo" de modo atrevido e másculo. Beatrice fala de forma mais calma e bondosa do que Chiara se lembrava.

Diz que ela e Ettore estão de volta a Roma. E que, certa noite, não muito depois de Chiara ter deixado o sítio, Cecília se levantou da cama quando todos estavam dormindo, saiu de casa descalça, vestida apenas com a camisola, subiu a colina, embrenhou-se no olival e nunca mais voltou.

Sozinha na escuridão, pode ter tido um ataque, sem ninguém para lhe puxar a língua para fora nem endireitar os membros.

Gabriele estava desaparecido desde a noite em que Chiara e Daniele partiram, e fora dado como morto.

Chiara sente vontade de cair de joelhos no piso da igreja, mas sabe que não encontrará consolo ali, nem perdão.

Uma horrenda imagem lhe vem à mente sem ser evocada: Cecília caída em uma vala e Daniele em uma colina, sob o luar, uivando como um pequeno lobo.

Ela fez uma escolha. A culpa não foi dela.

É o que Simone diz.

— A culpa não foi sua. Ela poderia ter tido um ataque dos grandes a qualquer hora, quer você estivesse por perto ou não. Você me disse que ela estava piorando cada vez mais.

— Abandonei Cecilia — diz Chiara.

Ela gostaria de ser religiosa; assim, iria até o confessionário de uma igreja onde nunca entrara e diria: "matei minha irmã". De qualquer forma, mesmo que fosse, não faria sentido, pois ela não quer absolvição.

Mais tarde, muitas vezes, Chiara pensa em Gabriele sozinho na trilha à noite, sendo visto antes que visse. No entanto, a imagem da sua irmã, com o rosto enfiado em uma poça na encosta da colina, os braços estendidos e os longos cabelos espalhados na lama, ela carregará para sempre.

VINTE E UM

O médico segurou seus pés, e o audiologista americano convidado — Sr. Hennessey, pode me chamar de Charles — segurou seu tronco. Ambos ergueram Chiara como se ela fosse feita de gaze.

Charles, especialista em ouvido interno, estava a caminho de uma universidade japonesa e só permaneceria em Roma por pouquíssimo tempo, para fazer uma palestra. Era ele quem dirigia as operações, com modos amáveis e pronúncia arrastada.

— Segure aí e espere. Mantenha-a imóvel, agora, assim, com calma, lentamente, lentamente, lentamente, vá corrigindo — disse ele, como se ela fosse um navio que eles estivessem guiando para o porto.

Inclinaram Chiara de um lado para outro e a colocaram quase de cabeça para baixo, fazendo seus olhos revirarem. Com a cabeça sustentada e aninhada, ela se viu em uma posição a que não era submetida desde criança. Entregou então corpo e vivenciou uma extraordinária sensação de leveza, a par de uma exasperante intensificação da tontura. De repente, tudo acabou; eles a deitaram na cama, moveram delicadamente sua cabeça para uma posição centralizada e a deixaram descansar.

Quando ela se levantou, descobriu que o mundo fora mais ou menos devolvido ao seu lugar de direito e a tontura enjoativa que a acompanhava havia semanas se fora. Mais do que isso, percebeu, ao se dirigir para casa, balançando sua bengala agora desnecessária, que a vista não estava mais embaçada. As vitrines das lojas pelas quais passava reluziam como tivessem acabado de receber polimento. O céu, de um azul intenso, estava radiante. O chafariz da *piazza* gorgolejava e a água resplandecia ao cair.

Tudo estava nítido, luminoso e claro. Os sinos da Santa Cecília tocavam altos e insistentes. De repente, dominada pela ansiedade, começou a se apressar. Sentia uma vontade inadiável de conversar com Maria. Qualquer motivo para que ela protelasse a conversa não era nada comparado aos imperiosos motivos para que falasse. Não contar a verdade a Maria era colocar um obstáculo grande e totalmente desnecessário entre ela e aquela garota adorada, e Chiara não conseguia esperar nem mais um minuto.

O apartamento estava vazio. Maria não estava lá.

O telefone tocou e Chiara deu um pulo, mas era somente a querida Simone, dizendo que estava de volta.

— Você parece distraída — disse Simone. — Está tudo bem com você?

— Não posso conversar — disse Chiara. — Estou esperando um telefonema.

Simone disse que tinha muito a fazer, como desfazer as malas e tomar um bom banho de espuma; depois, Umberto lhe faria uma massagem. Mas e se elas se encontrassem no dia seguinte para tomar um chá no Babington's?

— Amanhã não posso, vou estar ocupada. Tenho que desligar — disse Chiara.

Não sabia por que dissera que aguardava um telefonema, mas alguma coisa estava para acontecer, sentia no ar uma expectativa, uma tempestade se formando. Andou de um lado para outro no corredor e, por duas vezes, saiu para o patamar da escada. Pela janela da frente, observou a rua. Talvez Maria tivesse combinado alguma coisa com as garotas da escola e tivesse dito que ficaria fora. Vasculhou a memória. Andou mais um pouco de um lado para outro. Serviu-se de uma taça de vinho, mas deveria permanecer sóbria para o caso de ocorrer uma emergência. Então derramou o vinho na pia.

Após uma hora, telefonou a Simone.

— Desculpe — disse. — Por ter sido tão brusca há pouco.

— Tudo bem — disse Simone. — Sei como você é. Não levei a mal.

— Só estou preocupada com a garota. Ela desapareceu.

— Que garota? — perguntou Simone.

— Maria, a filha de Daniele — gemeu Chiara.

Esperou que o teto fosse cair sobre ela, ou que o piso desmoronasse, mas nada aconteceu. Deu-se conta então de que Simone estava falando.

— O quê? — perguntou.

— Tome uma taça de vinho. Pegue uma almofada e um banco, e se acomode confortavelmente. Ligo de volta daqui a cinco minutos. Então você me conta tudo.

Chiara fez o que lhe foi pedido. O telefone tocou.

— Você não esperou cinco minutos — disse.

— *Zia* — disse Beppe. Tia.

Beppe lhe disse que Maria dormira no sofá da casa deles, pois acidentalmente ficara um pouco embriagada e emotiva; mas ele se encarregaria de acordá-la a tempo para ir à escola na manhã seguinte.

— Pensei que ela tinha saído com as garotas da escola — disse Chiara.

— Bem, então deve ter se perdido delas, pois estava sozinha quando apareceu aqui — explicou Beppe. — Não se preocupe, *Zia*, vamos cuidar bem dela.

Simone telefonou de volta.

— Vou só ouvir calada — disse.

Chiara contou a história toda.

— Que coisa maravilhosa — comentou ela, quando Chiara finalmente terminou. — Uma história absolutamente maravilhosa. Daniele tinha uma filha. E ela encontrou você. Nossa, estou pasma. — E começou a fungar. Chiara também.

Começou a pensar que, afinal de contas, tudo poderia correr bem.

— Ela se parece com ele? — perguntou Simone.

— Você vai ver quando a conhecer. O cabelo dela é muito mais claro que o dele, e ela tem olhos azuis. Mas, tirando isso, é a versão feminina dele aos 16 anos.

— O que não entendo é por que Antonio estipulou um cronograma — disse Simone. — Quer dizer, o que isso tem a ver com ele? Ela é sua neta. Não dele.

— Meu Deus.

— Você não tinha pensado nisso?

— Sou uma *nonna!*

Telefonou para Beppe.

— Diga a Maria que vou fazer um almoço especial amanhã e que é para ela vir diretamente para casa depois da aula.

— Eu achei que tinha tido um AVC — disse ela na manhã seguinte.

Ela e Simone estavam no Babington's, aos pés das Escadarias da Praça da Espanha. Chiara relutara em ir, mas Simone havia insistido, dizendo que ela só se atormentaria se ficasse em casa. Simone pagaria a conta.

A mulher usava um cafetã comprido com listras douradas e roxas, um presente que recebera da Argélia. Trazia um prendedor roxo nos cabelos e um colar de contas laranja no pescoço. Estendendo a mão, espanou uma migalha do canto da boca de Chiara e lhe afagou o rosto com as costas da mão.

— Você é nova demais para ter um AVC. E não tem o tipo físico. Você é magra. Magra e jovem — declarou.

Então recolheu a mão, abanou-a com ar com pouco caso e pegou outro bolinho, consumindo-o olhando pela janela e com mordidas tão rápidas que foi difícil imaginar depois que o bolinho estivera em sua mão.

— Olhe aquilo — disse, acenando com a cabeça um homem que conduzia uma espécie de bicicleta-riquixá vazia. — É para turistas? Não vai colar.

— Não sou nova demais. Essa semana li no jornal sobre um homem de 38 anos que teve um grave AVC. Agora só consegue mexer a pálpebra esquerda — disse Chiara.

— Que homem? — perguntou Simone.

— Um homem aqui de Roma — respondeu Chiara. — Não o conheço. Não tem lido os jornais?

— Ele tinha 38 anos? — inquiriu Simone, agora atenta.

— Sim — confirmou Chiara. — Trinta e oito. A idade de Daniele.

— Não acho que você tenha tido um AVC — disse Simone. — Não há nenhuma indicação. Sua fala está normal. Não há abatimento.

— Sei que não tive. Disse que pensei que tivesse tido um AVC, só isso.

— Quais eram os sintomas?

— Uma tontura súbita, horrível. Alguma coisa chiando na minha cabeça, e eu não conseguia falar por algum tempo. Isso ficava acontecendo. Eu tinha que tomar muito, muito cuidado para não fazer movimentos rápidos porque, se fizesse, se virasse minha cabeça para a direita, tudo começava a girar. Me sentia como se o mundo tivesse ficado inseguro. Incerto.

— Você só descobriu isso agora? — perguntou Simone. — Restava apenas um bolinho no prato. — Eu poderia comer isso, mas não vou — disse, virtuosamente. — Mas é uma vergonha desperdiçar o bolinho — acrescentou. — E hoje é meu dia livre.

Simone queria dizer livre da dieta, que envolvia tomar uma poção que estimulava a produção de aminoácidos, que por sua vez aceleravam a digestão, o ritmo do metabolismo ou algo assim.

— Você não quer isso, quer? — disse ela, olhando para o bolinho e depois para Chiara. — Oh, Chiara. É sério, não é? Por que não me contou ontem à noite? Ah, estava tão preocupada com a garota que se esqueceu de mencionar que estava doente.

Seu rosto murchara e sua avançada idade, normalmente disfarçada pela bonomia que lhe esticava a pele e a carne, pela esplêndida estrutura óssea e por uma lânguida vivacidade, estava claramente exposta.

— Sabia que tinha alguma coisa terrivelmente errada — disse ela, com uma entonação lúgubre e desolada.

— Não, não, não — protestou Chiara. — De jeito nenhum. Estou melhor. Olhe, estou curada.

Virou a cabeça para a direita. No lado de fora, um respeitável casal de meia-idade negociava com o condutor do riquixá.

Simone parecia cética. Pegando o último pedaço de bolo, mordiscou-o desanimadamente.

Chiara iniciou uma rica descrição do tratamento, que transformou em uma antiquada sobreposição de mãos, uma evocação de ensinamentos antigos com o propósito de banir a substância nociva e gredosa dos canais do seu ouvido interno.

— A certa altura — disse ela — eu só pensava naquele chão de mármore e torcia para que não me deixassem cair.

— É pouco provável que deixassem. Até uma criança poderia levantar você — comentou Simone. — Quer dizer que está curada?

— Até a próxima vez — disse Chiara. — Era como se eu estivesse dentro de um tornado. Não é incrível que um fragmento microscópico fora do lugar possa distorcer tanto a noção de realidade de uma pessoa?

— O que é mais incrível é que colocarem você de cabeça para baixo possa consertar isso — replicou Simone. — Acha que se pusessem os membros do governo de cabeça para baixo poderiam corrigir a interpretação de mundo que eles têm?

— Bem, funcionou com Mussolini* — observou Chiara.

Ambas riram baixinho, como colegiais ao ouvirem uma piada suja. Simone quis dar uma volta na bicicleta-riquixá, mas Chiara rechaçou aquela extravagância fora de propósito. Bastava Simone ter algum dinheirinho na bolsa que já queria gastá-lo.

— É porque você não foi criada na miséria — disse ela a Chiara. — É por isso que a frugalidade tem tanto apelo para você.

— Não é isso — respondeu Chiara. — Só estou querendo voltar para casa. Para o caso...

— São dez horas ainda — disse Simone. — Vamos ao menos dar uma caminhada.

---

* Em abril de 1945, diante do implacável avanço das tropas aliadas em território italiano, Mussolini tentou fugir para a Suíça, juntamente com Clara Petacci, sua amante. Porém, ambos foram capturados e mortos por *partisans*. Seus corpos foram pendurados de cabeça para baixo em uma viga de metal e expostos à execração pública. Daí o humor negro de Chiara. (N.T.)

Subiram as Escadarias da Praça da Espanha, abrindo caminho entre turistas, gente com aparência hippie, camelôs vendendo contas e pratos pintados, e artistas que faziam retratos e caricaturas por duas mil liras.

Enquanto caminhavam pela rua no alto, Chiara falou sobre o passeio com Dario Fulminante. Parecia quase um sonho, aquela tarde. As borbulhantes águas do rio, o surgimento do maltrapilho em meio às moitas, o cineasta que lhe fizera companhia naquele breve momento além dos limites do tempo.

— Dario Fulminante — disse Simone. — Parece um nome artístico. Faz filmes pornográficos?

— Ah, acho que não — Chiara visualizou os desagradáveis financistas, com seus ternos e óculos escuros. — Documentários, foi o que disse.

— Talvez tenha um papel para mim. Você precisa manter contato com ele.

— Você não gostaria de participar de um filme pornográfico — disse Chiara.

— Bem, não me incomodaria de tirar a roupa por uma boa causa — replicou Simone. — E tive anos de prática como modelo artística. Consigo manter uma pose.

Fez uma pausa, apoiando-se no parapeito e erguendo um dos braços, inclinou-se um pouco para trás, de modo que Chiara pudesse admirar seu rosto de perfil. Ao longo da extensa mureta que delimitava o calçamento, Roma se estendia até um nebuloso horizonte, com suas árvores e folhagens, seus telhados e terraços ajardinados, suas cúpulas.

— Haha — riu Simone consigo mesma, enquanto retomavam a caminhada. — Isso dependeria. Se fosse um filme artístico ou não. Se tivesse uma mensagem política.

Entraram no parque e se aboletaram, em silêncio, no primeiro banco desocupado, à sombra difusa dos altos pinheiros e à sombra, mais exclusiva, de uma murta. Uma incongruente e atarracada oliveira despontava em meio ao cascalho. Em frente, havia um playground onde um jumento puxava uma charrete com crianças pequenas, e crianças maiores passavam a toda em seus patins.

Chiara olhou para a pequena oliveira. Não era um bom lugar para crescer, à sombra dos pinheiros. Ela jamais receberia luz suficiente. No entanto, tinha que fazer o melhor possível, enviando suas raízes retorcidas através de cascalho e pedras, por entre as raízes de árvores maiores, até encontrar sustento; ao mesmo tempo, precisava se estender para o alto e esperar que nascessem frutos. Pensou no olival acima do sítio da Nonna e na velha árvore, a Maga, onde Daniele, em certa noite enluarada, como contou a ela mais tarde, desejara dormir e nunca mais despertar. Seus pensamentos vagaram então para o carvalho que ele costumava escalar, próximo ao monumento de Anita Garibaldi. Lembrou-se de que deixara um bilhete para ele lá, havia não muito tempo. Como era boba.

— Quer um caramelo? — disse Simone, remexendo-se ao lado dela no banco e lhe ofertando um tubo com as balas. — Os de limão são os melhores.

— Não, obrigada.

— Qual é o problema? Você está suspirando.

— Simone, acredita que ele pode estar vivo? Que está em algum lugar por aí?

Simone olhou para Chiara e abriu a boca como se fosse falar. Depois a fechou de novo e ficou olhando para a frente. Poderia observar a criança que corria desajeitadamente atrás dos pombos, com os braços abertos e as mãos em concha. Pousou a mão sobre o ombro de Chiara e o apertou enquanto falava.

— Acho que se ele não quiser ser encontrado, ele não será encontrado. É especialista em desaparecer e se camuflar. Em se esconder embaixo dos nossos narizes. Sabemos disso. Ele pode estar em qualquer parte. Pode estar rua abaixo. Ou nos Estados Unidos. Mas, com toda a franqueza, acho que teria entrado em contato.

Chiara se pôs de pé.

— Vamos embora? — sugeriu.

Simone se levantou e abraçou Chiara.

— Desculpe, Chiara — disse. — Você pode aguentar isso?

Chiara se deixou abraçar.

— Então, o que você vai preparar para o nosso almoço? — disse Simone no táxi.

— Macarrão com molho de nozes. E mascarpone. Tenho todos os ingredientes, porque era isso o que eu faria para o jantar ontem à noite, mas não fiz. É bastante rico e cremoso, mas o prato principal vai ser bem leve. Só uma salada e peixe. Você conhece aquele método de fritar o peixe em óleo, rapidamente, e depois mariná-lo?

— Não — disse Simone, com um afetuoso sorriso. — Me explique.

— Bem, é o que se faz. Então, fritei o peixe ontem à noite e o deixei marinando. Em azeite, vinho branco, alho, salsa e hortelã.

Elas chegaram em casa.

— Que tal eu comprar sorvete para a sobremesa? Nós o colocaremos na parte de cima da sua geladeira. Qual é o sabor que ela gosta?

— Traga de morango — disse Chiara. Depois acrescentou: — Será que vai correr tudo bem?

— Vai correr mais do que bem. Vai ser fantástico — respondeu Simone.

— Você não sabe de uma coisa — disse Chiara, apertando o braço da amiga. — Fiz uma coisa horrível.

Ali, diante da porta, ela tentou contar a Simone o que jamais contara a ninguém, o que só ela e Daniele sabiam. Pois a ideia de que sua amiga não sabia de nada era insuportável. Simone, entretanto, ficava interrompendo.

— Ah, eu me lembro de quando você obteve aquele documento — comentou Simone. — Perguntei o que significava e você disse alguma coisa como "significa que ele é meu". Mas, é claro, significava também que toda a família dele fora varrida da face da terra, e isso tinha que ser resolvido também.

— Quer me deixar falar? — disse Chiara. — Preciso confessar a coisa horrível que fiz. A coisa imperdoável. Você pode não querer mais ser minha amiga quando souber.

— Já sei — disse Simone.

— Você não sabe o que vou dizer.

— Sei. Meio que adivinhei, na época. Em um momento você ia semanalmente ao Escritório Comunal Israelita e enfrentava aquelas filas intermináveis; no momento seguinte, rapidamente, você estava com uma permissão para ser a guardiã legal dele, e todos os obstáculos tinham sido removidos. Aconteceu muito rápido. Portanto, você não precisa me contar nada, a não ser com o propósito de se autoflagelar, é claro. Sei que isso sempre exerce uma atração sobre você.

Chiara encarou sua amiga, que também a encarou com firmeza.

— Eu o isolei. Cortei a única conexão que ele tinha.

— Você o livrou de mais confusões. Ninguém poderia ter amado Daniele mais que você, nem cuidado melhor dele — afirmou Simone. — Chega um momento na vida de uma pessoa, independentemente do tenha acontecido, independentemente do que ela teve que suportar, que essa pessoa tem que enfiar tudo numa mochila, botar a mochila nas costas e seguir seu caminho.

— Simone — disse Chiara. — Você está me dizendo que já é hora de eu crescer?

— Sou uma senhora desaforada, não sou? — disse Simone. Depois beijou Chiara nas duas faces. — Sei que já disse isso mil vezes, mas adoro você, Chiara Ravello.

VINTE E DOIS

— Deixe eu ver — diz o homem atrás do balcão, como sempre faz. — Levi, Levi — murmura, enquanto começa a folhear uma pilha de pastas na escrivaninha ao lado.

Um desagradável cheiro de charuto emana da sua boca. Ele mantém os olhos semicerrados para protegê-los da fumaça.

É o mesmo ritual todas as vezes. Nada muda nunca, exceto as montanhas de papéis, pastas e caixas de arquivos empilhadas aleatoriamente no chão, nas prateleiras e sobre uma mesa comprida nos fundos do escritório, que vão ficando cada vez mais altas. Ainda assim, Chiara está esperançosa, mais do que esperançosa: em um estado de empolgação e expectativa, pois desta vez eles vão selar seu documento. Na visita anterior — após um episódio que ela classifica como "o suborno do rabino", embora o homem não fosse rabino e aquilo não fosse um suborno, mas uma doação pela qual ela recebeu um recibo —, deram-lhe a entender isso. Não tem nenhuma relação com o dinheiro mudando de mãos. Foi uma operação totalmente honesta, relacionada ao fato de que há provas concretas de que toda a família de Daniele pereceu em Auschwitz em um intervalo de quase quatro anos.

Desde que a guerra acabou, as pessoas começaram a retornar: soldados aprisionados na Rússia, *partisans* das montanhas, prisioneiros de guerra dos campos do norte da África e da Grã-Bretanha e judeus, de onde quer que estivessem escondidos. Porém, ninguém da família de Daniele.

Houve notícias de uma velha senhora que poderia ser sua avó paterna, mas acabou sendo revelado que era de outra família chamada Levi. O pai de Daniele tinha uma irmã, mas não havia indícios dela. Mais informações continuaram chegando, precisando ser cotejadas, checadas, rechecadas e acrescentadas às pilhas.

— Boas notícias — disse o homem. — Apareceu uma coisa. Há uma pasta com um bilhete dizendo ao funcionário para contatar você.

— Eu? — exclama Chiara.

— Entraram em contato?

— Não — diz ela, abanando a cabeça para enfatizar. — Ninguém me contatou.

Como se, triplicando as negativas, pudesse eliminar o fato de que havia alguma coisa merecedora de notificação.

— Não verificamos tudo — diz ele, dando baforadas no charuto e olhando para as pilhas de arquivos. — As coisas se acumulam. Mas esse trabalho é muito importante.

— Do que se trata? — pergunta ela. — Do que se trata?

Há dobras de pele frouxa em torno das suas mandíbulas, como se ele tivesse sido um homem muito gordo que emagrecera subitamente, e sua pele, em estado de choque, tivesse permanecido onde estava, vazia, esperando a carne retornar.

— Talvez eu tenha entendido errado — diz ele. — O nome era Levi, não era? São tantos Levis. Pensei que tivesse posto aqui, junto com as pastas verdes, que requerem ação. — E levanta a pasta de cima, folheando as que estão por baixo. — Recebemos uma carta de uma senhora em Gênova que pode ser tia do menino. Ela está casada agora e prestes a emigrar. Mas antes de partir quer ter certeza de que...

Então diz a ela que eles souberam dessa senhora antes, mas não a ligaram com aquele caso em particular. Chiara pode ver que, na verdade, ele tem duas pastas na mão, e que a segunda se prendeu à de cima, mediante o clipe que segura o bilhete.

Pousa então no balcão o documento esmeradamente datilografado que trouxe para ser carimbado e assinado, e desliza as mãos sobre ele. Bile se acumula na sua garganta. Ela pergunta a si mesma se vai passar mal.

Acabou. Ele vai ser levado embora, afinal de contas. Não para o outro lado de Roma, ou para a casa de uma *nonna,* onde ela poderia visitá-lo; mas será entregue a uma tia que o tirará do país. E ela jamais o verá novamente.

— Dorotea! — grita o homem, repondo as pastas no balcão. Uma mulher de cabelos tão pretos que parecem quase azuis emerge de um aposento nos fundos e permanece parada à soleira da porta. — Sabe onde puseram a pasta Levi? — diz ele, virando-se. — Aquela que tem o bilhete.

Chiara olha ansiosamente para a mulher também. Ao mesmo tempo, desliza a mão para a frente, puxando o bilhete da pasta e o colocando no bolso do casaco, tudo em um só movimento.

— Era Levi ou Levante? — pergunta a mulher à porta.

— Ah, talvez eu tenha me enganado — diz o homem, virando-se para Chiara novamente. Ele folheia as pastas mais uma vez.

— Você pode carimbar meu documento então? — diz Chiara.

— Sabe de uma coisa? — diz ele, em tom amável. — Não tenho certeza se posso. Deixe-me verificar.

Ele se levanta e entra no aposento dos fundos.

Chiara estica a mão e segura o carimbo. Move apenas o braço, mantendo o corpo bem ereto, para que a pessoa atrás dela na fila não desconfie de nada; bate o carimbo na almofada de tinta e o pressiona sobre o documento que trouxe. Ouve vozes no aposento aos fundos. Enrola o documento e o enfia na manga do casaco. Dá um espirro. Pondo sua sacola de compras sobre o balcão, ela a abre para pegar um lenço. O homem reaparece à porta, mas se vira para fazer uma pergunta. Chiara pega a pasta Levi, deixa-a cair dentro da bolsa e assoa o nariz.

— O nome do marido é Durante, isso mesmo — diz o homem ao retornar. — Minha colega se lembra da carta também. Não estamos encontrando a pasta no momento. Talvez algum chefe a tenha pegado. Escreveremos para você assim que a localizarmos. Vamos dar prioridade a esse caso porque a pessoa em questão pretende deixar o país em breve.

— Vocês têm meu endereço, não têm?

— Bem, está na pasta. Quando a encontrarmos, teremos o endereço. Era na Via dei Cappellari, não era?

— Ah, não — responde ela. — Não está correto. Por favor, apague esse dos seus registros.

E lhe dá um endereço diferente.

Na primeira sexta-feira de cada mês, com qualquer tempo, Chiara e Daniele sobem a colina do Janículo até o monumento a Anita Garibaldi. Todas as vezes, Daniele leva um novo bilhete e o enfia no mesmo lugar, no baixo-relevo da parte de trás, na cavidade formada pelo cotovelo de Anita Garibaldi. Não pergunta onde foi parar o bilhete anterior nem dá nenhuma indicação de que espera uma resposta. Eles costumam se sentar por algum tempo na grama em torno da estátua ou nos degraus do pedestal.

Hoje, mal colocou o bilhete no lugar, um temporal desabou. Aninhados sob um guarda-chuva, permanecem sentados nos degraus, a água escorrendo aos seus pés.

— Não me pareço com minha mamãe, não é? — pergunta o menino.

— Sim, você se parece com ela, sim — responde Chiara. — Só que ela tinha cabelos crespos. — Ele não parece notar o verbo no passado. — Seus olhos — emenda rapidamente. — Seus olhos se parecem muito com os dela.

— Mas o cabelo dela é assim — diz ele, virando-se para Chiara e esboçando com as mãos, ao redor da cabeça, o formato de cabelos lisos e curtos. O formato dos cabelos de Chiara.

— Não — diz ela. — Mais crespo.

Ele olha para outro lado. Vinda de um céu escuro e trovejante, a chuva se derrama à frente deles. Não conseguem nem ver a cerca, a cinco metros de distância. Daniele contempla a chuva opaca.

Chiara pensa na mãe dele, tal como estava naquele dia, com um casaco verde-escuro, o chapéu no alto da cabeça e os brincos. Essa é a lembrança que ela tem da mulher, não a que ele tem.

— Você se parece com ela. É por isso que é tão bonito — diz ela, olhando para ele de soslaio. Poderia estar falando com uma estátua.

Agora, pensa. *Chegou a hora.*

— Segure isso — diz, dando-lhe uma cutucada e lhe passando o guarda-chuva.

Depois se desloca para o degrau abaixo e se ajoelha diante dele, olhando para seu rosto. Por um momento, os olhares se cruzam, mas ele olha para longe, por cima do ombro dela, impassivelmente. A chuva chicoteia a parte posterior das pernas de Chiara e inunda seus sapatos. Ela pousa uma das mãos sobre os joelhos dele, que cabem em sua palma. Ele continua sem olhar para ela. Ela estica a outra mão e segura queixo dele.

— Natalia Ferrara Levi — diz. — Sua mãe foi a mulher mais corajosa que já conheci.

A sensação dos joelhos dele, como frutas dura, como maçãs em suas mãos.

— Ela amava você mais que a própria vida.

O contato com seu rosto, a delicada linha do seu queixo, os olhos escuros.

— Ela não vai voltar — diz.

O marulhar do seu coração.

— Davide Levi. — O pai dele. — Giuseppina e Enrichetta Levi. — As duas irmãs. — Eles não vão voltar.

Retira a mão do rosto do menino e toca o próprio peito. Engole em seco.

— Chiara Ravello — diz —, que não vai a lugar nenhum. Nunca.

Ela espera. De repente, ele parece cair para a frente e se aninha nos seus braços.

321

VINTE E TRÊS

— Não deve ter ninguém em casa — diz Assunta ao neto. — Mas vamos tocar a campainha para ter certeza.

Maria atendeu, sonolenta.

— Assunta! — exclamou pelo interfone. — Não sabia que vinha hoje. Esqueceu a chave?

— Vim com Marco, meu neto — explicou Assunta. — Ele vai retirar alguns móveis para a *signora*. Ela não deveria estar em casa — diz a Marco. — Deveria estar na escola.

Então, concentrou as energias em subir as escadas, coisa cada vez mais difícil.

A garota estava à porta, esfregando os olhos. Seus cabelos estavam desgrenhados e sua decotada camisola mal continha os grandes seios leitosos.

— Ah! — disse, ao ver que Assunta não estava sozinha. — Não estava me sentindo muito bem. Estou com dor de cabeça. Por isso não fui à escola hoje.

Marco ficara vermelho como uma beterraba.

— Marco veio desentulhar o *ripostiglio* e ver quais móveis podem ser descartados — explicou Assunta.

— *Ripostiglio?* — surpreendeu-se Maria.

Assunta lhe explicou o que era, mas pôde ver que a garota não estava entendendo. Seu italiano melhorava rapidamente, mas ainda não captava tudo.

Assunta pegou uma chave em um pote do armário da cozinha, retornou ao corredor e levantou a tapeçaria que ocultava a porta do quarto de despejo. Maria fazia pequenos ruídos de espanto e comentários na própria língua. A porta estava vergada para fora, como se algo pesado a pressionasse no outro lado. Assunta enfiou a chave na fechadura, mas esta estava rígida e não girou.

— Me deixe tentar — disse Marco.

Assunta se afastou e se postou mais atrás no corredor, com a garota ao seu lado. Marco empurrou a porta com todo o peso e a aprumou novamente. Ouviram um ruído, um som metálico e musical. Mantendo a porta em posição, ele girou a chave e pulou ajuizadamente para fora do caminho, enquanto a porta se escancarava bruscamente. Em meio a uma tremenda barulheira, uma pianola passou voando pela abertura e colidiu com a parede oposta, seguida por entulhos diversos.

— Vou tirar isso do caminho — disse Marco. — Fiquem aí. Só vou demorar um minuto.

Assunta e Maria aguardaram no quarto da *signora*. Seria ali ou no banheiro. Elas se sentaram na cama.

— Eu nem sabia que havia um quarto de despejo — disse Maria.

— Hum — respondeu Assunta.

Não estava se sentindo muito à vontade na cama da *signora*. Nunca entrava naquele quarto, a não ser quando faxinava.

— Trouxe uma imagem nova para você. São Crisógono — disse Maria.

Assunta pensou por um momento. Crisógono.

— Decapitado — disse. — Jogado ao mar para alimentar os peixes. Mas seu corpo retornou à praia. Um velho padre o encontrou e lhe deu um funeral apropriado.

— Incrível — disse Maria. — Você conhece todos eles, não conhece?

Assunta teve o impulso de arrumar um pouco a casa, mas o fizera no dia anterior. Nada precisava de arrumação. Ela não estava em um dos seus melhores dias.

A garota remexeu em alguma coisa na mesinha de cabeceira. Depois se virou para Assunta e largou em seu colo a foto de um jovem.

— Sabe quem é esse? — perguntou.

Assunta examinou a foto.

— Não — disse. — Mas já vi a jaqueta. Vou mostrar para você.

A essa altura, Marco já levara a pianola para o salão e a tirara do caminho. Assunta abriu espaço no corredor, seguida por Maria, em meio a pedaços de mobília quebrada e máquinas de costura espalhadas.

— Algumas dessas peças, as grandes como a pianola e aquela espécie de armário, vão ter que ser baixadas pela janela da frente — disse Marco, saindo do salão. — Vou dar um pulo naquele antiquário da Via di Monserrato para ver se ele pode me dar alguma orientação. Porque, se for para jogar no lixo, eu mesmo posso partir esses móveis e levar embora. Mas se houver alguma coisa de valor...

Era um bom garoto.

— Vejo você daqui a pouco, então — disse Assunta. — Não vou ficar aqui muito tempo. Tenho que comprar algumas coisas para o chá dos miúdos, mas espero você voltar.

Estava pensando que seria melhor encorajar Maria a vestir uma roupa decente antes de deixar os dois juntos. Marco era um bom garoto, mas se distraía facilmente.

Depois que ele saiu, ela examinou os casacos pendurados no vestíbulo e lá, bem embaixo de todos, com as mangas enfiadas nas mangas de outro casaco, estava uma jaqueta de couro idêntica à da foto.

— Ah! — exclamou Maria. — O que isso significa?

Assunta não falou nada. Não achava que um casaco tivesse que significar alguma coisa.

A garota vestiu o casaco por sobre a camisola. Era um casaco de homem. Grande demais. Ela ainda estava segurando a foto.

Uma chave clicou na porta e a *signora* entrou. Toda a cor desapareceu do seu rosto. Ela olhou para ambas como se tivesse visto uma dupla de fantasmas. O que tanto a deixara chocada não poderia ser apenas a presença de Assunta na sua casa em uma sexta-feira, em vez de quinta.

Instintivamente, Assunta se posicionou entre a *signora* e a garota.

325

Atordoada, era como diria que a *signora* estava.

— *Signora* — disse Assunta. — Posso falar com você? Com licença, Maria.

Segurou então a manga da blusa da sua patroa, conduzindo-a até a cozinha, e fechou a porta.

A *signora* ficou parada no meio da cozinha. Depois, pegou o suporte bambo sobre o qual costumava colocar o bule de café e o segurou como se alguém fosse roubá-lo. Assunta consultou seu livro dos santos e viu que era dia de São Barnabé, cognominado "o filho do encorajamento", pois encorajava as pessoas a viverem com bravura. Refletiu sobre isso.

— *Signora* — disse.

Ela não achava que cabia a ela dizer à *signora* que esta precisava encarar com coragem o que a estava perturbando, fosse o que fosse. Percebeu, porém, que a *signora* estava esperando que ela falasse e precisava de orientação.

Deslizando o dedo pela página, procurou palavras mais sábias do que seriam as dela. Leu-as em voz alta:

— "Se estiveres em silêncio, que seja por amor. Se falares, que seja por amor."

A relevância dessas palavras para o problema da *signora* continuou um mistério, assim como o próprio problema.

— Santo Agostinho disse isso — acrescentou ela.

— Obrigada, Assunta — disse a *signora*. — "Por amor." Você tem razão.

Repôs o suporte na mesa, deu duas palmadinhas na mão de Assunta e saiu da cozinha, fechando a porta.

Assunta permaneceu onde estava, lendo mais algumas máximas de Agostinho. Descobriu que o Senhor só se aproxima daqueles cujo coração foi partido. Durante um minuto pensou, angustiada, que seu coração talvez estivesse insuficientemente partido. Porém, se lembrou da morte do seu querido Federico, de como fora difícil criar os filhos sozinha e achou que isso poderia ser o bastante.

Como hoje receberia os netos para o chá e faria uma torta de abricó para eles, tirou do meio do livro dos santos o papel com a receita, grafada em grandes letras pretas na caligrafia inconfundível da *signora*. Correu o dedo pela lista de ingredientes. Era do açúcar de baunilha que precisaria.

Enfiou a cabeça pela porta do salão, que estava uma bagunça de novo, como notou com uma pontada de aflição. Não fora preciso muita coisa. A pianola pregueara o tapete. Metade do conteúdo do quarto de despejo estava empilhado perto da janela. A *signora* e Maria estavam sentadas frente a frente; a *signora* segurava as mãos de Maria.

Elas a olharam. Ambas haviam chorado, notou. Ela pestanejou.

— Assunta — disse Maria, liberando uma das mãos e exibindo a foto. — Esse é meu *babbo*. — Ela sorriu para Assunta em meio às lágrimas.

— E a *signora* é minha *nonna!* — As duas conseguiram deixá-la alegre. — Ela me contou a história toda.

— Ah! — exclamou Assunta, conjeturando sobre qual seria a história. A *signora* jamais mencionara que tinha um filho. — Que bom.

Provavelmente seria melhor cuidar da própria vida. *Açúcar de baunilha*, pensou.

— Só vim dizer para vocês deixarem Marco entrar quando ele voltar. Já estou saindo.

— Marco? — indagou a *signora*.

— A senhora não se lembra? Meu neto. Combinamos que ele viria dar um destino à mobília velha.

— Ah, sim. Marco.

A *signora* sorriu para Assunta.

A campainha tocou.

— Deve ser ele — disse Assunta. Pelo interfone, comunicou a Marco: — É melhor voltar outra hora. Há muita coisa acontecendo aqui.

— Assunta! — exclamou uma retumbante voz feminina. — Você está tentando me mandar embora como seu eu fosse um oficial de justiça?

— Ah, madame Simone. Desculpe!

Quando Simone surgiu bufando no alto da escada, Assunta disse:

— A *signora* está no salão. Com Maria.

— Puxa vida, começaram sem mim? Você poderia ser um amorzinho e colocar isso no freezer? — disse Simone.

Ela entrou diretamente no salão, deixando Assunta parada no vestíbulo, segurando um pote de sorvete de morango.

— Deus do Céu, você se parece com ele! Exatamente como ele. Meu Deus, e é tão linda! — Ouviu Assunta.

Madame Simone nunca hesitava em pronunciar o nome do Senhor em vão. Assunta especulou sobre o que Maria acharia dela. Ambas tinham algo em comum: usavam camisola no meio do dia.

Ela levou o pote de sorvete para a cozinha e o guardou.

A campainha tocou novamente.

— Alô — disse ela no interfone, cautelosamente.

— Nonna.

— Ah, Marco. Acho melhor você voltar outra hora. Vou perguntar à *signora* quando será conveniente. Há todo o tipo de coisa acontecendo aqui e a melhor coisa a fazer é ficar fora do caminho.

— Tudo bem — disse Marco. — Quer que espere você?

— Espere por mim naquele bar da Vicolo del Gallo — disse ela. — Eu pago um café.

Depois voltou ao salão. Madame Simone estava de costas para a janela, com as mechas dos cabelos cor de mel destacadas contra a luz. As outras mulheres se encontravam no mesmo lugar de antes; se havia alguma diferença é que estavam mais próximas.

— Assunta — chamou-a Simone —, você poderia ser um anjo e nos fazer um café?

Assunta olhou para as três. Era seu dia de folga e tinha que se encontrar com seu neto, e também fazer uma torta. Por alguma razão, ela pensou em arco-íris e no que alguém lhe dissera certa vez: que, mesmo em um dia nublado, o céu acima das nuvens está azul.

— Claro — disse.

Ela retornou à cozinha, tirou a grande cafeteira italiana do armário e encheu a parte de baixo com água. Colocou o café no filtro, atarraxou as duas partes e acendeu o fogo.

A campainha tocou.

— Desço em dez minutos — disse no interfone.

— É o Padre Antonio — replicou uma voz de homem. — Estou sendo esperado.

Ela apertou o botão. O apartamento estava tão movimentado quanto a estação Termini.

Assunta não estava acostumada a ver o Padre Antonio fora da igreja, onde ela fazia os arranjos florais e limpava a sacristia. Achou que ele estava com uma aparência doentia.

— Assunta — disse ele, ao vê-la. — O que está fazendo aqui?

— Trabalho para a Signora Ravello — respondeu ela.

— Ah. Eu não sabia disso.

— Estão todas no salão — informou ela. — Estou preparando café. O senhor vai querer um também?

— Sim, obrigado — disse ele. — Sei o caminho.

Seria difícil não saber o caminho da porta da frente até o salão, pensou Assunta, já que eram apenas duas passadas.

Ela voltou à cozinha, pegou as melhores xícaras e pires, as com bordas douradas, e colocou quatro em uma bandeja. Não sabia o motivo, mas tinha a impressão de que era uma ocasião importante. A garota gostava de leite no café, mesmo quando não era a hora do café da manhã; assim, ela encheu um pequeno bule com leite. Pensou que biscoitos seriam um bom acompanhamento, mas a *signora* não era muito de biscoitos, portanto não se deu ao trabalho de procurá-los. Quando o café ficou pronto, pôs a cafeteira na bandeja e a levou para o salão.

Padre Antonio estava parado à porta do salão, revirando o chapéu nas mãos. Tinha uma expressão de assombro.

Ouviam-se risos vindos do salão. Alguém estava imitando uma galinha.

— Tudo bem com o senhor, Padre? — perguntou Assunta.

— Talvez fosse melhor ir embora em silêncio.

— Mas a *signora* não está esperando o senhor?

Ele assentiu, mas depois abanou a cabeça. Parecia não saber o que estava fazendo.

— Nunca tive um filho — disse.

— Acredito que não — replicou Assunta.

O padre não se mexeu. Olhava para ela com ar de súplica.

Ela pousou a bandeja na mesa do corredor e pescou seu livro. Aquele dia estava sendo um dia e tanto. Encontrou a passagem que lera para a *signora* antes. Era onde estava a receita, servindo de marcador.

— Que palavras maravilhosas, Assunta — disse o Padre Antonio. — Sim, amor e silêncio. Claro. Seria mais amável não dizer nada, não seria?

Padres são apenas homens, refletiu Assunta.

— Não sei, Padre — disse ela. — Só sei que a verdade nunca machuca tanto quanto as mentiras.

Ela ouvira a frase no rádio.

— Ah — disse ele, pondo a mão sobre o coração. — Não foi uma mentira. Não exatamente uma mentira. Foi mais que eu não...

Ele abanou a cabeça e inflou as bochechas.

Ela tirou o chapéu das mãos dele e o pendurou no cabideiro.

— Venha, Padre — disse, pegando a bandeja e entrando no salão. — O Padre Antonio está aqui — anunciou.

Houve apresentações, exclamações e apertos de mão. De alguma forma, Assunta viu-se espremida no pequeno sofá, ao lado de Maria. Foi onde se acomodou quando o ele começou a falar.

Aparentemente, o filho da *signora* se desencaminhara e o Padre Antonio o mandara para longe. No entanto, o padre o ajudara — sem o conhecimento da *signora* nem de ninguém mais além do próprio padre, que mantivera isso em segredo. E continuou a ajudá-lo. O filho vivia próximo à estrada de Óstia. Todas as vezes que Daniele se desencaminhava, o padre o livrava de problemas. E Daniele sempre saía dos trilhos. Do modo como o padre contava a história, parecia que ele, Antonio, era uma espécie de santo. Assunta tentou lhe lançar um olhar de advertência, para lembrá-lo da frase sobre mensagens e mentiras, mas ele evitou seu olhar.

Ainda estava falando quando a *signora,* de repente, pôs-se de pé com um pulo e bateu palmas.

— O que você está dizendo? Que Daniele está em Óstia? Óstia! — gritou ela. — Nem consigo acreditar.

— O que é isso? — perguntou Maria. — O que significa isso?

Ela girou a cabeça, olhando de uma pessoa para outra.

A *signora* estava encarando o padre com uma expressão tão suplicante que Assunta teve uma sensação peculiar. Ela jamais estivera em um avião, mas achava que uma decolagem se parecia com aquilo.

— Não, não, não — disse o padre, com voz esganiçada, e pigarreou. — Não, não, Chiara, desculpe. — Abanou a cabeça, enquanto estendia ambas as mãos à altura do peito, com as palmas para cima. — Ele não está mais lá. Tenho procurado por ele desde que você me falou sobre Maria.

Desviou o olhar e sorriu tristemente para Maria, deixando as mãos penderem ao longo do corpo.

— Não sei o que aconteceu com ele — disse. — Perdemos contato.

A *signora* se sentou novamente e cobriu o rosto com as mãos.

— Lamento ter sido o portador de más notícias — disse o padre, a voz voltando ao normal. — Mas receio que Daniele esteja envolvido com drogas de novo.

Fez-se silêncio. O avião pousou. De repente, todos começaram a falar ao mesmo tempo, enquanto a *signora* começava a chorar.

Se o padre era o herói da história, Assunta não sabia por que estava tão nervoso no corredor.

— Padre Antonio — disse ela, erguendo-se um pouco e atraindo a atenção dele.

Ele olhou para ela e, por um terrível momento, ela pensou que ele fosse chorar.

— Sim — disse ele, erguendo as mãos e as abaixando novamente, quase como se fosse lhe fazer uma mesura. — Tudo bem — disse.

Madame Simone trouxe uma cadeira para junto da *signora* e estava falando mansamente com ela. O padre, que havia se ajoelhado aos pés da *signora*, começou a bater no próprio peito.

— *Mea culpa* — disse.

E começou a fazer uma confissão.

— O que está havendo? — Perguntava a garota. — O que está havendo?

E Assunta, que também estava se esforçando para entender tudo, segurou a mão garota e a apertou com força.

VINTE E QUATRO

— Me ajude, Ma — diz ele, e desmaia.

Está caído à soleira da porta. Metade dentro e metade fora, as pernas se projetando no corredor do andar.

Ela o arrasta para dentro, segurando seus sovacos quentes e úmidos. Precisa de alguns puxões. Solta um grunhido a cada movimento; ele meio que acorda.

— É a minha mãezinha? — diz ele. — Minha mãezinha.

Estende as mãos para o alto, agitando os dedos. Porém, antes de tocá-la, as mãos caem ao seu lado. Ela o deita no vestíbulo. É pesado demais para ser levado mais longe. Ela leva água. Põe uma almofada sob a sua cabeça.

Reflete sobre a primeira vez que o viu assim, tão intoxicado que mal conseguia formar uma frase. Era apenas um garoto. Quatorze ou 15 anos. Foi depois que ela mostrou a pasta Levi.

— Fiz isso por nós — disse ela —, por mim e por você, para podermos continuar com nossas vidas.

E ele disse:

— Não existe nós.

Havia um cheiro adocicado ao seu redor.

Ela retira as chaves dele da fechadura, onde estavam penduradas, e as põe no bolso. Há marcas de chutes na porta, as impressões da sua bota, e um pedaço lascado. Dera uma surra na porta. *Antes a porta que o rosto de alguém*, pensa ela. Por que tentara arrebentar a porta se tinha a chave? Ela ergue sua cabeça.

— Beba — diz.

Precisa mantê-lo hidratado. Vigiar para o caso de ele ter convulsões e para que não se afogue no próprio vômito. Acordá-lo de hora em hora.

— Você tomou alguma coisa? O que você tomou? — perguntara ela, na primeira vez, vendo que suas pupilas estavam dilatadas.

— Não se preocupe, mãe — dissera ele. — Está tudo sob controle. É bom para mim. — E meneara a cabeça para ela. — Bom para a coisa.

— Que coisa?

— Você sabe — respondera ele. — Aquela coisa de tristeza.

Ela se senta perto dele no chão do vestíbulo, sob o cabideiro de casacos. *Me ajude, Ma.*

Ela está com o despertador ao lado, para o caso de adormecer. Ajusta-o para tocar de hora em hora e fica escutando o tique-taque.

Ele está deitado de costas, a boca aberta, escancarada, e respira pesadamente.

Em sua mão estendida, ela toca sua marca de nascença que se esticara ao longo dos anos, tornando-se pálida e amorfa. Daquele ângulo, lembra uma cobra se desenroscando. Uma pequena mancha no meio, com pigmentação mais escura, poderia ser o olho da cobra. É engraçado como, às vezes, ela pensava que, por ter aquela marca em forma de ferradura, um talismã de boa sorte impresso na pele, ele carregasse a sorte. Insistindo na ideia de que fora a sorte que o salvara, quando o restante da sua família perecera; e não, como ele parece querer lhe demonstrar, que fora o contrário.

— Não culpo você, Ma — dissera ele mais de uma vez.

— Então porque você se esforça tanto para jogar sua vida fora? — argumentava ela, mas ele parecia não ter resposta.

— Foi a esse ponto que chegamos, meu querido menino — diz ela agora.

Uma mecha de cabelo tomba sobre a testa dele, e ela a remove. Seus cabelos estão duros e viscosos por conta do óleo que ele usa. Sua pele está fria e úmida, como massa de pizza não assada. Ela tem a impressão de que, se pressionasse um dedo, deixaria uma marca. E mudaria sua forma. Como massa de vidraceiro. Mergulha uma esponja na tigela de água e a passa no rosto dele.

Ele age sempre como se tivesse casca grossa, como um caracol ou uma tartaruga. Ou um ovo. Ela se lembra do primeiro ovo que Cacarejo botara, um glóbulo que não emitira nenhum som ao cair sobre o piso. Uma coisa malcontida, com a linha que a separava do mundo imperfeitamente delineada.

Ele gostava de correr pelas colinas, de subir em árvores, de se balançar nos galhos e pular no chão, de se camuflar na lama. Seus olhos às vezes brilhavam quando ele fazia essas coisas. Agora seus olhos só brilhavam como antigamente em breves momentos, logo após a entrada da agulha. Era como um chamado da natureza. Por isso que elas o atraem, as drogas, algo assim dá uma sensação de liberdade.

Lembra-se dele com uma vara nas mãos, ou um galho caído, batendo no mato rasteiro e dando pulos, não muito longe da única ovelha que tinham e seu cordeirinho. Receava que ele golpeasse o cordeirinho, mas ele não o fazia. Nunca o fez. Jamais machucaria um animal. Só machucava a si mesmo. Toda a sua raiva era dirigida para dentro.

Ela pousa a cabeça no seu peito e ouve seu coração acelerado.

E diz:

— *Me ajude.*

VINTE E CINCO

A vista descortinada do quarto de despejo era de canos, respiradouros, tubos de escoamento, dutos, tubos de descarga e fios: os equipamentos ocultos que mantinham o prédio funcionando, o lado fuliginoso das coisas. Porém se Maria pusesse a cadeira sob a janela e colocasse a cabeça para fora, poderia ver o céu.

Dentro de um minuto, retornaria à bagunça do apartamento, onde tudo estava sendo deslocado, examinado, descartado ou reformado, e se sentaria na cozinha com a *signora*, Nonna Chiara, onde trabalhariam juntas nas cartas de Keats. Depois teriam sua sessão de conversa, que agora havia se tornado uma espécie de aula de história, tanto no sentido menor e doméstico — os pratos favoritos de Daniele, como ele tocou trompete no concerto da escola, seu drinque noturno — quanto no contexto mais amplo do fascismo, da guerra e das sublevações sociais. E ela tentaria entender um pouco mais a respeito do ponto em que ambas se cruzavam e de quem ele era, seu atormentado e belo pai. De coração destruído e destruidor de corações, um desses rapazes que as garotas acham que podem domar.

A curiosidade de Maria a respeito de tudo isso era insaciável. No entanto, logo se fartava e se retirava por algum tempo para aquele cômodo tranquilo, que agora era o seu quarto. O teto falso fora removido e todos os pertences de Daniele, armazenados lá havia anos, postos em ordem. Maria pendurara o trompete dele na parede, ao lado da foto, e colocara sobre sua mesinha de cabeceira todos os bilhetes que ele escrevera para sua verdadeira mãe, que Nonna Chiara guardara em uma caixa. Era ótimo ter o próprio quarto, mas significava que, no quarto ao lado, estava Chiara, que ela ouvia chorar à noite. Às vezes, ela chorava também, embora na maior parte do tempo, envolvida na sua nova vida italiana, não se sentisse realmente triste.

— Aquele anel que você me deu — disse a sua mãe, pelo telefone —, pertencia ao pai da Nonna Chiara. As iniciais significam Alfonso Ferdinando Ravello.

Ela sabia agora que, na sua pior fase, Daniele pegara todas as joias da Nonna Chiara e as penhorara para comprar drogas, mas tinha a impressão que isso era algo de que sua mãe não precisava saber. O anel era a única peça que era dele por direito.

Sua mãe chorara quando Maria lhe dissera que, mesmo que Daniele estivesse vivo, ninguém tinha meios de rastreá-lo. As chances eram de que ele jamais fosse encontrado e que provavelmente estava morto.

— Nonna Chiara vai me levar ao lugar em que ele costumava deixar cartas para a mãe dele — disse ela. — Vou lhe escrever uma mensagem e deixar lá. Achei que talvez você queira escrever uma também. Para dizer adeus.

Tommaso iria fazer uma visita dentro de uma semana, aproximadamente, quando as obras no apartamento estivessem terminadas. Dormiria no salão, no lugar que ela antes ocupara.

— Descobri que, além de metade italiana, sou também metade judia — disse-lhe, quando ele telefonou.

— Blimey O'Riley — dissera ele, imitando um sotaque irlandês* —, e você é católica.

Mais tarde, ela e Nonna Chiara prepararão o jantar ou sairão para comer na *trattoria* do Campo dei Fiori, onde Maria provara muçarela defumada,

---

* Expressão de surpresa, desgosto, frustração, empolgação e outros significados, usada na Grã-Bretanha. Trata-se de uma junção da palavra *blimey* — originalmente *God blind me* ("que Deus me cegue") — com o nome O'Riley, usado apenas para efeito de rima. Como O'Riley é também um sobrenome irlandês, eis o porquê da imitação de Tommaso. (N.T.)

amêijoas e mexilhões, mas torcera o nariz para miolos de coelho. Mais tarde, a alarmante Simone, que frequentemente abraçava Maria e a espremia contra seus seios macios e perfumados, poderia levá-las a um show ou evento. Ou ela e a Nonna Chiara poderiam ir ao cinema no Trastevere, onde eram exibidos filmes em inglês.

Ou então poderia passear com Beppe e Carmelo. Uma ou duas vezes, quando já estava realmente tarde, ela fingira que ia para casa, mas corria sozinha pelas ruas até a casa da Piazza Costaguti, no coração do gueto, onde a família de Daniele Levi havia morado. Na praça vazia, sob as trevas, tentava imergir na enorme e cavernosa ausência dos familiares que jamais conheceria, o horror dos seus destinos, mas não conseguia fazê-lo adequadamente. Era tudo muito triste, e ela meio que sentia a falta dele. De Daniele Levi, seu pai biológico, a pessoa que mais se assemelhava a ela fisicamente e com quem nunca se encontraria. Porém, ela não o conhecia e, de qualquer forma, já tinha um pai.

Apoiando a cabeça na soleira da porta, contemplou o céu infinito.

VINTE E SEIS

Estavam em agosto, o mês mais quente. Chiara aguarda no relativo frescor do vestíbulo. A tigela vermelha de Murano, um dos objetos que sobreviveram à triagem — o grande processo de esvaziamento e limpeza pelo qual o apartamento passara —, atrai sua atenção. Retira-a da prateleira e a equilibra na palma da mão, sentindo seu peso, a perfeição de suas reentrâncias e contornos e a lisura do vidro. Então a levanta com a outra mão e usa a ponta do dedo para encontrar e tocar o defeito oculto, a minúscula fissura na base. Imagina-se jogando a tigela no chão, o choque da fragmentação, cacos e estilhaços cor de rubi se espalhando pelo piso.

Em vez disso, ergue-a até a altura dos olhos e perscruta através do vidro o mundo tingido de vermelho. Dá então um passo para o lado e observa seu novo e espaçoso corredor pela lente da tigela — até o final, antes ocupado por duas peças de mobília, mas agora com um espelho pendurado. Nele, ela enxerga a si mesma, uma pequena figura vestida de preto com um olho vermelho de ciclope; um pequeno demônio.

Maria sai do seu quarto, a meio caminho do corredor, vê Chiara e sorri.

— Óculos de lentes cor de rosa? — comenta.

Maria não a vê como um demônio. Não sabe da violência interior.

— Você precisa de uma blusa com essa roupa — diz Chiara.

Maria está usando uma saia de crepe verde-claro, plissada, da coleção de Chiara, e uma das suas próprias camisetas, preta e justa, que lembra um colete masculino que encolheu ao ser lavado. Seus braços e ombros estão descobertos.

— A saia é adorável — acrescenta ela.

— Ninguém usa blusas — replica Maria, desfilando pelo corredor como se estivesse em uma passarela.

— Ninguém — diz Chiara, repondo a tigela no lugar.

O monstro que há dentro dela se acalma.

— Quer dizer, ninguém da minha idade. Você fica bem nelas. De qualquer forma, você ainda não viu o efeito todo. Vai ficar fabuloso.

Agora ao lado de Chiara, Maria pega no cabideiro a velha jaqueta de couro de Daniele e a joga sobre os ombros.

— Está vendo? — diz. — Chique eclético.

— Você vai assar — observa Chiara. — Está um forno lá fora.

— Não me importo — diz Maria. — Vou usar o casaco.

— Então vamos — diz Chiara.

Ao ver o castão trabalhado da bengala se projetando do porta guarda-chuvas ao lado da porta, ela o segura em um impulso.

Se Maria perguntar por que está levando uma bengala quando, supostamente, está curada das suas vertigens, ela fará algum gracejo a respeito de como uma bengala combina com seu novo status de avó. E dirá isso com uma voz rouca, de velha senhora. Maria, entretanto, está mais interessada em contar a história de um homem que, no ônibus, ficou olhando para ela.

Chiara balança a bengala enquanto caminham, refletindo que o conforto que ela proporciona não reside no apoio que oferece, mas na capacidade de se transformar em uma arma. Um porrete.

Desde a revelação de Antonio, ela tem andado perturbada. Quer ver seu antigo amigo expulso da igreja, excomungado e conduzido pelas ruas sob a execração pública. Quer vê-lo pichado, emplumado e atingido por um raio. Uma raiva selvagem a queima por dentro. Está surpresa por ninguém ter notado. As pessoas dizem: "você parece cansada" ou "bonito corte de cabelo", quando deveriam estar dizendo "você está de cara feia" ou "você está com uma aparência horrível".

A raiva substituiu a tristeza, e é irreprimível. Quando surgiu pela primeira vez, como uma gárgula em seu interior, pareceu maior que ela mesma, inchando dentro de seu corpo e se derramando pelos poros. Falando por sua boca. Quando Simone estendeu a mão para Antonio, ajoelhado aos pés de ambas, sua boca falou:

— Não toque nele.

A raiva está mais contida agora, mas ainda pressiona sua testa por dentro, como uma enxaqueca. Ela disse a Antonio, pelo telefone, que ainda não está preparada para vê-lo, mas que entende que ele não tenha agido com más intenções.

— Então, quando pisar no pé dele não funcionou, comecei a gritar — diz Maria, enquanto esperam o sinal luminoso abrir no cruzamento da Lungotevere.

— Você o quê? — pergunta Chiara, que não estava prestando muita atenção à dramática história.

— Aquele homem indecente, que estava me apalpando no ônibus. Como se diz "apalpar" em italiano?

— Ah, querida — diz Chiara —, me conte essa parte de novo.

Às vezes lhe parece que é somente a presença de Maria que a impede de agir como uma selvagem, brandindo seu porrete com espuma na boca, destroçando coisas e transformando tudo em ruínas.

Elas fazem uma pausa no meio da Ponte Sisto e olham para o domo da Catedral de São Pedro, rio acima, no horizonte, enquanto Maria termina sua história.

Contando como ela gritou *quest'uomo* — esse homem.

E depois mais alto:

— Esse homem, esse homem!

Nenhuma outra palavra lhe acorreu, mas aquilo foi o bastante, pois gritava em sua nova voz italiana, mais melodiosa e forte que sua voz inglesa. O grito alertou as mulheres que estavam no ônibus.

— Motorista, pare o ônibus — gritaram.

O homem foi arrastado para fora e jogado sobre a calçada, em meio a gritos e palavrões.

— Que vergonha — gritaram.

Ela ainda pretendia lhe lançar um olhar de desprezo, mas o ônibus partiu.

— Você lidou muito bem com a situação — diz Chiara. — Me mostre o olhar.

Maria se vira para olhá-la. Já está afogueada com o calor, e elas ainda nem começaram a subir a colina. Ela inclina a cabeça para olhar por cima do nariz, aperta os olhos e levanta uma sobrancelha.

— Muito eficiente — comenta Chiara, lembrando-se de um menininho sem nenhuma outra defesa além de um olhar impassível.

Aperta o castão da bengala, enquanto a fúria monstruosa novamente se avoluma dentro dela. É como se estivesse grávida de fúria. Que a faz estremecer.

— Adoro essa ponte — diz Maria, olhando para a água que passa remoinhando. — Acho que é a minha favorita, por causa do modo como os arcos, devido ao reflexo, formam círculos perfeitos.

Enquanto continuam seu caminho, Maria tagarela a respeito dos méritos relativos das pontes; Chiara se vê argumentando em prol da Ponte de Santo Ângelo. Param na Basílica de Santa Cecília e acendem uma vela para Cecilia. Maria observa a santa, seus cabelos repuxados, as covinhas da sua mão estendida. Em seguida, elas percorrem as ruelas sinuosas do Trastevere e desembocam na Via Garibaldi, onde sobem o primeiro e depois o segundo lance das escadas, que eliminam os meandros da rua e as levam diretamente ao topo da colina.

Emergem diante da fonte de Acqua Paola.

— Uau, uau! — exclama Maria, ao ver a grande fachada barroca e a água que jorra de bacias encravadas entre os pilares das paredes, o poço raso onde ela cai e sua cor esverdeada, que contrasta com o mármore branco.

Chiara não fala nada. Virou-se para observar o panorama de Roma aos seus pés. Enquanto olha para o outro lado da cidade, delimitado pelas Colinas Albanas, vivencia novamente a velha sensação de se erguer acima dos entulhos, das mesquinharias, do barulho vazio e subir até um lugar mais tranquilo.

Compreende que, no cerne de todas as suas esperanças para Daniele — a de que ele possa estar vivo, a de que possa até mesmo estar vivo e bem —, e após todas terem sido descartadas, lá em seu íntimo mais remoto uma minúscula esperança restara: a de que Daniele, onde quer que estivesse, pelo menos soubesse que era amado. E esta agora está morta.

Chiara compreende que a monstruosa raiva que a domina não substituiu a tristeza. Ela *é* a tristeza.

De repente, dá-se conta da presença de Maria, em silêncio a seu lado. Tirou o casaco. A pele sardenta do seu ombro está reluzente.

— Eu lamento que você esteja tão triste — diz Maria. — Em que posso ajudar?

— Você já está ajudando — responde Chiara.

Elas continuam a subir, passando pelo monumento a Giuseppe Garibaldi e pelos bustos pintados de branco dos seguidores de Garibaldi, que ladeiam o caminho, até se depararem com ela, Anita Garibaldi sobre seu cavalo empinado.

— Daniele realmente gostava de vir aqui — diz Chiara, subitamente. — Ele gostava de lugares altos. Gostava de subir em árvores, muros e pular de janelas. Era um garoto muito rápido e ágil. Tinha seus encantos. Dançava maravilhosamente bem.

Pergunta-se se isso é realmente verdade, se não o estaria reinventando. De repente, lembra-se de uma coisa que ele costumava fazer nas festas.

— Ele fazia uma coisa extraordinária — diz. — Chamava de "mastro". Posicionava as mãos assim.

E pendura a bengala no braço de modo a liberar ambas as mãos para efetuar a demonstração. Dobra então os joelhos, estende as mãos e segura um poste imaginário.

— Depois, esticava o corpo até se posicionar perpendicularmente ao poste, como uma bandeira desfraldada. Ele era muito forte.

Ela pega a bengala que estava pendurada no braço e olha para Maria.

— Como pôde acreditar que eu não queria vê-lo? — pergunta.

— Talvez não acreditasse — diz Maria. — Eu não acreditaria em nada que saísse da boca daquele padre horroroso.

Ela sobe os degraus do monumento para depositar seu bilhete na parte de trás.

— Já há um bilhete aqui — diz.

— Ah — diz Chiara. — Eu me esqueci.

A futilidade daquele ritual a atinge como um soco no peito. Ela expira o ar pesadamente

— Deixei um bilhete falando sobre você — diz ela.

— Está endereçado a Ma — diz Maria.

Chiara se apoia na bengala e olha fixamente para a garota. Seu coração dispara; há um rufar em seus ouvidos, como o ruído das asas de milhares de pássaros em revoada. Ela vê Maria mexendo a boca, mas não consegue discernir as palavras. Algo terrível e irresistível está ocorrendo no interior do seu corpo. O barulho, a revoada e uma névoa escura tentam se apoderar dela; ela cambaleia, mas está com a resistente bengala, que firma no chão.

Está um dia extremamente quente, mas Chiara treme. Maria pousa o casaco preto sobre seus ombros. Elas se sentam juntas nos degraus do monumento e leem o bilhete.

Querida Ma,

Todos esses anos eu deixei bilhetes para minha mãe e ela finalmente responde! Espere aí onde está, porque estou indo me encontrar com você.

Amor
Daniele

Mais tarde, elas descobrirão que ele se livrou das drogas há três anos. Que depois do último encontro com o Padre Antonio, ele se controlou, sabendo que a escolha entre viver ou ir para o túmulo era somente sua. E que, ao saber que o Padre Antonio o estava procurando novamente, ele foi até ali, o lugar especial deles, e encontrou o bilhete que Chiara lhe deixara.

Dentro de uma semana, Chiara e Maria tomarão um ônibus até Porta San Paolo, depois o trem até Óstia e então outro ônibus, que seguirá pela estrada costeira. Ele as encontrará lá, na parada de ônibus. E as conduzirá até uma região coberta por densa vegetação mediterrânea, a reserva de caça onde mora e trabalha, tendo javalis e cervos selvagens como companhia, em meio a azinheiras e pinheiros. Ele lhes mostrará as árvores onde pousam os bútios e fará chá no fogão da sua cabana.

Entretanto, neste exato instante, Chiara está sentada à sombra do monumento com a carta no colo e segurando a mão de Maria, à espera de que seu garoto perdido volte para casa.

AGRADECIMENTOS

Philip Hensher, generoso amigo e mentor, por ler e comentar o manuscrito em uma versão inicial; os colegas escritores Sally Flint e Jane Feaver, por seu apoio e ensinamentos; Kate Smiley, extraordinária leitora, por ter se mostrado à altura do desafio em um momento crítico; os criteriosos editores Ursula Doyle e Judy Clain, e todas as pessoas da Virago/Little Brown que trabalharam neste livro; minha brilhante agente Nicola Barr, seus colegas da agência Greene & Heaton, e Grainne Fox, em Nova York; minha família — tanto no Reino Unido quanto na Itália — e meus amigos, por seu amor irrestrito, seu companheirismo e seu entusiasmo pelo meu trabalho.

Impresso no Brasil pelo
Sistema Cameron da Divisão Gráfica da
DISTRIBUIDORA RECORD DE SERVIÇOS DE IMPRENSA S.A.
Rua Argentina, 171 – Rio de Janeiro, RJ – 20921-380 – Tel.: (21)2585-2000